I0573559

MIJN LOT

MIJN KWELLING: BOEK 3

ANNA ZAIRES

♠ MOZAIKA PUBLICATIONS ♠

Dit boek is fictie. Alle namen, personages, plaatsen en incidenten zijn ontsproten aan de verbeelding van de auteur of worden fictief gebruikt. Iedere gelijkenis met bestaande personen, levend of dood, bedrijven, gebeurtenissen of plaatsen, berust volledig en uitsluitend op toeval.

Copyright © 2021 Anna Zaires & Dima Zales
www.annazaires.com/book-series/nederlands/

Alle rechten voorbehouden.

Buiten gebruik voor een recensie mag geen enkel deel van dit boek zonder toestemming worden vermenigvuldigd, gescand of verspreid, in geprint of elektronisch formaat.

Een uitgave van Mozaika Publications, een imprint van Mozaika LLC.
www.mozaikallc.com

Coverontwerp: Najla Qamber Designs
www.najlaqamberdesigns.com

Nederlandse vertaling: Parel Blokken

e-ISBN: 978-1-63142-702-2
ISBN: 978-1-63142-703-9

DEEL I

S^{ara}

WARME LIPPEN DRUKKEN TEGEN MIJN WANG. DE KUS IS zacht en lief, ook al voel ik een baardje van een dag langs mijn kaaklijn raspen.

'Wakker worden, *ptichka*,' zegt een bekende stem zachtjes in mijn oor terwijl ik slaperig protesteer en dieper in het kussen duik. 'Het is tijd om te gaan.'

'Hmm-mm.' Ik houd mijn ogen dicht, want ik wil mijn droom nog niet loslaten. Voor de verandering was het eens een fijne: een meertje in de zon, een paar uitgelaten honden, en Peter die een potje schaak speelde met mijn vader. De details beginnen al te vervagen, maar het lichte, euforische gevoel blijft hangen, ook al begint de realiteit binnen te dringen, tezamen met het bittere besef dat deze droom onmogelijk is.

'Kom, liefste.' Hij drukt een zachte kus op het gevoelige plekje onder mijn oor, waardoor kriebels van genot door me heen schieten. 'Het vliegtuig staat klaar. Je kunt onderweg naar huis verder slapen.'

Het laatste restje van mijn droom ebt weg en ik rol me op mijn rug. Ik moet een kreun onderdrukken vanwege mijn nog altijd pijnlijke linkerschouder. Dan doe ik mijn ogen open en zie ik de warme, zilverkleurige blik van mijn gevangenbewaarder. Hij buigt zich over me heen, een tedere glimlach om zijn goedgevormde lippen, en heel even wordt de euforische lichtheid versterkt.

We leven, en hij is hier bij me. Ik kan hem aanraken, kan hem voelen. Zijn gezicht is smaller dan voorheen, uitgehold door stress en slaapgebrek, maar het gewichtsverlies benadrukt zijn ranke, mannelijke schoonheid alleen maar, maakt zijn exotische, hoekige jukbeenderen en kaaklijn nog scherper.

Hij is beeldschoon, deze moordenaar die van mij houdt.

De moordenaar van mijn man, die me nooit zal laten gaan.

Er ontstaat een druk op mijn borst, mijn blijdschap wordt getemperd door schuldgevoel en afschuw van mezelf, zoals ik veel vaker heb gevoeld. Misschien komt er ooit nog een dag dat ik niet meer zo in tweestrijd zit, zo verscheurd omdat ik de man die nu naar me kijkt net zo hard nodig heb als mijn eigen hart, maar voorlopig kan ik nog niet vergeten wie hij is en wat hij heeft gedaan.

Ik kan me niet over de schaamte heen zetten dat ik val voor mijn kwelgeest.

Peters glimlach verdwijnt en ik weet dat hij mijn gedachten kan aanvoelen, dat hij het schuldgevoel en de spanning op mijn gezicht kan zien. De afgelopen twee weken, sinds ik hier in de kliniek wakker werd, heb ik geprobeerd niet te denken aan de toekomst en niet stil te staan bij de aanleiding van het ongeluk. Ik had Peter te hard nodig om hem weg te duwen, en hij had míj nodig. Nu staan we echter op het punt om terug te gaan naar zijn safe house in Japan, en ik kan mijn kop niet langer in het zand steken.

Ik kan niet doen alsof de man aan wie ik me heb vastgeklampt als aan een reddingsboei, niet van plan is me de rest van mijn leven gevangen te houden.

'Niet doen, Sara.' Zijn stem klinkt diep en zacht, ook al verandert het warme zilver van zijn blik in ijzig staal. 'Niet doen.'

Ik knipper met mijn ogen en schud de gedachten weg. Hij heeft gelijk: dit is niet het moment. Ik druk me omhoog op mijn rechterelleboog en zeg op vlakke toon: 'Ik moet me aankleden. Als je me even laat...'

Hij staat op en geeft me ruimte om uit bed te komen. Dankbaar voor mijn ziekenhuiskleding laat ik me uit bed glijden en ik haast me naar de badkamer voordat hij zich bedenkt en besluit toch de discussie aan te gaan. We moeten inderdaad praten over wat er gebeurd is – dat hadden we in feite al veel eerder moeten doen – maar ik ben er nog niet klaar voor. De afgelopen twee weken zijn we dichter bij elkaar gekomen dan ooit, en ik wil dat niet kwijt.

Ik wil niet terug naar een verhouding waarin Peter mijn vijand is.

Terwijl ik mijn tanden poets, bestudeer ik het schuine litteken op mijn voorhoofd, waar een glasscherf een lange jaap heeft achtergelaten. De plastisch chirurgen van de kliniek hebben hun best gedaan om het zo mooi mogelijk te laten helen, en nu de hechtingen eruit zijn, ziet het litteken er inderdaad al veel minder heftig uit. Over een paar weken zal het niet meer zijn dan een dun, wit lijntje, en over een paar jaar zou het weleens helemaal onwaarneembaar kunnen zijn, zoals de lichte blauwe plekken die ik nog over heb op mijn gezicht.

Tegen de tijd dat het kind dat Peter me wil opdringen oud genoeg is om het op te merken en er vragen over te stellen, zullen er als het goed is geen sporen meer te zien zijn van mijn rampzalige ontsnappingspoging.

Mijn ademhaling versnelt bij die gedachte en ik druk mijn hand tegen mijn buik. Ik tel de dagen met toenemende vrees. Het is alweer tweeënhalve week geleden dat we onbeschermd seks met elkaar hebben gehad in mijn potentieel vruchtbare periode, en dat betekent dat ik eigenlijk een paar dagen geleden ongesteld had moeten worden. Met al die operaties en medicatie heb ik niet zo op de datum gelet, maar nu ik het uitreken, realiseer ik me dat ik overtijd ben. Niet zo erg dat ik in paniek moet raken, maar erg genoeg om me serieus zorgen te maken.

Het zou kunnen dat ik al zwanger ben.

Mijn eerste impuls is om naar buiten te rennen, de dichtstbijzijnde verpleegkundige te zoeken en een bloedtest af te dwingen. Ik ben er zeker van dat ze me twee weken geleden ook hebben getest, toen ik na het ongeluk in de kliniek terechtkwam, maar de eerste sporen van hCG in mijn bloedbaan zouden pas zeven tot twaalf dagen na de bevruchting verschijnen. Dus toen was het resultaat zonder twijfel negatief, en ze hadden geen reden om me nog eens te testen.

Geen reden behalve het feit dat ik nu overtijd ben.

Ik heb mijn hand al op de deurknop als ik mezelf een halt toeroep. Zodra ik die bloedtest onderga, komt Peter er ook achter. Hij zal de uitslag zelfs eerder krijgen dan ikzelf, en iets in me komt in opstand bij die gedachte. Ik heb geen keus gehad, geen enkele controle over wat dan ook in onze relatie tot dusverre, en ik heb het gevoel nodig dat ik wél iets te zeggen heb, al is het alleen maar in deze kwestie.

Als er een kind is, dan groeit dat in míjn lichaam, en ik wil bepalen wanneer ik dat nieuws deel.

Dit is geen rationele beslissing, dat weet ik. Peter is niet dom. Hij kan ook dagen tellen. Als hij nog niet doorheeft dat ik overtijd ben, valt het kwartje binnenkort wel, en dan zal hij weten dat hij gewonnen heeft; dat we in voor- en tegenspoed met elkaar verbonden zijn door het klompje cellen dat misschien al in me groeit.

Door het kind dat gedoemd is een moordenaar te worden, op de vlucht voor de wereldwijde autoriteiten, en de oogappel van zijn moordende vader.

Een pijnlijk kloppende hoofdpijn komt opzetten achter mijn linkeroog, plotseling en meedogenloos. Ik kan niet langer wegkijken voor de toekomst, kan het me niet meer veroorloven met de dag te leven en te hopen op het beste.

Ik moet deze baby beschermen, maar ik weet niet hoe.

Ik kan niet ontsnappen, en Peter zal me nooit vrijlaten.

eter

SARA IS ONGEWOON STIL ALS WE DE KLINIEK UIT LOPEN. Haar slanke vingers voelen koud in mijn hand en ik weet gewoon dat ze weer aan het piekeren is over onze toekomst; haar overactieve brein schotelt haar alle redenen voor waarom het verkeerd is dat wij samen zijn en waarom het niet kan werken.

Ik wou dat ik haar kon geruststellen, haar mijn nieuwe idee uitleggen en zeggen dat ze alleen maar geduld hoeft te hebben, maar ik wil geen beloftes doen waaraan ik me misschien niet kan houden. Mijn plan heeft zoveel lagen, zoveel variabelen, dat de kans dat het misgaat veel groter is dan de kans dat het lukt.

Als ik Danilo Novaks aanbod van honderd miljoen euro aanneem om Julian Esguerra uit te schakelen, zullen mijn team en ik ons moeten inlaten met de gevaarlijkste man die ik ken.

Onder andere omstandigheden zou ik het niet eens hebben overwogen. Esguerra heeft gezworen dat hij me zou vermoorden omdat ik zijn vrouw in gevaar heb gebracht zodat ik hem kon redden, maar voordien heb ik een jaar lang als beveiligingsconsulent voor hem gewerkt zodat ik de lijst in handen kon krijgen van mensen die betrokken waren bij het uitmoorden van mijn familie. Ik ken de Colombiaanse wapenhandelaar; ik heb gezien hoe gewelddadig en meedogenloos hij is. Zijn organisatie heeft eigenhandig een van de dodelijkste terreurgroeperingen in de geschiedenis van de mensheid weggevaagd, en hij heeft andere vijanden ongelofelijk wrede dingen aangedaan. Met zijn enorme rijkdom en contacten met overheden over de hele wereld is Esguerra zo goed als onaanraakbaar. Zijn nederzetting in de Amazone is het equivalent van een militair fort. En daarom biedt Novak zoveel geld: omdat niemand met ook maar een greintje gezond verstand het zou opnemen tegen een zo machtige en meedogenloze man.

De enige reden waarom ik het toch overweeg, is Sara.

Ik moet iets doen om goed te maken dat ze bijna was omgekomen.

Ik moet doen wat ik maar kan om haar het leven te geven dat ze verdient.

~

ANTON IS AL AAN BOORD VAN HET VLIEGTUIG ALS DE TWEELING EN IK AANKOMEN MET SARA, en zodra ze veilig zit, vertrekken we. De vlucht naar Japan duurt veertien uur, dus als we in de lucht zijn, trek ik haar sneakers uit en doe ik een dekentje om haar voeten in de hoop dat ze het zo comfortabel genoeg heeft om te slapen.

Ik heb zelf niet meer geslapen sinds het ongeluk, maar ik wil dat zij rust en geneest.

Ze kijkt als ik mijn laptop pak met een sombere blik in haar hazelnootkleurige ogen naar me en ik vraag: 'Heb je honger, liefste?'

We hebben ontbeten voordat we bij de kliniek vertrokken, maar ze heeft nauwelijks iets gegeten, dus ik heb extra sandwiches ingepakt voor de vlucht.

Ze schudt haar hoofd. 'Nee, bedankt.' Haar stem is melodieus en enigszins hees – de stem van een zangeres, dat heb ik altijd gevonden. Ik wil er voor altijd naar luisteren, of ze nu praat of met een van de popsongs meezingt waarvan ze houdt. Maar meer dan alles wil ik haar een liedje horen zingen voor onze baby, waardoor het kind weet dat het veilig en geliefd is.

Met moeite duw ik dat verleidelijke beeld weg. Ik kan niet overwegen om nu met Sara aan kinderen te beginnen... daarvoor is de taak die voor me ligt te gevaarlijk.

Het is maar goed dat Sara niet zwanger is, en totdat we die hindernis hebben genomen, zal ik ervoor zorgen dat ze dat ook niet wordt.

eter

'WÁT HEB JE GEDAAN?'

Anton staart me aan alsof ik niet goed bij mijn hoofd ben. Zijn bebaarde kaak hangt open door de shock. Net als ikzelf zijn de jongens vroeg wakker ondanks onze late aankomst van gisteravond, dus ik dacht: nu kan ik ze net zo goed bijpraten over onze volgende missie voor Sara wakker wordt.

'Ik heb een meeting met Novak ingepland,' herhaal ik, en ik breek een ei boven een kommetje waarna ik er wat melk doorheen roer. 'We gaan half december naar Belgrado. Die Servische klootzak is te paranoïde, hij wil alleen in levenden lijve praten over de details van zijn belang in Esguerra's organisatie, niet per mail of telefonisch.'

Yan leunt tegen het aanrecht. Er ligt een licht geamuseerde blik in zijn groene ogen en hij kruist zijn benen bij de enkels. 'Waarom half december? Het is pas net november.'

Ik haal mijn schouders op. 'We hebben geen haast en hij ook niet.' Dat laatste is eigenlijk niet waar. Novak wilde volgende week al afspreken, maar ik heb dat vooruitgeschoven naar volgende maand. Zodra de bal rolt is er geen houden meer aan, en ik ben er nog niet klaar voor.

Ik wil, nee, ik móét voordat ik aan deze missie begin nog meer tijd met Sara doorbrengen. Daarnaast komen onze hackers dicht bij Wally Henderson en is de kans groot dat ze binnenkort weer een aanwijzing ontdekken. Hij is de laatste naam op mijn lijst en verreweg de meest ongrijpbare. Henderson was als generaal de aanvoerder van de Daryevo-operatie, en daarmee is hij de meest direct verantwoordelijke voor de afslachting van mijn vrouw en zoon. Als Sara dat ongeluk niet had gehad, hadden we hem in Nieuw-Zeeland kunnen pakken toen er een foto van zijn vrouw op Instagram verscheen, geplaatst door een onwetende wijngaardeigenaar die trots zijn clientèle liet zien. Maar helaas, tegen de tijd dat we een omreis hadden gemaakt naar de Zwitserse kliniek en ik mezelf voldoende bij elkaar had geraapt om mijn mannen op Henderson af te sturen, had hij alweer zijn verdwijntruc uitgevoerd. Maar dit keer is het spoor vers en onze hackers weten nu beter waar ze naar moeten zoeken.

We gaan Walter Henderson III vinden, en zodra we hem hebben, ontdoe ik hem een voor een van al zijn ledematen.

Ilya fronst. Zijn schedeltattoo glanst in het ochtendlicht als hij op een barkruk plaatsneemt. 'Weet je het zeker, man? Honderd miljoen is verleidelijk, maar we hebben het hier over Esguerra. Kent zal erbij betrokken zijn en...'

'Fuck Kent.' Ik breek het volgende ei zo hard dat het over de rand van de kom loopt. 'Die eikel verdient het na hoe hij Sara heeft behandeld.'

'Maar Esguerra?' zegt Anton, die over zijn ergste shock heen lijkt te zijn. 'Die gast heeft een klein leger in dienst, en die junglenederzetting van hem... je hebt zelf gezegd dat die ondoordringbaar is. Hoe moeten we in godsnaam...'

'Daarom spreken we af met Novak: om erachter te komen wat hij in petto heeft.' Ik begin mijn geduld te verliezen. 'Ik ben niet fucking suïcidaal, we gaan dit alleen doen als we een kans hebben.'

'Echt?' Yan loopt naar de andere kant van de keuken en gaat naast zijn broer op een barkruk zitten. 'Weet je het zeker? Sara is gewond geraakt onder Kents toezicht.'

Zijn stem is boterzacht, maar ik herken een uitdaging als ik er een hoor.

Met een kalme gezichtsuitdrukking loop ik naar de gootsteen om het rauwe ei van mijn handen te wassen. Anton, die mij het beste kent, stapt snel aan de kant, maar de Ivanov-tweeling blijft gewoon zitten en kijkt me met een identieke starende blik in hun groene ogen aan als ik om de bar heen loop, op Yan af.

'Dus jij denkt dat ik redeneer met mijn pik?' Mijn stem klinkt net zo zacht als die van hem. 'Jij denkt dat ik ons allemaal zou laten ombrengen om Kent betaald te zetten dat hij Sara een ongeluk heeft laten krijgen?'

Yan draait zich om met zijn barstoel om me aan te kijken. 'Ik weet het niet.' Zijn gezicht staat licht geamuseerd, maar zijn ogen zijn koel en scherp. 'Is dat zo?'

Mijn lippen vormen een grimmige glimlach terwijl mijn rechterhand zich om de stiletto in mijn zak sluit. 'En wat dan nog?'

Yan houdt mijn blik een paar gespannen seconden vast en de lucht in de kamer wordt geladen van de uitdaging. Ik mag Yan graag, maar ik kan dit soort ongehoorzaamheid niet tolereren. Hij wist waar hij ja tegen zei toen hij lid werd van dit team, was ervan op de hoogte dat meebouwen aan mijn lucratieve business ook betekende dat hij me zou moeten helpen bij mijn persoonlijke doelen. Dat was de deal, en ik ben van plan hem eraan te houden, ook al word ik nu meer gemotiveerd door Sara dan door mijn overleden vrouw en zoon.

'Yan.' Ilya's stem klinkt fluisterend. Hij staat op en legt een grote hand op de schouder van zijn broer. 'Peter weet wat hij doet.'

Yan blijft nog even stil. Dan knikt hij met een

moeizame glimlach. 'Ja, natuurlijk. Hij is tenslotte de teamleider.'

Zijn woorden klinken toegeeflijk, maar mij houdt hij niet voor de gek. Ik zal tijdens deze missie extra alert moeten zijn.

Yan zou weleens voor problemen kunnen zorgen.

4

Sara

Terwijl we met z'n vijven ontbijten, ontgaat het me niet dat de sfeer aan tafel gespannen is. Ik weet niet of er iets is gebeurd voordat ik naar beneden kwam of dat iedereen simpelweg net zoveel last heeft van een jetlag als ik, maar de gemoedelijke vriendschappelijkheid die ik eerder zag tussen Peter en zijn mannen lijkt deze morgen afwezig te zijn.

In plaats van grapjes met elkaar te maken en mij te trakteren op anekdotes over Rusland, schrokken Peters teamleden hun omeletten zwijgend op, waarna ze zich snel uit de voeten maken, Anton op weg naar een bevoorrading en de tweeling naar een trainingssessie in het bos.

'Wat is er aan de hand?' vraag ik aan Peter als wij de

17

enige twee overgeblevenen zijn in de keuken. 'Hebben jullie ruzie gehad of zo?'

'Of zo.' Hij staat op om de lege borden af te ruimen. 'Hou het er maar op dat niet iedereen achter de gekozen aanpak staat.'

'Welke aanpak?'

'Ik overweeg om een andere baan aan te nemen – een buitengewoon lucratieve.'

Ik frons en sta op om hem te helpen de afwas in de vaatwasser te zetten. 'Is het gevaarlijk?'

Zijn glimlach is gespeend van humor. 'Ons hele leven is gevaarlijk, ptichka. Het werk dat we doen is daar slechts een onderdeel van.'

'Waarom zijn de jongens er dan op tegen?' Ik zet het bord dat ik aan het afspoelen was neer en kijk Peter aan terwijl ik mijn handen afdroog aan een theedoek. 'Is er iets erger aan dan bij jullie gebruikelijke *Mission Impossible*-opdrachten?'

Zijn stalen blik wordt warmer als hij mijn bezorgde toon hoort. 'Je hoeft je geen zorgen te maken, lieverd – voorlopig tenminste niet. We hoeven de mogelijke klant zelfs pas half december voor het eerst te ontmoeten en dan zullen we besluiten of we de klus aannemen of niet.'

'O.' Mijn bezorgdheid neemt wat af, wordt verdrongen door de groeiende nieuwsgierigheid. 'Hebben jullie live afgesproken met deze klant?' Als Peter knikt, vraag ik door: 'Waarom? Dat doen jullie normaal gesproken niet, toch?'

'Nee, maar we gaan dit keer een uitzondering

maken.' Hij lijkt niet echt te willen uitweiden en ik besluit het voor nu maar even te laten hangen. Half december, dat duurt nog weken, hij zal het me wel vertellen als hij er klaar voor is – waarschijnlijk op een moment dat hij niet net een discussie heeft gehad met zijn teamgenoten.

We gaan in een gemoedelijke stilte door met opruimen en ik geniet ervan hoe natuurlijk dit alles voelt: ontbijten met Peter en zijn mannen, de afwas doen, over zijn werk praten. Het maakt niet uit dat we op een afgelegen bergtop in Japan zitten, ingesloten door een halve meter sneeuw, en dat het werk waar we het over hebben draait om gruwelijke moorden. De tijd dat ik hier weg was – mijn dagen op Cyprus met de Kents en mijn twee weken in de Zwitserse kliniek – begint nu al een nare herinnering te lijken, een angstige onderbreking van dit nieuwe leven.

Een leven dat steeds fijner en echter voelt, met elke dag die ik doorbreng hier in deze vreemde wereld die steeds meer thuis begint te worden.

Ik wacht op de pijnlijke steek van zelfhaat en schuldgevoel, maar het enige wat ik voel is dat ik me erbij neerleg. Ik ben het zat om te vechten tegen mezelf en deze verwarrende gevoelens, moe van het constant verzetten en doen alsof de man die me met die koele ogen aankijkt niets meer is dan mijn gevangenbewaarder – dat ik me bij de kliniek niet aan hem vastklampte als een babykoala aan zijn moeder. Toen ik vanmorgen wakker werd in mijn eentje in een leeg bed, kon ik wel huilen, en dat had niets te maken met het feit dat ik nog altijd niet ongesteld ben geworden.

Die gedachte duw ik snel weg voordat ik weer ga flippen. Ja, ik ben nu een paar dagen te laat, maar daar zijn heus wel andere mogelijke verklaringen voor. Stress bijvoorbeeld, zowel fysieke als emotionele. Aangezien er hier geen zwangerschapstest te vinden is en ik geen andere symptomen heb, kan ik in dit vroege stadium met geen mogelijkheid vaststellen of het komt door de nasleep van het ongeval of dat het te maken heeft met de consequenties van onbeschermde seks. Dus voor dit moment moet ik het maar uit mijn hoofd zetten en er het beste van hopen, want ik ben er ook nog niet klaar voor om het hier met Peter over te hebben.

Als ik zwanger ben, weten we dat allebei gauw genoeg.

'Gaat het?' vraagt Peter, zijn donkere wenkbrauwen bezorgd gefronst, en ik realiseer me dat ik per ongeluk een grimas getrokken heb, alsof ik pijn had.

'Ik heb gewoon een jetlag,' zeg ik, en om zijn bezorgdheid weg te nemen, plak ik er een stralende glimlach op. 'Je weet wel, lange vlucht en zo.'

'Ah.' Hij tilt zijn grote hand op en raakt zachtjes het genezende litteken op mijn voorhoofd aan. 'Je moet het de komende dagen rustig aan doen. Je bent nog niet helemaal hersteld.' Zijn frons wordt dieper. 'Misschien hadden we langer in de kliniek moeten blijven.'

Ik lach en schud mijn hoofd. 'O, nee. We zijn al een

week te lang gebleven. Ik voel me goed, alleen een beetje moe, dat is alles.'

'Juist.' Hij lijkt niet overtuigd, en impulsief ga ik op mijn tenen staan en kus de harde lijn van die sensuele mond.

Het is maar een korte, speelse kus, maar we krimpen er allebei van ineen als van een klap. Ik weet niet waarom ik dit deed, waarom het zo natuurlijk aanvoelde om hem zo te kalmeren. Het was niet omdat ik seks wil, hoewel ik dat wel wil. Hij heeft me sinds Cyprus niet meer geneukt en mijn lichaam smacht naar zijn aanraking. Nee, het was gewoon iets wat ik wilde doen, iets wat goed voelde.

Hij herpakt zich als eerste. Een langzame, verleidelijke glimlach krult die gebeeldhouwde lippen terwijl hij me aanraakt, één arm glijdt rond mijn middel om me dichterbij te trekken terwijl de andere hand zich zachtjes rond mijn kaak krult, en zijn eeltige duim streelt mijn wang. 'Sara...' Zijn stem is laag en hees, net zo warm als de gloed in zijn blik. 'Mijn mooie ptichka... Ik hou zo, zoveel van je.'

Mijn borstkas knijpt samen en drukt de lucht in mijn longen. Hij heeft al eerder gezegd dat hij van me houdt, maar nooit op deze manier... nooit met zo'n diep gevoel. Het schokt me tot op het bot, want voor de eerste keer geloof ik hem.

Ik geloof hem, en ik wil het beantwoorden.

Het besef is als een hamer op mijn schedel. Ik heb er zo hard tegen gevochten, alles gedaan wat ik kon om niet voor deze man te vallen, om aan hem te ontsnappen. Maar zelfs toen ik van hem wegrende, wist ik dat ik ook van mezelf vluchtte, van het duistere deel van mij dat de moordenaar van mijn man wil omhelzen, om toe te geven aan de fantasie van een gelukkig leven met de moordenaar die me van iedereen van wie ik hou heeft gestolen. Ik vocht, ik vluchtte, en ergens in dat proces gebeurde het toch.

Ik viel voor hem.

Ik viel voor de man die ik zou moeten haten, een monster wiens kind ik misschien draag.

Hij houdt mijn blik vast, en in zijn ogen zie ik hetzelfde hevige verlangen dat ik zo hard heb geprobeerd te onderdrukken. Hij heeft me nodig, die dodelijke ontvoerder van me, hij heeft me zo hard nodig dat hij alles wil doen om me te krijgen. En om een of andere reden maakt die wetenschap me niet meer zo bang als voorheen.

Ik weet niet of ik mijn gedachten op de een of andere manier doorsein, of dat de onthouding van de afgelopen tweeënhalve week voor Peter net zo moeilijk is geweest als voor mij, maar het vuur in zijn blik brandt feller en de krachtige arm om mijn middel wordt strakker, trekt me vlak tegen zijn lichaam.

Zijn harde, opgewonden lichaam.

Mijn eigen lichaam spant zich aan, omklemt een plotselinge, lege pijn terwijl mijn handen zich tegen zijn brede borst drukken. Ik wil hem, net zoals ik hem al die nachten in de kliniek wilde, toen ik platonisch in zijn omhelzing sliep. Hij weigerde me toen aan te raken, uit bezorgdheid om mijn verwondingen, maar ik heb geen pijn meer – niet van de verwondingen, tenminste.

Zijn hoofd komt omlaag en ik verwelkom zijn harde, verslindende kus. Dit is precies wat ik wil: door hem bezeten worden, het geweld van zijn passie voelen. Hij is niet zacht meer, en dat wil ik ook niet. Ik wil hem precies zo: ruw en bijna onbeheersbaar, dat hij me verteert met zijn behoefte, een vuur in me ontsteekt met zijn overweldigende honger.

Mijn handen komen op de een of andere manier in zijn donkere haar terecht, grijpen naar de dikke, zijdeachtige lokken terwijl ik hem net zo wild terug zoen, onze tongen een potje worstelen terwijl onze lichamen zich tegen elkaar aan duwen door de barrière van kleren heen. Ik haal nu hard adem, en hij ook, terwijl hij me tegen de rand van de toonbank drukt, me erop tilt en mijn yogabroek en string in één ruwe ruk uittrekt. Dan is zijn rits naar beneden en zijn dikke pik spietst in me, waardoor ik het uitschreeuw van de brute manier waarop hij me oprekt. Als ik niet zo nat was, zou hij me opengescheurd hebben, maar ik ben geil van het verlangen en terwijl hij in me begint te stoten, sla ik mijn benen om zijn heupen, neem hem in me op, omarm alles wat hij te geven heeft.

Het duurt niet lang voordat mijn lichaam zich aanspant en in een duizelingwekkend tempo naar een hoogtepunt gaat, en zijn stoten versnellen. Het woeste ritme drijft ons beiden naar een plek waar we ons verstand verliezen. 'O, fuck,' kreunt hij, en hij gooit zijn hoofd als het orgasme hem overvalt. Ik schreeuw, huiverend van pijnlijk genot als mijn binnenste spieren zich om zijn pulserende pik klemmen. De hete stralen van zijn zaad baden in mijn binnenste, en mijn lichaam trilt opnieuw en opnieuw, de ontlading duurt een eeuwigheid.

Uiteindelijk komt er toch een eind aan en word ik me bewust van het onwrikbare steen van de strakke kwartsvloer onder mijn rug en Peters zware gewicht dat me naar beneden drukt. We ademen allebei zwaar en zelfs door zijn overhemd heen voel ik het zweet op zijn rug.

We hebben gewoon op het aanrecht geneukt, waar iedereen ons kon betrappen.

We gingen er als beesten in op, alsof het jaren geleden was dat we seks hadden gehad in plaats van weken.

Een manische giechel ontsnapt uit mijn keel op hetzelfde moment dat Peter woedend een vloek mompelt en zich van me af duwt. De pikdonkere uitdrukking op zijn gezicht als hij zijn spijkerbroek dichtritst doet me nog meer in lachen uitbarsten. Hijgend van het hysterisch lachen glijd ik op wankele benen van het aanrecht, en ik zie dat mijn broek en string onder de vaatwasser geklemd zitten.

Mijn hele onderlichaam is naakt.

Mijn blote kont lag op het aanrecht als een kalkoen te wachten om gevuld te worden.

Mijn hysterie bereikt een nieuw hoogtepunt en ik buig voorover, zo hard lachend dat de tranen uit mijn ogen stromen. Peter staart me aan alsof ik gek geworden ben en dat maakt het alleen maar erger, want ik weet hoe ik eruit moet zien, in mijn blote kont en kakelend als een krankzinnige vrouw.

Na een paar minuten ben ik rustig genoeg om mijn kleren te gaan halen, maar Peter pakt me bij de schouders voordat ik op handen en voeten kan gaan staan. De bezorgde frons op zijn gezicht drijft me weer tot hysterie. 'Je… je zult het moeten ontsmetten,' hijg ik uit tussen vlagen van ongecontroleerd gelach. 'Aangezien je hier k-kookt en zo…'

Ik lach nu te hard om te kunnen praten, maar hij moet de strekking van de aanleiding opvangen, want er glinstert schoorvoetend amusement in zijn ogen en zijn lippen krullen. En dan lacht hij ook, want er staat nog steeds overal vuile vaat, en we hebben net geneukt waar iedereen ons kon zien, en zijn zaad druipt langs mijn dijen op de schone tegelvloer.

Uiteindelijk kalmeren we en halen mijn broek en ondergoed onder de vaatwasser vandaan. Mijn keel is schor en mijn buik doet pijn van het harde lachen, maar ik voel me op de een of andere manier gereinigd, ontdaan van alle bitterheid en wrok. Peters gezicht staat echter weer somberder en terwijl hij me naar boven leidt om te douchen, vraag ik: 'Wat is er?'

Hij antwoordt eerst niet, maar richt zich op het aanzetten van de douche en ons allebei uitkleden als we in de badkamer zijn. Ik wacht geduldig, en als we onder de straal staan en hij mijn rug begint te wassen, mompelt hij eindelijk: 'Heb ik je pijn gedaan?'

Ik knipper en draai me om om hem aan te kijken. Is

dat waar hij zich zorgen over maakt? Dat hij ruw was? Mijn linkerschouder doet nog steeds pijn van de ontwrichting bij het auto-ongeluk, maar ik ben er vrij zeker van dat onze heftige seks geen kwaad heeft gedaan. 'Nee, natuurlijk niet. Ik zei je toch, ik ben helemaal in orde.'

Hij kijkt me aan, niet overtuigd, zucht dan en drukt me in een omhelzing tegen zich aan. Ik sluit mijn ogen om het stromende water buiten te houden en sla mijn armen om zijn gespierde bovenlijf. We blijven zo staan, houden elkaar vast zonder woorden, en het voelt zo goed, ook al is er een heleboel verkeerd.

Het voelt alsof we hier thuishoren, alsof we voor elkaar bestemd zijn.

5

Peter

DE VOLGENDE OCHTEND WORD IK EERDER WAKKER DAN
SARA, en zoals de laatste tijd mijn gewoonte is, kijk ik
een paar minuten hoe ze slaapt voor ik mezelf dwing
uit bed te komen.

Ik weet niet of het wishful thinking is, maar
gisteren voelde het anders. Het leek alsof de
voorzichtige wapenstilstand die we in de kliniek sloten
er nog was. Meestal voelde ik na de seks dat Sara een
muur om zich heen probeerde op te trekken met
bittere zelfverwijten, maar gisteren niet. Gisteren zag
ik haar innerlijke strijd niet, en nadat ik mezelf ervan
had verzekerd dat ik haar geen pijn had gedaan, hield
ik eindelijk op mezelf te verwijten dat ik de controle

was verloren – en dat ik weer geen condoom had gebruikt, ondanks mijn eerdere besluit om dat wel te doen.

Op dit moment is Sara vullen met mijn zaad een instinct, en dat instinct weigert acht te slaan op de redenen om te wachten tot de Esguerra-situatie is opgelost.

Hoe dan ook, ik betwijfel of we gisteren gevaar liepen. Sara moet aan het eind van haar cyclus zijn, gezien haar laatste menstruatie. En wanneer was die precies? Drie weken geleden of vier? Ik kijk fronsend in de badkamerspiegel terwijl ik het laatste scheerschuim afveeg en het scheermes neerleg. Nee, dat klopt niet. We waren bijna drie weken weg, en daarvoor bloedde ze al minstens…

Een klop op de badkamerdeur onderbreekt mijn berekeningen. 'Peter?' Sara's stem, die schor is van het slapen, is vreemd gespannen. 'Yan wil met je praten.'

Klote. Ik wrijf met een handdoek over mijn gezicht om al het schuim weg te krijgen dat nog op mijn huid zit en loop de badkamer uit. Sara staat bij het bed, gehuld in een dikke badjas die ze moet hebben aangetrokken om de deur voor Yan te openen.

'Hij zei dat je zo snel mogelijk naar beneden moest komen,' zegt ze met een bezorgde frons op haar voorhoofd. 'Het is dringend.'

Ik knik en trek een spijkerbroek aan. Dat dacht ik al, want mijn mannen hebben niet de gewoonte om op onze slaapkamerdeur te kloppen. Er moet iets gebeurd zijn, maar ik kan niet bedenken wat. De autoriteiten of onze vijanden kunnen ons nooit opgespoord hebben en dat is het enige noodgeval dat ik kan bedenken dat zo dringend zou zijn.

'Kleed je aan,' zeg ik tegen Sara terwijl ik naar de deur loop. 'Voor het geval we snel weg moeten.'

Haar ogen worden groot van begrip en ze haast zich om haar kleren aan te trekken terwijl ik naar beneden ren.

Alle drie mijn teamgenoten zijn er al, ze staan rondom Yan, die naar het scherm van zijn laptop tuurt. Anton is iets aan het typen op zijn telefoon.

'Wat is er?' vraag ik scherp, en de tweeling draait zich om om me aan te kijken, hun gezichten grimmig.

'Sara is nog boven, toch?' vraagt Yan, die een onleesbare blik op de trap werpt, en ik knik en dicht de afstand tussen ons in een paar lange passen.

'Wat is er aan de hand?'

'Kijk maar eens,' zegt hij en hij draait het scherm naar me toe.

Eerst zie ik alleen de vertrouwde, armoedige gezelligheid van de keuken van Sara's ouders, met oude apparatuur en een vensterbank vol kruidenpotten. Sara's bejaarde vader, gekleed in een kamerjas, schuifelt met zijn rollator door de keuken, schenkt koffie in en haalt een bakje yoghurt uit de koelkast. Hij is bijna aan de keukentafel met zijn ontbijt als een rinkelende telefoon onderbreekt wat een rustig ochtend moet zijn geweest.

Charles 'Chuck' Weisman zet voorzichtig zijn koffiekopje op het aanrecht en haalt zijn telefoon uit zijn zak. 'Lorna?' Zijn stem is sterk en stabiel, ondanks zijn leeftijd. 'Ben je vergeten te checken...' Hij valt abrupt stil, en zelfs op het korrelige beeld zie ik hem blozen, zijn mond gaat open en dicht in woordeloze shock.

Zijn vrije hand tast krampachtig in zijn zij, maar mist de handgreep van het looprek, en ik houd mijn adem in als hij struikelt. Tot mijn opluchting weet hij zich vast te grijpen aan de rand van het aanrecht. Zo fragiel als Sara's vader is, had de val zomaar zijn einde kunnen betekenen.

'Waar?' vraagt hij na een minuut gespannen luisteren, waarna hij de telefoon weer in zijn zak steekt en even blijft staan, met trillende kin, voordat hij zichzelf bij elkaar raapt en moeizaam naar de slaapkamer loopt om zich aan te kleden.

'Dit is ongeveer tien uur geleden opgenomen,' zegt Yan als ik opkijk van het scherm, klaar om hem met woedende vragen te bestoken. 'We zijn net klaar met het beluisteren van de complete audio van dit gesprek. Het klinkt alsof Sara's moeder een auto-ongeluk heeft gehad, een ernstig ongeluk. Ze wisten niet zeker of ze het zou halen. Onze hackers hebben toegang tot de ziekenhuisgegevens, maar de dokters zijn traag met het invoeren van hun notities in het systeem. Het goede nieuws is dat Sara's vader nog in het ziekenhuis is, althans, hij is nog niet thuis geweest.'

'Ik heb net contact gehad met de Amerikaanse bemanning,' zegt Anton, die nu zijn telefoon weglegt. 'Ze zijn op weg naar het ziekenhuis, dus we zullen binnenkort een update krijgen over haar toestand. Ik heb ze gezegd extra voorzichtig te zijn; ik weet zeker dat de FBI de locatie in de gaten houdt, voor het geval Sara opduikt.'

Kut. Ik sluit mijn ogen en wrijf over mijn slapen om een opkomende hoofdpijn tegen te gaan. Dit is Sara's grootste nachtmerrie: een van haar ouders is gewond en zij is er niet bij. Ze was altijd bang dat het haar vader zou zijn, vanwege zijn hartproblemen, maar dit is haar relatief jonge en voor een vrouw van achtenzeventig ook gezonde moeder. Sara zal er kapot van zijn, en alle vooruitgang die we de afgelopen weken in onze relatie hebben geboekt zal verloren gaan.

Ze zou het me nooit vergeven als ik haar weghield van haar moeders sterfbed. Het zou een andere kloof tussen ons creëren, een die misschien nog moeilijker te overbruggen zou zijn dan die door de dood van haar man.

Ik open mijn ogen. Een kronkelende, zuigende pijn nestelt zich laag in mijn darmen. Mijn mannen kijken naar me met een mengeling van nieuwsgierigheid en medelijden, en ik weet dat ze het begrijpen. Ze hebben Sara de afgelopen maanden leren kennen, ze mogen haar. Ze hebben gezien hoe toegewijd ze is aan haar bejaarde ouders, hoe ze elke dag naar hen vraagt en trouw de video's bekijkt die we haar geven.

Ze weten dat ze hieraan kapot zou gaan.

Ze zal het zichzelf net zo kwalijk nemen als mij.

'Hou me op de hoogte van eventuele updates van de Amerikanen,' beveel ik schor en ik ga naar boven.

Ik moet Sara onderscheppen voor ze naar beneden komt.

Ze mag hier niet achter komen totdat we alle feiten hebben.

6

Sara

Ik haast me door mijn ochtendroutine, neem in minder dan vijf minuten een douche en poets mijn tanden. Het kost me nog eens drie minuten om me aan te kleden, en dan bedenk ik wat ik moet doen. Zal ik naar beneden rennen om te kijken wat er aan de hand is? Of inpakken voor het geval we toch snel weg moeten?

Pragmatisme wint het van nieuwsgierigheid, dus ik haal een rugzak uit een kast en begin hem vol te proppen met benodigdheden: drie setjes schoon ondergoed, zowel voor mezelf als voor Peter, dan sokken, spijkerbroeken, shirts, truien, alles voor ons beiden. Ik weet zeker dat Peter en zijn mannen wel aan nieuwe kleren kunnen komen als we alles moeten achterlaten en naar een ander onderduikadres moeten evacueren, maar het is handig als we een paar dagen kleren hebben, dan is het minder noodzakelijk. Ik ben de vlucht hierheen nog niet vergeten, toen mijn enige kledingopties bestonden uit de deken waarin Peter me had gestolen en enorm oversized mannenkleding.

Als ik het kan vermijden om rond te moeten lopen in Peters joggingbroek, dan doe ik dat graag.

Nu ik klaar ben met de kleding ga ik verder met de toiletspullen. Ik stop onze tandenborstels en tandpasta in een afsluitbaar plastic zakje dat ik onder de gootsteen vind, samen met Peters scheermes en een kleine tube hydraterende crème. Terwijl ik ze dichtrits, valt me op dat ik er vreemd kalm mee omga. Mijn handpalmen zweten en mijn hartslag is verhoogd, maar ik ben niet gestrester dan ik bijvoorbeeld zou zijn als we te laat zouden zijn voor een vlucht. Ik denk dat het komt doordat ik diep vanbinnen verwachtte dat zoiets zou gebeuren. Hoe goed Peter en zijn mannen ook zijn in het ontwijken van de autoriteiten, vroeg of laat worden ze toch gevonden. Is het niet door de FBI of door Interpol, dan door een crimineel die een van zijn doelwitten wil wreken.

Zelfs drugsbaronnen en corrupte bankiers kunnen iemand hebben die van ze houdt.

Ik ren terug naar de slaapkamer om een riem te halen voor Peters spijkerbroek, als hij binnenkomt met een donkere blik in zijn ogen.

'Wat is er gebeurd?' Ik laat de rugzak op het bed vallen en haast me naar hem toe. 'Moeten we…'

Hij neemt mijn gezicht tussen zijn eeltige handpalmen en laat zijn lippen over de mijne glijden in een harde, heftige, hongerige kus. We hebben niet gevreeën sinds die keer in de keuken – ik was al vroeg out gegaan van de jetlag en Peter liet me voorzichtig slapen – en ik proef de opgekropte lust in deze kus, het donkere vuur dat altijd tussen ons brandt.

Peter duwt me tegen het bed, trekt mijn kleren uit, dan de zijne, en dan, zonder enige voorbereiding, stoot hij in me. Hij rekt me uit met zijn grootte, overweldigt me met zijn harde hitte. Ik schreeuw het uit van de schok, maar hij stopt niet, vertraagt niet. Zijn ogen glinsteren fel als hij mijn armen boven mijn hoofd strekt, met zijn handen mijn polsen omklemt, en ik realiseer me dat het meer dan lust is dat hem vandaag drijft, iets woest en wanhopigs.

De reactie van mijn lichaam is snel en plotseling, als olie die vlam vat. Het ene moment knars ik met mijn tanden tegen de genadeloze kracht van zijn stoten, het volgende moment schiet ik over de rand en schreeuw ik het uit terwijl ik versplinter in brute extase. Er is geen opluchting in dit orgasme, alleen een vermindering van de onmogelijke spanning, maar zelfs dat duurt niet lang. De tweede piek, even hevig als de eerste, komt er vlak achteraan, en ik schreeuw het uit van de kwellende schokken, het genot dat me verscheurt terwijl hij in me dringt, keer op keer, me door het hoogtepunt heen stuwt en verder.

Ik weet niet hoelang Peter me zo neukt, maar tegen de tijd dat hij klaarkomt en gloeiend heet zaad in me spuit, is mijn keel rauw van het schreeuwen en ben ik de tel kwijt van het aantal orgasmes dat hij uit mijn gehavende lichaam heeft gewrongen. De harde spieren van zijn borst glanzen van het zweet als hij zich uit me terugtrekt, en ik lig daar te hijgen, te versuft en uitgeput om me te bewegen.

Hij gaat weg en komt even later terug met een natte handdoek, waarmee hij op de nattigheid tussen mijn benen klopt. 'Sara...' Zijn stem is ruw, dik van emotie als hij zich over me heen buigt om een haarlok van mijn met zweet doordrenkte voorhoofd te vegen. 'Ptichka, ik...'

Een harde klop op de deur doet ons beiden opschrikken.

'Peter.' Het is Yan, zijn stem nog net zo scherp als eerder deze ochtend. 'Je moet dit horen. Nu.'

Peter mompelt een vloek en staat op van het bed, zoekt zijn spijkerbroek in de stapel kleren op de grond en trekt hem aan zonder ondergoed aan te trekken. De blik die hij me over zijn schouder toewerpt is fel, bijna boos, maar hij zegt niets als hij de kamer uit loopt.

Ik ga rechtop zitten, huilend van de pijn tussen mijn dijen, en dwing mezelf op te staan en me nog eens snel af te spoelen voor ik me weer aankleed.

Ik heb geen idee wat er aan de hand is, maar ik krijg een vreselijk voorgevoel.

eter

HET GETUIGT VAN DE ERNST VAN DE SITUATIE DAT ER geen suggestieve grijns te zien is als ik blootsvoets en zonder shirt de keuken binnenstrompel, terwijl de geur van seks me omringt als een soort oergeur.

'Het is ernstig,' zegt Yan zodra ik dichterbij kom. 'Een dronken bestuurder heeft haar aangereden op een kruispunt, de auto is drie keer over de kop gegaan voordat hij op zijn dak terechtkwam. Ze heeft meer dan tien gebroken botten en ze heeft inwendige bloedingen. Ze hebben haar net binnengebracht voor een tweede operatie, maar het ziet er niet goed uit. Gezien haar leeftijd en de ernst van haar verwondingen, denken ze niet dat ze het gaat halen.'

Elk woord dat hij spreekt steekt diep in mijn maag.

'Hoe zit het met Sara's vader?' vraag ik; mijn gedachten schieten alle kanten op. 'Is hij…'

'Hij houdt zich tot nu toe goed, maar zijn bloeddruk is gevaarlijk hoog.' Antons donkere blik is ernstig. 'Ze hebben geprobeerd hem naar huis te sturen om uit te rusten, maar hij weigert te gaan. Een paar van hun vrienden zijn bij hem, maar die kunnen maar beperkt hulp bieden.'

'Juist.' Ik staar naar mijn teamgenoten en in hun ogen zie ik de sombere wetenschap van wat ik zal moeten doen.

Het getrippel van lichte voetstappen op de trap trekt mijn aandacht. Ik draai me om en zie Sara de trap af snellen, haar hartvormige gezicht bleek van bezorgdheid.

'Wat is er aan de hand?' Haar in sokken gehulde voeten glijden over de keukentegels als ze voor ons tot stilstand komt. Haar hazelnootkleurige blik springt van mij naar mijn teamgenoten en weer terug. 'Is er iets gebeurd?'

'Geef ons een momentje,' zeg ik tegen de jongens, en ze gaan onmiddellijk uit elkaar, de tweeling naar boven en Anton naar de kast bij de deur.

'Wil je dat ik de helikopter klaarmaak?' vraagt hij in het Russisch terwijl hij me passeert, en ik knik, maar houd mijn blik op Sara gericht, die er met de seconde ongeruster uitziet.

'Wat is er gebeurd?' vraagt ze opnieuw. Ze loopt naar me toe en ik weet dat ik het niet langer kan uitstellen. Ik neem haar tere hand tussen mijn handpalmen en vertel zo zachtjes als ik kan wat ik net te weten ben gekomen.

Haar gezicht mist elke schijn van kleur tegen de tijd dat ik klaar ben, en haar vingers zijn ijskoud in mijn greep. Haar ogen zijn nog steeds droog, maar ik weet dat het de schok is die haar ervan weerhoudt in elkaar te storten. Mijn zangvogeltje heeft net een verwoestende klap gekregen, en als ik nu niets doe, zal ze daar nooit van herstellen.

Ik zal haar verliezen.

Ik weet het.

Ik voel het.

Het is het moeilijkste wat ik ooit heb moeten doen, maar ik zeg gelijk: 'Ik zag je inpakken daarnet. Ben je klaar om te gaan?'

Ze knippert niet-begrijpend. 'Wat?' Haar stem klinkt versuft, zelfs als haar blik zich op mij richt met een plotselinge onvaste hoop. 'Waar?'

'Thuis,' zeg ik, en de zuigende pijn in mijn buik wordt heviger, de leegte breidt zich uit en overwoekert mijn hart. 'Ik neem je mee terug, mijn liefste, voor het te laat is.'

IK STAAR UIT HET VLIEGTUIGRAAMPJE NAAR DE WOLKEN BENEDEN ME. Mijn gedachten zijn verstrooid en mijn borstkas is pijnlijk gespannen. Misschien is het omdat ik nog in shock ben, maar alles gebeurde zo snel dat ik het gewoon niet kan bevatten, geen logica kan ontdekken in deze ontwikkelingen en de wirwar van emoties die me vanbinnen verstikt.

Mam heeft een auto-ongeluk gehad. Ze zou kunnen doodgaan.

Peter brengt me naar huis.

Ik adem oppervlakkig, maar elke keer als ik inadem, doet het pijn, alsof de lucht in de cabine te dik is. Het voelt alsof het maar een paar minuten duurde voordat we vertrokken, in de helikopter stapten en wegvlogen, alsof dit al die tijd al het plan was, alsof we erover hebben gepraat en besloten dat het tijd was.

Tijd voor mij om naar huis te gaan.

Tijd voor mama om te sterven.

Mijn adem stokt bij een bijzonder dikke inademing, en ik moet alles op alles zetten om mijn longen te laten uitzetten, om zuurstof binnen te krijgen door een luchtpijp die niet breder aanvoelt dan een naald.

Het punt is: we hebben er niet over gepraat. Helemaal niet. Peter informeerde me, en dat was het. Toen was er alleen nog de haast om te gaan, om te pakken wat we nodig hadden en in de helikopter te stappen. En toen we daar eenmaal waren, moest hij bellen, iets regelen, met veel Russisch en een beetje Engels. Ik ving flarden van zijn gesprekken op, maar was te ver heen om er iets van te begrijpen. Om wat dan ook te begrijpen, eigenlijk. Hoe kan hij me terugbrengen terwijl ze naar hem op zoek zijn? Terwijl hij weet dat op het moment dat ik opduik, ik ergens heen gebracht kan worden waar hij me nooit zal vinden?

Hoe kan hij me laten gaan terwijl hij gezworen heeft dat nooit te doen?

Ik wil Peter dit alles en nog veel meer vragen, maar hij zit niet naast me. Hij zit op de bank, samen met de tweeling achter een laptop. Ik hoor ze ratelen in rap Russisch terwijl ze naar iets op het scherm wijzen, en ik weet dat ze de logistiek van deze onvoorziene operatie aan het plannen zijn, aan het uitzoeken hoe ze binnen kunnen vallen en me recht onder de neus van de autoriteiten kunnen afzetten.

Ik zou kunnen opstaan en antwoorden van ze eisen, maar dat zou ze kunnen afleiden, waardoor ze een cruciaal detail zouden kunnen missen dat het verschil kan betekenen tussen leven en dood, of tenminste gevangenschap en vrijheid. Dus blijf ik zitten en kijk uit het raam, me concentrerend op de vermoeiende taak van ademhalen.

Adem in, adem uit. Langzaam en gestaag. Ik worstel om de onnatuurlijk dikke lucht binnen te krijgen en houd mijn blik op de pluizige wolken buiten gericht. Me daarop concentreren helpt me om te gaan met de wetenschap dat daar buiten, duizenden kilometers ver weg, mam op een operatietafel ligt, haar frêle lichaam opengesneden en bloedend. Ik heb honderden operaties gezien en zelf tientallen keizersneden uitgevoerd, ik weet hoe het eruitziet en aanvoelt, hoe menselijk vlees op dat moment gewoon vlees is, iets waar de arts in snijdt en snijdt tot hij het uiteindelijk hecht om de persoon te redden die op dat moment geen persoon is, maar een opdracht, een uitdaging om te volbrengen.

Mijn maag draait zich in een knoop, mijn borstkas knijpt zich steeds strakker samen en ik veeg naar een vervelende kriebel op mijn wang, om mijn hand weer te laten zakken als hij nat aanvoelt.

Ik realiseerde me niet dat ik huilde, maar nu ik dat wel doe, probeer ik me te vermannen en me op iets anders te concentreren dan op het mentale beeld van mams lichaam op een brancard, haar buik opengesneden om de schade te herstellen. En van papa in de wachtkamer van het ziekenhuis, uitgeput en met slaapgebrek, zijn slechte hart overbelast en overwerkt.

Waarom doet Peter dit? Ik probeer daar maar weer aan te denken, want dat is beter dan de beelden in mijn hoofd. Laat hij me voorgoed gaan, of is hij van plan terug te komen voor mij? Als dat laatste het geval is, moet hij beseffen dat mij de tweede keer stelen niet zo makkelijk zal zijn. Hij neemt een enorm risico door me terug te brengen, en toch doet hij het. Waarom?

Zou hij zich met mij vervelen?

Nee. Dat zielige, onzekere idee verwerp ik meteen. Peter is een hoop dingen, maar wispelturig is hij niet. Integendeel. Als hij eenmaal een koers heeft uitgezet, wijkt hij daar niet van af, of het nu wraak voor zijn familie is of dat hij zich in mijn leven mengt. Gisteren zei hij dat hij van me houdt, en ik geloofde hem. Dat doe ik nog steeds.

Hij brengt me niet terug omdat hij van me af wil.

Hij doet het voor mij. Omdat hij van me houdt.

Hij houdt genoeg van me om het risico te nemen me te verliezen.

We landen op een privélandingsbaan in de buurt van Chicago net als de zon ondergaat. Ik heb geen idee hoeveel gunsten Peter heeft moeten vragen om dit te regelen met de luchtverkeersleiding, maar het vliegtuig maakt ongestoord de landing. Een onopvallende sedan staat op ons te wachten als we uit het vliegtuig stappen, en Peter leidt me erheen; zijn sterke vingers houden mijn elleboog zachtjes in bedwang.

Zijn gezicht is als een blok graniet, zo hard en afstandelijk heb ik het nog nooit gezien. We hebben geen kans gehad om te praten tijdens de vlucht, en ik heb geen idee wat er in hem omgaat. Het grootste deel van de reis was hij aan het bellen en plannen aan het maken met zijn mannen, en ik wisselde rusteloze dutjes af met stille huilbuien. Een paar uur geleden hoorden we dat mam de operatie heeft doorstaan, maar haar vitale functies zijn nog steeds instabiel.

Dat is geen goed teken.

We stoppen voor de auto en ik zie een man achter het stuur zitten.

Ik kijk op naar Peters gesloten gezicht. 'Ga je naar…'

'Hij gaat je afzetten bij het ziekenhuis,' zegt hij op harde, vlakke toon. 'Ik ga niet mee.'

Ik verwachtte het al, maar de woorden snijden nog steeds door mijn hart. 'Wanneer…' Ik slik de groeiende brok in mijn keel weg. 'Wanneer kom je me ophalen?'

Hij staart me aan, zijn emotieloze masker vertoont even een scheurtje. 'Zo snel als ik kan, ptichka,' zegt hij geëmotioneerd. 'Zo snel als ik verdomme kan.'

De brok in mijn keel wordt groter, tranen prikken opnieuw in mijn ogen. 'Dus ik blijf hier tot mam is hersteld?'

'Ja, en tot ik klaar ben met…' Hij breekt zijn zin af en haalt diep adem. 'Maakt niet uit. Je hebt genoeg op je bord. Het enige wat je moet weten is dat ik terugkom voor jou.' Zijn ogen branden in de mijne terwijl hij mijn gezicht tussen zijn grote, ruwe handpalmen neemt. 'Hoor je me, Sara? Wat er ook gebeurt, zolang er lucht in mijn lichaam is, kom ik terug voor jou. Je bent van mij, ptichka. Zolang als we allebei leven.'

Ik sla mijn handen om zijn stevige polsen. Brandende tranen stromen over mijn wangen terwijl ik zijn blik vasthoud. Ooit zou zijn uitspraak me doodsbang hebben gemaakt, maar nu vermindert de knellende pijn in mijn borst er juist door, geeft hij me iets om me aan vast te houden als hij weggaat en mijn nieuwe wereld – die om hem draait – in duigen valt.

Thuiskomen is waar ik al die maanden voor gevochten heb, maar ik voel geen vreugde vandaag, alleen een vreselijke leegte in mijn hart waar Peter zo meedogenloos een plaats voor zichzelf heeft opgeëist.

Hij buigt voorover en kust de tranen van mijn wangen. 'Ga, mijn liefste.' Hij laat me los en stapt achteruit. 'Er is geen tijd te verliezen.'

En voordat ik iets kan zeggen – voordat ik hem kan vertellen wat ik voel – draait hij zich om en loopt hij naar het vliegtuig, mij bij de auto achterlatend.

Mij achterlatend om alleen naar huis te gaan.

Peter

IK ZOU BLIJ MOETEN ZIJN DAT WE DE AMERIKAANSE autoriteiten te slim af waren en dat deze mini-operatie probleemloos is verlopen, maar de pijn in mijn borst is te verpletterend, te rauw. Ik weet dat het tijdelijk is, maar het voelt alsof iemand me opengereten heeft en mijn hart eruit gerukt heeft.

Mijn ptichka huilde toen ik wegging. En misschien is het wishful thinking, maar ik kreeg het gevoel dat ze niet dolblij was om thuis te zijn, en niet alleen vanwege de omstandigheden. De manier waarop ze me vroeg wanneer ik haar zou komen ophalen – wanneer, niet óf – en de blik in haar hazelnootkleurige ogen…

Het was alles wat ik ooit gewild had, en toch moest ik gaan. Moest ik haar vrijlaten terwijl elk egoïstisch instinct schreeuwde om haar stevig vast te houden, om haar aan me vast te ketenen en nooit meer los te laten. Bovendien is er de irrationele angst voor haar veiligheid, de vreselijke paranoia dat haar iets kan overkomen terwijl ik er niet ben. Het komt door haar ongeluk, dat weet ik, maar dat maakt het gevoel niet minder sterk.

Ik laat haar in de gaten houden, maar ik zal niet in de buurt zijn en dat vreet aan me.

'Weet je dit zeker?' vraagt Ilya, die zich in een stoel naast me vastklikt als ons vliegtuig opstijgt en de wielen met een gierende beweging inklappen. 'Het is nog niet te laat. We kunnen nog steeds omkeren en...'

'Nee.' Ik sluit mijn ogen en dwing mijn ademhaling gelijkmatig te worden. 'Het is wat het is.'

Ik zou alles geven om Sara bij me te houden, maar ik kan het niet – niet zonder haar te vernietigen, en daarmee ook onze kans op een toekomst samen.

In ieder geval is het misschien beter dat ze niet in mijn buurt is als ik doe wat nodig is om die toekomst veilig te stellen.

Ik ga haar ophalen, maar eerst moet ik afrekenen met Novak en Esguerra.

Sara

DE RIT NAAR HET ZIEKENHUIS DUURT BIJNA TWEE UUR – we hebben file onderweg – en mijn zenuwen zijn gespannen tegen de tijd dat de chauffeur me bij de ingang van het ziekenhuis afzet en verdwijnt. Hij heeft geen enkele van mijn vragen beantwoord, dus ik heb geen idee wie hij is of wat zijn relatie tot Peter en zijn team is. En misschien is dat het beste. Ik twijfel er niet aan dat ik ondervraagd zal worden zodra de FBI ontdekt dat ik hier ben.

Ik hoop mijn ouders te zien voor dat gebeurt.

Vechtend om mijn angst in bedwang te houden, haast ik me door de vertrouwde gangen. Ik heb geen borden nodig om me naar de ic te verwijzen. Dit is het ziekenhuis waar ik stage heb gelopen en waar ik al die jaren heb gewerkt; ik voel me hier meer thuis dan in het huis waar ik heb gewoond.

'Lorna Weisman?' vraag ik bij de balie van de ic, en dan wacht ik, inwendig gillend van ongeduld terwijl een receptioniste van middelbare leeftijd met een opzichtig rood permanent rustig de naam opzoekt.

Ik zie het exacte moment waarop ze de speciale aantekeningen vindt die de FBI in het systeem heeft achtergelaten. Haar ogen vliegen omhoog naar mijn gezicht, wijd opengesperd en geschrokken achter haar bril met groen montuur, en ze stottert: 'Een ogenblikje.'

Ik pak de rand van de balie vast. 'Waar is ze?' Ik leun voorover en imiteer Peters engste toon. 'Vertel het me nú.'

'Z-ze wordt geopereerd.' De vrouw krimpt zoveel ineen als haar forse gestalte toelaat. Haar met ringen beladen vingers grijpen naar de telefoon op de tafel. 'Ze hebben haar een uur geleden opgenomen.'

'Alweer?'

De vrouw knikt herhaaldelijk en vindt de noodknop op de telefoon. 'Er waren meer inwendige bloedingen en...'

Ik wacht niet op de details. Over een paar minuten zal de beveiliging en mogelijk de FBI hier zijn, en ik moet pap voor die tijd vinden. Het laatste wat Peter had gehoord, was dat mijn vader nog steeds niet naar huis was gegaan, en gezien wat ik net heb gehoord, twijfel ik er niet aan dat hij hier is, aan het afwachten of mam het redt.

Er is een grote wachtkamer bij de ic, maar ik zie

hem daar niet. Het is mogelijk dat hij naar de kantine is gegaan om wat te eten, of misschien is hij naar de wc. Hoe dan ook, ik heb geen tijd om rond te hangen, dus ren ik naar een van de kleinere wachtkamers aan de zijkant. Sommige families kiezen die voor meer privacy, dus er is een kleine kans dat mijn vader misschien...

'Sara?'

Ik draai naar rechts, mijn hartslag slaat op hol bij de bekende stem.

Het is mijn vriendin Marsha. Ze is gekleed in haar verpleegkundigenuniform en staart me aan alsof ik net onder haar bed vandaan ben gesprongen. Achter haar staat een ander geschokt en bekend gezicht: Isaac Levinson, een van mijn vaders beste vrienden. Hij en zijn vrouw, Agnes, zitten in de hoek van de kleine wachtkamer waar ik net mijn hoofd in stak, en naast hen zit...

'Papa!' Ik haast me naar voren, struikel bijna over een stoel terwijl tranen mijn zicht vertroebelen en mijn adem stokt.

'Sara!' Hij vouwt zijn armen om me heen, zoveel dunner en zwakker dan ik me herinner, en ik realiseer me dat hij ook huilt; zijn magere gestalte trilt van het snikken. Hij trekt zich terug en staart me aan met een mengeling van ongeloof en vreugde, zijn mond beeft terwijl hij mijn handen vastpakt. 'Je bent hier. Je bent echt hier.'

'Ik ben hier, pap.' Ik knijp in zijn trillende handen en stap achteruit, veeg mijn tranen weg terwijl ik mijn stem probeer te herpakken. 'Ik ben hier nu. Hoe is het met mam?'

Zijn gezicht rimpelt. 'Ze bloedt nog steeds. Ze dachten dat ze het onder controle hadden, maar ze moeten iets gemist hebben of de hechtingen zijn gescheurd nadat ze haar dichtgenaaid hadden. Haar bloeddruk is weer gezakt, dus ze gaan weer naar binnen en...'

'Dokter Cobakis.'

Mijn spieren blokkeren en ik draai me om naar de onbekende mannenstem.

Het is een bewaker, vergezeld door een politieagent met een babyface. Hun uitdrukkingen zijn op hun hoede maar vastberaden, en de rechterhand van de politieman houdt zijn pistool boven zijn hoofd, alsof hij verwacht dat ik een vuurgevecht met hem aanga.

'Dokter Cobakis, je moet met ons meekomen,' zegt de bewaker, en ik realiseer me dat zijn blonde sikje me vaag bekend voorkomt. Ik moet hem in het ziekenhuis gezien hebben. Niet dat het wat uitmaakt. Te oordelen naar de vastberaden blik op zijn sproetige gezicht kan ik geen hulp of sympathie van hem verwachten, en ook niet van de jonge politieman, die me aanstaart alsof ik een zelfmoordvest draag in plaats van een spijkerbroek en een trui.

'Wacht eens even...' begint mijn vader verontwaardigd.

'Hij is hier niet,' onderbreek ik hem. Ik hef mijn handen boven mijn hoofd om te laten zien dat ik geen wapens heb. Ik begrijp waar hun wantrouwen vandaan komt, en ik ben van plan te doen wat ik kan om het te ontzenuwen. 'Ik ben helemaal alleen, dat verzeker ik je.'

Marsha, blijkbaar bijgekomen van de schok, stapt naar voren, fronsend naar de bewaker. 'Wat doe je, Bob? Dit is mijn vriendin Sara. Zij is…'

'We weten wie ze is.' De stem van de jonge politieman trilt lichtjes, zijn vingers sluiten zich om het heft van zijn wapen terwijl hij voorzichtig dichterbij komt. 'We willen geen problemen, maar…'

'O, in hemelsnaam, de moeder van het meisje wordt geopereerd!' Agnes Levinson loopt met haar ellebogen langs haar man en mijn vader om de bewaker en de politieman aan te staren vanaf haar volle lengte van één meter achtenzeventig. Haar peper-en-zoutkleurige haar waaiert uit als een aureool rond haar kleine gezicht als ze voor me staat, haar handen op de heupen in een woedende houding, en zegt: 'Mijn man en zoon zijn allebei advocaat, en ik kan je verzekeren dat we een aanklacht wegens intimidatie zullen indienen. Laat het meisje met haar vader praten, daarna ben jij aan de beurt.' Ze draait zich naar me toe, en de blik in haar bruine ogen wordt zachter. 'Sara, liefje, alles goed met je?'

Ik knipper met mijn ogen en laat mijn handen langzaam zakken als noch Bob de bewaker noch de politieman een stap in mijn richting zet. 'Het gaat… het gaat goed. Dank je.' De vriendschap tussen de Levinsons en mijn ouders gaat bijna twee decennia terug, en mijn ouders hebben altijd gezegd dat Agnes en Isaac mij beschouwen als de dochter die ze nooit hebben gehad. Tot op dit moment was ik ervan overtuigd dat dat overdreven was; ik heb ze zeker nooit als meer gezien dan een aardig ouder echtpaar dat toevallig bevriend was met mijn ouders. Hoe Agnes me verdedigt is echter meer iets wat familie zou doen, en ik voel me absurd ontroerd, vooral als Isaac erbij komt staan en de agenten begint te bestoken met al het juridische jargon dat hij tot zijn beschikking heeft, wat mijn vader de kans geeft om mijn arm te grijpen en me opzij te trekken.

'Snel, schat, praat tegen me.' Papa's stem is laag en dringend, zijn blik dwaalt over mijn gezicht en blijft bezorgd hangen op het half genezen litteken op mijn voorhoofd. 'Wat is er gebeurd? Wat heeft hij met je gedaan? Hoe ben je weggekomen?' Voordat ik kan antwoorden, leunt hij voorover en fluistert in mijn oor: 'We moeten je meteen naar een advocaat brengen. Ik weet dat je die dingen aan de telefoon hebt moeten zeggen, maar ze willen me niet geloven. Ik heb ze erover horen praten en ze gaan een beroep doen op de Binnenlandse Veiligheidswet vanwege zijn banden met terroristen. We moeten een goede advocaat voor je regelen of...'

'Sara! Holy shit, meisje, waar ben je geweest?' Marsha voegt zich bij ons en grijpt mijn arm alsof ik op het punt sta in rook op te gaan. Haar Marilyn Monroe-krullen zwaaien wild als ze me omdraait om haar aan te kijken. 'Wat is er met je gebeurd? Waar ben je geweest?' Haar blauwe blik richt zich op mijn litteken en ze hapt naar adem. 'Wat is er met je gezicht gebeurd?'

Overweldigd doe ik een stap terug. 'Marsha, alsjeblieft…'

'Sara Cobakis.' De agent met het blotebillengezicht is langs de Levinsons gekomen en duwt Marsha opzij, zijn hand weer op het heft van zijn wapen. 'Je moet met me meekomen, nu meteen.'

Ik steek mijn handen weer omhoog. 'Geen probleem. Alstublieft, ik werk mee, dat beloof ik.'

Nu is het mijn vader die strijdlustig naar voren stapt. 'Ze gaat nergens heen totdat ze een advocaat heeft en…'

'Iedereen stilstaan!'

En tot onze verbazing zwermen SWAT-commando's door de kamer, met hun gezichten afgeschermd en hun wapens getrokken.

11

Sara

'Ik zei toch dat ik niet weet waar hij is,' herhaal ik voor de vierde keer. 'Ik weet niet hoe hij ongemerkt het land in en uit is gekomen, en ik ken de man niet die me van het vliegveld heeft gereden – ik heb hem nog nooit gezien. Het spijt me, maar ik kan je echt niet helpen.'

Agent Ryson staart me aan, zijn ogen koud in zijn verweerde gezicht. 'Daar zou ik nog maar eens over nadenken, dokter Cobakis. Er staat je een serieuze aanklacht te wachten, en hoe minder je meewerkt, hoe slechter het voor je zal aflopen.'

'Ik werk volledig mee.' Mijn nagels snijden in mijn handpalmen onder de tafel, maar ik behoud een kalme toon. 'Ik heb je alles verteld wat ik weet. Ik ben ontvoerd en naar een afgelegen berg in Japan gebracht, waar ik de afgelopen vijf maanden ben gebleven, op een kort verblijf in Cyprus na. Daar heb ik een mislukte ontsnappingspoging gedaan waarna ik twee weken moest worden opgenomen in een kliniek in Zwitserland.'

Ryson leunt naar me toe en ik ruik zijn adem van muffe koffie. Hij moet er heel wat van gedronken hebben om op dit late tijdstip nog alert te blijven. 'Hoe idioot denk je dat we zijn, dokter Cobakis? Niemand trapt nog in je act. Een van Sokolovs lege vennootschappen bezit jouw huis en dat is al maanden het geval. We hebben ooggetuigenverslagen van jouw ontmoetingen met hem in Starbucks en in een club in de stad, weken voor jouw zogenaamde ontvoering... om nog maar te zwijgen van de opnames van al jouw telefoongesprekken met jouw ouders.'

'Dat heb ik allemaal al uitgelegd.' Ik doe mijn uiterste best om mijn kalmte te bewaren. 'Wat ik mijn ouders aan de telefoon heb verteld was een poging om hun zorgen over mij weg te nemen, meer niet. Wat betreft mijn ontmoetingen met hem, ja, die hebben plaatsgevonden. Na de inbraak in mijn huis – toen hij me drogeerde en waterboardde, weet je nog? – verdween hij voor een paar maanden, en toen kwam hij terug en begon me te stalken. Ik heb toen contact met je opgenomen en je verteld dat ik het gevoel had dat ik in de gaten werd gehouden. Ik vroeg je of hij misschien terug kon komen, en je verzekerde me dat ik veilig was. Maar dat was niet zo. Hij was daar, hield elke beweging van mij in de gaten, en je had geen idee. Je hebt gefaald om me tegen hem te beschermen, net zoals je gefaald hebt om George te beschermen, dus doe niet alsof ik geen reden had om te denken dat het nutteloos zou zijn om me tot je te wenden, of dat ik er zelfs dieper door in de problemen kon komen.'

De mond van de agent valt open als hij achteroverleunt. 'Dus wat? Daarom besloot je deze psychopaat eigenhandig aan te pakken toen hij kwam opdagen? Denk je echt dat wij dat geloven?'

De spot in zijn stem doet pijn. 'Achteraf gezien was het niet de beste beslissing, maar op dat moment zag ik niet veel andere mogelijkheden. Hij zei dat hij achter me aan zou komen, waar ik me ook verborg, en impliceerde dat er op die manier meer mensen gewond konden raken – en ik geloofde hem. Ik wist niet wat ik moest doen, dus ging ik mee in wat hij wilde. Ik leefde met de dag tot ik een betere oplossing kon vinden.'

'O, echt? En wat wilde hij dan?'

Ik beantwoord Rysons beschuldigende blik en staar hem aan. 'Wat denk je?'

Hij is de eerste die met zijn ogen knippert en wegkijkt. Zwaar zuchtend wrijft hij met een vermoeid gebaar over zijn voorhoofd, en even voel ik bijna medelijden met hem. Als hij aanvaardt dat ik onschuldig ben, zal hij ook moeten aanvaarden dat hij gefaald heeft in zijn taak – dat hij een monster mijn leven heeft laten binnendringen en me onder hun neus heeft laten wegrukken. Het zou zoveel makkelijker zijn als ik de slechterik was in dit verhaal, als ze konden bewijzen dat ik al die tijd tegen hen samenspande. Maar de feiten zeggen iets anders, en dat weten ze.

Ik ben hier al meer dan een uur en ondanks al hun dreigementen en beschuldigingen hebben ze me nog steeds niet aangeklaagd.

Een klop op de deur wordt gevolgd door een vrouwelijke agent die haar blonde hoofd naar binnen steekt. 'Agent Ryson? We hebben je even nodig.'

Hij volgt haar naar buiten, waardoor ik alleen achterblijf in de kleine verhoorkamer. Ik zak uitgeput onderuit in mijn oncomfortabele metalen stoel. Dan herinner ik me dat ik waarschijnlijk in de gaten word gehouden en ga rechtop zitten, waarbij ik probeer te vermijden dat ik mijn samengeknepen, bleke gezicht in de grote spiegel aan de muur zie. Ik ben zo gestrest dat ik op het punt sta te breken, maar ik wil niet dat ze dat weten. Het verhoor, gecombineerd met de onvermijdelijke effecten van de jetlag en mijn zorgen om mijn moeder, heeft me leeggezogen, en als ik kon, zou ik ineenstorten en de komende achttien uur slapen. Helaas moet ik scherp en alert blijven.

Ik moet ze overtuigen van mijn onschuld, zodat ik er kan zijn voor mijn ouders.

Nadat het SWAT-team het ziekenhuis bestormde en me naar buiten sleepte, besloot ik dat ik het beste de vragen van de agenten zo eerlijk mogelijk kon beantwoorden, en alleen de dingen weg te laten waarvan ik zeker weet dat ik ermee weg kan komen. Peter heeft me hiervoor geen instructies gegeven, dus hij verwacht dat ik alles onthul en neemt al maatregelen om de gevolgen te beperken – het team naar een ander onderduikadres verplaatsen, enzovoort. Ik ben er vrij zeker van dat de Kents onaantastbaar zijn met al hun rijkdom en connecties, maar ik speel nog steeds op safe door hun namen niet te noemen – de FBI heeft geen reden om aan te nemen dat zulke details gedeeld zouden worden met mij, een gevangene.

Het belangrijkste wat ik wil verbergen, is de huidige toestand van mijn relatie met Peter en dat hij me snel zal komen ophalen.

'Nog nieuws over mijn moeder?' vraag ik aan Agent Ryson als hij een paar minuten later terugkomt in de kamer, en hij knikt, en neemt weer plaats tegenover mij.

'De operatie is goed gegaan,' zegt hij, en een enorme knoop van spanning komt los tussen mijn schouderbladen. 'Ze hebben de bron van de bloeding gevonden en verholpen,' gaat hij verder. 'Het is nog te vroeg om haar stabiel te verklaren, maar het ziet er hoopgevender uit.'

Ondanks mijn vastberadenheid om stoïcijns te blijven, moet ik snel knipperen om een tranenvloed te bedwingen. 'Dank je.' Mijn stem is dik van de emotie. 'Ik waardeer dit.'

Hij schuift ongemakkelijk in zijn stoel. 'Natuurlijk,' zegt hij nors. 'We zijn hier geen monsters, weet je. En dat brengt ons bij mijn volgende vraag, dokter Cobakis.' Hij vouwt zijn armen over zijn borst en kijkt me weer strak aan. 'Als het waar is wat je zegt – als Sokolov je heeft gestalkt, bedreigd en ontvoerd; als hij je al die maanden gevangen heeft gehouden – waarom zou hij je dan nu terugbrengen?'

Ik duw alle gedachten aan mijn moeder opzij en concentreer me op dit verhoor. Hoe sneller ik Rysons vragen beantwoord, hoe sneller ik haar kan zien.

'Sokolov raakte op me uitgekeken,' zeg ik zonder met mijn ogen te knipperen. Deze leugen heb ik op de heenreis in gedachten geoefend. 'Hij probeerde me voor hem op te warmen, liet me telefoongesprekken met mijn familie voeren en behandelde me in het algemeen redelijk goed, maar ik bleef zijn avances afslaan, en uiteindelijk had hij er genoeg van. Ik vermoed dat hij een andere ongelukkige vrouw heeft gevonden om zich op te fixeren, maar dat is puur speculatie.'

'Juist.' De stem van de agent druipt van het sarcasme. 'Hij raakte op je "uitgekeken" net toen je ouders je het meest nodig hadden.'

'Nee, hij was zijn interesse al aan het verliezen toen dit gebeurde,' zeg ik en ik raak het litteken op mijn voorhoofd aan. 'Daarna kon hij het zelfs niet opbrengen om me aan te raken. Toch hield hij me in de buurt tot mama's ongeluk hem een excuus gaf om van me af te komen.'

Rysons borstelige wenkbrauwen gaan spottend omhoog. 'Had hij een excuus nodig?'

'Vinden niet alle monsters zichzelf engelen?' Ik houd mijn blik strak op zijn gezicht gericht. 'Zelfs de ergste criminelen denken graag dat ze goede mensen zijn die gewoon verkeerd begrepen worden – dat zou jij toch moeten weten. Sokolov is niet anders, dat kan ik je verzekeren. Hij overtuigde zichzelf ervan dat hij om me gaf, en toen hij uitgekeken was op zijn nieuwe speeltje, had hij een excuus nodig om het weg te gooien. Mijn moeders ongeluk gaf hem dat, en hier ben ik dan weer, slechts een beetje beschadigd.' Ik raak het litteken weer aan, alsof ik verbitterd ben over de misvorming.

'Hm-hmm.' Ryson staart me aan zonder verder iets te zeggen, en ik realiseer me dat hij wacht tot ik iets zeg om de steeds ongemakkelijker wordende stilte te vullen.

Als ik hem gewoon rustig blijf aankijken, staat hij op en schenkt me een stijve glimlach. 'Goed, dokter Cobakis. Mijn collega heeft me eerder laten weten dat de advocaat die jouw familie in de arm heeft genomen al hier is en op onze deur staat te kloppen. Aangezien we je nog niet formeel hebben aangeklaagd, ben je vrij om te gaan... voor nu. We zullen je verhaal onderzoeken, en als blijkt dat je gelogen hebt – en dan bedoel ik over álles – zal geen enkele dure advocaat je kunnen redden.'

'Ik begrijp het.' Ik verberg mijn opluchting als ik hem de kamer uit volg. Zoals ik hoopte, heeft mijn medewerking vruchten afgeworpen. Op weg hierheen heb ik overwogen om een advocaat in te schakelen, maar ik besloot dat het het beste zou zijn om me te gedragen als iemand die niets te verbergen heeft, zelfs met het risico dat ik mezelf per ongeluk in een lastig parket zou brengen door vragen te beantwoorden zonder een advocaat. Deze strategie kan nog gevolgen hebben, maar voor nu ben ik vrij om te doen waarvoor ik hier kwam: tijd doorbrengen met mijn ouders.

Een lange man met kort haar komt ons tegemoet als we de gang van de verhoorkamer verlaten. Tot mijn schrik herken ik hem.

Het is Joe Levinson, de zoon van Agnes en Isaac, en blijkbaar mijn advocaat.

Met een uitgestreken gezicht schud ik Joe de hand en bedank hem voor zijn komst. Hij glimlacht beleefd naar Ryson, belooft dat ik de stad niet zal verlaten zonder hen te verwittigen, en leidt me kalm naar de lift. Pas als we samen het gebouw uit lopen en in een taxi stappen, laat ik mijn verbazing blijken.

'Ik dacht dat je bedrijfsjurist was,' zeg ik, starend naar de man die een soort jeugdvriend is, of in elk geval een goede bekende. 'Hoe heb je…'

'Ik was wat aan het drinken met klanten in de stad toen mijn vader me belde,' legt Joe grijnzend uit. 'Natuurlijk haastte ik me zo snel als ik kon. Je herinnert je dit waarschijnlijk niet, maar vlak na mijn rechtenstudie heb ik twee jaar voor een mensenrechtenorganisatie gewerkt, waar ik het recht van vermeende terroristen tijdens een proces verdedigde en zo. Het loon was beroerd en veel van de cliënten joegen me eerlijk gezegd de stuipen op het lijf, dus ik stapte over naar ondernemingsrecht. Maar de oude vaardigheden en het jargon zijn er nog steeds, dus als je ooit beschuldigd wordt van banden met een vermoedelijke terrorist en je hebt binnen een uur een advocaat nodig, dan ben ik je man.'

Peter is een moordenaar, geen terrorist, maar ik neem niet de moeite om dat punt te beargumenteren. 'Je hebt gelijk,' zeg ik glimlachend. 'Ik herinner het me nu. Je ouders maakten zich de hele tijd dat je daar werkte zorgen om je.'

'Yep.' Zijn grijns wordt even breder. Dan wordt zijn uitdrukking serieus en zegt hij zachtjes: 'Het spijt me van je moeder. Ze is een geweldige vrouw, ik hoop dat ze erdoorheen komt.'

'Bedankt, ik ook.' Mijn keel verstrakt, en ik moet weer knipperen.

Joe laat me voorzichtig uit het raam kijken naar de donkere straten tot ik mezelf weer onder controle heb. Dan zegt hij zachtjes: 'Sara… Het is duidelijk dat ik niet echt je advocaat ben – je vader zal wel iemand vinden die veel geschikter is om je zaak te behandelen – maar ik wil dat je weet dat je nog steeds met me kunt praten als je dat wilt. Ik weet niet wat er met je gebeurd is, en het is helemaal prima als je er niet over wilt praten, maar ik wil gewoon dat je weet dat ik er voor je ben, oké?'

Ik kijk naar hem, naar de ernst in zijn blauwe ogen, en voor de eerste keer wens ik dat ik een andere keuze had gemaakt toen ik nog studeerde. Dat ik in plaats van in een vaste relatie met George te springen toen ik amper achttien was, het rustiger aan had gedaan en meer aandacht had geschonken aan de zoon van de vrienden van mijn ouders... de aardige, rustige jongeman die altijd aan de zijlijn van mijn leven had gestaan. Het is waar, ik was nooit opgewonden van hem geworden, maar misschien zou de aantrekkingskracht met de tijd gegroeid zijn, als ik het een kans had gegeven.

Ik ben opgegroeid met verhalen over Joe, over zijn successen op school en hoe trots zijn ouders op hem waren, maar ik heb er nooit veel aandacht aan besteed. Hij is zeven jaar ouder, en dat leeftijdsverschil leek onoverkomelijk toen ik een tiener was. Tegen de tijd dat ik in de twintig was, was het niets meer – maar tegen die tijd was ik getrouwd.

We hebben nooit de kans gehad om te ontdekken wat had kunnen zijn, en die kans krijgen we nu zeker niet. Niet nu een Russische moordenaar mijn leven en mijn hart beheerst.

'Dank je, Joe. Ik waardeer het.' Ik houd mijn toon luchtig en doe alsof het aanbod niets betekent, alsof hij niet net heeft aangegeven dat hij zich wil ontfermen over de angstaanjagende puinhoop die mijn leven is. Ik weet niet wat mijn ouders de Levinsons over mijn situatie verteld hebben, maar gezien de opmerking 'vermoedelijke terrorist' en het feit dat hij me van het FBI-gebouw naar het centrum moest brengen, moet

Joe toch wel een idee hebben van wat hem te wachten staat.

Hij begrijpt mijn afwijzing en valt stil. De rest van de rit naar het ziekenhuis praten we niet meer, en dat is maar goed ook.

Er is geen plaats in mijn leven voor Joe, en het is niet veilig voor hem om te denken van wel.

eter

WE GAAN NIET TERUG NAAR JAPAN – NU SARA IN DE klauwen is van de FBI, is dat te riskant. In plaats daarvan vliegen we naar Praag, want ons onderduikadres ligt in een klein dorp op zo'n twintig kilometer van de stad. Het heeft 's nachts gesneeuwd en het dorpje ziet er opmerkelijk schilderachtig uit, met een ongerepte witte laag die alle daken en kale boomtakken bedekt.

'Waarom konden we niet naar een warme plek gaan?' moppert Anton terwijl hij uit de auto stapt, op een hoop sneeuw. 'Serieus, dat onderduikadres in India klinkt verdomd goed op dit moment.'

Als ik de vrouw die mijn leven is niet net had moeten loslaten, had ik gelachen om zijn walgende blik. Maar ik ben niet in de stemming voor Antons gelul, dus ik zeg gewoon kortaf: 'Omdat Oost-Europa de plek is waar we moeten zijn.' Niet dat ik het hoef uit te leggen, hij weet net zo goed als ik waarom we hier zijn. Tijdens de vlucht heb ik de afspraak met Novak naar voren gehaald zodat we hem volgende week al zien.

Henderson is nog steeds niet te vinden, en als ik geen tijd met Sara kan doorbrengen, heeft het geen zin om de vergadering uit te stellen.

'Ik vind het hier leuk,' zegt Ilya, die om zich heen kijkt in het besneeuwde landschap. We hebben hier niet zoveel privacy als in Japan, maar het huis ligt ver genoeg van de buren om ons tenminste de illusie te geven dat we een eigen winterverblijf hebben. Het is mooi.'

'Ik ben het met Anton eens. Ik ben de kou spuugzat,' zegt Yan, op weg naar het huis. 'We zullen het in ieder geval snel weer warm hebben; ik heb gehoord dat Esguerra's kamp in de jungle lekker warm is.' Hij kijkt me aan terwijl hij dit zegt, maar ik hap niet.

Op dit moment hoeft niemand te weten wat ik echt van plan ben.

Dat is veiliger voor iedereen.

Pas als we hebben uitgepakt en gesetteld zijn in het nieuwe huis, sta ik mezelf toe om aan Sara te denken en de kwellende leegte te voelen die haar afwezigheid in mijn leven veroorzaakt. Het is nog maar een dag, maar ik verlang nu al naar haar, wil haar zo graag dat het me vanbinnen verscheurt. De Amerikanen houden haar in de gaten, dus ik krijg dagelijks rapporten, maar het is niet genoeg. Ik wil haar hier, bij me. Ik wil haar vasthouden, haar zien lachen en glimlachen. Ik wil haar neuken tot ze te schor is van het schreeuwen en tot het brandende gevoel in mijn aderen tot rust is gebracht.

Binnenkort, beloof ik mezelf terwijl ik het gebied verken en het alarm instel. Ik zal mijn ptichka snel weer bij me hebben.

Voorlopig kan ze genieten van haar vroegere leven.

ara

'Mam!' Ik buig me over haar bed en glimlach door de tranen heen. Haar ogen zijn troebel van de pijnstillers, maar ze zijn open, en als ik zachtjes mijn vingers om haar ongedeerde rechterhand vouw, bewegen haar gebarsten lippen.

'S-Sara?'

'Ik ben het, mam.' De tranen stromen onbeheerst over mijn gezicht, en ik doe geen moeite om ze weg te vegen. Ik ben te opgelucht, te dolgelukkig.

Na een hele nacht zweven tussen leven en dood is mam wakker geworden.

'Hier, drink.' Ik til een beker met een rietje naar haar lippen en ze neemt een slokje voor ze haar ogen weer sluit.

Ik knijp in haar hand en draai me naar pa, die achter me is komen staan. Zijn wangen zijn nat terwijl hij naar zijn vrouw staart.

'Het komt nu toch wel goed met haar?' Zijn ogen zijn roodomrand maar hoopvol, en ik knik, zonder mijn opgetogenheid te verbergen.

'Haar vitale functies zijn al drie uur lang stabiel. Afgezien van een infectie, komt ze er wel doorheen.'

Mams vingers trillen in mijn hand, en ik kijk om en zie dat haar ogen weer open zijn.

'Sara, ben je echt…?' Ze knippert en probeert zich te focussen door het waas van de verdoving heen. 'Lieverd, ben jij dat echt, of droom ik?'

'Ik ben echt hier, mam.' Mijn stem kraakt. 'Ik ben thuis.'

'Ze is teruggekomen, Lorna.' Pap slaat een arm om mijn middel, zijn glimlach zowel bevend als triomfantelijk. 'Onze kleine Sara is terug.'

'Wat…' Ze begint te hoesten, en ik geef haar snel nog een slokje water. 'Wat is er gebeurd?' Haar verwarde blik dwaalt van mij naar de katrollen die het gips om haar benen en haar linkerarm omhooghouden, en dan weer terug naar mij.

Pa zakt in een stoel naast het bed terwijl ik de tranen van mijn gezicht veeg en met zo vast mogelijke stem zeg: 'Je bent aangereden door een dronken chauffeur toen je op weg was naar de supermarkt. Je hebt gebroken ribben, je benen zijn op verschillende plaatsen gebroken en je linkerarm is zo goed als verbrijzeld. Je had ook inwendige verwondingen, waardoor je drie keer achter elkaar geopereerd moest worden.' Ik had het kunnen verzachten, maar mam heeft er een hekel aan als er met haar wordt gesold als het om belangrijke medische zaken gaat. Ze wil altijd de volledige omvang van het probleem weten, zo gedetailleerd mogelijk. Ik zal nooit vergeten hoe ze papa's artsen onder druk zette toen hij een paar jaar geleden een hartaanval had gehad.

Tegen de tijd dat hij het ziekenhuis verliet, wist ze meer over zijn fysieke gesteldheid en behandelingsmogelijkheden dan de meeste cardiologen.

Haar droge lippen bewegen weer. 'Nee, ik bedoelde...' Ze worstelt om de woorden te vormen. 'Je bent hier. Hoe heb je...?'

'Peter heeft me naar huis gebracht, mam,' zeg ik zacht, terwijl ik weer in haar hand knijp. 'Zodra we van het ongeluk hoorden, bracht hij me naar huis.'

Het is een gevaarlijk spel dat ik speel – tegenover mijn ouders de leugen volhouden (die nu de waarheid is) dat Peter en ik geliefden zijn, terwijl ik het ontken voor de FBI. Maar ik zie geen andere manier om het aan te pakken. Peter zal me komen ophalen, dus mijn ouders mogen niet denken dat hij een monster is. Hoe riskant het ook is, ze moeten geloven dat we verliefd zijn. En tegelijkertijd moet de FBI geloven dat ik Peters slachtoffer ben. Ik heb geen idee hoe ik deze balansoefening ga uitvoeren, maar ik ga mijn best doen.

Niet dat pap me echt gelooft. Terwijl we wachtten tot mam wakker werd, onderwierp hij me aan een ondervraging die die van de FBI deed verbleken. Zijn doel was om gaten te prikken in het sprookje dat ik hun al die maanden heb verteld, en ondanks mijn inspanningen slaagde hij daar deels in.

Nee, ik wist niet dat Peter een gezochte crimineel was toen we elkaar ontmoetten en met elkaar begonnen te daten, zei ik tegen pap, terwijl ik herhaalde wat ik eerder had gezegd: dat ik geloofde dat mijn nieuwe vriend een aannemer was die voor verschillende bedrijven in de VS en in het buitenland werkte. Nee, ik wist niet dat hij in de problemen zat met de wet toen ik met hem het land verliet, hoewel ik wel wat vermoedens begon te krijgen. Nee, hij is niet zo gevaarlijk als ze zeggen; het is allemaal een groot misverstand. Hij heeft een eigen onderneming als veiligheidsadviseur; het is gewoon dat sommige klanten van hem niet helemaal gezagsgetrouw zijn, en dat is wat hem in de problemen heeft gebracht met de FBI. Ja, we hebben elkaar voor het eerst ontmoet in een nachtclub in Chicago en hebben een paar weken in het geheim gedatet. Ja, hij heeft mijn huis gekocht via een lege vennootschap, zoals de FBI beweert. Waarom? Omdat hij dacht dat ik spijt zou krijgen dat ik het zo impulsief verkocht.

Sommige vragen waren moeilijker te beantwoorden. Ik weet wat de FBI mijn ouders heeft verteld over Peters vermeende misdaden: zo goed als niets, met een beroep op de geheime status van zijn zaak. Maar mijn ouders zijn niet dom, en ze hebben zelf wat onderzoek gedaan. De stukjes 'vermoedelijke terrorist' en 'vermoorde mensen' kwamen uit een gesprek dat pap afluisterde tussen de agenten, maar hij legde ook op de een of andere manier een verband tussen mijn ontvoering en een achtervolging met hoge snelheid op de I-294, waarbij een politiehelikopter ontplofte, wat een enorme kettingbotsing veroorzaakte en leidde tot hernieuwde verontwaardiging over bendegeweld in Chicago.

'Het gebeurde in de nacht dat jij verdween en het was wekenlang in het nieuws,' zei pa. 'De FBI wilde het niet toegeven, maar ik weet dat hij het was. Dat moet wel. Waarom zouden ze anders een hele SWAT-eenheid sturen om jou terug te halen? Die man is gevaarlijk, en de FBI weet dat. Ik weet niet of hij betrokken is bij drugs, terrorisme, of wat dan ook, maar hij is slecht nieuws.'

En hoe ik mijn vader ook probeerde te overtuigen dat Peters vermeende misdaden vallen onder de noemer witteboordencriminaliteit en dat ik niets weet van dat incident (wat ook echt zo is, want ik was gedrogeerd tijdens mijn ontvoering), hij weigerde me te geloven.

'Vertel me over Marsha en de Levinsons,' zei ik uiteindelijk, wanhopig om van onderwerp te veranderen. 'Hoe komt het dat ze daar bij jou waren?'

Gelukkig werkte dat, en de volgende paar uur praatten we over het leven van mijn ouders terwijl ik weg was en hoe de Levinsons echt bijsprongen en mijn ouders op verschillende manieren door de crisis heen hielpen. En Marsha ook – blijkbaar was ze begonnen mijn ouders elke week te bellen, om te controleren hoe het met hen ging en om naar mij te vragen.

'Zodra ze hoorde dat Lorna naar de eerste hulp was gebracht, kwam ze meteen en hielp ze de beste artsen te regelen en ons door de bureaucratie heen te loodsen,' zei pa. Zijn ogen glinsterden van de tranen. 'Als zij er niet was geweest, weet ik niet of je moeder...' Hij stopte, haalde huiverend adem, en ik omhelsde hem. In mijn maag brandden de bekende schuld en schaamte, zelfverachting vermengd met opnieuw opgewekte woede jegens Peter.

Ja, mijn kwelgeest heeft me teruggebracht, maar hij had me eerst gestolen. Maandenlang heeft hij me weggehouden van mijn familie. Ik kan dat niet vergeten. Ik had er moeten zijn voor mijn ouders, niet Marsha en hun vrienden. Ik had degene moeten zijn die ervoor zorgde dat mam de beste zorg kreeg. In plaats daarvan was ik in Japan, waar ik viel voor de moordenaar van mijn man ... ik liet hem toe in mijn hart en geest, terwijl ik loog tegen mijn ouders, keer op keer.

Ik wil Peter erom haten, om alles eigenlijk, maar in plaats daarvan haat ik mezelf. Ik haat het dat ik hem nu al mis, dat thuis zijn mijn wanhopige verlangen niet heeft verminderd. Ik verlang zo intens naar hem dat het een fysieke pijn is; mijn huid doet letterlijk pijn als ik eraan denk hoe graag ik zijn aanraking wil.

Binnenkort, zeg ik tegen mezelf terwijl ik me vooroverbuig om mam te kussen, die haar ogen weer heeft gesloten. Ik ken Peter. Hij zal niet lang wegblijven. Ik zou van deze tijd met mijn familie moeten genieten in plaats van te smachten naar de man die me van hen zal wegnemen.

Ik ben een vreselijke dochter, maar dat hoeven ze nog niet te weten.

Ze zullen er snel genoeg achter komen.

 ara

TEGEN DE MIDDAG OVERTUIG IK PAP ERVAN OM NAAR HUIS TE GAAN EN WAT TE RUSTEN, en ik blijf in het ziekenhuis bij mam, afwisselend om haar gezelschap te houden en een dutje te doen op een stretcher die de verpleegsters naar haar kamer hebben gebracht. Telkens als ik de kamer uit ga om koffie te drinken of iets te eten, word ik gevolgd door verdacht uitziende mannen. Waarschijnlijk FBI-agenten, maar het kan ook politie in burger zijn. Ik heb geen idee hoe hun rechtssysteem in elkaar zit. Het is duidelijk dat ik niet vrijuit ga, maar voorlopig laten ze me verdergaan met mijn leven, en daar ben ik dankbaar voor.

Ik wil de weinige tijd die ik hier heb niet in de gevangenis doorbrengen.

Marsha komt na haar dienst bij mam langs, en nadat ik gecheckt heb of mijn moeder diep slaapt, laat ik me overhalen om wat te gaan eten.

'Zo,' zegt ze als we plaatsnemen aan een hoektafel. 'Je bent terug.'

'Ik ben terug,' bevestig ik, en ik wenk een ober. Ik heb bijna niet geslapen en ik heb trek in iets heel vettigs en ongezonds. Mijn hele gestel voelt alsof het uit elkaar valt; ik heb overal pijn van de uitputting en mijn onderrug is me niet dankbaar voor de nacht op die stretcher.

'Hamburger en friet, met extra kaas en augurkjes,' zeg ik tegen de ober als hij aan het tafeltje staat. 'En snel, alsjeblieft. Ik ben uitgehongerd.'

Marsha trekt haar wenkbrauwen op, maar geeft geen commentaar op mijn aanstaande vetfestijn. In plaats daarvan bestelt ze een Griekse salade en twee biertjes, één voor ieder van ons.

'Om de terugkeer van de verloren dochter te vieren,' zegt ze, en ik probeer haar grijns te evenaren terwijl schuldgevoelens me weer overspoelen.

'Bedankt dat je op mijn ouders hebt gelet terwijl ik weg was,' zeg ik als de ober weg is. 'Pap vertelde me hoeveel je geholpen hebt met mam, en ik ben je enorm dankbaar. Als er ooit iets is wat ik voor je terug kan doen...'

Ze wuift mijn dank weg met een perfect gemanicuurde hand. 'O, alsjeblieft. Het was me een genoegen. Ik vind je ouders aardig, en het spijt me echt wat er met je moeder is gebeurd. Ik hoop dat ze snel herstelt.'

'Ik ook.' Ik glimlach nog maar weer wat. 'Dus vertel… hoe gaat het met je? En Andy en Tonya? Is Andy nog steeds bij…'

'Nee, nee, nee.' Marsha vouwt haar onderarmen op tafel en leunt voorover, me spietsend met haar blik. 'We gaan het daar niet over hebben totdat je me vertelt waar je bent geweest, wie die man is met wie je ervandoor bent gegaan en waarom ik verdomme niets over hem heb gehoord totdat je van de aardbodem verdween.'

'Ik ben niet verdwenen. Ik belde mijn ouders de hele tijd en…'

Ze onderbreekt me met nog een zwaai. 'Nee, Sara. Je was weg. Geen waarschuwing vooraf, geen bericht voor je praktijk, je liet al je patiënten in de steek, inclusief dat ene meisje dat de volgende dag een keizersnede moest ondergaan. O, en de FBI heeft ons wekenlang over jou lastiggevallen. Als dat geen verdwijning is, dan weet ik niet…'

'Oké, oké. Jij wint.' Ik pak mijn biertje gelijk op als het op tafel is gezet, maar ik drink er niet van; ik bevochtig alleen mijn lippen ermee. Niet alleen heb ik een jetlag en slaaptekort, er is ook een kans dat ik zwanger ben.

Ik zet het glas neer en staar naar de bruine vloeistof. Ik dwing alle gedachten aan een mogelijke zwangerschap weg zodat ik me kan concentreren. Ik weet niet welke versie van het verhaal ik Marsha moet geven: de versie voor de FBI, waarin ik helemaal Peters slachtoffer ben, of de versie die ik mijn ouders heb verteld, waarin ik verliefd ben op een man die verwikkeld is in iets duisters, maar voor het grootste deel ten onrechte wordt achtervolgd door de autoriteiten.

'Je bent aan het tijdrekken,' zegt Marsha, en ik zucht, terwijl ik opkijk van het bier.

'Je hebt gelijk: ik ben verdwenen,' begin ik langzaam, er nog steeds niet over uit wat het beste verhaal voor Marsha zou zijn. 'Je hebt met mijn ouders gepraat, toch? Zij moeten je verteld hebben wat er gebeurd is.'

'Wat ze wisten, en dat was niet veel.' Marsha pakt haar biertje. 'Het was ook niet logisch, met de FBI die om ons heen snuffelde als bomzoekende honden.'

'Uh-huh.' Ik kijk instinctief om me heen en zie twee van de mannen die me in het ziekenhuis hebben gevolgd aan een tafel aan de andere kant van de bar zitten. Drie tafels verder zitten nog twee van mijn stalkers, en ik ben er vrij zeker van dat ik de man aan de bar ook al eerder heb gezien.

Nu weet ik het zeker. De 'bomzoekende honden' slapen niet, en ik twijfel er niet aan dat Marsha zal worden ondervraagd kort na ons gesprek.

Er is zelfs geen garantie dat ze nu niet met hen samenwerkt.

Zodra die gedachte bij me opkomt, voel ik me een vreselijke vriendin, maar dat neemt de verdenking niet weg. Het ligt te veel voor de hand. We kennen elkaar al een aantal jaar – ik ontmoette Marsha toen ik begon met mijn stage in het ziekenhuis – maar we zijn altijd meer werkvrienden geweest dan iets anders. Marsha is altijd vrijgezel geweest en op jacht, terwijl ik getrouwd was en werkweken van tachtig uur draaide. Ik kon haar nooit vergezellen op de meidenuitjes waar ze van houdt, en ze vond dingen zoals familiediners saai, dus onze vriendschap draaide meestal rond het ziekenhuis en onze gesprekken gingen zelden verder dan het oppervlakkige. Ze was aardig en steunde me na George' ongeluk, altijd bereid om een luisterend oor te bieden tijdens een koffiepauze, maar ze heeft zich nooit bemoeid met de rommeligere aspecten van mijn leven.

Marsha is een goede vriendin, een leuke vriendin, maar niet het soort vriendin dat mijn ouders elke week zou bellen – niet zonder een duwtje in de rug, tenminste.

Een duwtje dat makkelijk van de FBI heeft kunnen komen.

Natuurlijk, het is net zo goed mogelijk dat ik veel te moe ben om helder na te denken – of dat het samenzijn met Peter me veel te paranoïde heeft gemaakt. Toch, op de gok dat mijn verdenkingen juist zijn – of in de veel redelijkere veronderstelling dat ik niet kan verwachten dat Marsha voor mij liegt tegen de FBI – besluit ik te gaan voor de slachtofferversie van het verhaal.

Helaas betekent dat dat ik terug moet naar het begin en uitleg moet geven over George. En omdat ik er vrij zeker van ben dat de FBI niet wil dat ik geheime informatie onthul, moet ik ook hier creatief worden.

Mijn hoofd doet pijn als ik denk aan alle halve waarheden en leugens die ik moet verbergen.

Tegen de tijd dat ik klaar ben met het vertellen van het begin van het verhaal, zijn Marsha's ogen groter dan de hamburger die ik aan het verorberen ben. 'George stond op de slachtofferlijst van deze Russische moordenaar? Waarom? Wat heeft hij...'

'Ik ben nooit alle details te weten gekomen, maar het had iets te maken met een maffiaverhaal.' Ik besluit de oorspronkelijke leugen van de FBI te gebruiken als rechtvaardiging voor Peters acties. 'In ieder geval brak hij in mijn huis in, drogeerde mij om de locatie van George te achterhalen en vermoordde hem.'

Ik laat Marsha dat verteren terwijl ik twee frietjes in mijn mond stop. Ik ben echt uitgehongerd. Als ik zie dat ze op het punt staat meer vragen te stellen, zeg ik: 'Dus ja, dat is hoe we elkaar echt ontmoet hebben. Je begrijpt waarom ik dit niet aan mijn ouders kon vertellen, toch?'

Ze knikt, haar gezicht ziekelijk bleek onder haar foundation en haar salade vergeten.

'Juist,' ga ik verder. 'Dus het duurde even voor ik daaroverheen was, en toen nodigde je me uit voor een avondje uit met Andy en Tonya. We gingen naar die club in het centrum, weet je nog? Die met die leuke barman die later naar me vroeg?'

Marsha knikt weer, nog steeds zonder iets te zeggen.

'Toen kwam hij weer naar me toe,' vertel ik haar. 'Daar in die club. Dat is waarom Andy vond dat ik raar deed toen ik wegging: ik was net aangesproken door de moordenaar van mijn man en had de opdracht gekregen hem de volgende dag te zien bij de Starbucks. En vanaf daar ging het alleen maar bergafwaarts. Hij hing camera's in mijn huis, hij volgde me overal waar ik ging, en toen ik probeerde te ontsnappen naar een hotel, kwam hij in mijn kamer en... Nou ja.' Ik laat Marsha haar eigen conclusies trekken, die, te oordelen naar de afschuw op haar gezicht, veel heftiger zijn dan wat er werkelijk gebeurd is.

Ik voel me daar vreselijk over – mijn instinct is mijn vriendin te beschermen tegen de gevaarlijke puinhoop in mijn leven, zoals ik ook mijn ouders heb beschermd – maar dit is wat ik de FBI heb verteld en daar moet ik me aan houden. Trouwens, het is allemaal waar, of in ieder geval feitelijk. Het enige wat ik achterhoud is mijn eigen verwarring over dit alles, mijn ongewilde aantrekkingskracht tot de man die ik alleen maar had moeten haten en verachten.

Een aantrekkingskracht die is uitgegroeid tot zoveel meer.

'O god, Sara...' Marsha ziet eruit alsof ze op het punt staat over te geven wat ze aan salade heeft gegeten. 'Het spijt me zo, schat. Ik had geen idee. En dit... dit monster, heeft hij je toen ontvoerd?'

'Na een paar weken, toen de FBI ontdekte dat hij in de buurt was, ja. Daarvoor liet hij me verdergaan met mijn leven, maar hij zat er gewoon... al helemaal in.' Ik vraag de ober om water, want ik kan mijn bier niet opdrinken. Ik heb dorst en ben vreemd genoeg licht in mijn hoofd, alsof ik al alcohol op heb.

Ik voel me vreselijk, de pijn in mijn onderrug wordt ondraaglijk en mijn maag rommelt van al het vettige eten. Ik heb het ook onaangenaam warm en heb het gevoel dat ik wil huilen – het zal wel al die stress zijn die me te veel wordt.

'Ik begrijp het niet,' zegt Marsha terwijl ik diep ademhaal in een poging mijn hoofd leeg te maken. 'Waarom heeft hij dit gedaan? Waarom jou? Is dit iets wat hij doet, vrouwen ontvoeren? Had hij een hele harem van slachtoffers waar hij je mee naartoe nam?'

'Japan, en nee. Voor zover ik weet ben ik de enige bij wie hij dit ooit heeft gedaan. En waarom, nou, waarom doen sommige mannen wat ze doen?' Ik krijg een trillerig lachje. 'Hij raakte geobsedeerd door mij, denk ik. Maar goed, uiteindelijk verveelde hij zich, en hier ben ik.'

Marsha staart naar het litteken op mijn voorhoofd. 'Heeft hij je dat aangedaan?' Ze raakt haar eigen voorhoofd aan, haar stem gespannen. 'Heeft hij je pijn gedaan?'

'Nee, dat litteken is van een auto-ongeluk, toen ik probeerde te ontsnappen en in plaats daarvan verongelukte,' zeg ik. 'Hij heeft me niet echt pijn gedaan. Afgezien van de ontvoering en de moord op George, behandelde hij me redelijk goed.'

'Juist. Dat is… dat is goed, denk ik.' Marsha's stem trilt terwijl ze naar haar bier grijpt. Ik merk dat haar hand ook wankel is, en een nieuw schuldgevoel tast mijn binnenste aan. Ik wou dat ik haar alles kon vertellen, haar laten begrijpen hoe gecompliceerd Peter is, hoe hij tegelijkertijd wreed en aardig kan zijn. Hoe bij hem zijn zowel geweldig als beangstigend is, als een achtbaanrit zonder remmen.

Ik wou dat ik haar de hele smerige waarheid kon vertellen, maar dat kan ik niet, dus plak ik een plastic glimlach op mijn gezicht en verontschuldig me om naar het toilet te gaan. Mijn maag kolkt zo hard dat ik kramp begin te krijgen, en ik zweet ondanks de koude tocht die door de open deur de bar binnenstroomt.

Als ik de kleine, groezelige toiletruimte binnenga, wordt het krampgevoel heviger en krijg ik plotseling een vermoeden, waardoor mijn adem stokt in mijn longen.

Zou het kunnen? Is het eindelijk zover?

Als ik het check, zie ik een bloedvlek in mijn ondergoed. Mijn ongesteldheid, nu al een week over tijd, is eindelijk begonnen. Daarom voel ik me zo belabberd: het is de eerste dag, en alle symptomen zijn er, van de lage rugpijn en de opvliegers tot de humeurigheid en de krampen.

Het is officieel.

Ik ben niet zwanger.

Peter en ik krijgen geen baby.

Het had een opluchting moeten zijn, maar terwijl ik naar die roodbruine vlek staar, groeit hij in mijn zicht en kleurt mijn wereld in dezelfde bloederige tint. Trillend druk ik mijn vuist tegen mijn mond, maar ik kan de snik die in mijn keel opkomt niet bedwingen. Hoe krankzinnig het ook is, ik heb het gevoel dat ik iets verloren heb, alsof een pervers deel van mij zich niet alleen had verzoend met de mogelijkheid van een kind, maar zich er ook op had verheugd.

Deze baby, waarvan ik zo zeker was dat ik hem niet wilde, heeft nooit bestaan buiten mijn angsten, maar toch voel ik het verlies zo scherp als bij een miskraam.

'Ben je in orde?' vraagt Marsha als ik zo'n twintig minuten later uit de toiletten kom, en ik knik, niet de moeite nemend om mijn gezwollen ogen en vlekkerige gezicht te verbergen terwijl ik mijn nu lauwe bier naar binnen slurp. Ik weet wat ze denkt: dat het vertellen van het verhaal van mijn ontvoering een emotionele tol van me eiste, me herinnerde aan het trauma van wat ik heb meegemaakt. En ik laat haar dat denken, want dat is beter dan de waarheid.

Het is beter dan dat zij weet dat ondanks wat Peter heeft gedaan – ondanks de vreselijke misdaden die hij heeft begaan, zowel tegen mij als tegen anderen – ik net zo geobsedeerd ben door hem als hij door mij.

Hoe slecht het ook is, ik hoor nu bij hem. Geestelijk, lichamelijk en emotioneel.

15

 eter

De week voor de afspraak met Novak is een van de langste van mijn leven. We vullen onze voorraden aan, schaffen meer wapens aan en voeren de dagelijkse training op, waarbij we onszelf tot het punt van volledige uitputting pushen, maar het is niet genoeg om de uren sneller te laten verstrijken. Elke dag voelt als een maand, elke nacht een eindeloze strijd om te slapen zonder Sara aan mijn zijde. Zonder de dagelijkse rapporten van de mannen die ik heb ingehuurd om op haar te letten, zou ik al in het vliegtuig naar de VS hebben gezeten, ook al heb ik een ander plan en hebben haar ouders behoefte aan tijd alleen met haar.

De rapporten zijn niet zo grondig. De FBI zit

achter Sara aan, volgt haar overal, en mijn mannen moeten zich afzijdig houden om niet op te vallen. Afgezien van het gevaar voor hen, zou het niet goed zijn voor Sara als de FBI wist dat ik nog steeds in haar geïnteresseerd ben. Dankzij onze hackers die toegang tot Rysons bestanden kregen, weet ik wat Sara hun verteld heeft, en ik wil geen enkel aspect van haar verhaal ondermijnen. De agenten moeten geloven dat ik haar zat ben en haar voorgoed heb laten gaan, anders zullen ze haar opsluiten, en haar waarschijnlijk aanklagen voor medeplichtigheid. De enige reden dat ze dat laatste nog niet gedaan hebben zijn de connecties van Sara's familie. Gezien de mediacontacten van haar overleden echtgenoot en de advocatenvrienden van haar ouders die banden hebben met Washington, zou deze zaak de nationale krantenkoppen kunnen halen – iets wat heel wat hooggeplaatste personen, Henderson inbegrepen, koste wat kost willen vermijden.

Voor nu is Sara veilig, maar dat zal ze niet zijn als ze betrapt wordt op liegen.

Toen ze weg was, heeft de FBI alle camera's en afluisterapparatuur gevonden die ik in haar huis had geplaatst, en nadat ze zo toevallig opdook na het ongeluk van haar moeder, kwamen ze op het idee om ook het huis van haar ouders grondig te onderzoeken. Dus het enige wat ik nu heb zijn de FBI-notities die onze hackers me sturen, en de algemene rapporten over haar bewegingen van de mannen die ik inhuurde om haar te volgen. Het is lang niet genoeg, en het vreet aan me: de behoefte om te weten wat ze doet, hoe ze zich voelt, wat ze denkt.

Eerst was ik gewoon door haar geobsedeerd, maar nu ik haar al die maanden bij me heb gehad, is het meer een fysieke verslaving geworden.

'Ga haar verdomme gewoon halen,' mompelt Anton, terwijl hij het bloed van zijn lip veegt nadat ik hem veel te hard heb geslagen voor een trainingssessie. 'Of neem op z'n minst een chillpilletje. Serieus, man, kun je niet een paar dagen zonder orgasme?'

Ik geef hem een klap recht in zijn zonnevlechtchakra en als hij voorovergebogen ligt, hijgend als een vis aan land, grijp ik een verzwaard pak en ren weg om hem niet ter plekke te doden. Ik weet dat mijn vriend gelijk heeft – mijn humeur is op het kookpunt, en ik heb het op de jongens afgereageerd – maar dat vermindert niet mijn woede en frustratie. Ik heb geen volle nacht meer geslapen sinds... nou ja, sinds Sara's ongeval. De nachtmerries over de dood van mijn familie, die dankzij Sara zo goed als verdwenen waren, zijn terug, maar nu gaan ze gepaard met een nog angstaanjagender droom waarin ik haar verlies.

Het is elke nacht hetzelfde, en elke keer als ik wakker word, bedekt met koud zweet, grijp ik naar het meest recente verslag over haar. Ik lees het steeds opnieuw om mezelf gerust te stellen dat het maar een droom was, dat mijn ptichka leeft en dat het goed met haar gaat zonder mij.

Dat, gezien wat ik ga doen, ze thuis veel veiliger is dan aan mijn zijde.

Het is deze laatste gedachte die me in staat stelt om door te gaan, om de drang te weerstaan om precies te doen wat Anton zei en haar weer onder de neus van de FBI weg te kapen. Ik zou het kunnen doen – hun agenten zijn geen partij voor mij en mijn team – maar Sara's moeder is nog steeds verre van gezond en Sara zou me haten als ik haar zo snel van haar familie zou wegnemen. Trouwens, ik heb een heel ander doel voor ogen, en om dat te bereiken, moet ik dit pad blijven volgen, hoe moeilijk het ook is.

Ik moet geloven dat het uiteindelijk allemaal de moeite waard zal zijn.

16

Sara

Een week zonder Peter.

Het voelt onwerkelijk, als een droom waarin ik wacht om wakker te worden. Of misschien is het het feit dat ik niet goed slaap waardoor mijn dagen dit vreemde, droomachtige waas krijgen. In sommige opzichten is het alsof ik in een tijdmachine ben gestapt. Ik ben in een ziekenhuis, wachtend tot een dierbare herstelt van een slopend auto-ongeluk. Alleen was toen George de patiënt, en hij is nooit uit zijn coma gekomen.

Mijn moeders prognose is veel beter. De artsen hebben haar goed opgelapt en haar wonden zijn niet geïnfecteerd. Ze is nog steeds niet mobiel met al dat gips, en ze zal haar linkerarm misschien nooit meer volledig kunnen gebruiken – te veel zenuwen en pezen zijn daar beschadigd – maar zodra haar gebroken benen genezen zijn, zou ze met voldoende fysiotherapie weer moeten kunnen lopen.

Pa is in de wolken, zowel over haar prognose als over het feit dat ik hier ben. Elke keer als hij haar kamer binnenkomt en mij naast haar bed ziet zitten, trilt zijn mond alsof hij gaat huilen, maar in plaats daarvan breekt er een vreugdevolle lach uit.

'Ik blijf maar denken dat je verdwijnt,' bekent hij als we gaan zitten eten in de kantine van het ziekenhuis. 'Dat als ik me even omdraai, je verdwijnt.' Hij krult zijn handen in een goochelaarachtige beweging. 'Zo ben je er, zo ben je weg.'

'O, pap...' Ik trek een grimas en kijk naar beneden, terwijl ik met een plastic vork in mijn pasta prik. Het schuldgevoel vreet me op, want dat is precies wat er in de nabije toekomst gaat gebeuren – zodra Peter mijn moeder goed genoeg hersteld vindt. Met moeite lukt het me om op te kijken en naar mijn vader te glimlachen. 'Alsjeblieft, maak je geen zorgen. Alles is in orde, oké? Ik ben hier, en alles is goed.'

Ik weet dat ik ontwijkend klink – mijn vader beschuldigt me daar al de hele week van – maar het is moeilijk om overtuigend te zijn terwijl ik jongleer met alle leugens, halve waarheden en feiten die ik aan verschillende mensen heb verteld. Het verhaal voor mijn ouders en hun vrienden is dat Peter mijn minnaar is, en dat hij me naar huis bracht ondanks zijn voortdurende 'misverstand' met de FBI omdat hij van me houdt en wil dat ik er voor mam ben. De implicatie is dat op een dag Peters juridische problemen voorbij zullen zijn, en dat we dan een kans hebben op geluk samen.

Het beeld dat ik schets voor de FBI en alle anderen is dat van een monster dat me in een opwelling ontvoerde en uiteindelijk verveeld raakte en me liet gaan. De enige reden dat ik deze twee verhalen kan volhouden is dat de FBI niet wil dat mijn ouders, of wie dan ook, weten wat George' rol in dit alles is. Ze zullen hun daar dus niks over vertellen. En dat geldt dubbel voor de gebeurtenissen die Peter op het pad van wraak hebben gezet. Nadat ik die dag met Marsha had gesproken, bracht Ryson me weer naar hun kantoor in het centrum. Hij droeg me niet zo subtiel op om mijn mond te houden, wat mijn vermoeden over Marsha's betrokkenheid bij de FBI bevestigde.

Het was te rumoerig in het café voor de agenten om ons gesprek af te luisteren, dus de enige manier waarop hij precies had kunnen weten wat ik haar vertelde is als ze het hem direct had gemeld – of misschien zelfs een microfoontje had gedragen.

Natuurlijk toonde ik berouw en beloofde discreter te zijn. In ruil daarvoor kreeg ik de belofte dat de FBI zijn mond zou houden tegenover mijn ouders, en niets zou doen om het minder zorgwekkende verhaal dat ik voor hen ophield te ontkrachten.

'Zoals je weet, is het hart van mijn vader zwak en hij kan de stress niet gebruiken te weten dat ik al die maanden gedwongen was tegen hen te liegen,' zei ik tegen Ryson, en de agent was het daar maar al te graag mee eens.

Ik denk dat hij Marsha ook een zwijggelofte heeft laten afleggen, want toen ik Andy in de gang tegenkwam, wist ze niets meer behalve de dingen die ze eerder gehoord moest hebben.

'Wat is er gebeurd?' vroeg ze, terwijl ze me aankeek met ongegeneerde nieuwsgierigheid en verwarring. 'Je verdween op een dag, en de FBI was overal, ze ondervroegen iedereen. Er werd gezegd dat je met een crimineel omging?'

'Het is een lang verhaal,' zei ik en ik schonk haar een ongemakkelijke glimlach. 'Misschien kunnen we binnenkort bijpraten. Voor nu wacht mijn moeder...'

'O, natuurlijk.' Ze probeerde haar duidelijke teleurstelling te bedwingen. 'Marsha vertelde me wat er met je moeder gebeurd is. Ik vind het zo erg. Ik hoop dat ze snel herstelt.'

'Daar lijkt het wel op, bedankt. Ik zie je nog wel.' Ik zwaaide naar haar en liep verder door de hal, terwijl ik probeerde niet te denken aan hoe misplaatst ik me hier voelde, in dit ziekenhuis dat ooit mijn tweede thuis was.

Hoe verloren en alleen ik me voel zonder Peter.

Snel, zeg ik tegen mezelf. Hij zal me snel komen ophalen. Ik hoef alleen maar te wachten.

Ik duw het schuldgevoel dat bij die gedachte hoort weg, zet een stralende glimlach op en ga de kamer van mam binnen.

WE TREFFEN DANILO NOVAK IN EEN CAFÉ IN BELGRADO, een moderne, stijlvol uitziende zaak die volledig is overgenomen door de mannen van de Servische wapenhandelaar. Behalve de twee jonge barista's achter de glanzend witte toonbank, is iedereen in het café tot de tanden bewapend – en voor zover ik weet, zijn de knappe tienerbarista's dat ook.

Anton zorgt voor rugdekking – een voorzorgsmaatregel voor het geval het misgaat – maar de tweeling is bij mij.

Als we binnenkomen, blijven we even stilstaan en nemen de situatie in ons op.

Novak zit aan een kleine ronde tafel in het midden van het café. Het is een locatie die bedoeld is om ons een ongemakkelijk gevoel te geven – we worden aan alle kanten omringd – maar ik schenk de wapenhandelaar een koele glimlach als we ons een weg door de ruimte banen.

'Mooi huis,' zeg ik in het Russisch, in de veronderstelling dat hij mijn moedertaal waarschijnlijk beter beheerst dan het Engels. 'Ben je de eigenaar?'

Novaks dunne lippen krullen omhoog. 'Ja. Blij dat je het leuk vindt.' Hij spreekt Russisch met een accent, maar net zo vloeiend als ik vermoedde. Natuurlijk zou ik in het Servisch met hem kunnen praten – ik ken de meeste Oost-Europese talen, en ook het Arabisch en nog een paar andere – maar ik wil liever niet verklappen dat ik zijn moedertaal versta.

Als je met mannen als Novak te maken hebt, telt elk klein voordeel.

Hij leunt achterover en bestudeert me met een eigenaardig gebrek aan interesse. Novak is een lange, slanke man van midden veertig, met een terugwijkende haarlijn en een dikke bril. Hij lijkt op een kruising tussen een accountant en een wiskundeleraar. Alleen zijn ogen verraden wat hij is – ze staan uitdrukkingsloos en bleek, ze zien eruit alsof ze van een hagedis zijn… of een koelbloedige moordenaar.

Onze hackers zijn verrassend weinig over de man te weten gekomen. Hij verscheen tien jaar geleden, schijnbaar uit het niets, en heeft sindsdien een illegaal wapenimperium opgebouwd in Oost-Europa, waarbij hij rivalen uitschakelt met een snelheid en meedogenloosheid die ik maar één keer eerder heb gezien: bij Julian Esguerra, de man die Novak ons wil laten vermoorden.

De enige overgebleven wapenhandelaar wiens criminele onderneming die van Novak overtreft.

'Dus,' zegt Novak als ik zijn afstandelijke blik evenaar met die van mij. 'Jij bent Sokolov.'

Ik knik koel, zonder mijn uitdrukking te veranderen, en ik weet dat de tweeling net zo kalm kijkt. Hij gaat ons niet van ons stuk brengen met deze spelletjes, en dat kan hij net zo goed meteen doorkrijgen.

'Ga zitten.' Hij gebaart naar de twee lege stoelen die nog aan zijn tafel staan.

Ik beweeg niet, en Yan en Ilya ook niet. Dit is weer een kleine test, een manier om te zien wie het minst belangrijk, het minst waardevol is in het team. Drie van ons, twee stoelen – dat werkt niet en hij weet het. Iemand zal moeten blijven staan, het buitenbeentje zijn, en dat sta ik niet toe.

Hij gaat geen tweedracht zaaien tussen ons. Dat laat ik niet gebeuren.

Zijn ogen bestuderen me een paar lange ogenblikken zonder te knipperen; dan gebaart hij naar een van de misdadigers aan de andere tafel. 'Victor. Nog een stoel voor onze gasten, alsjeblieft.'

Ik wacht tot Victor de stoel brengt, en dan ga ik zitten. De tweeling volgt mij. Ilya's gezicht staat stijf, maar Yan kijkt geamuseerd. Hij begrijpt het belang van deze kleine dominantiespelletjes, weet hoe belangrijk het is om al vroeg de juiste toon te zetten.

De tienerbarista's komen onze drankbestellingen opnemen, maar ik weiger iets te nemen. Ilya en Yan doen hetzelfde.

'We hebben geen dorst,' zeg ik kalm, en Novaks mondhoeken krullen weer omhoog.

'Ik heb geen reden om je te vergiftigen,' zegt hij, en ik haal mijn schouders op en doe zijn geruststelling af als de onzin die het is. Je kunt allerlei stoffen gebruiken, van bewustzijnsverruimende drugs tot giffen die zo traag werken dat de symptomen pas na weken of maanden zichtbaar worden. Hij zou gemakkelijk iets dodelijks in mijn drankje kunnen doen, en ik zou hier weglopen zonder het te beseffen tot ik de klus voor hem geklaard heb.

Tot mijn nut voor hem voorbij is.

'Dus,' zegt Novak als hij ziet dat ik niet van gedachten verander. 'Esguerra.'

Ik kruis mijn armen over mijn borst en kijk hem aan. Eindelijk komen we tot het punt van deze ontmoeting.

'Je werkte voor hem,' gaat Novak verder terwijl een van de barista's zijn drankje brengt – een high-end whisky, te oordelen naar de geur en kleur.

'Dat heb ik gedaan,' bevestig ik. Ik verwachtte dat hij dit zou weten, en dat doet hij. Hij heeft duidelijk onderzoek naar mij gedaan. 'Is dat een probleem?'

'Ik weet het niet. Is dat zo?' Zijn lichte ogen boren zich in de mijne.

'We zijn niet op de beste manier uit elkaar gegaan. In feite heeft hij gezworen me te doden als ik ooit weer op zijn pad kom. Maar dat weet je, nietwaar?' Ik schenk Novak een koude glimlach. 'Is dat niet waarom je in de eerste plaats contact met mij opnam? Omdat ik in de unieke positie ben dat ik ooit in Esguerra's inner circle heb gezeten?'

Novaks blik blijft strak. 'Ja. Is dat een vergissing van mijn kant? Is je team in staat te doen wat ik vraag?'

'Dat hangt ervan af.' Ik sla mijn armen over elkaar en leun naar voren. 'Wie zijn de activa in het spel die je noemde? Degenen die ons zouden helpen om deze klus te klaren?'

'Afgezien van jou en je bekendheid met Esguerra's kamp?' Novaks ogen glinsteren en hij kijkt naar de tweeling, die tot nu toe stoïcijns stil zijn gebleven. 'Ik neem aan dat je mannen te vertrouwen zijn?'

Ik kijk hem aan, neem niet de moeite om die vraag te beantwoorden.

Er verschijnt weer een glimlach op zijn dunne lippen. 'Goed dan. Ik heb misschien iemand aan de binnenkant. Je hoeft nog niet te weten wie dat is. Het volstaat te zeggen dat bepaalde dingen kunnen worden geregeld om op bepaalde momenten te gebeuren, zodat jij jouw deel kunt uitvoeren.'

Irritatie steekt me. Hij vertelt me niets wat ik niet al vermoedde. Zonder mijn uitdrukking te veranderen, sta ik op. 'In dat geval staat het je vrij om een ander team te zoeken,' zeg ik terwijl Yan en Ilya mijn voorbeeld volgen.

Ik draai me om naar de uitgang, maar word geconfronteerd met een muur van Novaks handlangers, hun wapens getrokken en hun gezichten verwilderd.

'Niet zo snel,' zegt Novak zacht. 'We hebben nog veel te bespreken.'

Ik draai me naar hem om en negeer het geschut achter mijn rug. 'We hebben niets te bespreken,' zeg ik gelijkmatig. 'Ik vertrouw de veiligheid van mijn team niet toe aan vage toezeggingen van hulp uit onbekende bron. Als we deze klus willen klaren, moeten we alles weten, tot en met de kleinste logistiek. Zo werken wij, daarom zijn we zo succesvol. Als je onze diensten wilt, vertelt je ons alles, of wij lopen weg en je laat het iemand anders doen.'

Zijn uitdrukking verstrakt. 'Je begaat een vergissing, Sokolov. Ik ben niet de persoon met wie je wilt fucken.'

Ik ontbloot mijn tanden in een humorloze glimlach. 'Esguerra ook niet, maar toch zijn we hier.'

Hij staart me aan en schudt dan zijn hoofd. 'Laat ze door,' beveelt hij, en ik draai me om en zie de muur van misdadigers uit elkaar gaan, hun wapens neer maar met een gespannen houding. Hij wil niet dat het hier hoog oploopt, en daar ben ik blij om. Antons sluipschuttersgeweer had waarschijnlijk drie of vier van Novaks mannen uitgeschakeld, en wij drieën hadden er makkelijk nog zeven of acht kunnen pakken, maar rondvliegende kogels zijn nooit een goede zaak. De ultradunne kogelvrije vesten die we onder onze kleren dragen zouden ons niet beschermen tegen een kogel in ons hoofd, en hoe bekwaam we ook zijn, we zijn niet immuun voor lood.

'Je begaat een vergissing.' Novak verheft zijn stem als we naar de uitgang gaan. 'Let op mijn woorden, Sokolov. Je begaat een grote vergissing.'

Ik antwoord niet, en we lopen de drukke straat op, opgaand in de stroom voetgangers, op weg terug naar onze ontmoetingsplaats.

'HIJ KOMT NIET OVER DE BRUG,' ZEGT ANTON ALS WE hem inlichten over wat er is gebeurd tijdens een etentje in een plaatselijk restaurant. 'We hebben onze tijd verspild. Wie hij ook heeft in Esguerra's kamp, het moet wel echt zo zijn, als hij het geheim zo zorgvuldig bewaakt. Hij gaat ons niet vertellen wie het is, dus we kunnen het net zo goed vergeten. Je hebt de andere aanbiedingen gezien die we onlangs hebben gekregen, toch? Die zijn ook niet slecht. We doen een paar van die klussen en daar is onze honderd miljoen. We hebben Novak en zijn geheimzinnige gedoe niet nodig.'

Ik knik, terwijl ik mijn biefstuk snijd. 'Daar ben ik het mee eens. Laten we ons richten op andere klussen.'

Yan trekt zijn wenkbrauwen op. 'Echt? Zomaar?'

Ik kijk hem aan. 'We gaan hier niet blindelings in, en Novak komt niet over de brug, dus we zijn hier klaar. Is dat een probleem? Want ik kreeg de indruk dat je niet blij was toen ik deze klus wilde aannemen.'

Yan staart me aan, en ik staar naar hem terug met

een kalme gezichtsuitdrukking. Ik voel de groeiende spanning tussen ons, maar ik kan het me niet veroorloven dit spel niet te spelen.

Voor zover ik kan zien, is er maar één weg voorwaarts voor mij en Sara, en dit is mijn beste kans.

'Ik denk dat Peter en Anton gelijk hebben,' zegt Ilya, die de ongemakkelijke stilte verbreekt. 'We hebben deze klus niet nodig. Het is te riskant. Laten we in plaats daarvan een paar extra andere klussen doen.'

Ik stop een stuk biefstuk in mijn mond, kauw erop en slik het door. 'Dat is dan besloten,' zeg ik en ik pak mijn glas water op. 'We zijn klaar hier. Morgenochtend vliegen we naar huis.'

Ik lig wakker, luisterend en wachtend, en om vier uur in de ochtend hoor ik het.

Het geruisloze openen van het slot van de hotelkamerdeur en het piepen van de scharnieren als de deur begint te bewegen.

Ik reageer onmiddellijk, mijn lichaam beweegt als een springveer. In een oogwenk heb ik de indringer op zijn knieën, vastgebonden in een wurggreep terwijl ik achter hem hurk en een pistool tegen zijn slaap houd.

Hij maakt stikgeluiden en kronkelt, probeert te ontsnappen, maar hij heeft niet genoeg kracht om me te raken of van hem af te gooien, en elke bokkende beweging put zijn luchtvoorraad alleen maar uit.

'Wie heeft je gestuurd?' vraag ik als zijn verwoede worsteling begint te verzwakken. 'Waarom ben je hier?'

Ik versoepel mijn greep net genoeg om hem wat lucht te geven. Hij begint weer te worstelen, dus ik trek mijn arm weer aan en snij zijn luchttoevoer helemaal af. Deze keer houdt hij het maar een paar seconden vol, en ik laat mijn greep los net voordat hij bewusteloos raakt.

'Wie heeft je gestuurd?' herhaal ik, en hij ziet eindelijk in dat het beter is om mee te werken.

'N-Novak,' zegt hij hees.

'Waarom?' Ik voer druk uit en laat niet los. Ik weet al wat hij gaat zeggen, maar ik wil het toch van hem horen.

'Hij… wil je zien,' hijgt de indringer. 'Alleen jou, niemand anders.'

Ik verstrak mijn greep, alsof ik van streek ben, maar dan laat ik los en sta op, terwijl ik hem tegelijkertijd naar voren duw zodat hij met zijn gezicht naar beneden op de vloer valt. Terwijl hij lucht naar binnen zuigt en moeite heeft om op handen en voeten overeind te komen, doe ik het licht aan en trek ik mijn winterjas en laarzen aan. De rest van mijn kleren heb ik al aan, want ik verwachtte al zo'n bezoek.

'Jij wint,' zeg ik tegen het stuk vreten als hij me aanstaart en verontwaardigd over zijn keel wrijft terwijl hij overeind komt. 'Wijs me de weg.'

Mijn gok om in een hotel in Belgrado te verblijven heeft zijn vruchten afgeworpen. Het is tijd om te zien wat Novak in petto heeft.

eter

Een zwarte limo staat te wachten bij de ingang van het hotel, en als ik instap, zie ik Novak daar.

'Dat was niet erg gastvrij van je,' zegt hij als de indringer naast ons komt zitten, nog steeds zijn keel schrapend en naar me starend alsof hij me ter plekke wil verbranden. 'Victor bracht alleen mijn beleefde uitnodiging over.'

'Door midden in de nacht in mijn kamer in te breken?'

De wapenhandelaar haalt zijn schouders op. 'Hij wilde niet kloppen en het risico lopen je collega's in de aangrenzende kamers wakker te maken.'

'Ik begrijp het.' Ik schenk hem een ijzige glimlach. 'Erg attent van Victor.'

Novaks glimlach spiegelt de mijne. 'Ik ben er zeker van dat je niet al te ontdaan was, gezien je beroep. Waarom laten we de methode die ik heb gekozen voor mijn uitnodiging niet achterwege en concentreren we ons op de zaak?'

'Graag.' Ik leun achterover en strek mijn benen uit met gekruiste enkels. 'Ga je gang.'

Novak bestudeert me een paar momenten lang en zegt dan botweg: 'Ik vertrouw je mannen niet. Ik weet dat jíj een verleden hebt met Esguerra, maar ze hebben geen reden om hem dwars te zitten.'

'Anders dan honderd miljoen euro, bedoel je?'

'Het is een hoop geld,' geeft hij toe. 'Maar je team zit niet om geld verlegen, voor zover ik begrijp. Wat zei je ook alweer? Een paar extra klussen en je hebt je honderd miljoen?' Zijn hagedissenogen glinsteren in het licht van de straatlantaarn.

Ik behoud mijn pokerface, toon geen verbazing of ontzetting. Het is makkelijk, want ik voel geen van beide. Ik wist dat er een grote kans was dat we zouden worden afgeluisterd in dat restaurant, en ik gokte erop. Alles wat ik heb gezegd, was precies op deze uitkomst gericht.

'Waarom ben ik hier dan?' vraag ik als Novak me alleen maar blijft aanstaren. 'Als je ons of onze beweegredenen niet vertrouwt, waarom vraag je ons dan… en waarom sleep je me vanavond hierheen?'

'Ik heb niet gezegd dat ik jóúw motieven niet vertrouw.' Hij perst zijn dunne lippen op elkaar. 'Ik ken het hele verhaal van je dienstverband met Esguerra. Je deed je werk goed – redde zijn leven, zelfs – en als dank daarvoor eindigde je op zijn shitlijst. Dat voelt vast niet goed. En nu heb je de kans om de balans te herstellen en een beetje geld te verdienen.'

Ik ontspan mijn schouders iets, alsof ik opgelucht ben. 'Dat is een erg scherpe analyse.'

Novaks gezichtsuitdrukking verandert niet, maar ik voel zijn tevredenheid. Hij is er ongetwijfeld trots op dat hij mensen goed kan inschatten, en nu geeft hij zichzelf een schouderklopje om het feit dat hij zijn onderzoek heeft gedaan en tot de juiste conclusie is gekomen. Misschien weet hij zelfs van mijn breuk met Kent na het incident met Sara, mogelijk door iemand in de kliniek om te kopen om mijn team af te luisteren terwijl wij daar verbleven. Dat zou de gunstige timing van zijn aanbod verklaren.

Hij handelde zodra hij ontdekte dat mijn laatste link met Esguerra's organisatie verbroken was.

Natuurlijk, als zijn onderzoek zo grondig is, weet hij ook van Sara. Dat baart me zorgen, maar ik hoop dat hij het verhaal gelooft dat Sara de FBI vertelt: dat ik moe van haar werd, dat het litteken op haar voorhoofd haar op een of andere manier minder aantrekkelijk voor me maakte. Zeker, wat ik heb gedaan – haar laten gaan en riskeren dat ik haar niet meer terug kan vinden – is niet iets wat een man in onze wereld zou doen als hij nog steeds geïnteresseerd is in de vrouw die hij ontvoerd heeft.

Mijn gedwongen relatie met Sara is niet zo ongewoon in Novaks kringen, maar haar laten gaan terwijl ik haar nog wil is dat wel. Daarom is het thuis veiliger voor haar.

Als Novak wist wat ik echt voor Sara voelde, zou hij haar als pressiemiddel gebruiken, en dat kan ik niet toestaan.

'Zo,' zegt hij als de stilte zich uitstrekt tot een ongemakkelijke minuut. 'Ik neem aan dat je de klus wilt.'

Ik buig mijn hoofd. 'Jawel, maar het maakt niet uit wat ik wil. Ik ga er nog steeds niet blind in. Zo werk ik niet, en hoe graag ik Esguerra ook dood wil hebben, ik ben niet bereid zelfmoord te plegen om dat voor elkaar te krijgen.'

Novak bestudeert me nog een moment en zegt dan: 'Goed. Dit is wat ik je op dit moment wil vertellen. De activa die ik heb, kunnen nog niet geactiveerd worden. Het zal ongeveer acht maanden duren voordat ik de juiste regelingen heb getroffen. Een paar dingen moeten eerst... op hun plaats vallen.'

'Acht maanden?' Alleen mijn training stelt me in staat mijn uitdrukking onveranderd te laten terwijl mijn ingewanden kronkelen bij de schok van zijn woorden.

Acht maanden tot ik dit kan oplossen.

Acht tergende maanden zonder Sara.

Novak knikt. 'Het zou iets eerder kunnen, maar daar is geen garantie voor. In ieder geval hebben jij en je team dan genoeg tijd om een plan van aanpak te bedenken.'

Ik slik de woede in die in mijn keel opborrelt. 'Er is

geen plan als we de details niet kennen van wat we van plan zijn,' zeg ik op gelijkmatige toon. 'Waar is jullie bron? Op Esguerra's terrein of ergens anders? Wat verwacht je precies dat wij doen dat jouw bron niet zelf kan doen? Als het iemand van binnenuit is, waarom laat je hem het dan niet doen? Ik neem aan dat hij toegang heeft tot Esguerra.'

'Nog niet, maar dat komt nog wel.' Novak registreert mijn onvrijwillig knipperende ogen van verbazing met duidelijk genoegen. 'Ja, dat is nog iets wat ik je wil vertellen: dat mijn troef een vrouw is. Zij zal toegang hebben tot Esguerra, maar ze heeft noch de vaardigheden, noch de neiging om de taak uit te voeren. Zij kan echter op het juiste moment op de juiste plaats zijn, voor afleiding zorgen, bepaalde veiligheidsmaatregelen uitschakelen, enzovoorts. De bijzonderheden van de hulp zullen moeten wachten tot zij ter plaatse is en de situatie kan beoordelen, maar wees gerust, je zult iemand aan de binnenkant hebben.'

Ik staar hem aan, in de war. Dit is nog steeds niet genoeg informatie, maar ik heb een sterk gevoel dat als ik deze keer wegloop, Novak me niet meer zal benaderen. En gezien wat hij tot nu toe heeft onthuld, kan het ook dat de volgende kogel mij treft, en niet een van Novaks handlangers. Ik maak me niet al te veel zorgen over die mogelijkheid, ik ben gewend aan mensen die op me schieten, maar Sara is kwetsbaar, en ik kan niet riskeren dat Novak achter haar aan gaat in plaats van achter mij.

Het is onwaarschijnlijk, gezien het 'hij is me beu'-

scenario dat ze de FBI heeft verteld, maar ik kan het niet riskeren.

'Dus laat me dit even op een rijtje zetten,' zeg ik, terwijl ik naar voren leun. 'Je zult een vrouw aan de binnenkant hebben, maar niet veel eerder dan over acht maanden. Ze is niet in staat om zelf haar handen vuil te maken, maar ze zal enige assistentie verlenen en onze taak vergemakkelijken.' Als hij knikt, vraag ik: 'Waarom kun je haar niet eerder op haar plaats krijgen? Wat gaat er veranderen in de komende acht maanden?'

'Je zult moeten afwachten om dat te weten te komen,' zegt Novak. 'Op dit moment is er nog steeds een kans dat ik de aanwinst niet kan plaatsen zoals verwacht. Als bepaalde dingen zich niet ontvouwen zoals ze zouden moeten, moeten we misschien wachten op een andere gelegenheid – dat, of je team gaat zonder hulp naar binnen.' Hij kijkt me verwachtingsvol aan, en ik schud mijn hoofd.

'Nee. Dat zal niet gebeuren. Esguerra heeft laag na laag van beveiliging op zijn terrein. Ik weet precies wat hij heeft, omdat ik hem geholpen heb alles te installeren. En ja, hoewel ik weet waar ze zijn, kan ik er nog steeds niet langs. Ze zijn ontworpen om ondoordringbaar te zijn. De enige manier om binnen te komen is met hulp van binnenuit, en als jij dat niet kunt regelen...' Ik haal mijn schouders op en laat mijn lege handpalmen zien.

Novak knikt. 'Juist. Dat dacht ik al. Dus je begrijpt de waarde van mijn aanwinst. Als zij eenmaal op haar plaats is, heeft Esguerra een gat in zijn beveiliging. Hoe dan ook, het zal tijd kosten.'

'Is er geen manier om dit proces te versnellen?' Ik denk dat ik het antwoord weet, maar ik moet het toch vragen.

'Nee. Ik heb geprobeerd via anderen binnen te komen, maar ze zijn allemaal te loyaal aan of te bang voor Esguerra. Dit is de enige die veelbelovend lijkt. Maar ja, de timing is wat het is.'

Ik denk daar even over na en vraag dan: 'Waarom benader je me dan nu? Waarom wacht je niet tot je de activa op zijn plaats hebt?'

'Als je niet meedoet, moet ik andere afspraken maken, en het kost tijd om een bekwaam team te vinden en door te lichten. En in dit geval, met Esguerra's reputatie... Nou, ik weet zeker dat je weet hoe het gaat.'

'Juist.' Zelfs met de stimulans van honderd miljoen euro zouden weinig mensen bereid zijn het pad te kruisen van iemand die zo gevaarlijk is als Julian Esguerra. Bijna iedereen heeft iets te verliezen, en Esguerra kent geen genade als het op zijn vijanden aankomt. Ik weet het, want ik heb hem geholpen degenen die hem dwarszaten te decimeren, en daarbij hele gemeenschappen weggevaagd. De Colombiaanse wapenhandelaar maakt geen onderscheid tussen onschuldigen en schuldigen; iedereen die met zijn vijanden te maken heeft, is de klos.

'Dus.' Novak leunt voorover, zijn indringende blik

gericht op mijn gezicht. 'Kan ik op jou en je team rekenen als het zover is?'

Ik overpeins dat even en knik. 'Ja, dat kan je.' Mijn toon is vast, hoewel ik vanbinnen nog steeds van slag ben. Mijn scheiding van Sara zou een paar weken duren, hooguit een paar maanden. Niet het grootste deel van een jaar. Het is natuurlijk mogelijk dat wat ik nodig heb veel sneller dan binnen acht maanden tot stand komt, maar op dit moment klinkt dat niet waarschijnlijk.

Novak zal de identiteit van zijn bron niet eerder onthullen dan nodig.

'Goed.' Zijn glimlachende dunne lippen stralen tevredenheid uit. 'Ik hoopte dat ik de juiste man had, en het klinkt alsof dat zo is. Nog één ding…'

Ik trek een wenkbrauw op. 'Ja?'

'Ik hoop dat je begrijpt dat de informatie die ik vandaag met je gedeeld zeer gevoelig is, en alleen voor jouw oren bestemd. Dat betekent dat je het met niemand van je team mag delen.'

Dat verwachtte ik al na zijn inleiding, dus ik knik. 'Begrepen. En van onze kant zullen we een voorschot vragen. Gewoonlijk is dat de helft vooraf, maar gezien de verlengde timing kunnen we nu vijfentwintig miljoen aanvaarden, en nog eens vijfentwintig dichter bij de opdracht zelf.'

Novak knippert niet met zijn ogen. 'Je hebt het geld morgen op je rekening staan.'

We schudden handen, en terwijl we dat doen, probeer ik de kwellende leegte te negeren die zich in mijn borstkas uitbreidt bij de gedachte aan de komende maanden. Nu ik dit pad ben ingeslagen, heb ik geen keus. Niet écht.

Ik moet dit doen. Dit is de enige weg vooruit.

Als ik Sara voor de lange termijn wil, moet ik haar het leven geven dat ze verdient.

DEEL II

ara

DE REST VAN NOVEMBER GAAT VOORBIJ IN EEN WAAS VAN ZIEKENHUISBEZOEKEN, willekeurige FBI-ondervragingen en wachten. Eindeloos wachten. Ik heb het gevoel dat ik constant op de rand van de afgrond sta, wachtend tot Peter opduikt. Elke keer als ik over de parkeerplaats van het ziekenhuis loop, over straat loop of in slaap val in mijn oude slaapkamer in het huis van mijn ouders (mijn huis is, omdat het van een gezochte crimineel is, in beslag genomen door de regering), verwacht ik dat ik word opgepakt en weggedragen – zo niet door Peter, dan wel door een van de mannen die hij heeft ingehuurd om me in de gaten te houden.

En ze houden me in de gaten. Ik weet het. Ik voel

het. Het is hetzelfde kriebelende gevoel als voorheen, hetzelfde paranoia-opwekkende gevoel van verscholen ogen die me volgen. Een deel ervan komt door de FBI-agenten die me stalken, maar niet alles. Ik ben goed geworden in het herkennen van de FBI. Het is altijd de onopvallende auto aan de overkant, de voetganger die er niet helemaal bij hoort, de eenzame man of vrouw aan de bar.

Peters mannen zijn anders. Ik zie ze nooit, ik voel alleen hun aanwezigheid. Ze zijn de schaduw om de hoek, de echo van voetstappen op de parkeerplaats, de kriebel tussen mijn schouderbladen. Ze zijn er de hele tijd, maar nooit dichtbij genoeg voor mij of de FBI om ze te kunnen zien.

Natuurlijk, het is mogelijk dat ik deze keer echt paranoïde ben, maar dat denk ik niet. Ik ken Peter. Hij zou me hier niet achterlaten zonder me in de gaten te houden. Althans, dat blijf ik tegen mezelf zeggen, terwijl week na week voorbijgaat zonder een woord van hem... zonder ook maar een hint dat hij me komt ophalen.

Ik probeer me te richten op het feit dat ik al die tijd met mijn ouders kan doorbrengen, en daar ben ik blij om. Dat ben ik echt. Mijn vader lijkt helemaal op te leven sinds ik terug ben, hij zwemt en doet de oefeningen die de dokter hem heeft voorgeschreven met hernieuwde kracht en toewijding. En mijn moeder wordt elke dag beter, haar botten genezen met de snelheid van een vrouw van half haar leeftijd. Ze is nog steeds aan bed gekluisterd, een feit waar ze gek van wordt, maar de artsen beloven dat ze met fysiotherapie mag beginnen zodra haar lichaam het aankan, mogelijk tegen half januari.

November gaat over in december, en nog steeds duurt het eindeloze wachten voort. Het is alsof ik in het ongewisse verkeer tussen mijn oude leven en dat waarin ik me met Peter begon te settelen. Ik woon in mijn ouderlijk huis, omringd door mijn familie en vrienden, maar toch kan ik me niet aan het gevoel onttrekken dat ik een gast ben, een bezoeker op een plaats waar ik niet langer thuishoor.

Ik denk dat mijn ouders dat aanvoelen, want naarmate de decembermaand vordert, beginnen ze zich af te vragen waarom ik bepaalde dingen niet doe, zoals een nieuwe baan zoeken of een andere woning zoeken. Ik zeg dan dat ik me nu op mam wil concentreren, maar naarmate haar gezondheid verder vooruitgaat, klinkt dat excuus steeds holler.

'Sara, schat… je hoeft hier niet altijd te zijn,' zegt mijn moeder als ik haar op een kille decemberochtend kom bezoeken. 'Je vader kan me net zo goed vermaken, en ik weet dat je dingen hebt die je hierdoor hebt uitgesteld.' Ze zwaait met haar niet-gewonde hand naar het gips dat haar in bedwang houdt.

Glimlachend schud ik mijn hoofd. 'Dat kan allemaal wachten, mam. Dankzij de verkoop van het huis heb ik geld op de bank, en ik woon graag bij papa. Tenzij hij het beu is dat ik er constant ben?'

'Natuurlijk niet,' zegt ze meteen, precies zoals ik had verwacht. 'Hij vindt het fijn dat je weer thuis bent.

Je hebt geen idee wat een opluchting het is om je terug te hebben. Als je voor altijd bij ons wilt blijven wonen, ben je meer dan welkom. Ik weet alleen dat je altijd onafhankelijk bent geweest, en ik wil niet dat je je verplicht voelt om voor ons te zorgen in plaats van je leven weer op de rails te krijgen.'

Mijn leven weer op de rails. Ik weersta de neiging om haar te zeggen dat ik niet meer weet wat dat betekent. Dat er voor mij geen 'spoor' is, geen rechtlijnig pad dat ik kan zien. Mijn toekomst, ooit zo duidelijk en lineair, is nu gehuld in duisternis, vol wendingen waar ik alleen maar naar kan gissen.

'Maak je geen zorgen, mam,' zeg ik, en ik schud de sombere gedachte van me af. 'Ik ben blij om hier te zijn met jou en papa.'

En glimlachend stuur ik het gesprek zachtjes weg van mij.

Weg van de toekomst die ik me niet meer kan voorstellen.

WE VIEREN CHANOEKA BIJ DE LEVINSONS, DAN KERST EN oud en nieuw in het ziekenhuis met mam. Tijdens de feestdagen lach ik, geef en krijg ik cadeautjes en doe ik alsof ik voorgoed terug ben. Ik beloof mijn vader dat ik inderdaad binnenkort op zoek ga naar een nieuwe baan, en ik bespreek de aankoop van een nieuw huis met Joe Levinson. Hij beveelt me een goede makelaar aan, en ik schrijf de naam op, alsof het belangrijk is.

Alsof ook maar iets er echt toe doet terwijl ik elk moment weer kan verdwijnen.

Tegen de tijd dat het half januari is, eist de druk van het wachten en doen alsof, van het voortdurend jongleren met alle halve waarheden en leugens, zijn tol. Peters afwezigheid is een gapende wond in mijn hart, en hoe hard ik ook probeer me op mijn familie en vrienden te concentreren, ik mis hem de hele tijd, zo erg dat hij het enige is waar ik de hele dag aan kan denken. Ik weet hoe verkeerd dat is, en ik haat mezelf erom, maar op dit punt ben ik zo gewend aan het verstikkende schuldgevoel dat het niet meer zo vreselijk voelt als het ooit deed.

Het verlangen naar mijn kwelgeest voelt minder zwaar dan verraad.

Ik kan nog steeds niet vergeten dat Peter George vermoord heeft en mij maandenlang gevangen heeft gehouden, en dat hij mensen vermoordt voor geld, maar als ik aan hem denk, zijn het de lieve, tedere momenten die me te binnen schieten, alle kleine manieren waarop hij dagelijks liet zien hoeveel hij om me geeft. Ik betrap mezelf erop dat ik dagdroom over hoe hij mijn voeten masseerde en me ontbijt op bed bracht, hoe hij voor me zorgde als ik me niet goed voelde.

Hoe ik in zijn armen in slaap viel in plaats van in mijn koude, lege bed.

De nachten zijn het ergst. Dan is mijn verlangen naar hem het meest acuut, mijn behoefte wordt fysiek. Elke avond draai en woel ik, worstelend om in slaap te vallen terwijl mijn lichaam brandt van verlangen naar een man die duizenden kilometers ver weg is. Ik probeer speeltjes te gebruiken, erotische verhalen te lezen, zelfs porno te kijken, maar niets kan die pijnlijke leegte in mij opvullen. Het is net als toen Peter weg was naar Mexico, maar dan duizend keer erger, want toen, aan het begin van onze vreemde relatie, was hij nog een angstaanjagende vreemdeling. Nu is hij een deel van mij en heeft hij zich in mijn hart en geest genesteld, zodanig dat het leven zonder hem net zo leeg aanvoelt als mijn bed.

Het is zo erg dat ik overweeg toe te geven aan de aansporingen van mijn ouders en op zoek te gaan naar een andere baan. Maar in plaats daarvan besluit ik weer vrijwilligerswerk te gaan doen in de vrouwenkliniek.

Tot mijn opluchting zijn ze meer dan blij me terug te hebben.

'We hebben je zo gemist,' zegt Lydia, de receptioniste. 'We beseften niet eens hoeveel we je nodig hadden tot je weg was. Is alles in orde nu? De FBI kwam langs, ondervroeg ons allemaal, en…'

'Ja, alles is in orde. Het was gewoon een misverstand over de man met wie ik op vakantie ben geweest,' zeg ik, want ik wil hier niet het hele riedeltje afdraaien. 'Het is nu allemaal opgelost, maak je geen zorgen.'

Ik kan zien dat Lydia brandt van nieuwsgierigheid, maar ze houdt haar mond, omdat ze voelt dat ik er niet verder over wil praten. Ik heb geen idee welke geruchten hier de ronde doen, maar gelukkig voor mij hebben de medewerkers en vrijwilligers van de kliniek de hele tijd te maken met gevoelige situaties en weten ze wanneer ze zich ergens mee moeten bemoeien en wanneer ze dingen met rust moeten laten. Na een rondje 'wat is er gebeurd' en 'waar ben je geweest', laat iedereen me alleen om me op de patiënten te concentreren – wat ik meer dan fulltime doe.

Eigenlijk constant, als ik niet bij mijn ouders ben.

'Hoe slaag je er in godsnaam in om te overwerken terwijl je werkloos bent?' klaagt Marsha een maand later als ik bel om haar uitnodiging om uit te gaan af te slaan, omdat ik uitgeput ben van een nachtdienst in de kliniek. 'Serieus, schat, ik heb je al weken niet buiten de gangen van het ziekenhuis gezien. Eerst was het je moeder die je vierentwintig uur per dag nodig had, nu is het dit. We hebben elkaar helemaal niet meer gezien na die ene keer bij Patty's.'

'Ik weet het, ik weet het.' Ik zucht in de telefoon, knijp in mijn neusbrug. 'Het spijt me, Marsha. Misschien zal volgende week makkelijker zijn.'

Dat zal het niet worden. Ik sta volgende week voor zestig uur op het rooster, inclusief twee nachtdiensten, maar ik zal hoe dan ook tijd maken voor Marsha. Ik heb haar vermeden nadat ik hoorde over haar betrokkenheid bij de FBI, en ik begin me daar slecht over te voelen. Wat ze deed voelde als verraad, maar dat is niet een geheel rationele reactie. Ze deed waarschijnlijk wat ze dacht dat het beste was, misschien dacht ze zelfs dat ze me hielp. Hoe dan ook, samenwerken met de FBI is over het algemeen de juiste strategie voor de gemiddelde gezagsgetrouwe burger – en ik kan mezelf niet langer als zodanig beschouwen.

Niet als ik mijn ware gevoelens voor een gezochte moordenaar verberg.

Ik denk dat agent Ryson aanvoelt dat ik niet de volledige waarheid vertel, want hij blijft me naar het FBI-kantoor sleuren in de stad. Op dit punt heb ik minstens tien ondervragingen doorstaan, en elke keer ben ik bij mijn verhaal gebleven, heb ik de agenten alleen verteld wat ik in het begin heb verteld en niets meer. Het helpt dat wanneer ze dieper beginnen te graven, mijn hartslag versnelt en mijn lichaam een paniekaanval krijgt.

Het is alsof mijn PTSS of wat het dan ook is aan Peters kant staat.

'Heb je een therapeut, Dokter Cobakis?' vraagt Ryson nadat ze Karen, hun agent met medische opleiding, hebben moeten laten komen om me te kalmeren na een bijzonder grondige ondervraging. 'Zo niet, dan kan ik je iemand aanbevelen.'

Mijn ademhaling is nog steeds oppervlakkig en wankel van de paniekaanval, maar ik slaag erin mijn hoofd te schudden. 'Ik heb al iemand, bedankt.'

Ik heb mijn therapeut, dokter Evans, niet meer gezien sinds mijn terugkeer, maar hij is goed. Hij heeft me eerder geholpen, toen ik niet kon omgaan met de nachtmerries en de angst als gevolg van Peters aanval in mijn keuken. Ik zou hem weer moeten opzoeken, maar ik kan het niet opbrengen zijn kantoor binnen te lopen en hem dezelfde verwarrende mix van waarheid en leugens te geven die ik de FBI heb voorgekauwd.

Ik los mijn problemen liever zelf op terwijl ik op Peter wacht.

Hij kan me elke dag komen ophalen.

eter

IK TEL DE DAGEN OP EEN KALENDER EN NOTEER ZE ALS EEN GEVANGENE DIE AFTELT TOT ZIJN VRIJLATING. Naar mijn vrijlatingsdag – de dag waarop ik met Sara zal worden herenigd – kan ik alleen maar gissen, dus kies ik een datum acht maanden na mijn ontmoeting met Novak en tel tot die datum af, omdat het achterhalen van de details van Novaks aanwinst stap één is in mijn plan om een echte toekomst met Sara te verzekeren.

Omdat onze schuilplaats in Japan vermoedelijk in gevaar is, gaan we van schuilplaats naar schuilplaats, maar we blijven nooit langer dan een paar weken op dezelfde plaats. Onderweg doen we verschillende klussen, de ene wat uitdagender dan de andere, maar geen enkele zo ingewikkeld of gevaarlijk als de klus die we met Novak hebben afgesproken.

Mijn teamgenoten, zelfs Yan, accepteerden mijn beslissing om de opdracht voor de Esguerra-aanslag aan te nemen, evenals het feit dat we pas meer te weten zullen komen over de aanwinst wanneer de tijd rijp is. Zoals ik Novak beloofde, heb ik hun niets verteld van de details die we bespraken. Deels is dat omdat er nog niets te bespreken valt, maar vooral omdat Novak me moet vertrouwen. Mijn jongens kunnen acteren op Hollywoodniveau, maar als je te maken hebt met Novak, weet je nooit wie er luistert en wanneer. Onze safehouses zijn beveiligd, maar we gaan er wel op uit, en een parabolische microfoon kan op verrassende afstanden worden gebruikt.

Dat is, meer dan wat dan ook, de reden waarom Sara niet langer een gespreksonderwerp is onder ons. Wat iedereen in mijn team betreft, kan ze net zo goed niet bestaan.

'Ik wil haar naam niet horen, of zelfs het voornaamwoord "zij"', heb ik tegen hen gezegd. 'Noem haar niet tegenover mij, en praat nooit over haar onder elkaar. Ze is weg, en dat is dat. Begrepen?'

Ze knikten allemaal en begrepen mijn bezorgdheid, en ik voegde nog meer beveiligingslagen toe aan mijn communicatie met de hackers en de mannen die we hadden ingehuurd om Sara in de VS in de gaten te houden. Ik kan mijn ptichka niet in de gaten houden, maar voor haar veiligheid mag niemand weten van mijn voortdurende obsessie voor haar.

En ik bén geobsedeerd. Het is een ziekte die erger wordt door haar afwezigheid. Ik droom elke nacht over Sara. Soms gaat het over iets onschuldigs als haar vasthouden en haar zijdezachte haar borstelen, maar vaak zijn de dromen donker en gewelddadig. In sommige verlies ik haar, in andere ben ik de oorzaak van haar pijn. Onze eerste ontmoeting, waarbij ik haar drogeerde en waterboardde, achtervolgt me de laatste weken, de herinneringen dringen mijn geest binnen in tot in de brute details. Het ergste van alles is dat ik wakker word uit die dromen over hoe ik haar pijn heb gedaan met een harde, kloppende pik, en ik weet dat hoeveel ik haar ook mis – hoeveel ik ook van haar hou, met heel mijn hart – mijn gevoelens voor Sara nooit simpel en zoet zullen zijn, dat ze altijd zullen worden aangetast door de duisternis van ons verleden.

Door de dingen die ik haar heb aangedaan… en misschien nog eens zal aandoen.

Als ik een slechte nacht heb gehad, wordt de dag nog erger. Het eerste wat ik elke ochtend doe is de rapporten over Sara doornemen, zowel van de hackers als van de Amerikanen die haar in de gaten houden. Zo weet ik dat ze weer vrijwilligerswerk is gaan doen in de kliniek en dat haar moeder met fysiotherapie is begonnen. Af en toe lukt het de Amerikanen ook om een langeafstandsvideo van Sara te maken, en op die dagen bekijk ik de opnames een paar keer voor het ontbijt, en dan nog minstens tien keer 's avonds vlak voordat ik in slaap val. Tussendoor train ik met mijn team en run ik de zaak, maar ik heb mijn hoofd er niet bij.

Al mijn gedachten gaan over haar.

Mijn mooie ptichka, die ik mis als een afgesneden ledemaat.

Ik denk er constant aan om haar terug te halen. Dankzij Sara's verhaal dat ik me met haar verveelde, heeft de FBI niet geprobeerd haar voor me te verbergen. Ze houden haar nog steeds in de gaten voor het geval ik terugkom, maar ze hebben het niet nodig geacht haar in het getuigenbeschermingsprogramma te stoppen of iets in die trant. Ik denk dat het is omdat ze hópen dat ik terugkom voor haar.

Ze is lokaas, al willen ze het niet toegeven.

En ik ben in de verleiding. Verdomme, wat wil ik het graag. Nu haar ouders haar niet meer zo nodig hebben, fantaseer ik er dagelijks over om haar terug te krijgen, tot op het punt dat de hele operatie in mijn hoofd is uitgestippeld. Ik weet precies hoe we de luchtcontroles omzeilen en waar we landen, hoe we een afleiding creëren om de FBI weg te lokken van Sara en hoe we een vals spoor planten om ze af te leiden terwijl we ontsnappen.

We zouden het morgen kunnen doen, als we dat zouden willen.

Over twintig uur zou ik Sara kunnen vasthouden.

Meestal kan ik de fantasie van me afschudden, tegenover mezelf de redenen herhalen waarom ik dit doe, mezelf eraan herinneren dat ze veiliger is waar ze is. Maar er zijn dagen dat ik alleen maar aan die fantasie kan denken, en dan betrap ik mezelf erop dat ik bijna toegeef en Anton opdracht geef het vliegtuig klaar te maken.

Om mijn gezond verstand te bewaren, intensiveer ik de zoektocht naar Henderson, de laatste en meest ongrijpbare persoon op mijn lijst. Het feit dat we hem en zijn familie nog niet gevonden hebben, bevestigt het gerucht over zijn CIA-achtergrond. Die klootzak is hier goed in, zo goed als een vakgenoot.

Het is misschien tijd om de verwarming hoger te zetten.

'We gaan naar North Carolina,' kondig ik aan bij het ontbijt de volgende morgen. 'We gaan de boel opschudden in Asheville, kijken of we die klootzak er op de harde manier uit kunnen krijgen.'

Mijn teamgenoten kijken op van hun borden met identieke uitdrukkingen. Ze zijn niet verbaasd. Dit is al de hele tijd het noodplan. We betrekken er liever geen onschuldigen bij – Hendersons vrienden en verre familieleden die niets te maken hadden met het bloedbad in Daryevo – maar gezien de ongrijpbaarheid van ons doelwit, is het de enige optie die overblijft.

'Hij zal ons verwachten,' zegt Anton, terwijl hij zijn bord opzijschuift. 'Het is waarschijnlijk een valstrik.'

Ik glimlach grimmig. 'Dat weet ik.'

De moeilijkheidsgraad van deze operatie is waar ik het meest naar uitkijk. Niet alleen moeten we onopgemerkt het land in en uit, maar Henderson heeft ongetwijfeld de FBI die zijn connecties in de gaten houdt. Logistiek gezien zal dit hetzelfde zijn als Sara terug stelen, maar in plaats van één vrouw te ontvoeren, zullen we een half dozijn mensen moeten ondervragen, die waarschijnlijk allemaal in de gaten worden gehouden door Hendersons maatjes van de FBI, en misschien zelfs de CIA.

'Moet leuk zijn,' zegt Yan. Zijn groene ogen glinsteren. 'Beter dan hier te blijven.' Hij wuift met zijn hand om de rustieke hut aan te wijzen waar we de afgelopen week verbleven, ons safehouse in Oost-Polen.

Ilya werpt hem een blik toe en gaat verder met eten. Hij heeft al een week geen contact meer met zijn broer, sinds Yan een serveerster in Boedapest neukte die Ilya ook wilde. Het is niet de eerste keer dat de situatie zich voordoet – de tweeling heeft dezelfde smaak wat vrouwen betreft – maar in het verleden deelden ze gewoon, ofwel door het meisje samen te nemen, ofwel door om de beurt te gaan. Ik heb geen idee wat deze serveerster anders maakte, maar Ilya is al kwaad op Yan sinds we hier zijn.

Ik ben niet van plan me in dat geschil te mengen, dus doe ik net alsof ik de spanning aan tafel niet opmerk. 'Maak je klaar,' zeg ik tegen de jongens. 'Ik wil voor het eind van de week in Asheville zijn, dus we moeten voor morgen een uitvoerbaar plan hebben.'

Ik sta op en ga mijn Amerikaanse contacten mailen.

21

*S*ara

IK ONTMOET MARSHA IN EEN CLUB IN DE WEST LOOP-
buurt van Chicago. Het is er nieuw, hip, en zo luid dat
mijn oren klapperen van de muziek die uit de speakers
schalt. Marsha is al op de dansvloer, ze is aan het
dansen met twee jonge bankiers, dus ga ik naar de bar
en bestel een gin-tonic. Ik hoop dat de alcohol de altijd
aanwezige bal van spanning in mijn maag zal
kalmeren.

Ieder moment nu. Ieder moment. Dat zeg ik al weken
tegen mezelf, maar ik zit nog steeds in dit
onrustbarende ongewisse. Vijf dagen geleden liep mam
de hele afstand van haar bed naar de badkamer met
alleen haar krukken als hulp, en toch ben ik nog steeds
hier, wonend in het huis van mijn ouders zonder enig

idee wanneer Peter me komt halen. Of hij me überhaupt nog komt halen.

Zou het kunnen? Zouden de leugens die ik de FBI heb verteld de waarheid blijken te zijn? Misschien verveelde mijn Russische moordenaar zich met mij. Misschien heeft hij zijn interesse verloren doordat ik me in de kliniek zo aan hem vasthield. Ik weet dat hij van gevaar en uitdagingen houdt, en misschien was dat alles wat ik voor hem betekende: een uitdaging. Wat is per slot van rekening een grotere prestatie dan het winnen van de genegenheid van de weduwe van je vijand, een vrouw die alle reden heeft om je te haten?

De gedachte blijft in mijn hoofd opkomen, en ik blijf hem wegduwen, denkend aan de blik op Peters gezicht toen hij beloofde voor mij terug te komen. 'Zolang ik ademhaal,' zei hij, en ik twijfelde geen moment aan hem – niet na alles wat hij heeft gedaan om mij de zijne te maken.

Ik twijfel nog steeds niet aan hem, niet écht, en dat betekent maar één ding.

Als Peter me niet is komen halen, is dat omdat hij het niet kan.

Het is omdat er iets gebeurd is.

Ik heb geprobeerd daar niet aan te denken, de mogelijkheid uit mijn gedachten te bannen, maar ik kan het niet langer negeren. Peters leven is zo vol risico dat hij net zo goed een soldaat in oorlogsgebied zou kunnen zijn. Met de autoriteiten die wereldwijd op hem jagen en de machtige criminelen met wie hij voortdurend te maken heeft, is overleven voor hem topsport. En als je zijn 'klussen' er ook nog bij optelt, is de kans dat hij gewond raakt of erger niet onaanzienlijk.

In feite is die kans zo groot dat mijn binnenste permanent in de knoop zit.

Het enige wat me troost, is dat ik nog steeds in de gaten word gehouden, zowel door de FBI als door Peters schimmige mannen. Dat kriebelende gevoel tussen mijn schouderbladen neemt nooit af als ik in het openbaar ben. Op dit moment weet ik zeker dat er minstens een paar van mijn stalkers in de club zijn – de onopvallende FBI-agent die me naar binnen volgde en aan de andere kant van de bar een biertje drinkt en iemand anders, iemand die ik niet kan identificeren, maar wiens aanwezigheid ik voel.

Als Peter dood of gevangen was en de FBI wist dat, zouden ze stoppen mij te volgen. Hetzelfde geldt voor degene die Peter inhuurde.

Het is niet echt een opluchting, hij kan nog steeds ergens zwaargewond zijn, maar het is iets.

Daardoor kan ik elke morgen opstaan en beginnen aan de dag, ondanks de knagende onrust in mijn maag.

'Daar ben je!' Marsha duikt naast me op, stralend met die unieke gloed die alleen dansen met alcohol op genereert. 'Ik begon al te denken dat je niet zou komen.'

'Ik ben hier,' verzeker ik haar terwijl de barman me mijn drankje aanreikt. 'Ik werd opgehouden in de kliniek, je weet hoe dat gaat.'

Ze knikt begrijpend en zegt tegen de barman: 'Een Corona, alstublieft.'

Hij overhandigt haar het flesje, en ze klettert het tegen mijn glas. 'Op het feit dat je eindelijk vrij bent,' zegt ze, en ik lach als ze een flinke slok neemt.

'Zo,' zegt ze, 'hoe gaat het met je? Ik kan niet geloven dat maart voor de deur staat, en we hebben nog niets samen gedaan sinds je eerste week terug.'

'Ugh, ik weet het.' Ik trek een gezicht. 'Sorry daarvoor. Het is gewoon dat met mijn moeder en alles…'

Marsha onderbreekt me met een zwaai van haar bier. 'Stil maar. Ik snap het, echt waar. Vertel me alleen één ding…' Ze kijkt om zich heen, leunt dan dichterbij en legt een hand op mijn onderarm. 'Gaat het, schat?' Haar stem is zacht ondanks de luide muziek, haar blik blijft hangen op het nu vervaagde litteken op mijn voorhoofd. 'We hebben nooit echt gepraat over… nou ja, over wat er gebeurd is.'

Mijn keel verstrakt. 'Ik heb je verteld wat er gebeurd is.'

Ze knikt ernstig. 'Dat weet ik. Daar heb ik het niet over. Hoe ga je ermee om?'

'Ik ben…' *Gestrest tot het uiterste, niet in staat om te eten of slapen, ik heb constant nachtmerries over dat Peter gewond is of dood…* 'Ik red het prima.'

'Uh-huh.' Marsha kijkt naar mijn onderarm, die er bijzonder mager en bleek uitziet onder haar bruine, strak gemanicuurde vingers. 'Dus daarom imiteer je een anatomieskelet.'

Ik trek mijn arm weg. 'Ik ben op dieet.'

Ze zucht en leunt achterover. 'Ik begrijp het.'

Ik nip aan mijn drankje en zou willen dat ik haar de waarheid kon vertellen: dat ik niet lijd aan een psychologisch trauma, maar dat ik de man mis die me dit heeft aangedaan, dat ik wacht tot hij terugkomt en me terugvordert. Maar als ik dat zeg, kan ik net zo goed mijn eigen gevangenisstraf tekenen.

'Het gaat prima,' herhaal ik. Ik zet een glimlach op en zeg: 'Zullen we stoppen met praten over deprimerende dingen en gewoon gaan dansen?'

Marsha aarzelt, en grijnst dan. 'Goed dan. Dans maar.'

Ik pak haar hand en we gaan naar de drukke dansvloer. Een van Nicki Minaj' laatste hits begint, en ik moet lachen als ik me herinner dat ik mijn eigen versie van dit liedje voor de jongens in Japan ten gehore bracht.

Marsha lacht ook, houdt haar hoofd achterover om haar bier op te slurpen, en we beginnen te dansen. Ik zing mee, bedenk af en toe mijn eigen lyrics, en voor je het weet hebben we echt plezier. De beat trilt door mijn botten, doet mijn voeten uit zichzelf bewegen, en ik giechel als ik een deel van mijn drankje op mijn hand mors.

'Wacht even,' zeg ik tegen Marsha en ik drink de rest van mijn gin-tonic snel op om te voorkomen dat ik nog meer mors. Ik zet het lege glas op een tafeltje in de buurt en baan me een weg naar de bar om een flesje bier te bestellen – veel dansvloervriendelijker. Tegen de tijd dat ik terugkom, is Marsha al met een paar nieuwe jongens aan het dansen, en als ik dichterbij kom, pakt ze mijn hand en trekt me naar hen toe.

'Dit zijn Bill en Rob,' schreeuwt ze over de luide muziek heen, en ik glimlach ongemakkelijk. Dit is niet wat ik in gedachten had toen ik instemde met dit avondje uit met Marsha.

'Ik ga even naar het toilet,' zeg ik, voorovergebogen zodat Marsha het kan horen. 'Ik ben zo terug.'

'Wacht, ik ga met je mee.' Marsha verlaat haar metgezellen zonder omkijken en volgt me door de menigte.

Het is nog vroeg op de avond, dus de rij voor het damestoilet valt nog wel mee. Terwijl we wachten, vertelt Marsha me alles over de club waar ze afgelopen weekend met Tonya heen is geweest en de knappe man die ze daar ontmoet heeft. Ik luister, glimlach en knik, me de hele tijd verwonderend over hoe anders het leven van mijn vriendin is, hoe ongecompliceerd. Wanneer was de laatste keer dat ik me druk maakte over of een jongen me wel zou bellen? Op de uni, misschien? Toen ik George ontmoette, stond mijn uitgaansleven stil, en ik heb het niet meer hervat na zijn dood.

Peter eiste me op voor ik de kans kreeg.

We gaan eindelijk naar het toilet, doen onze behoefte, en gaan dan terug naar de dansvloer. Het is nu nog drukker, dus na een halfuur rond geduwd te zijn, schreeuwt Marsha in mijn oor: 'Laten we hier weggaan.'

Ik volg haar dankbaar naar buiten en we gaan naar toe een lounge een paar straten verderop, waar we aan de bar neerploffen en luisteren naar een liveband die rocknummers uit de jaren tachtig speelt, afgewisseld met recente hits. 'Jij zingt, toch?' vraagt Marsha nadat we een paar shotjes achterover hebben geslagen, en ik knik. Mijn hoofd tolt van de alcohol.

'Oké, dan.' Marsha grijnst. 'Laten we dit doen.' Ze springt van de barkruk af en pakt mijn pols, mijn arm in de lucht stekend. 'Hé, iedereen,' schreeuwt ze over de muziek heen. 'Mijn vriendin hier kan belachelijk hoge noten halen. Willen jullie het allemaal horen?'

Ik wil door de vloer zakken, maar een paar mensen in de menigte – voornamelijk aangeschoten kerels – reageren met een 'hell, yeah'.

'Kom op.' Marsha duwt me bijna het podium op, waar de bandleden niet blij zijn met een amateur.

Normaal zou ik wegglippen en later boos worden op Marsha, maar dankzij de alcohol die mijn remmingen losmaakt en mijn kleine optredens voor Peter en zijn mannen in Japan, vind ik op een of andere manier de moed om op het podium te blijven.

'Kennen jullie "Karma" van Alicia Keys?' Ik vraag het aan de gitarist, in de hoop dat ik mijn woorden niet verhaspel door de alcohol.

De gitarist, een man met rode wangen en een terugwijkende haarlijn, werpt me een argwanende blik toe. 'Misschien. Ga je zingen als we spelen?'

'Vind je het erg?' Ik schenk hem mijn mooiste glimlach. 'Eén liedje maar, dan ben je van me af.'

Hij wisselt een blik met de andere muzikanten, duwt dan een microfoon in mijn handen en zegt: 'O, wat maakt het ook uit. Ga ervoor, meisje. Laat ons zien wat je in huis hebt.'

Ze spelen de eerste noten en ik draai me om naar het publiek. Mijn hartslag versnelt als ik me realiseer waar ik aan begonnen ben. De laatste keer dat ik voor zoveel mensen heb opgetreden was op de middelbare school, toen ik een hoofdrol kreeg in een schoolmusical. En net als toen voel ik een zwerm vlinders in mijn buik, een nerveuze vorm van opwinding.

Gebruik het, zeg ik tegen mezelf, en ik haal diep adem en begin te zingen, mijn eigen tekst vermengend met de bekende woorden van het lied. Ondanks alle drank komt mijn stem er sterk en zuiver uit, zo krachtig dat ik de vibratie van het geluid kan voelen. Alle andere geluiden in de lounge vallen weg, en ik zie zowel verbazing als verwondering op de gezichten die naar me opkijken – inclusief dat van de undercoveragent die ons uit de club volgde en nu in de hoek een drankje staat te drinken.

Marsha kijkt ook verbaasd, en ik realiseer me dat ze me eigenlijk nog nooit alleen heeft horen zingen. We hebben een paar keer als groep 'Happy birthday' gezongen en ze heeft me waarschijnlijk horen meezingen met de selectie van de dj op dat clubuitje een paar maanden geleden, maar nog nooit op deze manier.

Nooit als een optreden... en zeker niet met mijn eigen teksten.

Ik krijg bijna een brok in mijn keel bij die gedachte. Ik heb mijn teksten nog nooit met iemand anders dan Peter en zijn team gedeeld. Toch lukt het me om door te gaan, en terwijl ik mijn versie van het refrein zing, merk ik dat mensen in het publiek beginnen mee te zingen, met hun handpalmen op de tafels slaan en met hun voeten meedeinen op de beat. De vlinders in mijn buik breiden zich uit en vullen elke holte in mijn borst tot ik het gevoel krijg dat ik zal wegzweven op hun vleugels, en ik blijf zingen terwijl mijn lichaam de muziek begint te volgen; mijn danstraining is niet voor niets geweest.

Ik ben me niet bewust van het gevoel dat ik zweef, totdat het nummer eindigt en een daverend applaus losbarst. Als ik terug op aarde kom, zie ik Marsha vooraan uitbundig klappen en joelen, en ik straal als ik me omdraai om de band te bedanken. Ook zij klappen, en het voelt als een fantasie, als iets wat ik toen ik een puber was zou hebben gewenst als ik een toverfee was tegengekomen.

'Dat was ongelooflijk. Heb je nog meer van dat soort liedjes?' vraagt de gitarist, en ik knik, al lijken de vlinders nu meer op kolibries in mijn borst. In Japan heb ik tientallen liedjes gecomponeerd en opgenomen, sommige op bestaande muziek, andere op mijn eigen mixen, en ik voerde ze uit voor mijn ontvoerders als onderdeel van ons avondritueel. Peter zei altijd dat ik goed was, maar ik zag het als vleierij en een gebrek aan ander vermaak. Maar deze mensen zijn vreemden, er is geen reden waarom ze veren in mijn reet zouden willen steken.

Het zou logischer zijn als de muzikanten me van het podium schopten, zodat ze terug konden naar de echte muziek.

'Ik heb er nog een,' zeg ik ademloos tegen de gitarist als de fantasie geen tekenen van ontbinding vertoont. 'Ken je de tune van dat nummer van Bruno Mars, "Just the Way You Are"?'

Hij grijnst. 'Zeker weten. Oké, laten we het doen. Hoe heet je?'

'Sara,' zeg ik en ik heb er meteen spijt van. Mijn naam is zo gewoontjes, en deze avond verdient iets anders. Zoiets als Madonna of Rihanna of SZA…

'Een applaus voor Sara!' roept de gitarist, en ik vergeet mijn gewone naam als de mensen in het publiek klappen en joelen.

De band begint 'Just the Way You Are' te spelen, en ik haal diep adem om me voor te bereiden. Als het zover is, gebruik ik weer mijn eigen teksten, en het zwevende gevoel komt terug als ik de reactie van het publiek zie. Ze vinden het prachtig. Ze genieten er echt van.

Maar al te snel is het liedje voorbij en val ik weer met beide benen op de grond, om vervolgens weer op te stijgen als het publiek om nog een liedje vraagt, dan nog een en nog een. Ik zing zeven van mijn beste nummers achter elkaar, en dan begint mijn stem het te begeven.

'Dat was het,' zeg ik tegen de band en ik geef de microfoon terug aan de gitarist. 'Heel erg bedankt dat jullie me hebben laten genieten.'

'Meisje, je kunt altijd met ons zingen,' zegt hij. 'Sterker nog...' Hij draait zich om, kijkt zijn bandleden aan en draait zich dan weer naar mij om. 'We treden hier het hele weekend op, en we zouden het leuk vinden als je met ons meedoet.'

'O, ik...'

'We zouden natuurlijk de winst met je delen,' zegt hij, alsof ik op het punt sta te weigeren uit geldelijke overwegingen. 'Het is een leuke bijverdienste.'

'Jullie kunnen haar niet betalen,' zegt Marsha, en ik draai me om en zie haar heupwiegend het podium op komen. 'Ze is arts, weet je.'

'Echt waar?' De gitarist kijkt me eens goed aan. 'Getalenteerd, knap én slim, dus?'

Ik bloos als Marsha zegt: 'Zeker weten. Dus als je haar wilt boeken, moet je eerst met mij praten. Hier.' Ze pakt zijn pols, haalt een pen tevoorschijn en krabbelt haar nummer op zijn onderarm, vlak naast een tatoeage van een hart doorboord met een pijl. Knipogend voegt ze eraan toe: 'Ik ben altijd beschikbaar.'

Ik lach, realiseer me wat Marsha aan het doen is, en ruk haar van het podium af voordat mijn vriendin begint te zoenen met de muzikant. Volgens de geruchten in het ziekenhuis heeft ze wel gekkere dingen gedaan als ze dronken was.

We banen ons een weg door het nog steeds

klappende publiek en stormen naar buiten. De ijskoude februarilucht doet weinig om onze opwinding af te koelen. Ik ben nog steeds aan het gonzen van de alcohol en de high van het optreden, en Marsha is ook opgewonden, ze lacht en kletst over wat er net gebeurd is en hoe ze mijn agent kan zijn zodat we allebei rijk kunnen worden als ik het groot maak.

We hebben zoveel plezier dat ik even vergeet dat dit allemaal niet echt is, dat mijn leven nu gewoon één groot wachtspel is. Maar als ik in een taxi stap om naar huis te gaan, weet ik het weer, en mijn high verdwijnt zonder een spoor na te laten.

Terwijl ik aan het zingen was en dronken werd, ging er een andere avond voorbij.

Weer een dag voorbij zonder dat Peter terugkwam.

eter

IK DENK EROVER OM CONTACT OP TE NEMEN MET SARA als we landen op een klein privévliegveld in de uitlopers van de Great Smoky Mountains, zo'n negentig kilometer van Asheville en maar een paar staten bij haar vandaan. Het is meer dan verleidelijk om de telefoon te pakken en haar te bellen, zodat ik haar stem kan horen. Maar als ik dat zou doen, zou de FBI – die haar nog steeds in de gaten houdt en haar telefoontjes afluistert – haar weer gaan volgen, haar verhaal weer in twijfel trekken en haar door de mangel halen.

Het is niet de eerste keer dat ik overweeg contact met haar op te nemen. Ik denk er de hele tijd aan. Hoe alert de FBI ook is, ik kan nog steeds een van de mannen die ik heb ingehuurd om haar in de gaten te houden, haar stiekem een brief laten sturen. Het zou riskant zijn, maar ik zou het kunnen doen.

Wat me tegenhoudt is niet de logistiek, maar dat ik niet zeker weet wat ik zou zeggen – en wat Sara's reactie zou zijn op het krijgen van zo'n brief. Hoe graag ik ook wil denken dat zij mij evenveel mist als ik haar, ik weet dat de kans reëel is dat de broze verstandhouding die we tegen het einde van haar gevangenschap opbouwden, weg is, dat ze me door haar terugkeer naar huis weer haat en vreest.

Ze hoopt misschien dat ik voorgoed weg ben, en mijn brief zou haar van streek maken.

Trouwens, wat kan ik haar vertellen over waarom ik wegblijf? Ik kan niets zeggen over Novak en Esguerra – te gevaarlijk als de brief onderschept wordt – dus blijft er niets anders over dan de verzekering dat ik nog leef en haar kom halen.

Zekerheden die ze gemakkelijk kan interpreteren als een bedreiging als ze blij is om thuis te zijn zonder mij.

Ik kan zien dat mijn jongens dolgraag iets over de situatie willen zeggen, maar de regel om niet over Sara te praten blijft van kracht en ze weten wel beter dan die te overtreden. Dus zwijgen ze, en ik concentreer me op het doorkomen van de dagen zonder Sara, waarbij de dagelijkse berichten over haar mijn obsessie voeden.

Een paar dagen geleden ging ze uit met haar vriendin Marsha en eindigde ze zingend in een lounge, waar ze een van haar liedjes in het openbaar ten gehore bracht. Alleen al het lezen daarover vervulde mijn borst met een warme gloed, en ik gaf de Amerikanen opdracht de volgende keer een opname te maken, zodat ik naar haar kon luisteren en de reactie van het publiek kon zien. Ik voel me absurd trots bij de gedachte dat mijn kleine zangvogel zich zo laat horen, haar remmingen van zich afschudt en het talent toont waarvan ik altijd heb geweten dat ze het heeft.

Natuurlijk was trots niet mijn enige reactie op dat verslag. Het idee dat ze uitgaat op plaatsen waar andere mannen haar zouden kunnen versieren is als een brandend kooltje in mijn zij. Sara is van mij. De fysieke afstand tussen ons verandert daar niks aan. Tot nu toe hebben de rapporten niet aangetoond dat iemand serieus rond haar snuffelde, maar dat betekent niet dat het niet gebeurd is. Nu de FBI Sara constant volgt moeten mijn mannen extra voorzichtig zijn, en er zijn momenten dat ze gewoon niet dichtbij genoeg kunnen komen om er zeker van te zijn dat een of andere klootzak haar niet om een telefoonnummer smeekt of aanbiedt om koffie voor haar te kopen.

Als ik Sara zelf kon afluisteren, zou ik het zo doen.

Ik zou een chip bij haar implanteren als ik kon.

'Ben je klaar?' vraagt Yan, en ik realiseer me dat ik de afgelopen minuut gedachteloos mijn pistool heb schoongemaakt in plaats van mijn tas te pakken en uit het vliegtuig te stappen.

'Ja,' zeg ik, terwijl ik het pistool weer in elkaar zet en in mijn broeksband stop. 'We gaan ervoor.'

LYLE BOLTON, DE ACHTERNEEF VAN WALLY HENDERSON, is eigenaar van een kleine biologische supermarkt in Sheville. Voor zijn vrienden en buren is hij een vriendelijke, vredelievende man, met de bijbehorende twee komma drie kinderen – twee kleuters en een baby op komst. Zijn zwangere vrouw is een huismoeder, en voor buitenstaanders lijken ze het perfecte koppel uit de suburbs.

Jammer dat geen van hen weet wat onze hackers hebben ontdekt.

We wachten op hem in de berghut van de prostituee, onze SUV uit het zicht geparkeerd achter de schuur. Technisch gezien is het meisje een escort, maar seks voor geld is wat mij betreft allemaal hetzelfde. Bolton komt hier elke dinsdag en donderdag op zijn terugweg van de plaatselijke boerderijen, waar hij producten voor de winkel haalt. Zijn vrouw weet er niets van, evenmin als iedereen in de gemeenschap.

Niemand zou zich kunnen voorstellen dat de rustige, kerkelijke heer Bolton, met zijn passie voor dierenwelzijn en het milieu, een nauwelijks legale 'escort' zou betalen om hem twee keer per week op haar te laten poepen – nadat hij haar in elkaar heeft geslagen.

Henderson laat zijn vrienden Boltons huis en werk in de gaten houden, en daarom is deze hut een perfecte plek om de klootzak te ondervragen. Zijn smerige gewoonte is een geheim voor iedereen, ook voor zijn neef, en dankzij alle voorzorgsmaatregelen die hij heeft genomen om ongemerkt weg te kunnen blijven, zal niemand hem komen zoeken tot hij over zo'n vier uur tijd niet meer terugkomt naar de winkel.

We kunnen veel doen in vier uur.

De hut is leeg, behalve voor ons. Yan heeft de prostituee vanmorgen weggelokt door zich voor te doen als een goed betalende klant. Toen hij haar in een hotelkamer kreeg, bond hij haar vast en liet haar daar. Als we tijd hebben, maakt hij haar later vandaag los; zo niet, dan zal een kamermeisje haar morgenochtend vinden. Hoe dan ook, ze zal niet naar de politie gaan, zeker niet als ze de betaling op het nachtkastje vindt.

Lyle Bolton is stipt, zoals gewoonlijk. Hij komt aan om kwart voor tien. Zijn truck komt tot stilstand op de oprit met grind en ik gebaar naar de jongens dat ze zich klaar moeten maken.

Onze prooi pakken is kinderspel. Hij heeft geen idee wat hem te wachten staat. De klootzak komt binnen met een grote, stront vretende grijns op zijn mollige gezicht, en Ilya komt achter de deur vandaan en stompt hem in zijn maag. Hij doet het lichtjes – zo licht als iemand met zo'n massa kan – maar Bolton valt toch op handen en voeten, hijgt en hijgt en probeert weg te komen.

Yan schopt hem in zijn ribben en dan kom ik in actie, trek de klootzak aan de achterkant van zijn shirt terwijl hij begint te snotteren en om genade smeekt.

'Je neef,' zeg ik kalm, terwijl ik hem in een keukenstoel zet. 'Waar is hij?'

Hij staart ons aan en ik zie een nieuw soort angst op zijn gezicht. Hij beseft nu dat dit geen vergissing is, dat we geen inbrekers zijn die hier toevallig waren.

'Ik w-weet het niet,' stottert hij, en ik zucht voor ik mijn pistool trek.

'Nog één kans,' zeg ik, terwijl ik de loop tegen zijn voorhoofd zet. 'Waar de fuck is Wally?'

Hij pist zichzelf onder. Een donkere vlek verspreidt zich over het kruis van zijn corduroy broek en ik ruik de bijtende stank van urine. Het ergert me bijna evenveel als het feit dat er tranen en snot langs zijn gezicht lopen.

'Ik zweer het je, ik weet het niet!' jammert hij, en ik laat het pistool zakken en haal de trekker twee keer snel na elkaar over.

Zijn geschreeuw is oorverdovend als hij van de stoel valt en zich opkrult op de grond. Ik heb net twee kogels geplaatst – een in elke voet – en ik wacht een minuut tot het geschreeuw is weggeëbd voordat ik herhaal: 'Waar is je neef, verdomme?'

'Ik weet het niet, ik weet het niet, ik weet het niet!' Hij is nu hysterisch en houdt zijn bloedende voeten met beide handen vast. 'Alsjeblieft, ik zweer het, ik weet het niet. Hij is meer dan twee jaar geleden verdwenen en ik heb sindsdien niets meer gehoord.'

'Niets? Geen telefoontjes, geen e-mails, geen brieven?'

Het antwoord daarop weet ik al dankzij onze hackers, dus ik ben niet verbaasd als de blubberende idioot zijn hoofd schudt als een opgewonden speeltje.

'Nee, nee, ik zweer het! Niets. Niemand heeft iets van hem gehoord sinds hij vertrok.'

Ik wend me tot Yan. 'Wat denk jij?' vraag ik in het Russisch. 'Geloof je dit stuk stront?'

Hij bestudeert hem en knikt dan. 'Ja, ik denk het wel. Henderson is te voorzichtig om deze in vertrouwen te nemen.'

'Oké, dan. Laten we gaan.'

Ik buig me voorover, haal Boltons telefoon uit zijn zak en laat hem bibberend en bloedend op de grond liggen terwijl we de blokhut uit lopen. Voor we vertrekken, maak ik zijn voertuig onklaar zodat hij een tijdje niet weg kan.

We moeten nog vijf klootzakken ondervragen voordat het lot van deze ontdekt wordt.

eter

DE VOLGENDE TWEE MENSEN OP ONZE LIJST ZIJN NET ZO'N UITDAGING ALS BOLTON. De eerste, Ian Wyles, is een gepensioneerde leraar die Hendersons oudoom is. De twee wisselden regelmatig e-mails uit voor Henderson verdween, en het is mogelijk dat Henderson nog steeds contact met hem heeft.

Maar zodra we de oude man treffen op weg naar huis van het postkantoor, wordt duidelijk dat hij niets weet. Hij is zo onwetend en verbijsterd door onze vragen, dat we niet eens de moeite nemen hem in elkaar te slaan. We binden hem gewoon vast en laten hem met zijn invalidenwagentje achter in het bos, waar hij over een paar uur gevonden zal worden als zijn vrouw thuiskomt en ontdekt dat hij er niet is.

De tweede persoon, Jennifer Lows, is een vriendin van Hendersons vrouw. Een mollige vrouw van middelbare leeftijd die het letterlijk in haar broek doet wanneer we haar staande houden buiten het verpleeghuis van haar ouders. Binnen de eerste minuut van ons verhoor wordt duidelijk dat ook zij niets weet, en we laten haar vastgebonden achter een vuilcontainer in een steegje achter, gekneveld en doodsbang, maar verder ongedeerd.

'Drie-nul,' merkt Anton op als we het steegje uit lopen, maar ik haal mijn schouders op. Dit is niet onverwacht. Als Henderson contact had gehouden met deze mensen, hadden we het waarschijnlijk nu al ontdekt. Ook zou de beveiliging rond hen strenger zijn geweest. Het feit dat ze makkelijk te bereiken waren zegt me al dat ze niet in Hendersons kringen zitten.

De mensen die belangrijk voor hem zijn, zijn vrouw en kinderen, zijn net zo goed verborgen als een piratenschat.

Hoe het ook zij, informatie krijgen over Hendersons verblijfplaats is niet ons hoofddoel. Dit is bedoeld om een daad te stellen, hem te vertellen dat niemand in zijn leven veilig is, hoe ver weg de connectie ook is.

We willen hem boos en bang maken, want boze, bange mannen maken fouten.

De volgende waar we achteraan gaan is een lokale politieagent die toevallig Hendersons jeugdvriend is. Jimmy Gander, vijfenvijftig jaar oud, is een van de oudste agenten van het korps, en wanneer we hem buiten zijn favoriete bar grijpen, slaagt hij erin Anton in het gezicht te slaan voor we hem buiten westen slaan.

'Ik ga hem verdomme vermoorden,' mompelt Anton als we het bos in rijden waar we onze gevangene gaan ondervragen. 'Die klootzak gaat eraan.'

'Niet doden tenzij het nodig is,' herinner ik hem eraan. 'We gaan hem gewoon een beetje aframmelen als hij niet meewerkt.'

Anton fronst zijn wenkbrauwen. 'Fuck die shit. Hij heeft me een blauw oog geslagen.'

'Je had je niet door die opa moeten laten slaan,' zegt Yan grijnzend. 'Misschien moeten we hem jouw plaats in het team laten innemen. Hij lijkt me zeker vaardiger.'

'Hou je kop,' zeg ik tegen de twee als onze SUV stopt op een open plek in het bos. 'Jullie kunnen dit later uitvechten.'

We slepen de agent naar buiten en wachten tot hij bijkomt voor we hem beginnen te ondervragen. Net als de anderen lijkt hij echt verbijsterd. Maar in tegenstelling tot onze andere doelwitten vandaag, weigert hij in eerste instantie onze vragen te beantwoorden. Tot Antons vreugde moeten we hem uiteindelijk een paar keer slaan voordat we de gebruikelijke 'weet van niets' en 'niets van hem gehoord' eruit krijgen. Onder andere omstandigheden zou ik Ganders loyaliteit aan zijn vriend bewonderen, maar aangezien we nog minder dan twee uur hebben om de twee overgebleven mensen op onze lijst te ondervragen, frustreert de vertraging me alleen maar.

'Schieten verdomme,' zeg ik tegen Anton als de agent weigert te vertellen over de laatste keer dat hij Henderson zag, en Anton geeft graag gehoor aan de opdracht en schiet Gander in zijn rechterschouder.

Daarna worden er geen antwoorden meer achtergehouden, maar krijgen we alleen verbale diarree en een smeekbede voor een ziekenhuis.

'Laten we gaan,' zeg ik tegen de jongens als ik zeker weet dat we alles uit de agent hebben gehaald. 'Bind hem vast en laat hem hier.'

Terwijl we wegrijden, maak ik een notitie om het alarmnummer te bellen en ze de locatie van de man te vertellen als we veilig in de lucht zijn.

Hendersons vriend of niet, de agent hoeft niet dood.

We hebben nu weinig tijd, dus we versnellen het proces door onze laatste twee doelen te pakken te nemen en ze daarna pas samen te ondervragen. We hebben ze als laatste gekozen omdat ze niet dicht bij Henderson staan, dus als we ze om een of andere reden niet hadden kunnen pakken, zou dat geen groot verlies zijn geweest.

De eerste man is de ex-vriend van Hendersons dochter, Bobby Carston. Hij is twintig, zo'n drie jaar ouder dan de dochter, en volgens onze dossiers zijn ze uit elkaar gegaan toen hij met haar beste vriendin naar bed ging na hun schoolfeest. Ik kan bedriegers niet uitstaan, dus we behandelen de jongen een beetje ruw terwijl we hem ondervragen – een zet die ervoor zorgt dat onze laatste gevangene, de favoriete leraar van Hendersons zoon, meewerkt vanaf het begin.

Sam Briars is zelfs zo uitgebreid in zijn antwoorden over Jimmy Henderson dat we iets krijgen wat we niet verwachtten.

Een mogelijke aanwijzing.

'… en toen waren ze vijf jaar geleden op vakantie in Thailand en Jimmy zei hoeveel ze van de lokale cultuur en al het fruit hielden en hoe graag ze daar wilden wonen. Er was een familie waar ze echt een band mee hadden in Phuket. Niet in een van de toeristische gebieden, maar meer landinwaarts, weg van alle drukte. Jimmy vertelde al zijn vrienden in de klas erover. Jimmy's moeder hield altijd van Singapore omdat het zo schoon is, Jimmy's ouders zouden naar IJsland gaan voor hun verjaardag, Jimmy's zusje zou in Maryland naar school gaan, en ik kan er nog wel meer bedenken als je me even de tijd geeft…'

De leraar praat zo snel dat hij bijna brabbelt, dus we laten hem praten en noteren de plaatsen die hij noemt, zodat we ze later kunnen onderzoeken. De meeste van deze plaatsen hebben we al eerder bekeken, ook Thailand, maar de Hendersons zijn verhuisd om niet ontdekt te worden, en we wisten niets van die plaatselijke familie in Phuket.

Het is zeker een spoor dat het onderzoeken waard is.

Er gaan tien minuten voorbij en de leraar lijkt nog niet uitgeput. Dat hij zo praatgraag is, wordt ongetwijfeld gevoed door het gejammer van de afgerammelde ex-vriend. Op dit punt blijft hij alles herhalen wat hij weet over de Hendersons, dus ik knik naar Ilya en die tikt hem lichtjes op de ribben.

'Genoeg,' zeg ik als Briars begint te gillen alsof die zachte tik zijn ribben heeft gebroken. 'Bind ze vast en laat ze hier. We moeten gaan.'

Terwijl we naar ons vliegtuig rijden, kijk ik uit naar tekenen van achtervolging, maar we komen er zonder problemen.

De operatie is officieel een succes: we hebben Henderson een bericht gestuurd en daarbij een mogelijk aanknopingspunt verkregen.

Ik zou me goed moeten voelen, maar terwijl de wielen van het vliegtuig van de grond loskomen, kan ik alleen maar denken dat ik niet dichter bij wat ik echt wil ben gekomen.

Dat ik nog maanden verwijderd ben van het terugwinnen van Sara.

24

Sara

'WÁT DEED HIJ?' Ik staar Ryson aan, mijn handpalmen vochtig van het zweet en mijn hartslag op hoog tempo. Mijn eerste reactie – blij dat Peter leeft en gezond is – wordt snel weggeduwd door een pijnlijke knoop in mijn maag.

'Hij heeft zes mensen aangevallen in North Carolina,' herhaalt de agent. 'Twee liggen in het ziekenhuis met schotwonden, de andere vier zijn gekneusd en getraumatiseerd door een gewelddadige ondervraging. Onschuldige burgers, allemaal. Kunt je ons iets vertellen over het incident?'

'Ik... wat?' Ik schud mijn hoofd om het te ontdoen van de gruwelijke beelden. 'Waarom zou hij dit doen?'

'Volgens de slachtoffers wilde hij de locatie weten

155

van een kennis van hen, ene Walter Henderson III. Hij heeft de pech op dezelfde lijst te staan als jouw overleden echtgenoot.' Ryson kruist zijn gespierde armen. 'Het lijkt erop dat Sokolov zijn toevlucht neemt tot extremere maatregelen om bij deze man te komen. Kun je ons daar iets over vertellen? Over waar hij achteraan zit?'

Ik slik de gal weg die in mijn keel omhoogkomt. In de afgelopen maanden was ik erin geslaagd de harde realiteit van de man die ik miste te vergeten, de duisterste delen in mijn herinneringen te verdoezelen. 'Weet je dat niet?'

'Ik zei het al, veel van zijn dossier is bewerkt.' Ryson slaat zijn armen over elkaar en buigt voorover. 'Dokter Cobakis, je weet net zo goed als ik dat deze man dodelijk is. Hij moet gestopt worden voor er nog meer onschuldige mensen gewond raken. Het is belangrijk dat je ons alles vertelt wat je over hem weet, zodat we een beter idee hebben waar hij nu kan toeslaan.'

Ik staar hem aan, voel me afwisselend warm en koud. 'Hij... heeft me niet veel verteld.' Dat is wat ik de agenten heb verteld en ik moet bij het verhaal blijven, hoe ziek ik me ook voel bij de wetenschap dat Peter onschuldige mensen het slachtoffer maakt van zijn wraakacties.

Maar goed, zelfs als Ryson wist van de moordpartij op Peters vrouw en zoon, zou dat niets uitmaken. Peter zal niet stoppen tot hij Henderson heeft gevonden en hem van zijn lijst heeft geschrapt, en zoals hij in North

Carolina heeft laten zien, is de FBI nog steeds geen partij voor hem en zijn bende.

Peter en zijn mannen zijn onopgemerkt de VS binnengekomen, hebben zes burgers overvallen en zijn weer vertrokken.

Hij was in het land, en als Ryson niet had besloten me te ondervragen, zou ik het nooit hebben geweten.

Mijn maag knijpt verder samen en tot mijn schrik besef ik dat ik niet alleen van streek ben door de pijn en het lijden dat hij die mensen heeft aangedaan.

Ik ben ook gekwetst en boos dat Peter niet naar me toe gekomen is.

We waren maar een paar staten van elkaar verwijderd, en hij is me niet komen opzoeken.

'Dokter Cobakis.' Ryson kijkt me aandachtig aan. 'Is alles goed met je?'

'Ik… ja.' Ik bal mijn handen onder de tafel tot vuisten en duw mijn nagels in mijn handpalmen. Het vleugje pijn kalmeert me, waardoor ik op seminormale toon kan zeggen: 'Het spijt me. Het is gewoon erg veel.'

En dat is het ook. Het is te veel, zelfs. Tot aan nu had ik niet door hoe erg ik in de war was, hoe die maanden met Peter me verwrongen hebben, mijn gevoel voor goed en kwaad op z'n kop hebben gezet. Ik ben net te weten gekomen dat de moordenaar door wie ik geobsedeerd ben zes onschuldige mensen heeft gemarteld, en ik ben boos dat hij hen verkoos boven mij? Dat hij mij niet ontvoerd heeft?

Ik ben ziek.

Het is me nu allemaal duidelijk voor mij. Al die tijd

was wraak zijn ware liefde, zijn echte obsessie, en wat hij ook voor mij voelde, het was niet sterk genoeg... als het al iets te betekenen had. Ik weet niet waarom ik nog steeds in de gaten word gehouden, of dat überhaupt wel zo is – dat kriebelige gevoel kan ook paranoia zijn – maar het is duidelijk dat ik niet langer zijn prioriteit ben.

Op de een of andere manier doorsta ik de rest van Rysons ondervraging, beantwoord zijn vragen op de automatische piloot, en als ik thuiskom, pak ik de telefoon en bel dokter Evans, de therapeut die me eerder heeft geholpen.

Het is tijd om mijn verwoeste leven weer op te bouwen.

Het is tijd om te accepteren dat wat Peter en ik hadden misschien voorbij is.

DEEL III

eter

WE BESTEDEN DE DAAROPVOLGENDE TWEE MAANDEN AAN HET VOLGEN VAN HET THAISE SPOOR – het is niet gemakkelijk te achterhalen met welke plaatselijke familie de Hendersons bevriend raakten – en als we merken dat we niet dichter bij ons doel komen, nemen we een klus aan in Rusland, waar een olie-oligarch wil dat we een van zijn zakelijke rivalen uitschakelen. Het is niet zo'n lucratieve klus als sommige andere, maar de locatie maakt het de moeite waard.

We zijn al jaren niet meer in ons eigen land geweest.

'Voelt dit voor jou net zo vreemd als voor mij?' vraagt Anton terwijl we langs het Rode Plein lopen, en ik knik, want ik weet precies wat hij bedoelt. Als je door deze straten loopt en overal om je heen Russisch hoort, lijkt het net of je teruggaat in de tijd. De laatste keer dat ik in Moskou was, was toen ik mijn chef, Ivan Polonsky, vermoordde voor zijn hulp bij het verdoezelen van het bloedbad van Daryevo – het voelt als een mensenleven geleden.

'Mis je het?' vraag ik Anton, en hij haalt zijn schouders op.

'Neuh. Ik bedoel, het is niet echt leuk om altijd de buitenlander te zijn, maar ik ben eraan gewend geraakt. En dankzij Sara is mijn Engels verbeterd, dus...' Hij stopt en zijn blik verandert als hij zich realiseert wat hij net zei. 'Ik bedoel toen we...'

'Genoeg.' Mijn nekspieren zijn pijnlijk gespannen en mijn handen zijn tot vuisten gebald, maar mijn stem is zacht en gelijkmatig als ik benadruk: 'Dat is genoeg.'

Anton houdt wijselijk zijn mond en we lopen verder in stilte. Hij weet dat het hem verboden is om over haar te praten, en dat gaat niet meer alleen om haar veiligheid. Sara is tegenwoordig een trigger voor me, zozeer zelfs dat alleen al het noemen van haar naam genoeg is om me moordlustig te maken. De gapende wond van haar afwezigheid geneest niet; hij ettert.

Ik verlang elke seconde van de dag naar haar, en ik haat het.

De dagelijkse verslagen maken het alleen maar erger, want het lijkt alsof ze me vergeten is. Vorige maand heeft ze een nieuwe baan gekregen in de praktijk van twee oudere gynaecologen, en ze is vanuit haar ouderlijk huis verhuisd naar een appartement. Ik ben daar allemaal blij om, ik wil dat ze gelukkig is, maar de afgelopen zes weken gaat ze ook elk weekend uit, drinken en dansen met haar vrienden. Bovendien zingt ze sinds kort op vrijdagavond in een bandje, een ontwikkeling die me beviel totdat ik een opname zag van haar optreden in een sexy jurk en me realiseerde dat elke man in het publiek op haar kwijlde.

Ze kijken naar haar als een roedel wolven naar een haas.

Als ik bij haar was geweest, had ik dat kunnen stoppen – een paar gezichten kunnen verbouwen, als het nodig was geweest – maar ik zit aan de andere kant van de wereld en het vreet aan me. De kans dat Sara me zo compleet vergeten is dat ze op een andere man valt wordt steeds groter... misschien zelfs een van die idioten die na elk optreden naar haar toe komen om over haar te kwijlen en om haar telefoonnummer te smeken.

Het enige wat me ervan weerhoudt om een aanslag op die klootzakken te regelen, is dat ze tot nu toe met geen van hen is uitgegaan.

Het is slechts een kwestie van tijd, dat wel. Dat weet ik. Hoe langer ik weg ben, hoe waarschijnlijker het wordt. En daarom heb ik, vlak voor we deze klus aannamen, eindelijk een boodschap bij haar laten bezorgen.

Ze zal hem binnenkort krijgen.

Ondertussen staat er een zeer rijke en corrupte man op onze to-kill-list.

ara

'SARA! SARA! SARA!'

Het gejoel van het publiek in combinatie met het oorverdovende applaus is als een shot heroïne in mijn aderen. Ik ben zo high dat ik het gevoel heb dat ik vlieg, en ik buig lachend terwijl het gejoel aanzwelt.

Mijn bandleden Phil, Simon en Rory buigen naast me. Het publiek lijkt echter op mij gefocust. Waarschijnlijk omdat de jongens vorige maand de naam van de band hebben veranderd van The Rocker Boys in Sara & the Rocker Boys, waarbij ze mijn bezwaren volledig negeerden. Om wat voor reden dan ook heeft Phil besloten dat de band veel beter in de markt ligt met mij als zangeres, en op elke poster staat nu prominent mijn gezicht naast mijn naam. Vorige week had ik zelfs een patiënt in de kliniek die mij herkende en om mijn handtekening vroeg – een hoogst gênant incident dat ertoe leidde dat het personeel van de kliniek mij de bijnaam 'De Celeb' gaf.

Dit is de eerste keer dat we een groter openluchtconcert doen, en ik was er niet zeker van of het ons zou lukken. Hoewel het bijna mei is, is het weer nog steeds onvoorspelbaar, en tot twee dagen geleden wisten we niet of het tien graden zou zijn en regenachtig of vijfentwintig en zonnig. Het werd uiteindelijk ergens in het midden – twintig en deels bewolkt – en er kwam veel publiek op af. Ons doel was om minstens honderd kaartjes te verkopen om de kosten te dekken, maar te oordelen naar het aantal enthousiast klappende toeschouwers hebben we bijna vier keer zoveel verkocht.

We eindigen met een buiging en doen nog één nummer als toegift voordat we het podium verlaten. Zoals altijd na een succesvol optreden is het moeilijk om uit de roes te komen, dus gaan we naar een bar in de buurt om het te vieren en te ontspannen.

Net als ik doen alle andere bandleden dit als hobby. Phil, onze gitarist, is wiskundeleraar; Simon, de drummer, is freelanceschrijver en Rory, onze bassist, werkt in een callcenter. Maar in tegenstelling tot mij willen ze alle drie graag door in de muziek, en zoals vaak gebeurt na een goed optreden, beginnen ze meteen te praten over een tournee.

'We zouden in Seattle kunnen beginnen en dan de westkust afzakken,' zegt Phil terwijl hij zijn bier oppakt. Zijn blauwe ogen glinsteren koortsachtig in zijn roodharige gezicht. 'Van daaruit kunnen we door het hele zuidwesten gaan en...'

'Fuck Seattle.' Rory slaat een shot tequila achterover en schuift het glaasje naar de barman. 'We gaan rechtstreeks naar Californië. San Francisco, dan L.A. Dat is het beste voor artiesten als wij, om nog maar te zwijgen van het weer, de cultuur en het eten...'

Hij gaat door, wild gebarend terwijl hij praat, en ik grijns als ik zie dat verschillende vrouwen openlijk naar hem staren. Met zijn sproetengezicht, weerbarstige rode krullen en bodybuilderslichaam lijkt Rory op een kruising tussen het weesmeisje Annie en een potig Abercrombie & Fitch-model. Het is een onmogelijke combinatie, maar toch werkt hij, en ik vermoed dat het succes van de band net zozeer te danken is aan zijn uiterlijk als aan ons talent.

Niet dat Phil en Simon er slecht uitzien. Vooral Simon is leuk om te zien. Hij doet me denken aan een jonge Denzel Washington, alleen met een punkrock-vibe. Phil is een beetje meer doorsnee, met een wijkende haarlijn en een bierbuikje, maar zijn spontane persoonlijkheid maakt de lichamelijke tekortkomingen meer dan goed. Alle drie mijn bandleden zijn op hun eigen manier aantrekkelijk – en elk van hen heeft weleens laten doorschemeren dat hij me graag mee uit zou willen nemen.

Het is jammer dat als ik tegenwoordig naar een man kijk, ik alleen maar kan zien dat hij niet Peter is.

De jongens weten dat niet, natuurlijk. Ze zijn zich

gelukkig niet bewust van de verschrikkelijke puinhoop in mijn verleden en de FBI-agenten die me nog steeds achtervolgen. Ze weten alleen dat ik weduwe ben, en ze denken dat het verdriet om mijn overleden man de reden is dat ik niet uitga.

'Hoelang is het geleden?' vroeg Phil begripvol toen ik in februari bij de band kwam, en ik vertelde hem dat mijn man anderhalf jaar eerder was overleden, nadat hij nooit meer was ontwaakt uit de coma waarin hij was beland als gevolg van een auto-ongeluk. Phil betuigde zijn medeleven en heeft het onderwerp sindsdien tactvol vermeden, net als Simon en Rory.

Nadat ze allemaal een voorzichtige poging hebben gewaagd en allemaal net zo voorzichtig zijn afgewezen, behandelen ze me als een soort heilige, een onaantastbare Madonna, gehuld in een luchtbel van verdriet.

Ze zitten er niet ver naast, alleen het verlies waarom ik rouw heeft weinig te maken met George, die elke dag meer uit mijn herinneringen verdwijnt. Zijn ongeluk is inmiddels meer dan drie jaar geleden en het is nog langer geleden dat onze liefde bezweek onder het gewicht van zijn verslaving. Elke keer als ik nu aan hem denk, is het enige wat ik me herinner hoe ik me voelde toen ik erachter kwam dat hij een dubbelleven leidde als CIA-agent... toen ik alles hoorde over de geheimen en de leugens waardoor Peter in mijn leven kwam.

Ik wou dat ik hém ook kon vergeten, maar dat is onmogelijk. Hoewel het bijna zes maanden geleden is dat mijn ontvoerder me naar huis bracht, denk ik elke avond aan hem als ik in slaap val. Soms ben ik ervan overtuigd dat ik hem kan voelen. Niet naast me, maar ergens ver weg, waar hij zijn aantrekkingskracht over de continenten heen gebruikt om mij te kwellen. Hij is zowel magnetisch als dodelijk, als de zwaartekracht van de zon.

Ik droom ook van hem. Van de tedere manier waarop hij me vasthoudt als ik huil en de ruwe manier waarop hij me neukt, van alle grote en kleine dingen die samen de tegenstrijdigheid vormen die Peter is. Soms word ik opgewonden en gefrustreerd wakker uit die dromen, maar vaker is mijn kussen doorweekt van de tranen en heb ik mijn armen om mijn deken geslagen om de kwellende eenzaamheid te verdrijven die me vanbinnen bevroren houdt.

Ik moet verder, ik weet het. En ik probeer het. Ik ga elk weekend uit met Marsha en de meiden, en als een bijzonder aantrekkelijke man om mijn nummer vraagt, geef ik het vaker wel dan niet. Maar daar houdt het voor mij op. Ik kan de volgende stap niet zetten en echt op een date gaan als ze vervolgens contact met me op te nemen.

'Waarom dan nog de moeite doen om ze je nummer te geven?' vroeg Marsha vorige week, toen ze hoorde dat ik het weer had gedaan. 'Waarom wijs je ze niet gewoon ter plekke af?'

Ik haalde mijn schouders op, niet wetend wat te zeggen, en ze liet het gaan. Zoals de meeste van mijn kennissen die de FBI-versie van het Peter-verhaal hebben gehoord, behandelt Marsha me alsof ik van glas ben en zou kunnen versplinteren bij de geringste druk. Ik denk dat zij, net als anderen in het ziekenhuis, denkt dat mijn beproeving nog erger was dan ik heb verteld. Op een keer, toen mam nog in het ziekenhuis lag, hoorde ik twee verpleegkundigen praten over hoe ik ontsnapt was aan 'de seksindustrie' en nog steeds te maken heb met de nasleep van het 'gedwongen worden tot prostitutie'.

Het is vervelend, maar de enige manier om die geruchten aan te pakken zou zijn de waarheid te vertellen, en dat ga ik niet doen.

Gelukkig weten mijn nieuwe collega's niet meer dan mijn bandleden. Dokters Wendy en Bill Otterman, het echtpaar dat eigenaar is van de kleine gynaecologenpraktijk, waren zo onder de indruk van mijn cv en referenties dat ze nauwelijks vragen stelden over het gat van negen maanden in mijn arbeidsverleden. Ik vertelde hun dat ik een sabbatical had genomen om de wereld rond te reizen en ze namen me onmiddellijk aan, met de voorwaarde dat ik gelijk zou beginnen zodat zij een langverwachte cruise naar Alaska konden maken voor hun veertigjarig huwelijk.

Ik had kunnen zoeken naar beter betaalde, prestigieuzere kansen, maar ik nam het aanbod meteen aan en begon de volgende dag. Omdat mam nog maar net uit het ziekenhuis was, wilde ik iets rustigs, zodat ik haar en pap nog in de gaten kon houden. Maar wat voor mij de doorslag gaf, was de locatie van het kantoor: een kwartiertje rijden van het huis van mijn ouders en een klein stukje lopen van mijn nieuwe appartement.

'Aarde aan Rory.' Simon zwaait met zijn bierflesje voor Rory's gezicht en onderbreekt zijn monoloog over het geweldige Californië. 'Laten we even reëel zijn. Sara, ga je met ons mee op tournee?'

Ik glimlach en schud mijn hoofd. 'Dat kan ik niet doen, sorry. Mijn werk laat me niet zo lang vrij.'

'Zie je?' Simon kijkt triomfantelijk naar zijn bandleden, alsof hij een weddenschap gewonnen heeft. 'Ze gaat niet. Het gaat niet gebeuren.'

'O, kom op.' Phil pakt het bier van Simon en drinkt het in twee slokken op, waarna hij de barman vraagt om meer te brengen. Hij draait zich naar me toe en geeft me de volle dosis van de befaamde Phil Hudson-charme. 'Sara, lieverd…' Zijn stem wordt vleiend. 'We hebben allemaal werk en andere verantwoordelijkheden, maar een kans als deze krijg je nooit meer. We hebben de wind mee, ik voel het, en we moeten de dag plukken. Jíj moet de dag plukken, want weet je wat er morgen gebeurt?'

Ik schud grijnzend mijn hoofd. Ik heb al eerder versies van deze preek van hem gehoord, en hij wordt elke keer creatiever. 'Nee, wat?'

'Precies.' Hij zwaait met zijn wijsvinger zoals hij vast ook voor de klas doet. 'Je weet het niet, en niemand weet het. Het leven is een aaneenschakeling van toevallige gebeurtenissen die een patroon lijken te hebben, maar dat niet hebben. Je denkt misschien dat je weet wat de dag van morgen zal brengen, maar er is maar één kleine verandering van een variabele nodig en boem!, je gaat een totaal andere richting uit.'

'Zoals op tournee?' zeg ik droogjes, en Rory en Simon lachen.

'Een tournee, ja, dat zou een verandering zijn,' zegt Phil, niet afgeschrikt. 'Maar dat is meer een keuze. Meestal komt de nieuwe variabele waar je hem het minst verwacht, en dan vallen al je zorgvuldig uitgestippelde plannen in duigen.'

'Shit, is dit een officiële algebraterm? Heb ik net wiskunde geleerd?' vraagt Rory, die aan zijn krullen krabt, en we barsten allemaal in lachen uit terwijl Phil met zijn ogen rolt en iets mompelt over stomkoppen en dronken klootzakken.

'Ik moet gaan,' zeg ik verontschuldigend tegen de jongens als het gelach verstomt. 'Morgen weer vroeg naar het werk.'

'Geen zorgen, we weten het.' Simon klopt me op de schouder. 'Ga doen wat je moet doen en laat deze idioten dromen van roem.'

Ik lach hoofdschuddend terwijl ik de bar uit loop en naar de parkeerplaats aan de achterkant ga. Ik had mijn twijfels om bij de band te gaan, maar het bleek de beste beslissing ooit te zijn. Niet alleen heb ik het gevoel dat ik geboren ben om dit te doen elke keer als ik op dat podium sta, maar mijn bandleden zijn ook erg leuk. Ik ga eigenlijk liever met hen om dan met Marsha en de meiden; het is minder druk, op de een of andere manier.

Ik trek mijn autodeur open als ik het zie.

Een stuk dik papier. Vastgeplakt aan de binnenkant van de deurklink.

Mijn eerste reactie is om het eruit te trekken en er meteen naar te kijken, maar een of ander zesde zintuig houdt me tegen. Het kriebelende gevoel tussen mijn schouderbladen – het gevoel dat zo alomtegenwoordig is dat ik het nauwelijks meer opmerk – is plotseling veel intenser geworden, en in plaats van het voorwerp eruit te rukken en ernaar te kijken, wrik ik het onopvallend los, houd het in mijn gesloten vuist en stap in de auto.

Ik stop het voorwerp, dat nu definitief geïdentificeerd is als een stuk papier, in mijn jaszak, rijd de parkeerplaats af en ga naar huis. Achter me zie ik de onvermijdelijke FBI-volgauto, en terwijl ik rijd, voelt het papier aan alsof het door mijn zak brandt.

Het kost een geweldige wilsinspanning om voor mijn flatgebouw te parkeren en rustig naar de lift te lopen, zonder me te haasten. Het is mogelijk dat dit een soort reclamefolder is die vreemd geplaatst is, maar ik ben er zeker van dat het iets anders is.

Ik ga mijn appartement binnen, doe de deur op slot en kijk om me heen. Ik denk niet dat hier camera's of afluisterapparatuur zijn; na alle hightechapparatuur die in mijn oude huis is gevonden en maanden later in het huis van mijn ouders, doorzoekt de FBI mijn huis op semiregelmatige basis, en ze zouden zelf een bevelschrift nodig hebben om dat soort invasieve surveillance te doen. Maar voor alle zekerheid schop ik mijn schoenen uit en loop naar mijn slaapkamerkast, terwijl ik mijn kalme houding de hele tijd volhoud.

Als iemand me in de gaten houdt, ga ik ze geen reden tot verdenking geven.

Mijn eenkamerappartement is vrij klein, met een piepkleine keuken en een krappe woonkamer, maar het heeft wel een leuke bonus: een ruime inloopkast in de slaapkamer. Ik ga daar naar binnen, zoals ik normaal zou doen om me uit te kleden, maar zodra ik uit het zicht van eventuele camera's ben, haal ik in plaats daarvan het papier uit mijn zak en vouw het met trillende handen open.

Het zijn maar een paar regels, op het dikke papier gekrabbeld in een scherp, mannelijk handschrift.

Onthoud dit, ptichka. Zolang als we beiden leven.

27

Peter

De Moskou-klus verloopt vlot – we elimineren ons doelwit in een kleine week – en dan zijn we terug op jacht naar Henderson terwijl we wachten op nieuws van Novak. Vorige maand bevestigde de Servische wapenhandelaar dat alles op schema loopt voor de oorspronkelijke tijdlijn van acht maanden, maar hij zwijgt nog steeds over zijn bron binnen Esguerra's organisatie – het belangrijkste stukje informatie dat ik nodig heb om mijn plan uit te voeren.

Jammer genoeg blijft Henderson ongrijpbaar als altijd, dus naarmate mei vordert, gaan we nog eens bij zijn kennissen langs voor eventuele aanwijzingen. Deze keer richten we ons op de connecties van zijn vrouw in haar thuisstad Charleston, gewoon om de boel wat op te schudden.

'Weer niets,' zegt Ilya vol walging als we aan boord van het vliegtuig gaan, nadat we onze vijf doelwitten hebben ondervraagd. 'Die idioten wisten van niets.'

Ik haal mijn schouders op en ga zitten. 'Het was te verwachten.'

Ik beschouw de operatie nog steeds als een succes. We zijn weggekomen zonder zelfs maar een achtervolging, en we hebben Henderson opnieuw laten zien dat niemand in zijn leven veilig is. Vroeg of laat zal het doordringen, en dan zal hij een fout maken. Misschien maakt zijn vrouw zich zorgen over een vriendin van haar en vraagt ze haar te controleren, of misschien wordt de tienerdochter gek en belt ze haar ex.

Wat er ook gebeurt, op het moment dat ze het verpesten, zijn we er klaar voor, en zullen mijn dode vrouw en zoon gewroken worden.

HET IS BEGIN JUNI ALS HET EINDELIJK GEBEURT.

Ik krijg een e-mail van Novak dat hij volgende woensdag wil afspreken.

Alleen jij, staat er in de e-mail. *Niemand anders.*

Ik onderdruk een golf van wilde vreugde en begin voorbereidingen te treffen.

DE AFGELOPEN TWEE WEKEN HEBBEN WE OP ONS POOLSE ONDERDUIKADRES GEWACHT TOT NOVAK CONTACT OPNAM, dus woensdagochtend heb ik de jongens mij in Belgrado laten afzetten en hun posities laten innemen.

Ze zullen niet bij me zijn, maar ze zullen zeker in de buurt zijn.

Ik tref Novak in hetzelfde café als eerder. Als ik binnenkom, zie ik dat zijn handlangers opvallend afwezig zijn, net als de mooie barista's. Novak zelf zit aan de kleine tafel in het midden van het café met alleen een bruine leren map voor zich.

'Helemaal alleen?' vraag ik, terwijl ik probeer mijn verbazing niet te laten blijken, en Novaks dunne lippen vormen een glimlach als hij opstaat en om de tafel komt om me te begroeten.

'Ik dacht dat we al die onzin wel konden overslaan.' Zijn bleke ogen glinsteren als hij mijn hand schudt. 'We hebben elkaar nodig, en ik denk dat het tijd wordt dat we wat vertrouwen opbouwen.'

Ik weet zeker dat dít onzin is – zijn mannen staan waarschijnlijk net zo strategisch opgesteld als de mijne – maar ik laat mijn starre uitdrukking iets verzachten als ik zijn hand loslaat. 'Daar ben ik het helemaal mee eens.'

'Goed.' Hij gaat weer aan tafel zitten en vraagt mij dat ook te doen. 'Alsjeblieft.'

Ik ga zitten en neem een onbewogen houding aan. 'Dus, is de aanwinst geïnstalleerd?'

Novak knikt, inclusief zijn zelfvoldane glimlachje. 'Ze is op dit moment op weg naar Esguerra's kamp.'

Mijn hartslag versnelt. Tijd en datum van het transport van het goed. Dit is al iets wat ik kan gebruiken. 'Gefeliciteerd. Dat is een hele prestatie,' zeg ik, en ik houd mijn stem gelijkmatig.

Novak accepteert de lof die hem toekomt. 'Dank je. Het heeft veel werk gekost, maar het is me gelukt.'

'Vertel me over haar, deze mysterieuze aanwinst van je,' zeg ik.

Hij trommelt enkele seconden met zijn bleke vingers op tafel en zegt dan: 'Ben je bekend met de financiële structuur van Esguerra's organisatie?'

Ik staar hem aan. 'Nee. Niet in het bijzonder. Ik was zijn veiligheidsadviseur, niet zijn financieel adviseur.' Deze richting had ik niet verwacht. Zou de bron iemand kunnen zijn die verbonden is met Esguerra's boekhouder? Ik weet dat de man ergens in Chicago woont, maar ik zie niet in...

'Dus je weet niet dat Esguerra's vrouw zijn zakenpartner is en alles erft in geval van zijn dood?'

'Nee, maar het zou me niet verbazen,' zeg ik langzaam. Zelfs toen ik nog voor Esguerra werkte toonde Nora, het Amerikaanse meisje dat hij ontvoerde en waar hij daarna mee trouwde, een ongewone geschiktheid voor de zaken van haar man.

Novak glimlacht opnieuw en opent de map die voor hem ligt. 'Ja. Die mevrouw Esguerra is me er eentje, is het niet? Als beste van haar jaar afgestudeerd aan Stanford.' Hij haalt er een foto uit en legt die voor me neer. Nora staat erop terwijl ze in een volumineuze afstudeerjurk een diploma in ontvangst neemt van een universiteitsambtenaar. Haar lachende gezicht is half afgedraaid, kijkt ergens anders heen, maar zelfs vanuit deze hoek is duidelijk dat ze in extase is.

'Wanneer is deze genomen?' vraag ik verbaasd. Als Novaks mensen dichtbij genoeg waren om die foto te nemen, moeten ze ook dicht bij Esguerra zelf geweest zijn.

De Colombiaanse wapenhandelaar wilde zijn vrouw niet langer dan een minuut uit het oog verliezen.

'Een paar maanden geleden, bij de diploma-uitreiking in het voorjaar,' antwoordt Novak. 'Mooi is ze, hè? Zo klein en toch zo sterk…'

Zijn stem is ongewoon zacht als hij dit zegt, zijn aanraking bijna strelend als hij de foto terugneemt en in de map stopt. Ik trek mijn wenkbrauwen op, benieuwd waar hij hiermee naartoe wil. Heeft hij op de een of andere manier een oogje gekregen op Esguerra's tengere vrouw?

Het is vreemd, maar er zijn vreemdere dingen gebeurd.

Als hij de map sluit, kijkt hij op. 'Ik weet wat je denkt,' zegt hij. 'Waarom heb ik hem toen niet meteen laten uitschakelen, tijdens die ceremonie? Waarom jou erbij betrekken als ik toen al een kans had, helemaal alleen?'

Ik knik kort. 'De vraag kwam wel bij me op, maar ik nam aan dat Esguerra's beveiliging strenger was dan uit jouw bezit van die foto blijkt.'

Novaks lippen rekken zich uit in een dun glimlachje. 'Je hebt gelijk, de beveiliging was indrukwekkend. Toch, als ik echt had gewild, had ik het kunnen proberen. Ik zou zware verliezen hebben geleden, maar er is een kleine kans dat ik erdoor zou zijn gekomen.'

'Maar je wilde het niet riskeren?'

'O, ik zou het wel geriskeerd hebben... als Esguerra's dood het enige was wat ik wilde.'

Nu komen we bij de kern van het probleem. 'Je wilt haar ook.' Ik knik in de richting van de map. 'Is dat een onderdeel van de deal?'

Novaks bleke blik verhardt zich. 'Ja... maar niet op de manier die jij denkt. Weet je, Nora Esguerra is niet alleen maar een mooie vrouw. Zij heeft de sleutel tot Esguerra's koninkrijk in handen. Als ik hem dood, neemt zij het over, en heb ik een nieuwe vijand met bijna onbeperkte middelen en een persoonlijke wrok jegens mij.'

Dit wordt interessant. 'Dus je wilt ze allebei elimineren?'

'Dat was mijn eerste gedachte, maar nee. Esguerra is slim, veel slimmer dan de meesten in ons vak. Bijna al zijn bezittingen hebben een legale naam en alles zit verborgen achter allerlei lege vennootschappen. Als beide Esguerra's gedood worden, kost het me jaren om de boel te ontwarren, en hoewel ik een rivaal heb uitgeschakeld, heb ik geen toegang tot wat ik echt wil.'

'Zijn zakelijke holdings.'

'Ja. Precies.' Hij leunt voorover. 'Ik wil niet alleen Esguerra weg hebben, ik wil wat hij heeft... inclusief zijn vrouw.'

Ik kijk hem aan. 'Dus je wilt Julian Esguerra vermoorden maar zijn vrouw ontvoeren?'

'Ja, en niet alleen zijn vrouw.' Zijn glimlach is ijzingwekkend. 'Ze is nutteloos voor mij zonder een soort van... motivatiemiddel.'

'Motivatiemiddel? Je bedoelt zoiets als een familielid?'

'Precies. En niet zomaar een familielid. Ik heb iemand nodig voor wie ze alles zou doen... zelfs de moordenaar van haar man omarmen.'

Mijn gezicht blijft onveranderd, maar mijn bloed verandert in ijskoud slib. Is dit een omstandige hint dat hij weet van mijn obsessie voor Sara? Zo ja, dan vermoord ik hem ter plekke, ongeacht zijn verborgen handlangers. Als hij haar ook maar bedreigt, trek ik zijn verdomde huid eraf en...

'Kijk,' gaat Novak verder, zich niet bewust van mijn stijgende woede, 'ik heb Nora nodig, en ik moet haar volledig onder mijn controle hebben. Ik heb overwogen haar ouders daarvoor te gebruiken, maar dat is misschien niet genoeg. Tenslotte offeren ouders zich meestal op voor hun kinderen, niet andersom.'

Ik hou mijn bloeddorstige gedachten in bedwang. 'Wat heb je in gedachten, dan?' Hij heeft het misschien niet over Sara; althans, dat kan hij verdomme maar beter niet bedoelen. In de veronderstelling dat hij niet stom genoeg is om me zo indirect te bedreigen, besluit ik hem op zijn woord te geloven en te zeggen: 'Voor zover ik weet heeft Nora, behalve haar ouders, geen...'

'Ja, precies. Voor zover jij weet.' Novak leunt achterover, duidelijk genietend van zijn moment van superioriteit. 'Jij en de rest van de wereld, een paar mensen uitgezonderd.'

Ik staar hem aan. Mijn gedachten springen van het ene feit naar het andere. 'Je aanwinst,' zeg ik langzaam. 'De tijdlijn van acht maanden... Wil je zeggen dat Esguerra een...'

'Kind? Ja.' Zijn uitdrukkingsloze gezicht wordt levendig. 'Een dochter, afgelopen dinsdag in Zwitserland geboren, twee weken eerder dan gepland. Elizabeth Esguerra, roepnaam Lizzie. Mooie naam, hè?

'Ja, heel erg,' weet ik te zeggen. Mijn hart dreigt uit mijn ribbenkast te barsten en onder de tafel vormen mijn handen zich tot vuisten.

Een baby. Een fucking pasgeborene. Dat is zijn plan, zijn troef. Hij heeft gelijk dat het de perfecte manier zou zijn om Nora onder controle te houden. Een moeder zou alles doen voor haar kind; ze zou een imperium en haar eigen leven geven als het nodig was.

Het zou me niet moeten uitmaken, Esguerra is geen vriend van me, maar om de een of andere reden maakt de betrokkenheid van een kind Novaks plan ronduit obsceen voor me.

Ik ben blij dat ik al die tijd al van plan was die klootzak te bedriegen.

Maar wacht. Hij zei dat zijn troef zou kunnen helpen bij de aanslag. Dat betekent dat het niet gaat om het kind. Hoewel… 'Is het een kindermeisje?' vraag ik op gelijkmatige toon. 'Je bron – zij is verbonden met het kind, toch?'

Novak knikt, zijn hand buigt op de tafel voor hem. 'Ja, maar geen kindermeisje,' zegt hij, en hij strijkt zijn uitdrukking glad. 'Een kinderarts die sterk wordt aanbevolen door de Zwitserse kliniekartsen waar Esguerra op vertrouwt.'

Natuurlijk. Ik vermoedde al dat Novak iets met die plek te maken had. 'Je hebt het personeel van de kliniek omgekocht?'

'Ik heb het geprobeerd, maar helaas, nee.' Hij zucht. 'Ze zijn zo bang voor hun patiënten dat ze bijna onmogelijk om te kopen zijn. In plaats daarvan moest ik inbreken in hun computers.'

'Ik begrijp het.' Alle puzzelstukjes vallen nu op hun plaats. 'Daarom wist je zo vroeg van Nora's zwangerschap.'

Hij knikt. 'Esguerra bracht haar daarheen voor een onderzoek zodra haar menstruatie uitbleef. En toen zij het wisten, wist ik het ook en heb ik contact met jou gezocht.'

Ik onderdruk de drang om over de tafel heen zijn nek te breken. Misschien is het omdat ik Nora ken, of omdat ik als ik aan baby's denk meteen denk aan mijn zoon op die leeftijd, maar het idee alleen al dat een pasgeborene zo gebruikt wordt, maakt me ziek.

Op rustige toon zeg ik: 'Dus je wilt dat ik Esguerra

vermoord, Nora en haar baby ontvoer en ze naar jou breng, zodat je in één klap je grootste rivaal uitschakelt en de controle over zijn bezittingen krijgt.'

Novak lacht zijn tanden bloot. 'Precies.'

'Dat is heel slim.' Ik breng een bewonderende toon in mijn stem. 'Als je Nora en het kind alleen zou ontvoeren, zou hij een manier vinden om ze terug te krijgen, dat heeft hij al eerder gedaan. Maar zijn weduwe zal makkelijker te hanteren zijn, zeker als ze een baby bij zich heeft die haar in het gareel houdt. Ben je van plan met haar te trouwen?'

'Ja, natuurlijk. Het huwelijk is de makkelijkste manier om al die vervelende eigendomshindernissen te omzeilen. Ik zal de dochter ook adopteren.'

'En haar opvoeden als je eigen kind?'

Hij haalt zijn schouders op. 'Min of meer. Kinderen die ik met Nora verwek, krijgen uiteraard voorrang, maar zolang haar moeder zich gedraagt, ben ik niet van plan het kind iets aan te doen.'

'Erg ruimhartig van je.'

Of hij mist het sarcasme in mijn stem, of hij kiest ervoor het te negeren. 'Ja. Ik denk dat we er op de lange termijn allemaal beter van worden, en jij ook. Honderd miljoen is veel geld, daar kun je wel wat mee in je kleine vendetta.'

Ik ben niet in het minst verbaasd dat hij daarvan weet. 'Ja, zeker,' zeg ik zonder met mijn ogen te knipperen.

'Goed. Heb je al een idee hoe je in Esguerra's kamp zult komen?'

'Ja,' zeg ik en ik kijk hem recht in de ogen. 'Ik ga Lucas Kent vragen me naar Esguerra te brengen. Ik ga tegen hem zeggen dat ik de strijdbijl wil begraven en dat ik bereid ben daarvoor een verrader te ontmaskeren.'

Sara

IK SLAAP WEER DE HELE NACHT NIET, EN TEGEN DE ochtend ben ik zo uitgeput dat ik bijna naar de keuken krúíp voor koffie. Als vandaag een werkdag was geweest, had ik me ziek moeten melden. Maar het is een zeldzame dag.

Een zaterdag waarop ik absoluut niets gepland heb.

Als dit pre-PB was (Peters briefje), was ik misschien naar de kliniek gegaan om een paar uur te helpen, of had ik mijn ouders verrast door langs te komen voor het ontbijt. Maar dit is post-PB, en met het gebrek aan slaap en het eeuwige angstige wachten kan ik niks anders doen dan op de bank ploffen en een kookprogramma aanzetten.

Ik heb er de laatste tijd veel gezien. Ze doen me denken aan Peter.

Zoals altijd als ik aan hem denk, gaan mijn gedachten in cirkeltjes. Het is nu acht maanden geleden dat hij me thuisbracht – acht maanden waarin het enige teken van leven van hem dat briefje was. Twee maanden geleden, pre-PB, was ik er min of meer van overtuigd dat zijn obsessie voor mij vervaagd was en dat hij, ondanks zijn belofte, misschien nooit meer terug zou komen. Nu weet ik echter niet wat ik moet denken.

Als hij me nog steeds wil, waarom ben ik dan hier?

Waar wacht hij op?

Mijn moeder is nu helemaal beter, of in ieder geval zo goed als ze ooit zal zijn. Haar linkerarm is nog steeds zwak, maar ze kan haar vingers bewegen en kan die hand gebruiken om lichte voorwerpen op te rapen – een veel beter resultaat dan aanvankelijk gevreesd. Ze loopt ook zonder hulp en is aan het tuinieren sinds het weer het toelaat. Mijn vader is dolblij met haar herstel en ze kijken allebei uit naar hun jubileumcruise in september – een cadeau dat ik ze eindelijk heb kunnen geven.

Naarmate mama's gezondheid verbeterde en het nieuwtje van mijn terugkeer eraf was, ging ik niet meer dagelijks maar wekelijks bij ze langs. Mijn ouders zijn natuurlijk altijd blij me te zien, maar ze zijn ook gehecht aan hun onafhankelijkheid. Vooral mijn vader is er trots op zelfvoorzienend te zijn, en ik wil hem dat niet ontnemen door constant als een oppas om hen heen te hangen.

Mijn ouders houden van me, maar ze hebben me niet zo hard nodig als ik ooit dacht – of dat maak ik mezelf wijs om het schuldgevoel te sussen dat onvermijdelijk gepaard gaat met mijn verlangen naar Peter.

Mijn perverse wens dat hij terugkomt en me meeneemt.

Ik heb er zo vaak aan gedacht dat ik het me als een film in mijn hoofd kan voorstellen. Op een dag kom ik mijn appartement binnen en dan staat hij daar, groot en gevaarlijk, dodelijk en mooi als altijd. Hij zal langs de politiepatrouilles buiten zijn gekomen, ondanks alle voorzorgsmaatregelen van de FBI.

Hij is er om me mee te nemen, en ik kan er niets tegen inbrengen.

Dat is waarschijnlijk het meest beschamende deel van deze fantasieën: dat ik nooit een keuze heb... en dat ik dat fijn vind. Ik wil dat Peter me meeneemt, dat hij me gewoon komt halen ondanks mijn bezwaren. Dan, en alleen dan, zal ik kunnen leven met de wetenschap dat ik weer verdwenen ben uit het leven van de mensen die van me houden en me nodig hebben; dat ik mijn familie, mijn patiënten, mijn bandleden en mijn vrienden in de steek heb gelaten.

Ik wil dat Peter slecht is, zodat ik tenminste een beetje goed kan zijn.

Ik moet hem haten om van hem te houden.

Ik begin dat van mezelf te begrijpen, de perversiteit

in me te omarmen, maar wat ik niet begrijp, is waarom ik hier nog ben als hij me wil. Het kan niet meer om mijn ouders gaan, dus moet het om iets anders gaan – iets wat hij me niet verteld heeft.

Ik heb mijn hersenen gepijnigd om te bedenken wat het zou kunnen zijn, en het enige wat in me opkomt is iets wat hij zei toen we uit elkaar gingen. Ik vroeg hem of ik thuis zou blijven tot mijn moeder hersteld was, en hij begon te zeggen dat hij eerst ook nog iets moest afwerken. Hij zei echter niet wat het was of hoelang dat zou duren. Het enige wat ik me kan voorstellen dat zo belangrijk voor hem is, is zijn wraak, maar ik weet niet waarom hij daarom zo lang weg zou blijven.

Hij jaagde op Henderson toen we samen waren, en volgens de FBI doet hij dat nog steeds.

Twee maanden geleden, net nadat ik Peters briefje had gekregen, liet Ryson me weer naar hun kantoor in de stad brengen. Ik kreeg bijna een paniekaanval omdat ik dacht dat de FBI achter het briefje was gekomen, maar het bleek dat Ryson me wilde ondervragen omdat Peter en zijn mannen weer hadden toegeslagen en nog eens vijf Amerikaanse burgers hadden 'ondervraagd' in hun zoektocht naar Hendersons verblijfplaats.

'Ze waren allemaal in Charleston, South Carolina,' vertelde Ryson me. 'Weer is Sokolov onopgemerkt het land in- en uitgegaan. We moeten weten hoe hij het doet, zodat we hem kunnen stoppen met het verwoesten van mensenlevens.'

'Het spijt me, daar weet ik niets van,' zei ik naar

waarheid. Peter heeft nooit veel gesproken over zijn connecties of hoe hij de onmogelijke dingen doet die hij doet. Hoe vreselijk ik het ook vind voor de mensen die hij doodsbang heeft gemaakt en gemarteld, ik weet niets wat de FBI daarbij kan helpen.

Als ik al wilde helpen, tenminste. Als Peter niet in de VS kon komen, zou hij niet meer mensen pijn kunnen doen. Maar hij zou ook niet in staat zijn mij terug te halen, en dat perverse, tegenstrijdige deel van mij – het deel dat me 's nachts wakker houdt, denkend aan dat briefje met een mengeling van vreugde en angst – kan die mogelijkheid niet verdragen.

Ik heb hem nodig.

Ik verlang zo naar hem dat het pijn doet.

Vóór dat briefje was ik in staat de pijn binnen te houden, sterk te zijn en mezelf voor te houden dat het voorbij was, maar horen van Peter – weten dat hij terug zal komen – heeft mijn fragiele nieuwe verdediging onderuitgehaald en me terug in die eindeloze wachtmodus gestort.

'Kom terug,' fluister ik, terwijl ik een kussen tegen mijn borst klem en naar het tv-scherm staar. 'Alsjeblieft, Peter, ik heb je nodig. Kom terug en neem me mee naar huis.'

eter

'JE HEBT WÁT?' YAN STAART ME AAN ALSOF ER TENTAKELS uit mijn hoofd groeien.

'Ik heb Lucas Kent gebeld om een ontmoeting met Esguerra te regelen,' herhaal ik terwijl ik in de pastasaus roer. 'Geef me die basilicum even, wil je?'

Yan verroert zich niet, dus Ilya duwt me stilletjes de gehakte basilicum toe, en ik strooi die rijkelijk over de saus. Ik kook vanavond Italiaans, een keuken waar mijn mannen neutraal tegenover staan, maar Sara dol op is.

Voor jou, ptichka. Zo heb ik het gevoel dat je hier bij me bent.

Ik ben daar deze week mee begonnen, met haar praten in mijn gedachten. Het is waarschijnlijk niet gezond, maar het geeft me het gevoel dichter bij haar te zijn, alsof ze bij me is in plaats van een oceaan verderop.

Misschien is het omdat ik weet dat ik haar snel weer zie, maar ik mis haar nog meer dan anders. Elke dag zonder haar is een martelgang.

'Ik dacht dat je Kent ging vermoorden,' zegt Yan fronsend. 'Omdat hij Sara heeft laten neerstorten.'

'En misschien doe ik dat ook wel, maar nu nog niet.' Ik doop een lange lepel in de saus en proef voor ik nog een snufje zout toevoeg. 'Ik heb hem nodig om in Esguerra's kamp te komen.'

Anton komt naast Yan staan. 'Dus dat is je grote plan? Dat Kent je op een presenteerblaadje aan Esguerra overhandigt? Je weet toch nog wel dat die vent gezworen heeft je te vermoorden?'

Ik schenk hem een eerlijke blik. 'Hij zal me niet vermoorden als hij de naam van Novaks bron wil.'

'Ah.' Yans gezicht wordt gladgestreken. 'Dus je gaat doen alsof je Novak bedriegt om toegang te krijgen tot Esguerra's kamp.'

'Precies.' *En dan ga ik hem echt bedriegen*, denk ik, maar dat stukje laat ik weg. Hoezeer ik mijn jongens ook vertrouw, ik moet ervan uitgaan dat Novak ons altijd in de gaten houdt. Het is hoogst onwaarschijnlijk in de privacy van dit veilige huis, maar ik kan me het risico niet veroorloven.

Ik kon de Serviër maar ternauwernood overtuigen met mijn plan in te stemmen.

Wat ga je doen?' Hij stond op en gooide bijna de tafel omver toen ik hem vertelde wat ik van plan was in het café. In een oogwenk verschenen zijn handlangers uit hun schuilplaats achterin en omringden hem als een menselijke muur, hun M16's getrokken en op mij gericht.

'Tot zover het opbouwen van vertrouwen, hè?' zei ik geamuseerd, en Novak wierp me een donkere blik toe voor hij ze beval zich terug te trekken.

Ik ging zitten en wachtte tot hij hetzelfde deed voor ik de essentie van mijn plan uitlegde. Het duurde even, maar hij begreep eindelijk waarom dat de enige optie was… waarom we, zelfs met zijn troef in handen, niet met geweld Esguerra's kamp konden binnendringen.

'Zelfs als je kinderarts een techneut is die de drones en de elektrische hekken onklaar kan maken, zijn er nog steeds de wachttorens. Wat geen probleem zou zijn voor mijn team, behalve dat Esguerra generators en reservedrones heeft die binnen een minuut de lucht in gaan als de hoofddrones uitgeschakeld zijn. En dan, terwijl wij te maken hebben met de drones die vanuit de lucht op ons vuren, zullen Esguerra's reservebewakers – meer dan honderd – verschijnen en ons uitschakelen. De enige manier om erlangs te komen is met een nog grotere groep – zeg, een paar honderd huurlingen van ons – maar een groep van die grootte heeft geen schijn van kans om onopgemerkt in de buurt van het complex te komen. We kunnen Colombia niet eens binnen zonder dat Esguerra het hoort en ons onderschept lang voordat we in de buurt van zijn huis komen.'

'Dus je bent van plan mijn troef op te offeren om

Esguerra's vertrouwen te winnen?' vroeg Novak fronsend, en ik knikte, terwijl ik uitlegde dat als ik eenmaal binnen was, het niet zo moeilijk zou zijn om binnen grijpafstand van Nora te komen – en als ik haar eenmaal als gijzelaar had, had ik invloed op Esguerra.

Hij zou zijn leven geven om haar te redden.

'Mijn mannen wachten net buiten het kamp, dus als ik Nora en de baby heb, maak ik zelf de verdediging onklaar en gebruik ik de verwarring van Esguerra's dood om te ontsnappen,' zei ik tegen Novak. 'Het zal niet makkelijk zijn, maar het is onze enige kans.'

De pastasaus is eindelijk klaar, dus als we gaan zitten eten, vertel ik de jongens hetzelfde plan.

'No fucking way,' zegt Anton als ik klaar ben. 'Gijzelaars of niet, je komt niet levend uit dat kamp. Je hebt het hier over een zelfmoordmissie.'

'Niet per se,' zegt Yan zacht, terwijl hij de spaghetti om zijn vork wikkelt. Zijn groene ogen hebben een vreemde glans. 'Esguerra heeft nu een zwakke plek: zijn vrouw en dochter. En die gaan we gebruiken. Dat is toch zo?'

'Ja, precies,' zeg ik en ik herinner mezelf eraan Yan in de gaten te houden tijdens deze missie.

Met de wankele balans die er nu is kan het kleinste onvoorziene element, zoals een van mijn eigen jongens die dubbelspel speelt, alles doen instorten.

 eter

Lucas Kent reageert bijna onmiddellijk. Hij is bereid me te ontmoeten, wat de eerste stap is om in de buurt van Esguerra te komen.

Hij stelt het nieuwe restaurant van zijn vrouw in Londen voor als mogelijke ontmoetingsplaats. Het is niet echt neutraal terrein, maar ik ga akkoord. Ik weet wat hij denkt: dat dit een list kan zijn om hem te lokken, zodat ik hem en zijn vrouw kan straffen voor wat ze Sara hebben aangedaan.

Onder andere omstandigheden zou hij geen ongelijk hebben gehad. Het beeld van mijn ptichka in dat ziekenhuis, haar tere gezicht bleek en gekneusd, komt nog steeds terug in mijn nachtmerries. Ooit zal

Kent boeten omdat hij haar liet ontsnappen, maar nu heb ik hem nodig.

Hij is mijn beste kans om Esguerra te bereiken.

Natuurlijk, als hij me had afgewezen, had ik een back-upplan. Ik weet het mailadres van Nora Esguerra, omdat ik in het verleden met haar heb gecommuniceerd over mijn lijst. Maar Esguerra is niet bepaald rationeel over zijn vrouw en zou het verkeerd kunnen opvatten als ik na al die jaren contact met haar opnam.

Het is beter om via Kent naar Esguerra te gaan; in dat geval is hij misschien meer bereid om te luisteren.

KENTS VROUW, DE MOOIE YULIA, IS NERGENS TE bekennen als ik het stijlvolle restaurant binnenkom en op weg ga naar een tafeltje in de hoek, waar Kents blonde hoofd boven het tussenschot uitsteekt.

Hij staat op om me te begroeten, zijn harde gezicht op zijn hoede als hij zijn hand uitsteekt. 'Sokolov.'

Ik schud zijn hand, knijp met iets te veel kracht in zijn vingers. 'Kent.'

Zijn ogen vernauwen zich, maar hij laat mijn hand los zonder terug te slaan. 'Ik had niet verwacht nog iets van je te horen,' zegt hij terwijl we plaatsnemen en de menu's openen. 'Hoe gaat het tegenwoordig met je Sara?'

'Wie? O, dat.' Ik wenk de ober en vraag hem me een ongeopend flesje Guinness te brengen met een opener aan de zijkant. Kent bestelt een kop earl grey. Ik wacht tot de ober weg is voor ik tegen Kent zeg: 'Ik heb geen idee hoe het met haar is. Ik heb haar vorig jaar laten gaan en heb haar sindsdien niet meer gezien.'

Zijn wenkbrauwen gaan omhoog. 'Echt waar?'

Ik haal mijn schouders op. 'Wat kan ik zeggen? Het werd tijd.'

'Juist.' Hij lijkt me niet te geloven, maar hij richt zijn aandacht op het menu en scant het voordat hij opkijkt om te vragen: 'Weet je wat je wilt?'

'Ik heb geen honger, bedankt.' Gezien wat er met Sara is gebeurd en wat ik hem nu ga vertellen, vertrouw ik Kent en dus ook het eten in het restaurant van zijn vrouw niet meer.

Zijn mond krult in een droge glimlach. 'Ik begrijp het.' Hij sluit het menu, wacht tot de ober onze drankjes op tafel heeft gezet en zegt dan: 'Waarom wil je Esguerra ontmoeten? Hij heeft je nog steeds niet vergeven wat je met Nora hebt gedaan, weet je.'

'Ja, daar ben ik van op de hoogte.' Ik gebruikte zijn vrouw als lokaas, liet haar ontvoeren om uit te zoeken waar een terroristengroep hem op dat moment vasthield. Ik wist toen al dat hij kwaad zou zijn over Nora's betrokkenheid, maar zijn woede was niet echt logisch voor mij – het was tenslotte de enige manier om zijn leven te redden.

Maar nu begrijp ik zijn reactie beter. Als iemand Sara zo in gevaar zou brengen, zou ik me niet druk maken over de redenering erachter.

Mijn leven voor het hare zou nooit een eerlijke ruil

zijn.

'Ik kreeg een zeer lucratief aanbod,' zeg ik tegen Kent, terwijl ik mijn Guinness openmaak. 'Als gevolg daarvan ben ik in het bezit gekomen van informatie die Esguerra zou kunnen waarderen.'

Kent fronst en pakt zijn kopje thee. 'O? En welke informatie is dat?'

'Er is een verrader in zijn kamp,' zeg ik en ik neem een grote slok terwijl Kents frons zich verdiept. 'Een verrader die me moet helpen bij mijn opdracht.'

Kent zet zijn thee neer. 'Iemand heeft je ingehuurd om een aanslag op Esguerra te plegen?' Als ik bevestigend knik, vraagt hij scherp: 'Wie?'

Ik doe mijn mond open om het hem te vertellen, maar hij komt zelf tot de juiste conclusie.

'Novak,' spuugt hij uit, terwijl hij de thee wegduwt. Hij klemt zijn kaken strak op elkaar. 'Natuurlijk. Wie anders zou dat verdomme durven?'

Ik neem nog een slok van mijn bier. 'Honderd miljoen euro is zijn bod, maar ik ben bereid Esguerra dat te laten evenaren – als je me naar Colombia brengt om met hem te praten. Ik wil het verleden achter ons laten. Nou ja, dat en honderd miljoen,' verduidelijk ik, zodat hij niet denkt dat ik alleen maar vrede wil sluiten.

Kent staart me aan, met vernauwde ogen. 'Je weet dat hij er misschien niet voor gaat, toch? Nu we weten dat er een verrader is, zoeken we wel uit wie dat is. Het is slechts een kwestie van tijd.'

'Zeker. Maar tijd is belangrijk, vooral als er een kwetsbare pasgeborene bij betrokken is.'

Kents gezicht verhardt. 'Wat weet jij verdomme van pasgeborenen?' Zijn stem is gevaarlijk zacht. 'Want als je probeert te beweren dat…'

'Lizzie in gevaar is? Dat beweer ik niet, ik zeg het je. Novak weet alles over de recente aanwinst van Esguerra's familie, en hij heeft plannen met haar.' Ik neem een risico door zoveel te onthullen, maar ik kan het me niet veroorloven om eromheen te draaien.

Ik moet Esguerra zover krijgen dat hij naar me luistert.

Mijn toekomst met Sara hangt ervan af.

De ober komt onze bestelling opnemen, maar Kent wuift hem weg met een korte zwaai. 'Wat als Esguerra de honderd miljoen gewoon naar jou overmaakt?' vraagt hij, terwijl hij zijn thee weer oppakt. 'Honderd miljoen voor een naam, zonder risico voor jou.'

'Geen sprake van,' zeg ik en ik drink mijn bier op. 'Ik hoef niet de rest van mijn leven over mijn schouder te kijken, wachtend tot Esguerra zijn wraak op mij uitvoert. Of hij hoort me persoonlijk uit, of ik neem de klus aan. Het is aan hem.'

Ik sta op en loop het restaurant uit. Mijn maag rommelt bij de heerlijke geuren die uit de keuken komen.

Als alles goed gaat, ga ik hier een keer echt eten… met Sara aan mijn zijde.

eter

Ik hoef niet lang te wachten op Esguerra's antwoord. Zijn e-mail zit in mijn inbox tegen de tijd dat ik terug ben in mijn hotel.

Vanavond om zeven uur, luidt het bericht. *Lucas zal je ophalen.*

Zeven is nog maar een halfuur, dus ik breng snel mijn mannen op de hoogte en maak me klaar.

Kent komt stipt om zeven uur naar mijn hotelkamer. Het verbaast me niets dat hij weet waar ik verblijf; ik wist dat ik gevolgd werd vanaf het moment dat ik het restaurant verliet.

Kents gezicht kan net zo goed uit graniet gehouwen zijn. 'Geen wapens,' zegt hij, en ik til mijn armen op, zodat hij me van top tot teen kan fouilleren.

Hij vindt het mes in mijn laars, de twee messen in mijn zakken en de kleine revolver die in de binnenzak van mijn leren jasje zit. Hij ziet echter het scheermesje in de zoom van mijn spijkerbroek en de draadspoel die in de kraag van mijn jasje is genaaid over het hoofd.

Camp Larko heeft me goed opgeleid.

'Laten we gaan,' zegt hij als hij ervan overtuigd is dat ik clean ben, en ik volg hem het hotel uit naar een gepantserde limo.

De rit naar het vliegveld verloopt in stilte. Ik verwacht dat Kent me naar Esguerra's privévliegtuig brengt en ervandoor gaat, maar hij gaat met me mee.

'Ben jij de piloot?' vraag ik, en hij knikt kortaf.

'Esguerra vroeg of ik je zelf kon brengen.'

Hij klinkt er niet al te blij mee, en ik glimlach terwijl ik plaatsneem op de crèmekleurige leren bank in de cabine. Dat Kent boos is over de verstoring van zijn routine is wat mij betreft een bonus.

Ik kan hem nog niet doden omdat hij Sara liet verongelukken, maar ik kan er zeker van genieten zijn plannen te dwarsbomen.

EEN DEEL VAN DE ELF UUR DURENDE VLUCHT DOE IK EEN dutje en de rest van de tijd mail ik met mijn team. Zij zijn ook op weg naar Colombia en zullen me buiten de compound opwachten volgens ons door Novak goedgekeurde plan. Als alles goed gaat, heb ik ze niet nodig, maar als het misgaat, kunnen ze me misschien helpen om eruit te komen.

Ervan uitgaande dat ik dan nog leef, tenminste.

Esguerra's enorme landgoed ligt in het zuidoosten van Colombia, aan de rand van de Amazone. Het is nacht als we landen op de kleine landingsbaan binnen het complex, en de vochtige lucht is warm en volkomen stil als we uit het vliegtuig stappen.

Ik herken de bestuurder van de auto die op ons wacht. Hij was een van de bewakers hier toen ik in dienst was van Esguerra.

'Hé, Diego,' begroet ik hem, en hij grijnst zijn witte tanden bloot.

'Sokolov. Nooit gedacht dat ik je nog eens zou zien, man.' Zijn Spaanse accent is niet zo zwaar als ik me herinner, maar nog steeds goed merkbaar. 'Wat heb je uitgespookt?' Dan merkt hij de blonde man aan mijn zijde op. 'Hé, Lucas. Waar is Yu...'

'Rijden maar,' snauwt Kent, terwijl hij in de auto stapt, en ik volg hem.

Het lijkt erop dat we het stadium van vriendelijke conversatie achter ons hebben gelaten. Ach ja.

In plaats van mij naar het landhuis te brengen waar Esguerra en zijn vrouw wonen, brengt Diego ons naar een schuur aan de rand van het terrein. Ik herken deze plek – het is de plek waar ik ooit Esguerra hielp met het ondervragen van zijn vijanden – en voel ondanks mezelf een rilling over mijn rug gaan.

Niets weerhoudt de Colombiaanse wapenhandelaar

ervan me op te hangen en de naam van de verrader uit me te martelen.

Niets anders dan het feit dat Esguerra me kent en hopelijk beseft dat ik niet makkelijk te kraken ben.

Hij komt uit de schuur als Kent en ik uit de auto stappen, en als de koplampen van de auto zijn gezicht verlichten, zie ik dat hij er nog steeds als een filmster uitziet, zelfs met het kunstoog dat het door zijn vijanden uitgestoken oog vervangt. Ik heb hem sindsdien niet meer gezien. Ik wist dat hij kwaad zou zijn over de reddingsmethode, dus ging ik weg voor hij me kon laten vermoorden.

Nog steeds zo gevaarlijk als de pest en een gebrek aan empathie... behalve als het over zijn vrouw gaat.

En nu mogelijk zijn dochter.

'Jij hebt ballen,' zegt hij zacht, terwijl hij voor me blijft staan. Zijn Engels is van de Amerikaanse soort, zonder een spoor van een Spaans accent. Zijn moeder was Amerikaanse, herinner ik me – een model of zo.

'Ik wilde je op een veilige plek spreken,' zeg ik. Ik beantwoord zijn doordringende blauwe blik zonder terug te deinzen. Ik ben niet bang, hoewel ik dat waarschijnlijk wel zou moeten zijn. Julian Esguerra is een van de wreedste mannen die ik ken, een echte sadist. Ik heb hem mannen levend zien villen en hij schepte er veel genoegen in, en ik heb me vaak afgevraagd hoe zijn vrouw omgaat met dat aspect van zijn aard.

Hij houdt van haar, maar ik betwijfel of hij haar spaart.

'Waarom?' vraagt hij op diezelfde dodelijk zachte toon. 'Waarom zou je uitgerekend hier willen komen?'

'Omdat ik een deal met je wil maken,' zeg ik kalm terwijl Kent naast Esguerra gaat staan. 'En ik weet zeker dat Novak hier geen ogen en oren heeft.' Terwijl ik dit zeg, ben ik me bewust van Diego die in de auto zit en de motor nog steeds laat draaien – waarschijnlijk om genoeg lawaai te produceren om ons gesprek te overstemmen.

Het lijkt erop dat Kent de enige is die mijn voormalige werkgever volledig vertrouwt.

'Denk je dat Novak niet weet dat je Lucas benaderd hebt?' zegt Esguerra met een spottende mond. 'Dat hij niet op de hoogte was toen mijn vliegtuig vertrok met jou erin?'

'O, dat was hij.' Ik glimlach kil. 'In feite wist hij al die tijd al van mijn plan.'

Kent noch Esguerra knippert met zijn ogen, maar ik voel hun verbazing. 'Hij wist dat je hem zou bedriegen?' vraagt Kent fronsend.

'Ja. Ik vertelde hem dat zodra hij de naam van de activa bekendmaakte.'

Esguerra's kaak verbuigt. 'Heb je hem verteld dat je hem ging verraden?'

'Niet precies. Ik heb hem gezegd dat ik zou doen alsof ik hem verraadde om toegang tot jullie kamp te krijgen. Hij weet van de deal die ik Kent heb voorgesteld: vrede met jou en honderd miljoen voor de naam van Novaks bron.'

Kents frons wordt dieper, maar Esguerra houdt zijn

hoofd schuin en kijkt me nadenkend aan. 'De deal die je Kent vertélde dat je wilt maken,' zegt hij langzaam. 'Wat, neem ik aan, niet de echte deal is die je wilt.'

'Correct.' Ik word me bewust van pijnlijke spanning in mijn nek en schouders en ontspan die spieren bewust. 'Of, nou ja, het is niet de volledige deal.'

Esguerra vouwt zijn armen over elkaar voor zijn borst. 'Wat is de volledige deal, dan?'

'Ik zal je Novaks bron in je kamp geven… en ik zal je Novak zelf bezorgen, zodat je je nooit meer zorgen over hem hoeft te maken.'

Esguerra's ogen vernauwen zich tot spleetjes. 'In ruil waarvoor?'

'De vrede en de honderd miljoen heb ik al genoemd, en verder wil ik nog één ding.'

'Wat voor ding?' vraagt Kent, zonder zijn nieuwsgierigheid te verbergen.

'Amnestie,' zeg ik terwijl ik van de Colombiaanse wapenhandelaar naar zijn partner en terug kijk. 'Ik wil wereldwijde amnestie voor alle misdaden waarvan ik beschuldigd word, en ook immuniteit voor verdere vervolging. Ik wil van alle opsporingslijsten gehaald worden, en ik wil dat jij daarvoor zorgt.'

S ara

Ik droom die nacht weer van hem. Hij komt naar me toe als een spook, hult me in zijn duisternis, houdt me stevig vast terwijl ik huil en vecht om mezelf te bevrijden. Ik weet niet of ik tegen hem vecht of tegen mijn eigen verlangen, maar hoe dan ook, het duurt niet lang voor ik verlies.

Ik versmelt met hem, laat zijn duisternis me omringen, alle eenzaamheid en licht verjagen.

Hij neemt me, pompt in me met straffende woede, en ik omhels hem, schreeuw zijn naam terwijl mijn lichaam stuiptrekt van intens genot, van gelukzaligheid zo kwellend en voortreffelijk dat ik dreig te verscheuren. We bedrijven de liefde keer op keer, tot ik uitgeput ben en alles pijn doet.

Tot ik niets meer te geven heb en hij vertrekt.

Vertrekt omdat hij me niet meer wil.

Omdat hij zich verveelt met mij.

Ik word wakker en mijn kussen is doordrenkt met tranen. Tussen mijn benen is het nat en gonst de behoefte. Ik weet dat de droom slechts een uiting van mijn angsten was, dat niets van dit alles echt was, maar ik voel me nog steeds gebroken, verwoest door Peters afwijzing.

Door de terugkeer van de vreselijke eenzaamheid die me 's nachts gezelschap houdt.

Terwijl ik opsta, zoek ik mijn handtas en haal het briefje eruit dat Peter voor me achterliet. Het is aan de randen versleten, dus ik strijk het glad terwijl ik het open en de woorden lees die ik steeds in mezelf herhaal.

Onthoud dit, ptichka. Zolang als we beiden leven.

Ik neem het briefje mee en leg het onder mijn kussen voor ik weer ga slapen.

Peter komt. Dat moet ik geloven.

Wat er ook gebeurt, hij komt me halen.

eter

ESGUERRA STAART ME AAN ALSOF HIJ ZIJN OREN NIET KAN GELOVEN EN BARST DAN UIT IN EEN SCHRIL GELACH. 'Amnestie en immuniteit? Voor jou?'

Kent zwijgt aan zijn zijde, maar ik zie in zijn blik dat hij het begrijpt.

Hij weet waar dit over gaat.

Hij en Yulia hebben me met Sara gezien.

'Voor mij én mijn jongens,' zeg ik tegen Esguerra. 'Ze zijn niet zo populair bij de wetshandhavers, maar ze staan nog steeds op hun shitlijsten. Zorg dat je CIA-vrienden ons van die lijsten halen, dan kun je Novak voorgoed vergeten.'

'Echt waar?' zegt hij, nog steeds grinnikend. 'Ervan uitgaande dat ik dit wonder voor je zou kunnen verrichten: sinds wanneer maal jij erom dat je opgejaagd wordt?'

Kent zou dat kunnen beantwoorden, maar tot mijn opluchting houdt hij zijn mond als ik zeg: 'Dat gaat je niets aan. Dit is de deal die ik aanbied. Take it or leave it.'

Alle sporen van humor verdwijnen van Esguerra's gezicht. 'Fuck dat. Je gaat me vertellen wie de verrader is, en je gaat het nu doen.'

Het is mijn beurt om te lachen. 'En in ruil daarvoor gun je me een snelle, genadige dood?'

Esguerra's glimlach is vlijmscherp. 'Dat is de beste deal die je kunt krijgen. Je weet dat ik die naam hoe dan ook van je ga krijgen.'

'Ik weet dat je het gaat proberen en uiteindelijk zou je zelfs kunnen slagen. Maar het zal je wat kosten.'

Zijn ogen vernauwen zich. 'Hoezo?'

'Lang voordat je die naam uit me krijgt,' zeg ik zacht, 'zal mijn team de aanwinst activeren. Misschien slagen ze in de opdracht zonder mij, of misschien ook niet, maar dat is een risico dat je neemt. Hoe oud is Lizzie nu? Acht, tien dagen? Misschien ben je nog niet zo aan haar gehecht, maar Novak heeft ook plannen met Nora. Grote plannen.'

Esguerra is al bij me voordat ik uitgesproken ben, zijn perfecte gelaatstrekken vertrokken in een woest masker van woede. Hij traint vaak met zijn bewakers, dus hij is snel en dodelijk, maar ik verwachtte de aanval. Op het laatste moment draai ik, en zijn vuist schampt mijn jukbeen in plaats van mijn neus te verbrijzelen. Zijn andere vuist is echter niet te ontwijken en de klap galmt door mijn hoofd en slaat de lucht uit mijn longen.

Als ik hier niet voor getraind had, zou ik voorovergebogen liggen hijgen. Maar ik weet hoe ik me door de pijn heen moet slaan. In plaats van te vechten voor lucht zoals mijn lichaam verlangt, sluit ik me af voor alle bewustzijn van het ongemak en ga in de aanval, terugkomend met mijn eigen serie slagen.

We zijn aan elkaar gewaagd in grootte en kracht, en hij is hier goed in, misschien wel net zo goed als mijn jongens. Maar ik ben in dit gevecht degene die het hoofd koel weet te houden. Elk van mijn klappen is berekend om uit te schakelen en af te buigen, terwijl hij op instinct handelt en zich laat leiden door zijn woede.

Ik ontwijk de meeste van zijn klappen, maar de paar die aankomen doen vreselijk veel pijn. Ik negeer de pijn en sla hem terug, en na een minuut slaag ik erin hem van zijn voeten te slaan. De klootzak geeft echter niet op. In plaats van op te staan, grijpt hij mijn voet en rukt eraan, waardoor ik boven op hem val.

Op het laatste moment draai ik, zodat mijn elleboog op zijn ribbenkast terechtkomt. Mijn arm explodeert van de pijn, maar hij gromt, dus ik moet een rib gekraakt hebben. In het volgende moment flitst er echter iets glimmends in de rand van mijn blikveld en ik reageer instinctief, grijp zijn pols om het mes te onderscheppen dat op me af komt. Hij gebruikt het moment van afleiding om een slag tegen de zijkant van mijn gezicht te geven, maar ik hou mijn aandacht op het mes gericht en draai de pols, vastbesloten om…

'Zo is het genoeg.' Sterke handen grijpen me van achteren en trekken me van Esguerra af voordat ik zijn pols kan breken. Mijn instinct is om uit te halen naar de nieuwe aanvaller, maar ik heb genoeg tegenwoordigheid van geest om niet tegen te stribbelen.

Kent of Esguerra doden zou averechts werken.

Esguerra staat op voordat Kent me loslaat, maar hij valt niet weer aan. In plaats daarvan veegt hij het bloed van z'n neus en zegt grommend: 'Wat zijn verdomme de plannen?'

Natuurlijk. Hij wil de details weten van de bedreiging van Nora.

'Novak wil haar gebruiken om al je bezittingen te beheren,' zeg ik als Kent me loslaat en zich omdraait om naast Esguerra te gaan staan. Mijn gezicht en elleboog kloppen als een malle en mijn mond smaakt naar koper, maar dat negeer ik.

Gezien het mes dat Esguerra uit het niets trok, had het veel erger kunnen zijn.

'Hoe?' vraagt Esguerra, en ik ben blij te zien dat één kant van zijn gezicht al opzwelt. 'Hoe denkt hij dat verdomme voor elkaar te krijgen?'

'Door met haar te trouwen. Hoe anders?' Ik spuug het bloed uit dat zich onder mijn tong verzamelt. 'Hij wachtte tot je dochter was geboren, zodat hij een pressiemiddel zou hebben over Nora. Hij wil ze allebei, snap je – je vrouw, en je dochter als instrument om je vrouw te beheersen. Die op dat moment zíjn vrouw zou zijn, maar je begrijpt het plaatje.'

Even ben ik ervan overtuigd dat Esguerra me weer zal aanvallen, maar deze keer houdt hij zich in. Nauwelijks. Niet dat ik het hem kwalijk kan nemen.

Als iemand Sara van me wilde afpakken, zou ik zijn ballen in kleine stukjes hakken en aan de dieren voeren.

Ik heb het sterke vermoeden dat Esguerra geneigd is dat met mij te doen, dus zeg ik: 'Ik kan Novak voor je pakken, en ik kan het snel doen. Ik weet dat je in staat bent hem alleen aan te pakken, maar het zal tijd kosten om hem op te sporen en door zijn verdediging heen te komen – net zoals het tijd zal kosten om de naam van zijn bron van mij te krijgen... ervan uitgaande dat je daar zelfs maar in zou slagen. In de tussentijd zijn je vrouw en dochter in gevaar. Als mijn team faalt, zal Novak iemand anders vinden om achter je aan te komen, een andere manier om Nora en de baby te bereiken. Ik heb hem ontmoet. Hij is niet van plan te stoppen. Hij wil wat jij hebt, alles wat jij hebt, Nora inbegrepen, en hij zal het blijven proberen tot je hem doodt. Of tot ik het voor je doe, iets wat eind deze week al kan gebeuren.'

Esguerra trilt bijna van woede, maar hij moet de wijsheid inzien van wat ik zeg, want hij blijft op zijn plaats zitten, de handen krampachtig langs zijn zij. Ik voel de oorlog die in hem woedt, maar uiteindelijk zegt hij streng: 'Vijftig miljoen. En ik wil dat Novak levend bij me wordt gebracht.'

Mijn pols gaat tekeer, maar ik hou mijn toon gelijkmatig. 'Vijfenzeventig. Dat is het beste wat ik kan doen.'

Eigenlijk zou ik nul accepteren, Sara's geluk is me alles waard, maar op deze manier kan ik tenminste mijn teamgenoten compenseren voor de aanstaande ontbinding van ons bedrijf.

Als ik niet langer een voortvluchtige ben, zullen we geen aanslagen meer uitvoeren.

'Deal,' zegt Esguerra met opeengeklemde kaken. 'Vijfenzeventig miljoen, en ik doe mijn best om jou en je mannen immuniteit te bezorgen in ruil voor zowel Novak als de verrader.'

'Je geeft ons immuniteit,' corrigeer ik. 'Geen immuniteit, geen deal.'

'Je bent al jaren bezig met een wereldwijde moordgolf. Ik kan je geen…'

'Ja, dat kun je wel. Onze misdaden zijn niet erger dan die van jou en Kent' – ik knik naar de blonde man die zwijgend toekijkt – 'elke dag weer, en niemand raakt je aan. Zorg dat het gebeurt, Julian. Regel het, en ik geef je Novak op een presenteerblaadje.'

Esguerra staart me aan, zijn vingers trillen nog steeds. 'Oké,' zegt hij na een moment, zijn toon merkbaar rustiger. 'Je hebt een deal. Vertel me nu wie de verrader is.'

Ik beoordeel zijn uitdrukking en neem in een fractie van een seconde een beslissing. 'Breng me naar Nora, en ik zal het doen.'

Esguerra's gezicht verhardt, en Kent verkrampt, waarschijnlijk klaar om hem in bedwang te houden.

'Waarom?' Esguerra gromt het uit. 'Wat heeft zij er verdomme mee te maken?'

'Niets… behalve dat ze het misschien wil weten,' zeg ik gelijkmatig. 'En als ze het eenmaal weet, denk ik dat ze niet zal willen dat je me vermoordt, ondanks de deal die we net hebben gemaakt.'

Zijn neusvleugels verwijden zich. 'Noem je mij een leugenaar?'

Ik haal mijn schouders op. 'Jij zou alles doen om je familie te beschermen, net als ik voor de mijne zou doen. In ieder geval ben ik niet vergeten dat het jouw vrouw was die met mijn lijst kwam, niet jij. Breng me naar Nora en ik vertel jullie beiden wat ik weet. Je hebt mijn woord. '

En ik wacht, met gespannen spieren voor de strijd, tot Esguerra zijn beslissing neemt.

eter

Ik word nog vijf keer van top tot teen gefouilleerd, twee keer door Kent en Diego, en één keer door Esguerra zelf. Bij de derde keer vinden ze het scheermesje en het touwtje, dus ik ben echt ongewapend – als je mijn lichaam en zijn mogelijkheden negeert, tenminste.

De rit naar Esguerra's landhuis verloopt in explosieve stilte, en ik weet dat er maar één vonkje nodig is om mijn gastheer te doen ontploffen. Hij is gespannener dan ik hem ooit heb gezien, het geweld in hem staat op het punt over te koken.

Een groep van een twintigtal bewakers komt ons tegemoet in het witte, in koloniale stijl gebouwde herenhuis en volgt ons naar de smaakvol ingerichte huiskamer. Esguerra laat Kent en mij bij hen achter en verdwijnt naar boven, vermoedelijk om zijn pas bevallen vrouw wakker te maken.

Met een verrader op vrije voeten kan hij niet wachten tot morgen.

Een paar minuten lang hoor ik alleen de bewakers ademen en hun gewicht van de ene voet naar de andere verplaatsen. Dan doorbreekt babygehuil de stilte, het geluid is sterk en zoet en zo vertrouwd dat mijn hart zich samenbalt in mijn borstkas.

Pasha jammerde altijd zo toen hij nog een kind was. Het was zijn hongerkreet – een vraag om voedsel die altijd binnen enkele minuten werd beantwoord.

Het verdriet dat me treft is nog even scherp als in het begin, tijdens die donkere dagen toen woede het enige was wat me op de been hield. Een ogenblik lang kan ik niet ademen van de pijn, van de kwelling die zo acuut is dat het voelt als een mes in mijn rug.

Mijn zoon. Mijn kleine jongen die nooit de kans kreeg om te groeien, om van speelgoedauto's naar het echte werk te gaan.

Als ik al twijfels had over wat ik doe, dan zijn ze op dit moment verdwenen. Ik bedrieg een klant, maar het is het waard. Zelfs zonder de deal met Esguerra zou ik die hulpeloze baby nooit iets aandoen.

Niet met Pasha's gezicht nog vers in mijn geheugen.

Het duurt een paar minuten voordat het huilen ophoudt en bijna een halfuur voordat Esguerra terugkomt, zijn arm om een klein, donkerharig meisje geslagen, gekleed in een dikke badstof badjas die haar van top tot teen bedekt.

Esguerra's eigen obsessie.

Nora, zijn vrouw.

Haar frêle gezicht licht op als ze me ziet. In tegenstelling tot haar man, is ze niet boos op mij voor de redding die haar in gevaar bracht – en dat zou ze ook niet moeten zijn, want het was haar idee.

'Peter!' Ze maakt aanstalten om naar voren te komen om me te begroeten, maar wordt tegengehouden door de bezitterige greep van haar man. Schaapachtig stopt ze en glimlacht in plaats daarvan. 'Hoe gaat het met je?'

'Goed, dank je.' Ondanks de bewakers om ons heen en mijn gezicht dat aanvoelt als een enorme blauwe plek van Esguerra's aframmeling, kan ik het niet helpen terug te glimlachen. Het is moeilijk te geloven dat zo'n jonge en verfijnde vrouw een moeder kan zijn, en dat zij iemand kan overleven die zo meedogenloos is als Esguerra. 'Gefeliciteerd met je dochter.'

Haar glimlach wordt breder. 'Dank je. Ik zou je wel willen voorstellen, maar...' Ze werpt een blik op haar man, wiens donderende blik tijdens onze woordenwisseling nog afschrikwekkender is geworden.

Ja, hij heeft het einde van zijn geduld bereikt. Terwijl hij zijn vrouw steviger tegen zich aan drukt, vraagt hij met dodelijke zachtheid: 'Ga je me nog vertellen wie het is of niet?'

Dit is het dan. Tijd voor mij om mijn troef op te

geven. Ondanks Nora's aanwezigheid en de deal die we maakten, kan hij me nog steeds laten doden zodra hij de naam kent.

Ach ja. Geen risico, geen beloning.

Ik ontmoet Esguerra's ijzige blik en zeg kalm: 'Ik weet haar naam niet, maar het is je kinderarts. Zij is de aanwinst van Novak.'

Sara

'WEET JE, JOE HEEFT NAAR JE GEVRAAGD,' ZEGT MAM terwijl ze de honing die ik van de boerenmarkt heb meegenomen op haar toast smeert. 'Je hebt de laatste tijd niets van hem gehoord, hè?'

'Mam, alsjeblieft.' Ik vecht tegen de neiging om met mijn ogen te rollen als een overjarige tiener. Om wat voor reden dan ook komt dit onderwerp onvermijdelijk ter sprake tijdens ons ontbijt op zaterdagochtend. 'Hij is gewoon aardig, dat is alles. Er is niets tussen ons, dat verzeker ik je.'

'Maar waarom niet, schat?' Lijnen van bezorgdheid kreuken in mama's voorhoofd als papa zucht in zijn koffie. 'Je bent al bijna negen maanden terug en je hebt nog geen enkele date gehad. Je bent die crimineel niets verschuldigd. Dat weet je, toch? Het is duidelijk dat wat jullie hadden voorbij is, en dat je verder moet gaan. Hij komt niet meer terug.'

Jawel, te oordelen naar dat briefje, maar dat kan ik niet aan mijn ouders vertellen. Ondanks mijn pogingen hen ervan te overtuigen dat ik vrijwillig bij mijn ontvoerder was en dat de hele FBI-klopjacht een groot misverstand was, zal Peter voor hen altijd 'die crimineel' zijn. Ik weet niet of het komt doordat ze op de een of andere manier lucht hebben gekregen van mijn officiële verhaal aan de FBI, of dat ze gewoon een normaal wantrouwen hebben van gezagsgetrouwe burgers tegen iemand die op gespannen voet staat met de autoriteiten, maar ze zijn ervan overtuigd dat Peter slecht is en dat alle gevoelens die ik voor hem had te maken hadden met een Stockholmsyndroom.

Niet dat ze er ver naast zitten; tenminste, dat zou negen maanden geleden niet het geval zijn geweest. Mijn aantrekking tot Peter was inderdaad onnatuurlijk en giftig, en ik vocht ertegen met alles wat ik had. Ik vocht tot het einde, toen ik bijna omkwam bij dat ongeluk.

Nee. Dat is niet helemaal waar.

Tot hij mijn behoeften boven de zijne stelde en me liet gaan. Dat was voor mij het echte keerpunt, hoewel ik mezelf daar pas onlangs over heb laten nadenken... over het feit dat ik er op de een of andere manier in geslaagd ben de gevoelens te accepteren die ik voor de moordenaar van mijn man heb ontwikkeld, dat als ik nu aan hem denk, hij in mijn gedachten gewoon Peter heet.

De man die van me houdt, niet de man die George heeft vermoord.

Mijn ouders weten dat laatste niet, althans dat hoop ik, maar ze haten Peter nog steeds omdat hij me zo lang van hen heeft weggehouden. Ze denken dat hij zo gevaarlijk is als de FBI zegt, en het maakt me misselijk om te bedenken hoe boos ze zullen zijn als Peter me weer meeneemt.

Toch kan ik niet voorkomen dat ik het wil.

Ik wil hem en alles wat hij is.

'Ik ben er gewoon nog niet klaar voor, mam,' zeg ik en ik sta op om nog wat koffie in te schenken. 'Begrijp me alsjeblieft. Ik ben nog steeds verliefd op Peter en als het allemaal opgelost is, komt hij terug. Je zult het zien.'

En daarmee verander ik van onderwerp en begin een verhaal over mijn laatste optreden met mijn band.

Het is beter dan blijven liegen. Niets zal ooit opgelost hoeven worden, omdat er geen misverstand is.

Peter is een crimineel, en als hij terugkeert, zal hij me meenemen.

Hij zal me hier voorgoed weghalen.

eter

Ik breng de nacht door in de schuur waar Esguerra zijn gevangenen vasthoudt, met één enkel vastgeketend aan de metalen ring in het midden van de vloer.

'Gewoon uit voorzorg,' legde Kent uit toen de bewakers de ketting vergrendelden. 'Niet dat we je niet vertrouwen...'

'Goed.' De ketting is ongeveer twee meter lang, wat betekent dat ik kan gaan liggen op het bed dat de bewakers de loods in hebben gesleept. Dus al met al valt het wel mee. Ik zou natuurlijk liever niet geketend zijn, maar gezien wat ik Esguerra net met de kinderarts heb zien doen, klaag ik niet.

Het zal even duren voor ik het geschreeuw van die vrouw uit mijn hoofd heb.

Ze brak meteen, zo ongeveer op het moment dat de Esguerra's, vergezeld door mij en de bewakers, haar kamer binnenkwamen. Ik weet niet wat ze verwachtte – karmapunten verdienen met haar eerlijkheid? – maar ze gaf meteen toe, verontschuldigde zich uitgebreid tegenover zowel Esguerra als zijn vrouw, zwerende dat ze geen kwaad in de zin had, dat ze hen en Lizzie niet echt kende toen ze het smeergeld aannam.

Het is alsof ze dacht dat zodra ze bekende, alles zou worden vergeven en vergeten, dat ontslagen worden zonder referentie het ergste was wat haar kon overkomen.

Misschien komt het doordat ik Esguerra letterlijk die domme vrouw zag fileren toen Nora wegging om de baby te voeden, of misschien doordat ik zo dicht bij mijn doel ben, maar mijn slaap is opnieuw onrustig, vol nachtmerries. Twee keer droom ik dat ik het lichaam van mijn zoon vind in een stapel lijken, en nog minstens twee keer blijkt dat lichaam van Sara te zijn.

Tegen de ochtend ben ik weliswaar wazig, maar voorzichtig optimistisch. Het feit dat ik nog leef is bemoedigend, een teken dat Esguerra zich misschien aan zijn afspraak houdt. Er zijn geen garanties, natuurlijk, maar ik vermoed dat Nora de laatste tijd veel invloed heeft op haar man... en hij is me nog wat schuldig voor de kinderarts.

Hoe dan ook, ik ben niet verbaasd als Esguerra en Kent samen opduiken om me te ontketenen.

'Wat is je plan?' vraagt Esguerra als Kent de manchet rond mijn enkel losmaakt. 'Hoe ga je bij hem komen? Je beseft toch dat als je opduikt zonder Nora en de baby, hij zal weten dat je hem bedrogen hebt. Dat, of je hebt gefaald. Hoe dan ook, hij zal niet blij zijn.'

Ik haal diep adem. Hier komt nog een lastig deel. 'Ja. Daar heb ik aan gedacht. En dat is waarom ik je vrouw moet lenen voor dit deel van de operatie. Ze zal in no…'

'Absoluut niet.' Esguerra's kaakspieren trillen. 'Nora zet geen voet buiten dit terrein.'

Teleurstellend, maar niet onverwacht. 'Oké, denk je dan dat je iemand kunt vinden die op Nora lijkt? In elk geval een beetje?'

Esguerra fronst en ik voel dat hij nee wil zeggen als Kent zegt: 'Er is niemand op het landgoed, maar ik kan de bewakers in de buurt laten zoeken naar een potentiële kandidaat. Het moet niet zo moeilijk zijn om een donkerharig meisje met Nora's lichaamsbouw te vinden. Haar kleur is niet echt ongewoon in deze streken.'

Dat is waar. Als we een dubbelganger nodig hadden voor Kents blonde vrouw met blauwe ogen, hadden we een probleem, maar Nora is deels Mexicaans, met donkere ogen en een bruine huidskleur. 'Misschien moet je een heel jong iemand zoeken,' stel ik voor. 'Misschien een schoolmeisje dat bij Nora's bouw past. Zoals ik je al begon te vertellen, loopt ze geen gevaar. Novak moet alleen te weten komen dat ik uit het vliegtuig ben gestapt met een vrouw die op Nora lijkt en haar baby op sleeptouw. Een pop volstaat voor dat laatste; het meisje moet hem dan gewoon goed ingepakt houden.'

Kent kijkt naar Esguerra, en hij knikt. 'Doe het. En zoek indien mogelijk ook een kind, we willen niet dat dit misloopt vanwege een pop.'

Ik doe mijn mond open om te weigeren, maar dan besluit ik het niet te doen.

Ik heb niet gelogen over het gebrek aan gevaar voor Nora, dus we kunnen net zo goed een echt kind gebruiken.

Wat er ook nodig is om Novak voorgoed uit de val te lokken.

ACHT UUR LATER VERLAAT IK HET KAMP TE VOET, gewapend met een M16 die ik van een bewaker heb 'gestolen', en met een doodsbange zestienjarige en haar twee maanden oude zusje op sleeptouw. De familie van de meisjes zal goed gecompenseerd worden voor hun acteerprestatie, maar het vooruitzicht van mooie kleren en collegegeld is niet genoeg om de zestienjarige kalm te houden.

Ze is doodsbang, en dat is perfect.

De echte Nora zou dat ook zijn.

Kents bewakers hebben een tiener gevonden die sprekend op mevrouw Esguerra lijkt, tenminste van achteren en opzij. Van voren heeft het meisje een ronder gezicht, een dikkere neus en kleinere, diepliggende ogen, dus die hebben we met make-up verdoezeld.

Dankzij vakkundig aangebrachte oogschaduw, blush, lippenstift en donkere foundation heeft Nora's dubbelgangster nu twee zwarte ogen, een gespleten lip en verschillende gelige blauwe plekken die de kinderlijke volheid van haar wangen verhullen.

Ze spreekt ook een beetje Engels, maar met een zwaar accent, dus we hebben haar gezegd dat ze in geen geval mag praten. 'Je kunt huilen of zwijgen,' instrueerde Esguerra haar, en het meisje knikte, met trillende kin.

'Sí, señor. Ik zal zwijgen.'

Tot nu toe heeft ze woord gehouden. We sjouwen al meer dan twee uur door de jungle, terwijl ze haar schreeuwende babyzusje de hele tijd vasthoudt, en ze heeft nog geen enkele klacht geuit – hoewel er veel te klagen valt.

Het heeft vandaag nog niet geregend en de vochtige hitte is verstikkend, de lucht zo dik dat het aanvoelt als een natte deken op de huid. We hebben het meisje een van Nora's gebruikelijke outfits laten aantrekken – een nonchalante witte zonnejurk en een paar platte sandalen – en ik kan de pijnlijke striemen op haar voeten zien waar ze een paar kilometer terug in een mierenhoop is gestapt. We druipen allebei van het zweet en overal om ons heen zoemen kleine muggen die in elke centimeter bloot vlees bijten.

Dit is pure ellende, en dat is een goede zaak.

Zo ziet het er authentieker uit.

Na nog een martelend uur ontmoeten we mijn jongens op het afgesproken ontmoetingspunt. Ik zie de schok op hun gezichten als ik het meisje naar voren duw, met het huilende kind stevig tegen haar borst geklemd.

'Je hebt het gered.' Yans ongelovige blik gaat van mij naar mijn gijzelaar en terug. 'Je hebt het verdomme echt gedaan.'

'Ja. Het was niet makkelijk, maar hier zijn we dan.'

De plaatsvervangende Nora zwijgt en doet een goede imitatie van een getraumatiseerde, doodsbange gevangene. Haar waterproof make-up is een beetje uitgelopen tijdens onze reis, maar ze ziet er nog steeds geloofwaardig gekneusd en geslagen uit, haar donkere blik dof geworden door uitdroging en uitputting. Geen van mijn jongens heeft de echte Nora Esguerra ooit gezien, alleen foto's van haar, dus ze hebben geen reden om aan haar echtheid te twijfelen.

De 'blauwe plekken' doen hun werk.

De baby blijft huilen en ik maak een aantekening dat ik haar de fles flesvoeding moet geven die ik mijn jongens voor het vliegtuig had laten kopen, voor het geval 'Nora' problemen zou hebben met borstvoeding. We hebben ook luiers in het vliegtuig, samen met andere babyspullen.

'Is hij dood?' vraagt Anton in het Russisch, en ik knik, terwijl ik een blik werp op het meisje alsof ik bezorgd ben over haar reactie.

'Ja, ik heb de klootzak. Ze weet het misschien nog

niet, dus hou het op een laag pitje. Ze vocht toch al als een heks voor die baby.'

Ilya kijkt verontwaardigd maar zegt niets als we naar het vliegtuig gaan. Hij vindt het niet leuk wat ik doe, en ik kan het hem niet kwalijk nemen. Een pasgeborene en haar pas bevallen moeder stelen voelt verkeerd, zelfs voor meedogenloze moordenaars als wij. En dat is precies waar ik op reken. De subtiele afkeuring van mijn mannen zal deze operatie het authentieke randje geven dat hij nodig heeft.

Ik wil dat Novak de onenigheid tussen ons voelt.

Ik wil dat hij de tegenzin van mijn jongens voelt om een getraumatiseerde jonge vrouw en haar baby aan zijn wrede, hebzuchtige greep over te leveren.

eter

Ik geef het meisje de fles zodra we in het vliegtuig zitten en zij voedt haar babyzusje, terwijl ze ons de hele tijd angstig aankijkt. Ze overdrijft een beetje, de echte mevrouw Esguerra zou haar angst niet laten merken, maar aangezien mijn jongens Nora niet kennen en niet weten wat ze heeft meegemaakt, werkt het.

'Hoe heb je het gedaan?' vraagt Yan zachtjes als de baby eindelijk in slaap is gevallen en het meisje rustig genoeg is geworden om uit het raam te kijken in plaats van naar de bank waar ik met de tweeling zit. 'Hoe heb je Esguerra te pakken gekregen?'

'Ik heb hem neergeschoten.' Mijn antwoord is kort

en zakelijk, maar ik ga hier geen uitgebreid verhaal voor verzinnen. 'Gewoon zijn kop eraf.'

'Heb je het bewijs?' vraagt Ilya fronsend. 'Want Novak zal moeten...'

'Hier.' Ik haal een telefoon tevoorschijn die ik ook 'gestolen' heb van een bewaker en laat een foto zien van een donkerharige man die languit op de grond ligt in een plas bloed. De helft van zijn schedel lijkt te ontbreken, maar de andere helft is onmiskenbaar Esguerra.

Het duurde een uur om zo'n goede foto te maken; ondanks zijn modellenlooks is mijn oud-werkgever slecht in poseren.

Yan kijkt naar mij, dan naar de foto en weer terug naar mij. Ik staar hem stompzinnig aan. Kan hij zien dat het 'bloed' ketchup is, vermengd met een hoop vuil, of dat de ontbrekende helft van de schedel Nora's vakkundige photoshopwerk is? Ik weet dat de foto nep is, dus het is moeilijk voor mij om objectief te zijn.

Tot mijn opluchting geeft Yan mij de telefoon terug zonder iets te zeggen, en Ilya draait zich om, terwijl hij zich concentreert op het overmaken van het smeergeld naar de privébankrekening van de Servische luchtverkeersleider in Zwitserland. Zo komen we in en uit dat land en vele andere, waaronder de VS.

Het is verleidelijk om met mijn jongens te praten en ze het echte plan te vertellen, maar ik zie ervan af. Ik kan het risico niet nemen dat ze op het laatste moment tegenstribbelen. We hebben een lucratieve zaak opgebouwd op de kracht van onze reputatie, en wat ik ga doen – een betalende klant bedriegen – garandeert min of meer dat er geen verdere klussen zullen zijn.

We hebben het erover gehad om op een dag met pensioen te gaan, maar ik weet niet of ze daar nu al klaar voor zijn.

In ieder geval, als alles goed gaat, zal mijn team financieel niet lijden. Naast Novaks 100 miljoen, waarvan de helft al op onze bankrekeningen staat, hebben we de 75 miljoen van Esguerra. Zelfs als we de andere helft niet van Novak krijgen voordat ik hem pak, hebben we genoeg voor de rest van ons leven.

Het enige wat we nodig hebben is hierdoorheen te komen.

Nog een paar dagen en ik heb Sara.

Ik kan verdomme niet wachten.

Ilya en ik ontmoeten Novak in zijn pakhuis net buiten Belgrado, op zijn verzoek. Zoals gewoonlijk arriveert hij met een hele contingent huurlingen en genoeg vuurkracht om een klein gebouw met de grond gelijk te maken.

'Waar zijn ze?' vraagt hij zodra hij ons ziet staan. 'Je zei dat je ze had. Waar zijn ze?'

'Veilig en wel bij mijn team,' zeg ik en ik haal de telefoon van de bewaker tevoorschijn om hem de foto's te laten zien die we een uur geleden hebben genomen. De surrogaat-Nora en haar baby staan erop, omringd door mijn mannen en helemaal gekneusd en breekbaar.

Hij pakt de telefoon van me af en bekijkt de foto's met onverholen wellust voordat hij naar me opkijkt. 'Is Esguerra...'

'Hier.' Ik neem de telefoon van hem aan en blader door de Nora-foto's naar die van Esguerra in een plas ketchup. 'Hoofd eraf geblazen.'

Novaks bleke ogen glinsteren. 'Goed werk. Ik wist dat ik op je kon rekenen. Breng me nu naar Nora en het kind.'

Ik kruis mijn armen over elkaar voor mijn borst. 'Eerst betalen.'

Die vijftig miljoen is strikt genomen misschien niet nodig, maar het zou zeker leuk zijn om te hebben.

Novaks mond valt open, maar hij pakt zijn telefoon en belt zijn boekhouder. 'Maak het over,' beveelt hij in het Servisch, en ik wacht tot hij naar me knikt en controleer dan de rekening op mijn telefoon.

'Alles goed,' zeg ik hem en werp een blik op Ilya, wiens uitdrukkingsloosheid nog steeds op de een of andere manier afkeuring weet uit te stralen.

Novak moet het ook gemerkt hebben, want hij lacht weer. Hij houdt van het idee dat we erbuiten staan; hij denkt dat het ons kwetsbaar maakt, makkelijker te controleren.

'Laten we gaan,' zeg ik tegen hem, terwijl ik doe alsof ik me niet bewust ben van alle onderstromen. 'Ik breng je naar Nora en de baby.'

Ilya en ik lopen snel naar de uitgang en Novak haast

zich om ons in te halen. Zijn bewakers vormen snel hun gebruikelijke beschermende cirkel, maar wij drieën stappen eerst naar buiten.

Het is maar een paar seconden verschil, maar dat is alle tijd die ik nodig heb.

Ik grijp Novak bij de arm, roep: 'Bukken!' en duik achter een vuilnisbak, terwijl ik Ilya voor me uit duw.

We raken hard de stoep en glijden op onze buik als Esguerra's mannen het vuur openen en het pakhuis en alle bewakers van Novak doorzeven met honderden machinegeweerkogels.

3 8

eter

DE REST VAN DE TAKEDOWN GAAT BLIKSEMSNEL. BINNEN enkele ogenblikken zijn we omsingeld door drie dozijn van Esguerra's mannen, en ik zeg de verbijsterde Ilya dat hij zijn wapens moet laten vallen terwijl ik hetzelfde doe. Novak heeft zijn hoofd gestoten aan de afvalcontainer, en hij ziet er versuft uit als ik hem overeind trek terwijl onze gijzelnemers hem in de boeien slaan en systematisch fouilleren.

Terwijl ik Novak aan hen overdraag, klimt Ilya naast me overeind. Zijn ongelovige blik gaat van mij naar de mannen die Novak wegslepen en weer terug naar mij. 'Heb jij net...'

'Ja. Ik zal alles zo uitleggen. Voor nu: bel Yan en zeg hem dat we eraan komen. Zorg dat hij en Anton zich

233

terugtrekken. We willen niet dat iemand gewond raakt.'

Ilya aarzelt, duidelijk verscheurd, en pakt dan zijn telefoon. Ik laat hem met rust en volg Novak naar een zwarte SUV.

De Serviër komt uit zijn roes en begint te beseffen wat er gebeurd is. Zijn blik richt zich op mij en het begint hem te dagen, en dan vervormt woede zijn bleke gezicht. 'Jij verdomde...'

De bewaker die het dichtst bij hem staat, slaat hem op de mond. 'Hou je mond, *pendejo*,' gromt hij in Engels met een Spaans accent.

Ik gluur naar zijn met helm bedekte hoofd. 'Diego?'

De helm beweegt. 'Hé, Peter. Hoe gaat het met je?' Terwijl hij spreekt, duwt hij de pas versufte Novak in de auto en doet de deur dicht.

'Helemaal super,' zeg ik droogjes als Ilya nadert. 'Het was een goede dag.'

Mijn teamgenoot kijkt niet blij, waarschijnlijk omdat we allebei nog steeds geen wapens hebben. 'Ze wachten,' zegt hij kortaf. 'En ze zullen zich terugtrekken.'

'Goed.' Ik sla hem op de schouder. 'Laten we gaan.'

YAN EN ANTON ZIJN OP EEN BOUWTERREIN IN DE BUURT en bewaken de plaatsvervangster van Nora en haar babyzusje. Ze hebben hun wapens omlaag als we naderen met Esguerra's bewakers, maar hun ogen zijn scherp en waakzaam.

'Je hebt wat uit te leggen,' zegt Anton tegen me als de bewakers langs ons lopen om 'Nora' en de baby te halen. 'Heel wat uit te leggen, echt.'

'Ik weet het.' Ilya en ik kijken hoe de bewakers het meisje, dat er nog steeds als versteend uitziet, naar een andere zwarte SUV dirigeren. 'Ik zal alles uitleggen.'

'Wat valt er uit te leggen?' zegt Yan, terwijl hij naast ons komt staan. Zijn groene ogen glanzen met een koel, spottend licht. 'Dat is niet de echte Nora, of wel?'

'Nee,' zeg ik, en ik kijk hem recht in de ogen. 'Esguerra zou nooit zijn vrouw of kind zo in gevaar brengen – niet dat ze echt in gevaar waren, hoor.'

'Juist.' Yans glimlach mist het kleinste vleugje humor. 'Dus dit was het plan vanaf het begin? Novak aan de haak slaan, uitzoeken wat zijn troef is, en dan Esguerra binnenhalen?'

Ik buig mijn hoofd. 'Ja.'

Antons zwarte wenkbrauwen trekken samen. 'Ik begrijp het niet. Waarom zou je dat doen en waarom vertel je het ons niet?'

'Omdat hij ons niet volledig vertrouwt.' Yans stem is bedrieglijk zacht. 'Is dat niet zo, Peter? En waarom...'

Ik onderbreek hem met een scherpe zwaai. 'Ik vertrouw jullie drieën met mijn leven. Maar dit was een zeer delicate operatie, één die vele maanden besloeg. Ik moest Novaks vertrouwen winnen, en daarvoor moesten al onze reacties en interacties zo oprecht mogelijk zijn. Hij is niet dom. Als hij ook maar iets vreemds zou merken, alleen maar de kleinste aanwijzing dat we hem bespeelden, dan zou dit allemaal voor niets zijn geweest.'

'Het komt door haar, is het niet?' Ilya spreekt voor de eerste keer. Ik doe mijn mond open, wil antwoorden, als hij zegt: 'Laat maar. Natuurlijk is dat zo. Wat wil je van Esguerra? Meer geld, zodat je voorgoed met haar kunt verdwijnen?'

'Nee,' zegt Yan tegen zijn broer. 'Dat is het niet.' Hij kijkt naar mij. 'Of wel, Peter?'

'Nee, hoewel het extra geld zeker een voordeel is,' zeg ik, terwijl ik van de een naar de ander kijk. 'Jouw deel wordt op dit moment op jouw rekening gestort.' Ik wend me tot Anton. 'Het jouwe ook.'

'Vertel het ons verdomme nu maar,' gromt Anton. 'Serieus, hou op met die geheimzinnigheid. Wat heeft Esguerra je beloofd voor dit?'

'Een leven,' zeg ik en ik kijk naar de SUV's die wegrijden van de stoeprand. 'Het soort leven dat mensen zoals wij niet krijgen.'

'Ah.' Antons frons wordt gladgestreken. 'Amnestie.'

Ik knik. 'En immuniteit voor verdere vervolging. Voor ons allemaal.'

Ilya's gezicht wordt lichter, maar Yan vouwt zijn armen over elkaar voor zijn borst. 'Wie zegt dat we dat willen? Denk je dat we de Spetsnaz hebben verlaten en ons bij jullie hebben aangesloten zodat we accountant en leraar kunnen worden?'

'Nee, ik denk dat je het deed om stinkend rijk te worden,' zeg ik, op dezelfde spottende toon als hij. 'Wat je nu bent, gefeliciteerd. O, en voor het geval ik het nog niet gezegd had, de extra die van Esguerra komt is vijfenzeventig miljoen.'

Anton fluit laag onder zijn adem. 'Verdomme.'

Yan staart me aan. 'Honderdvijfenzeventig miljoen?'

'Dat, en de vrijheid om te doen wat je wilt. Als je door wilt gaan met het bedrijf, ga je gang – hoewel je misschien opnieuw wilt beginnen onder nieuwe identiteiten, voor het geval dit allemaal' – ik zwaai met mijn wijsvinger in de lucht – 'naar buiten komt. Je kunt ook een legaal bedrijf beginnen, een beveiligingsfirma of zoiets.'

'En jij?' vraagt Ilya, die zijn hoofd schuin houdt. 'Wat ga jij doen, Peter?'

'Zodra ik groen licht krijg, ga ik naar de VS,' zeg ik en ik grijns om hun gezichten. 'Ja, dat klopt, naar Sara. Deze keer voorgoed.'

eter

ESGUERRA WIL ME TERUG IN ZIJN KAMP, DUS NADAT IK mijn mannen op de hoogte heb gesteld, ga ik aan boord van zijn Boeing C-17 en begeleid Novak en de bewakers naar Colombia. Ilya, Yan en Anton gaan apart met ons vliegtuig. Ik vertrouw mijn voormalige werkgever nog steeds niet helemaal, dus mijn teamgenoten hebben toegezegd steun te verlenen voor het geval het op het laatste moment misgaat. Ik verwacht geen bedrog van Esguerra op dit moment, want de 75 miljoen staat al op onze rekeningen, maar het kan geen kwaad om voorzichtig te zijn.

Ik heb ook mijn team zover gekregen om mij te blijven assisteren in de zoektocht naar Henderson. Als laatste op mijn lijst is hij een onafgewerkte zaak, en ik heb de intentie om hem te zijner tijd aan te pakken.

Maar eerst moet ik Sara halen.

Zij is belangrijker dan wat dan ook.

ESGUERRA ZELF BEGROET ONS ALS WE LANDEN. ZIJN gezicht heeft harde, woeste lijnen terwijl hij toekijkt hoe de bewakers Novak uit het vliegtuig slepen. De Serviër kan nauwelijks lopen – ze hebben hem tijdens de vlucht geen eten gegeven en zijn verwondingen niet behandeld – maar dat maakt niet uit. Hij is niet lang meer op deze aarde.

Esguerra zal hem niet alleen doden, hij zal hem uit elkaar halen.

Langzaam.

Stukje bij beetje.

Ik zou medelijden hebben met de klootzak, maar hij heeft dit over zichzelf afgeroepen. Als hij zich had beperkt tot Esguerra's zaken, had hij veel langer geleefd, op z'n minst nog een jaar of twee. Maar hij ging achter Esguerra's familie aan... achter Nora en haar kind.

Ik ben niet jaloers op Esguerra, maar ik mag Nora wel.

'Waar is Kent?' vraag ik als Esguerra naar me toe komt nadat hij de bewakers heeft bevolen Novak naar de schuur te brengen. 'Is hij terug naar Cyprus?'

Hij knikt. 'Hij vertrok vlak nadat jij was weggegaan.'

Hij gaat er niet dieper op in, en ik besluit niet verder te neuzen. Ik heb Kent nog steeds niet vergeven voor wat er met Sara is gebeurd, maar op dit moment heb ik belangrijker dingen te doen.

'Heb je contact met ze opgenomen?' Ik loop naast Esguerra naar een wachtende limo. 'Je CIA-contacten?'

Hij werpt me een zijdelingse blik toe. 'Ja, dat heb ik gedaan.'

'En?' Ik stap voor hem en dwing hem te stoppen. 'Waren ze het eens?'

Hij klemt zijn kaken op elkaar. 'Laten we er in de auto over praten.'

Shit. Dat klinkt niet goed. 'Laten we er nu over praten.'

Zijn ogen glinsteren gevaarlijk. 'Goed. Dit is de deal – de enige deal die ze willen maken. Jij en je team krijgen amnestie voor jullie misdaden en immuniteit van verdere vervolging, op voorwaarde dat er geen misdaden meer worden gepleegd. Wie een fout maakt, wordt gearresteerd en vervolgd voor álle misdaden, vroeger en nu.'

Ik denk daar even over na en knik. 'Klinkt redelijk.' Ik ben er bijna zeker van dat ik kan leven als een gezagsgetrouwe burger, of tenminste de schijn kan wekken. We moeten oppassen dat we niet gepakt worden als we Henderson eindelijk vinden, maar ik weet zeker dat ik niet de enige vijand van de vroegere generaal ben. Als alternatief kunnen we het op een ongeluk laten lijken; er zijn allerlei manieren om een aanslag uit te voeren zonder dat het lijkt op...

'En er is nog één ding,' zegt Esguerra. 'Nog een voorwaarde waar niet over te onderhandelen valt.'

'Wat?' vraag ik. Mijn maag verstrakt door een voorgevoel terwijl mijn handen zich om mijn zij krullen. Dit kan maar beter niet zijn wat...

'Die gepensioneerde generaal, op wie je hebt gejaagd,' zegt Esguerra, mijn vermoeden bevestigend. 'Je moet het loslaten. Voorgoed. Jouw immuniteit is afhankelijk van zijn voortdurende gezondheid en welzijn. Als hij of iemand in zijn omgeving ook maar voedselvergiftiging oploopt, gaat de deal niet door en staan jullie alle vier weer op de Most Wanted-lijsten.'

Fuck. Fuck, fuck, fuck!

Ik neem aan dat ik had moeten weten dat dit een mogelijkheid was, gezien Hendersons connecties, maar ik weerde het op een of andere manier uit mijn gedachten. Ik was zo gefocust op het elimineren van het grootste obstakel voor een leven met Sara – mijn voortvluchtige status – dat ik er niet eens aan dacht dat er een prijskaartje aan zou hangen.

Nou ja, een prijs afgezien van het einde van mijn zaak en het risico dat ik nam door Esguerra te benaderen. Die kosten wist ik en was ik bereid te betalen. Maar dit? Van iedereen op mijn lijst is Henderson het meest verantwoordelijk voor de tragedie die mijn vrouw en zoon overkwam. Hij gaf de bevelen die resulteerden in het bloedbad in het dorp.

Als iemand moet boeten voor de dood van Tamila en Pasha, is het Henderson.

Hij mag zijn normale, gelukkige leven niet hervatten na wat hij gedaan heeft.

'Ik kan die deal niet aannemen.' Mijn stem is hard en grimmig. 'Je weet dat ik dat niet kan.'

Voor de eerste keer verwarmt een schijn van menselijke emotie het blauwe ijs van Esguerra's blik. 'Ik weet het,' zegt hij rustig. 'Dat dacht ik al. Maar ze willen niet toegeven, Peter. Ik heb het geprobeerd.'

Ik draai me om en loop naar de limo, de woede en het verdriet die ik dacht te hebben begraven borrelen op als magma in mijn keel. Ik adem in, in een poging mezelf te kalmeren, maar in plaats van tropische vegetatie ruik ik dood en as, verkoold vlees en oud bloed. Ik proef metaal op mijn tong en zie een stapel lijken, lichaamsdelen van twee meter hoog.

En dat kleine handje, gekruld rond een speelgoedautootje.

Ik herinner me nauwelijks de eerste dagen na het bloedbad. Ik weet dat ik ontsnapte aan de soldaten die me uit het dorp sleepten, maar ik weet niet meer hoe of wanneer, of dat ik iemand iets heb aangedaan tijdens mijn ontsnapping. Ik neem aan van wel, want mijn eigen mensen begonnen al snel jacht op me te maken, zelfs voordat ik mijn superieuren vermoordde omdat ze het onderzoek binnen enkele weken hadden stopgezet.

Wraak was alles wat me op de been hield in die dagen, en in de maanden en jaren die volgden. Ik beloofde mijn dode zoon en vrouw dat hun moordenaars zouden boeten met hun leven, en ik hield die belofte.

Ik heb ze allemaal behalve Henderson.

'Je zou haar gewoon weer mee kunnen nemen,' zegt Esguerra, terwijl hij me inhaalt, en ik werp hem een blik toe, niet verbaasd dat hij het nu weet van Sara. Kent moet hem over haar hebben verteld – dat, of hij heeft van zijn CIA-bronnen gehoord over de ontvoering. En toen hij dat eenmaal wist, was het een kwestie van één en één bij elkaar optellen.

Ondanks dat is mijn eerste instinct hem en alles wat hem dierbaar is te bedreigen als hij ook maar in haar richting ademt. Maar als hij weet dat Sara mijn zwakte is, dan moet hij weten wat ik zou doen als iemand achter haar aan kwam.

Het is hetzelfde wat hij zou doen als iemand achter Nora aan ging.

Wat hij op het punt staat te doen met Novak, in feite.

'Ze heeft een leven daar,' antwoord ik in plaats daarvan. 'Ouders, carrière, vrienden.'

Hij haalt zijn schouders op. 'Ze zou zich aanpassen. Nora deed dat.'

Ik stap achter in de limo en hij komt bij me zitten, tegenover me.

'Sara is Nora niet,' zeg ik als de limo begint te rijden. 'Haar wortels gaan te diep. Zo zal ze niet gelukkig zijn.' Ik weet niet of ik Esguerra probeer te overtuigen of mezelf, of dat donkere, gevoelloze deel van me dat dit al maanden wil.

Dat deel dat me heeft ingefluisterd om dit gekke plan te vergeten en terug te nemen wat van mij is.

'En jij wel?' Esguerra houdt zijn hoofd schuin en bekijkt me met eigenaardige nieuwsgierigheid. 'Denk je dat je van dat halve leven zult genieten? Gedijen in de kooi van al die regels en wetten?'

Ik haal mijn schouders op. 'Misschien.' Het is op dit moment geen zorg van me, maar als het ooit een probleem wordt, zal ik het dan aanpakken.

Eén ding tegelijk.

'En wat dan?' vraagt Esguerra als ik zwijg. 'Ga je haar voorgoed laten gaan? Of neem je de deal aan?'

'Ik laat haar niet gaan.' De woorden zijn instinctief, automatisch. Leven zonder Sara, dat is niet eens een mogelijkheid in mijn gedachten. De afgelopen acht maanden waren een hel, bijna net zo erg als de donkere weken na de dood van mijn familie.

Ik sterf liever dan dat ik mijn ptichka voorgoed laat gaan.

Ze is van mij en ze blijft van mij.

Een spottende glimlach krult zich om Esguerra's mond. 'Nou dan,' zegt hij zacht. 'Het lijkt erop dat je niet veel keus hebt.'

Het doet me pijn om het toe te geven, maar hij heeft gelijk.

De keuze gaat tussen haar geluk en mijn wraak.

Ik kan niet beide hebben.

DEEL IV

IK VOEL VOOR HET EERST DAT ER IETS MIS IS ALS IK alleen naar huis rijd na mijn avonddienst in de kliniek.

Geen overheidsauto volgt me naar huis, en niemand kijkt stiekem naar me als ik mijn auto voor mijn flatgebouw parkeer en naar binnen loop.

Ik zeg tegen mezelf dat ik gek ben, dat ik gewoon moe ben en dingen niet goed registreer. Ik neem een douche en val in bed. Het heeft geen zin om me hier zorgen over te maken. Misschien lijd ik toch niet aan een of andere rare omgekeerde paranoia, misschien moesten de FBI-agenten de nacht vrij nemen om op hun kinderen te passen of zoiets. Het is nog niet gebeurd sinds mijn terugkeer, maar dat betekent niet dat het onmogelijk is.

FBI-agenten zijn ook mensen.

Toch blijf ik woelen en draaien, het lukt me niet om in slaap te vallen ondanks mijn totale uitputting. Ik probeer terug te denken aan de vraag of ik me vandaag überhaupt bekeken voelde, maar ik kan het me niet herinneren. Of mijn onzichtbare stalkers zijn nog beter geworden in hun werk, of ik ben zo gewend geraakt aan hun aanwezigheid dat ik het niet meer merk.

De laatste keer dat ik echt dat kriebelige gevoel had, was toen ik Peters briefje kreeg, een paar maanden geleden.

Zou het kunnen?

Word ik helemaal niet meer in de gaten gehouden?

Mijn maag draait steil omhoog. Gezien Peters briefje is er maar één reden waarom ik plotseling niet meer interessant zou zijn voor zowel de FBI als Peters huurlingen.

Nee. Ik sla de deur dicht voor die angstaanjagende gedachte.

Peter is niet dood of gevangengenomen.

Dat kan niet waar zijn.

Ik sluit mijn ogen en dwing mezelf om langzaam, diep adem te halen. Eén nacht maakt nog geen patroon, en de kans is groot dat als ik 's morgens wakker word om naar mijn werk te gaan – op dit moment minder dan vijf uur vanaf nu – de FBI in hun grijze sedan door de straat zal rijden.

Ik moet het gewoon geloven.

～

Maar de FBI is er niet als ik naar mijn werk rijd, en hoe hard ik ook probeer, ik kan er niet achter komen of ik door iemand in de gaten word gehouden.

Ik ga door mijn dag in een staat van nauwelijks onderdrukte paniek. Gelukkig heb ik vandaag alleen maar afspraken met patiënten, en omdat we een overvolle agenda hebben, heb ik niet veel tijd om na te denken. Ik haast me van patiënt naar patiënt, doe onderzoeken, schrijf recepten voor voorbehoedsmiddelen uit en bespreek prenatale zorg – terwijl ik mezelf eraan herinner te blijven ademen, kalm te blijven en te negeren dat de FBI weg is.

Dat ik voor de eerste keer sinds mijn terugkeer alleen ben.

Net als ik op het punt sta naar huis te gaan, belt Phil, onze gitarist, om me te informeren over een komend optreden, en ik vraag impulsief of hij de jongens bij elkaar wil roepen om wat te gaan drinken. Het is een dinsdagavond en ik heb morgen een volle werkdag en een kliniekdienst, maar ik wil niet alleen zijn met mijn gedachten.

Tot mijn opluchting stemt Phil toe, en we treffen elkaar in een bar in Uptown Chicago. Alleen Rory kan erbij zijn – Simon is bij een signeersessie, maar nadat we elk een biertje hebben besteld, komen we in dezelfde gemoedelijke sfeer terecht als altijd, waarbij Phil begint met zijn wekelijkse tour-overtuigingstoespraak.

'Wil je nooit alle schepen achter je verbranden?'

zegt hij, terwijl hij met zijn bier zwaait. 'Om iets meer uit het leven te halen? Iets gaafs en opwindends?'

'Kerel, je klinkt als een infomercial,' zegt Rory tegen hem, en we lachen allemaal. Ik hoor het wanhopige randje in mijn gelach, maar tot mijn opluchting lijk ik de enige te zijn. Mijn bandleden zijn zich niet bewust van mijn groeiende onrust, ze kibbelen en gaan door alsof de wereld niet vergaat.

Alsof het gewoon een dinsdagavond is.

En voor hen is het het soort normale, voorspelbare dinsdagavond dat Phil wil ontvluchten. Het soort dat ik al lang niet meer gehad heb, want vanaf het moment dat ik Peter ontmoette, is niets in mijn leven normaal of voorspelbaar geweest.

Ik vraag me af wat Phil zou denken als hij dat te weten kwam – dat de moordenaar van mijn man me dwong 'alles weg te gooien' door me gevangen te houden in Japan. Zou hij mijn tegenstrijdige romance met een huurmoordenaar opwindend vinden? Gaaf op een opwindende manier?

Dit uitje is bedoeld als afleiding van mijn angstige gedachten, maar ik kan niet stoppen met denken aan Peter, en mijn ogen dwalen van de ene persoon naar de andere, op zoek naar die ene man die niet past… voor elke aanwijzing dat ik nog steeds van belang ben voor de FBI.

'Wacht je op iemand?' vraagt Rory, die mijn aanhoudende alertheid opmerkt.

Ik dwing mezelf te glimlachen en niet als een idioot

om me heen te kijken. 'Nee, sorry. Ik dacht gewoon dat ik een oude vriend zag.'

Phil is meteen opgefleurd. 'Ooh, een oude vriend. Van de mannelijke of vrouwelijke soort? Want ik moet zeggen, die Marsha vriendin van jou is *mmmmwah!*' Hij kust dramatisch de toppen van zijn vingers, en we lachen allemaal weer.

Marsha, Andy en Tonya kwamen naar een van onze optredens een paar weken geleden, en we gingen daarna allemaal uit. Natuurlijk kon Marsha het goed vinden met mijn bandleden, zoals ze altijd doet met mannen.

Een dezer dagen zou ik graag een man ontmoeten die niet halsoverkop valt voor haar blonde stootuiterlijk, of tenminste niet meteen in haar broekje probeert te komen.

'Die Tonya is ook niet slecht,' zegt Rory als het gelach gedeeltelijk wegebt. 'Is ze single?'

Ik grijns. 'Yep, vrij zeker.' Ik ken de jonge verpleegkundige niet zo goed, maar ik weet bijna zeker dat ze geen vriendje heeft – en als ze dat wel heeft, vindt hij het goed dat ze met Marsha feest van zonsondergang tot zonsopgang.

'Kerel, weet je zeker dat je die rooie niet wilt?' zegt Phil met een strak gezicht. 'Denk je eens in hoe mooi je kinderen zouden zijn.'

'O, rot op. Je bent gewoon jaloers dat ik dit nog heb.' Rory schudt zijn dramatische manen op en ik verslik me bijna in mijn bier als Phil instinctief zijn terugwijkende haarlijn aanraakt voordat hij zijn middelvinger naar Rory opsteekt.

'Zo is het genoeg, jongens,' hijg ik uit als het me lukt om te stoppen met lachen. 'Andy is in ieder geval bezet, en…'

Ik verstijf, de woorden sterven in mijn keel als ik de man zie die achter Phil vandaan komt.

Ik knipper, kan mijn ogen niet geloven, maar de verschijning gaat niet weg.

In plaats daarvan vormen zijn gebeeldhouwde lippen een magnetische glimlach. 'Hallo, Sara,' zegt hij met de diepe, vaag geaccentueerde stem die door mijn dromen spookt. 'Ga je me niet aan je vrienden voorstellen?'

P eter

ALLE KLEUR TREKT UIT SARA'S HARTVORMIGE GEZICHT. Ze ziet er niet uit alsof ze snel zal kunnen spreken, dus wend ik me tot de twee mannen die naar me staren.

'Peter Garin,' zeg ik, gebruikmakend van mijn nieuwe identiteit, en ik steek mijn hand uit. 'En jullie twee zijn?'

Ik weet natuurlijk wie ze zijn, maar als ik voorgoed in Sara's leven wil integreren, moet ik me gedragen als een gewone burger, niet als iemand die uitgebreid achtergrondonderzoek doet naar elke persoon in de buurt van mijn ptichka. Dat betekent ook dat ik mijn mes niet tegen hun keel kan zetten en zo diep kan snijden dat ze nooit meer van haar zullen watertanden.

Niet midden in de bar, tenminste.

De mollige herstelt zich als eerste en schudt mijn hand. 'Hoi. Ik ben Phil Hudson.'

'Aangenaam,' zeg ik en ik weersta de neiging om de botten in die belachelijk zachte handpalm te verpletteren.

'Rory O'Rourke.' De roodharige heeft een stevigere grip, zijn hand is bijna net zo eeltig als de mijne – hoewel om heel andere redenen.

Hij doet aan gewichtheffen op in de sportschool om trofeeën te winnen, terwijl ik train om in leven te blijven.

Trainde om in leven te blijven, corrigeer ik mezelf. Als alles volgens plan verloopt, zal ik dat niet zo vaak meer hoeven doen.

Sara raakt mijn arm aan, trekt mijn aandacht naar haar toe. 'Wat...' Haar melodieuze stem hapert. 'Wat doe je hier, Peter?'

Ik heb opzettelijk vermeden haar rechtstreeks aan te kijken, want zo dichtbij zijn zonder haar vast te grijpen en ter plekke te neuken is een bijzondere vorm van marteling. Haar aanraking van mijn arm, zo licht als het is, is alsof ik geraakt word door een taser. Mijn hele lichaam trilt van bewustzijn, al mijn zintuigen in overdrive. Ze is een halve meter van me vandaan en we zijn allebei volledig gekleed, maar toch kan ik haar even intens voelen als wanneer ze naakt tegen me aan gedrukt zou zijn.

Mijn pik is er zelfs van overtuigd dat we naakt moeten zijn en doet zijn best om uit mijn plotseling te strakke spijkerbroek te barsten.

Ik had waarschijnlijk op haar moeten wachten in haar appartement, waar we alleen konden zijn voor deze ontmoeting, maar ik was te ongeduldig. Na een maand van bureaucratische onzin kreeg ik eindelijk het groene licht van de Amerikaanse regering, samen met mijn nieuwe identiteit en burgerschapspapieren, en ik sprong meteen op het vliegtuig – om vervolgens te horen dat in plaats van naar huis te komen, Sara had besloten om uit te gaan.

Met twee mannen die over haar kwijlen.

Ik haal diep adem en herinner mezelf eraan dat integratie nu mijn doel is. Dit is waar ik al die maanden voor gewerkt heb, de reden waarom ik ermee ingestemd heb om die verdomde Henderson te laten leven - een belofte die mijn keel nog steeds met gal vult. Het zou dom zijn om alles te verknallen alleen maar omdat Sara naar me opkijkt met die hazelnootkleurige ogen, zo hartverscheurend mooi dat ik haar in een aardappelzak wil wikkelen en haar mee wil nemen naar mijn schuilplaats – na eerst de ballen van elke man te hebben afgerukt die ook maar een blik in haar richting waagt.

'Ik heb de kans gekregen om vroeger naar huis te komen,' zeg ik, en ondanks al mijn moeite is mijn stem veel te hees voor een openbare gelegenheid. 'Ik heb mijn baan opgezegd.'

'Jij... wat?' Haar ogen worden groot. 'Hoe kun je...'

'Het is een lang verhaal, ptichka.' Ik weersta de drang om haar tegen me aan te drukken. 'Laten we naar huis gaan, dan zal ik het uitleggen.'

De roodharige, Rory, schraapt zijn keel. 'Zijn jullie twee... samen?' Zowel hij als Phil staart me ongelovig aan, en meer dan een beetje jaloers.

Die klootzakken mogen blij zijn dat ik me aan de wet houd.

'Ja,' zeg ik, en iets in mijn toon doet hen toch blozen. 'We zijn een stel.' Ik wend me tot Sara. 'Klaar om naar huis te gaan, mijn liefste? We hebben een hoop te bespreken.'

En met haar tere hand stevig in de mijne leid ik haar naar buiten, haar verbijsterde bandleden in de bar achterlatend.

42

Sara

IK VOEL ME ALSOF IK IN EEN DROOM ZIT. OF MISSCHIEN
een nachtmerrie, ik weet het niet. Peter en ik lopen
samen over een drukke straat... zonder ook maar de
minste schijn van bedrog van zijn kant. Hij is op de een
of andere manier nog groter dan ik me herinner, zijn
brede schouders spannen de naden van zijn zacht
ogende zwarte T-shirt en zijn krachtige benen buigen
in zijn strakke, nogal versleten spijkerbroek. Zijn
donkere haar is langer dan voorheen, het golft lichtjes
in de warme avondbries, en mijn vingers jeuken om
zich in die zachte, dikke massa te begraven, om er
vuistdikke stukken van vast te pakken als hij me beft,
zijn vaardige tong die me tot een orgasme drijft.

Een bliksemhete tinteling zindert door me heen bij

de gedachte en intensiveert het branden onder mijn huid. Mijn hart bonst zo hevig dat het zou kunnen barsten, en ik heb het niet meer koud. Ben niet meer bevroren vanbinnen. Mijn lichaam kwam tot leven op het moment dat hij verscheen, en het zoemt sinds dat moment van behoefte... ook al verdrink ik tegelijkertijd in verwarring.

'Ben je me aan het ontvoeren?' Mijn stem is zwak en veel te hoog, maar ik heb moeite met het verwerken van dit... wat dit ook is. Hoe kan hij zomaar uit het niets komen opdagen, na meer dan negen maanden, en zichzelf aan mijn vrienden voorstellen als een lang verloren vriendje? Van alle manieren waarop ik me mijn tweede ontvoering had voorgesteld, kwam dit scenario – waar hij gewoon een bar binnenloopt en me aan de hand meeneemt – nooit in me op. Ik was klaar voor een naald in mijn nek, of een kap over mijn hoofd – of op zijn minst dat hij me midden in de nacht zou overvallen. Niet een wandelingetje over North Broadway in Uptown Chicago. Hoe kan hij zo openlijk zijn? Hij gebruikte een andere naam in de bar, maar zijn gezicht is onveranderd. Waar is de FBI? Na al die maanden elke beweging van mij in de gaten gehouden te hebben, zijn ze gewoon plotseling...

'Ik ontvoer je niet. Ik neem je mee naar huis.' Zijn hand verstrakt zich om de mijne, overspoelt me met zijn warmte... net zoals ik zijn wil om me heen voel, sterk en onbuigzaam, onontkoombaar als een natuurkracht.

Ik schud mijn hoofd in een vergeefse poging om het

helder te krijgen. 'Thuis?' Bedoelt hij Japan? Want als dat zo is, moet ik hem vertellen dat…

'Jouw appartement.' Zijn metalen ogen glinsteren als hij mijn blik vangt. 'Voor nu, tenminste, omdat je al je spullen daar hebt. Later kunnen we terugverhuizen naar het huis als je dat wilt, of een nieuw huis zoeken dichter bij je werk.'

Ik voel me of ik dronken of stoned ben. Zat er iets in het bier dat ik net gedronken heb? 'Waar heb je het over?'

Hij stopt met lopen, en ik realiseer me dat we naast mijn auto staan. Hij laat mijn hand los, omvat mijn wang met zijn grote, ruwe handpalm en zegt teder: 'Ons, mijn liefste. Ik heb het over ons.'

En hij pakt mijn tas af, zoekt erin, haalt de autosleutel eruit en doet de auto van het slot.

43

S ara

PETER RIJDT, EN DAAR BEN IK BLIJ OM. IK DENK NIET DAT ik het nu zou kunnen, niet zonder te crashen tenminste.

Ik heb die zorg niet met Peter. Hij hanteert de auto zoals hij al het andere doet: kalm en dodelijk bekwaam. Terwijl ik toekijk hoe hij de parkeerplaats verlaat, schiet me te binnen dat ik hem eigenlijk nog nooit achter het stuur heb gezien. Altijd als we samen in een auto zaten, reed er iemand anders en zat Peter bij mij op de achterbank. Wat me op een andere vraag brengt: waar zijn Peters teamgenoten? Waarom is hij hier alleen?

En wat bedoelde hij met 'zijn baan opzeggen'?

Mijn gedachten gaan gelijk op met mijn hartslag,

maar ik raap mijn gedachten bij elkaar en probeer me op één ding tegelijk te concentreren. 'Wat bedoel je met "ons"?' vraag ik, starend naar zijn sterk geëtste profiel. Of beter gezegd, ik verslind het met mijn blik. Ik was vergeten hoe opvallend mannelijk zijn gelaatstrekken zijn, hoe mooi op die gevaarlijk magnetische manier. Zijn gezicht is nog even mager als toen we de kliniek verlieten – wat hij ook aan het doen was, het was geen rust en ontspanning – en zijn hoge jukbeenderen zijn als twee messen, zijn met stoppels bedekte kaak zo hard dat hij uit marmer gehouwen had kunnen zijn.

Ik vang een glimp op van zijn zilverkleurige blik en het litteken op zijn linkerwenkbrauw als hij me aankijkt voordat hij zijn aandacht weer op de weg richt. 'Ik bedoel dat ik hier voorgoed ben,' zegt hij kalm. 'Ik heb volledige amnestie en immuniteit voor mezelf en de rest van mijn team.'

Mijn adem stokt in mijn longen. 'Amnestie en immuniteit? Als in...'

'Als in ik ben niet langer een voortvluchtige, ja.'

En zomaar ben ik van een klif gevallen. Hij is niet langer een gezocht man? 'Hoe? Wat heb je gedaan? Hoe is dat überhaupt...'

'Het is een lang verhaal, maar ik deed een gunst voor een vroegere werkgever van mij. Herinner je je Julian Esguerra, Kents partner?'

Ik adem scherp in. 'Degene die je wilde vermoorden omdat je zijn vrouw in gevaar bracht?'

'Dat is hem,' bevestigt Peter als we de snelweg op gaan en een langzaam rijdende vrachtwagen passeren.

'In ieder geval heeft Esguerra in ruil voor die gunst zijn invloed bij verschillende regeringen gebruikt om de honden van ons spoor te krijgen.'

Ik staar hem aan, sprakeloos. Ik wist niet dat illegale wapenhandelaars zoveel macht hadden, maar ik had het kunnen weten. Lucas Kent had het zelfs over een CIA-contact van hen - John, Jeff nog wat? – toen we met z'n allen dineerden in z'n villa op Cyprus.

'Wow. Dat moet me een gunst geweest zijn,' zeg ik uiteindelijk, en Peter knikt, recht voor zich uit kijkend.

'Dat was het zeker.' Hij gaat er niet dieper op in, en ik zet hem niet onder druk. Ik heb eerst belangrijkere dingen te doen.

Ik bal mijn vochtige handpalmen op mijn schoot en probeer nonchalant te klinken. 'Dus als je zegt dat je hier voorgoed bent, wat bedoel je dan precies?'

De hoek van zijn mond trekt iets omhoog. 'Wat denk je dat ik bedoel, mijn liefste? Je wilde een hond en een huis? Barbecues en kinderen in het park? Nou, dat kan ik je nu geven – of beter gezegd, Peter Garin kan dat.' Hij wisselt naar de rechterbaan en gaat de afrit op. 'Die andere wereld die je wilde, dat leven, het is van jou, ptichka… en van mij.'

Mijn hart stottert in mijn borstkas. 'Wil je met me uitgaan? Hier? Als een normaal stel?'

'Nee, ptichka. Ik wil niet met je uitgaan.' Hij slaat rechtsaf en stopt bij een benzinestation in de buurt - en dan pas zie ik dat de benzinetank bijna leeg is.

'Ik ben zo terug,' zegt hij, terwijl hij de auto afzet en uitstapt. Ik kijk als verdoofd toe hoe hij vakkundig mijn Toyota voltankt en aan de pomp betaalt met een chic uitziende zwarte creditcard.

Mijn Russische moordenaar heeft een creditcard, en hij gebruikt hem om benzine te betalen.

De onwaarschijnlijkheid dat Peter hier plotseling is en zoiets alledaags doet, draagt bij aan het gevoel van onwerkelijkheid waar ik al tegen vecht sinds we de bar verlieten. Ik kan het gevoel niet van me afschudden dat ik in een bizarre droom zit en elk moment wakker kan worden, koud en alleen in mijn bed.

Maar nee. De bestuurdersdeur gaat open en brengt een golf van vochtige zomerlucht en de penetrante geur van benzine met zich mee als Peter weer in de auto stapt en zijn lange gestalte achter het stuur vouwt.

Als het een droom is, is het de meest realistische die ik ooit heb gehad.

'Wat bedoel je met dat je niet met me uit wilt?' vraag ik als we het benzinestation uit rijden en een tweebaansweg op draaien. 'Wat wil je dan wel?'

Hij stopt voor een rood licht en kijkt me aan. 'Ik wil alles, Sara.' Zijn diepe stem is laag en zacht, zijn grijze ogen weerspiegelen de straatverlichting om ons heen. 'Ik wil jouw dagen en nachten, jouw uren en minuten. Ik wil je vreugde en verdriet delen, je triomfen en frustraties. Ik wil elke nacht met jou in mijn armen in slaap vallen en elke ochtend wakker worden met de geur van jouw haar op mijn kussen. Ik wil jou, ptichka – bij mij voor altijd, op alle manieren.'

Ik staar hem aan, mijn ribbenkast verstrakt bij elk

woord dat hij zegt. 'Wat…' Ik slik om mijn droge keel te bevochtigen. 'Wat zeg je, Peter?'

Het licht moet op groen zijn gesprongen, want hij richt zijn aandacht weer op de weg en de auto rijdt verder.

Tot mijn verbazing stoppen we enkele ogenblikken later opnieuw, en ik realiseer me dat hij aan de kant van de weg is gaan staan. Rustig zet hij de auto in parkeerstand en draait zich naar me toe.

Ik knipper met mijn ogen en mijn hartslag versnelt als hij zijn gordel losmaakt en in zijn broekzak reikt om er een klein fluwelen zakje uit te halen.

'Dit is wat ik zeg,' zegt hij zachtjes, en ik stop met ademen als hij het zakje opent en er een diamanten ring uit haalt – een prachtig geslepen solitaire die minstens een paar karaat groot lijkt te zijn. Gezet in een delicate cirkel van witgoud of platina, is hij eenvoudig maar opvallend – precies wat ik zou hebben gekozen als ik honderdduizend dollar te besteden had.

Verbijsterd richt ik mijn blik op de zijne. 'Peter…'

'Ik wil jou als mijn vrouw, Sara,' zegt hij zacht, terwijl hij mijn linkerhand vastpakt. Zijn vingers zijn warm en droog op mijn verkleumde huid, zijn blik gaat verscholen in het schemerige interieur van de auto. Het is alsof we helemaal alleen zijn in de duisternis, alsof de rest van de wereld niet meer bestaat als hij de ring om mijn linkerringvinger schuift, het koele metalen gewicht als een manchet dat mijn hart omklemt.

Mijn adem ontsnapt in een trillende uitademing.

O god. Dit gebeurt.

Het gebeurt echt.

Als een reflex probeer ik mijn hand terug te trekken, maar hij verstevigt zijn greep en weigert me los te laten.

'Ik wil je bezitten, wettelijk en op alle andere manieren,' gaat hij verder, en deze keer hoor ik het staal achter de zachtheid, voel het prikkeldraad dat in zijde is gewikkeld. 'Je bent al van mij, ptichka, en ik wil het officieel maken,' zegt hij, en zijn lippen krullen zich in een donkere glimlach. 'Ik wil dat je met me trouwt, en snel.'

 ara

DE REST VAN DE RIT NAAR HUIS WAS EEN WAAS, DE RING aan mijn vinger zowel warm als ijzig op mijn huid. Ik heb niet gereageerd op Peters aanzoek aan de kant van de weg – ik kon het niet – en gelukkig heeft hij me niet onder druk gezet.

Hij ging gewoon weer de weg op en reed door.

Als we voor mijn gebouw parkeren, loopt Peter om en opent mijn portier, pakt mijn hand om me uit de auto te helpen. Zijn greep is zowel zorgzaam als bezitterig, zijn blik dwaalt over me heen met een honger die mijn hartslag doet stijgen en alarmbellen in mijn hoofd doet afgaan.

Hij zal niet wachten om me te nemen.

Hij zal op me en in me zijn zodra we binnen zijn.

'Wacht,' zeg ik, plotseling wanhopig om het langzamer aan te doen. Hoe graag ik hem ook wil – hoezeer ik hem ook fysiek heb gemist – ik ben er nog niet klaar voor. Het is te lang geleden, en er zijn te veel onbeantwoorde vragen.

Ik trek mijn hand uit zijn greep en stap achteruit tot ik tegen de auto gedrukt sta.

Zijn kaak verstrakt en hij komt naar voren, grijpt de bovenkant van de auto vast om me tussen zijn gespierde armen te klemmen. 'Denk je dat ik niet heb gewacht?' Hij leunt over me heen, zijn zilveren ogen glinsterend, en ook al raken we elkaar niet aan, ik voel de warmte die van zijn krachtige lichaam af komt. 'Denk je dat ik geen geduld heb gehad al die verdomde maanden?'

Mijn polsslag schiet omhoog bij de nauwelijks bedwongen woede in zijn stem, en een soort woede – een woede die geleidelijk is opgebouwd tijdens zijn lange afwezigheid – steekt de kop op in mij. Al die maanden van me zorgen maken en wachten om opgehaald te worden, van niet weten of hij gewond was of gevangengenomen, alle leugens en halve waarheden en slapeloze nachten, en hij walst gewoon een bar binnen alsof er niets gebeurd is? Schuift een ring om mijn vinger alsof, na marteling en ontvoering, trouwen de natuurlijke volgende stap is?

Met opeengeklemde tanden stoot ik met de muizen van mijn handpalmen tegen de voorkant van zijn schouders. 'Waar ben je dan in godsnaam geweest?' schreeuw ik terwijl hij een reflexmatige ruk naar achteren geeft, verrast door mijn uitbarsting. 'Waarom heb je er zo lang over gedaan? Ik was ook verdomme aan het wachten en wachten en wachten en wachten…'

Zijn lippen botsen tegen de mijne, zijn handen grijpen beide kanten van mijn gezicht terwijl hij me tegen de auto drukt. Het is niet zozeer een kus als wel een verovering, zijn tong dringt meedogenloos mijn mond binnen, zonder genade. Ik proef bloed waar mijn tanden in mijn lip hebben gesneden, maar het wordt overschaduwd door de vertrouwde smaak van hem, door de duistere hitte en het geweld van zijn verlangen.

Het had te veel moeten zijn, maar mijn lichaam komt met felheid tot leven, mijn handen grijpen vuistdikke stukken van zijn shirt terwijl ik hem terug zoen, zuigend op die binnendringende tong, terugslaand met mijn eigen invasie. Dit, hier, is waar ik al die nachten van gedroomd heb, waar mijn lichaam naar verlangd heeft.

Dit is waarom ik niet eens naar een andere man kan kijken, laat staan mezelf met hem voorstellen.

Na een minuutje worden zijn lippen zachter en laten zijn handen mijn gezicht los om over de rest van mijn lichaam te zwerven. Een grote handpalm knijpt in mijn borst terwijl de andere mijn kont vastpakt. Ondanks de zachtere kus zijn zijn aanrakingen ongeremd, onbeschaamd bezitterig – een koning die zijn geboorterecht opeist. Ik voel de dikke bobbel in zijn spijkerbroek als hij hem tegen mijn buik drukt, en golven van warmte pulseren door mijn lichaam als zijn mond naar mijn nek gaat en me brandmerkt met hete, bijtende kussen terwijl zijn hand mijn kont loslaat om mijn haar rond zijn vuist te winden.

'Je bent verdomme van mij,' gromt hij in mijn oor terwijl hij mijn hoofd naar achteren buigt, en ik huiver, kippenvel op mijn armen als hij in mijn oorlel knijpt en zijn knie tussen mijn benen klemt, zodat ik langs zijn harde, gespierde dijbeen schraap. Zelfs door de lagen van mijn spijkerbroek en de zijne heen is de druk op mijn geslacht plotseling en intens, en als hij weer in mijn borst knijpt en de stof van mijn beha tegen mijn harde tepel wrijft, verplaatst de pulserende warmte zich naar mijn clitoris, een bekende spanning die zich diep in mijn binnenste ophoopt. Terwijl ik hulpeloos op zijn been rijd, ben ik me bewust van zijn uitgesproken mannelijke geur en smaak, van de krachtige omvang en hardheid van zijn lichaam, en als zijn hand onder mijn shirt duikt en zijn ruwe, warme handpalm over mijn blote huid glijdt, loopt de spanning heftig op.

Met een gesmoorde kreet kom ik klaar, de opgekropte behoefte komt in één keer vrij terwijl mijn lichaam verkrampt en samentrekt. Door de explosie van extase krommen mijn tenen zich in mijn schoenen. Verdwaasd hoor ik gelach in de verte, en dan lig ik abrupt horizontaal, gedragen door onmogelijk sterke armen.

Geschrokken open ik mijn ogen en sla mijn armen om Peters nek. Hij loopt snel en we zijn al halverwege de parkeerplaats, maar ik vang nog een glimp op van drie tienerjongens aan de andere kant van de parkeerplaats. Ze moeten ons gezien hebben, realiseer ik me, terwijl ik over mijn hele lichaam bloos als het door het orgasme veroorzaakte waas uit mijn hoofd verdwijnt.

'Peter, ze...'

'Ik weet het.' Zijn kaak staat strak terwijl hij met lange, zelfzekere passen over de stoep loopt en me zo makkelijk draagt alsof ik een kind ben. 'We moeten naar binnen.'

Het gefluit en getoeter van de tieners bereikt mijn oren weer, en ik duw tegen zijn schouders. 'Zet me neer. Alsjeblieft, ik kan lopen.'

Het laatste wat ik nodig heb is door de lobby gedragen te worden als een soort underdressed bruid.

Tot mijn opluchting luistert Peter en laat me opstaan als we bij de ingang van mijn gebouw zijn. Het is ook net op tijd. We hebben geen portier, maar ik zie wel mijn buren – twee jonge vrouwen die gekleed zijn voor een avondje uit. Ze komen naar buiten net als wij naar binnen komen, en hun nieuwsgierige blikken gaan van mij naar Peter, die een bezitterige greep op mijn arm houdt.

Ik ken ze niet zo goed, we hebben alleen wat beleefdheden uitgewisseld over het weer, dus ik glimlach wat onhandig en wens ze een goede avond.

'Jij ook,' zegt een van de vrouwen, die Peter openlijk aanstaart, terwijl haar huisgenoot begint te giechelen als een schoolmeisje. 'Nog een heel fijne avond.'

Mijn gezicht wordt stralender als ze door de lobby lopen, fluisterend en giechelend met hun hoofden dicht bij elkaar gebogen, en voor de eerste keer ben ik blij dat mijn gebouw niet veel gemeenschapsdynamiek heeft. Er zijn veel huurders, zoals ik, en door het grote verloop in de appartementen nemen de mensen niet de moeite om hun buren te leren kennen, of over hen te roddelen.

'Vriendinnen van je?' vraagt Peter, terwijl hij mijn arm loslaat om op de liftknop te drukken, en ik schud mijn hoofd.

'Niet echt.' Ik kijk fronsend naar hem op. 'Weet je dat dan niet? Had je me niet laten volgen?'

Zijn grijze ogen glanzen duister en vermaakt. 'Natuurlijk. Maar ze kunnen niet zo dicht bij je komen als de FBI je in de gaten houdt en regelmatig op ongewenste gasten controleert.'

'O.' Dat is logisch en verklaart waarom ik alleen de FBI zag.

De liftdeuren schuiven open en hij begeleidt me naar binnen, zijn hand op mijn onderrug warm en zacht – en zo onbuigzaam als staal. Mijn hart slaat een slag over en komt dan in een zwaar, kloppend ritme.

Hij leidt me.

Hij loodst me letterlijk naar mijn appartement zodat we kunnen neuken.

'Je dacht toch niet echt dat ik je alleen zou laten, hè?' zegt hij zachtjes als de lift in beweging komt, en ik schud opnieuw mijn hoofd en kijk weg van zijn indringende blik. Mijn blik valt op de forse bobbel in zijn spijkerbroek en de hitte in mijn wangen wordt intenser.

Heeft hij de hele tijd een erectie gehad?

Geen wonder dat mijn buren een oestrogeenoverdosis kregen.

Ik dwing mezelf omhoog en opzij te kijken, maar ook die kant is rampzalig. De binnenkant van de lift is aan twee kanten gespiegeld, en de aanblik van mijn spiegelbeeld maakt dat ik door de vloer wil zakken. Dankzij onze geïmproviseerde vrijpartij op de parkeerplaats is niet alleen mijn ondergoed vochtig, maar is mijn onderlip ook twee keer zo dik als normaal, zijn mijn wangen knalroze en steekt mijn haar aan één kant omhoog.

Ik zie eruit alsof ik thuiskom van een orgie.

Wanhopig kijk ik weg en vang Peters blik weer. 'Dus, je hebt het me nooit verteld... Waarom duurde het zo lang voordat je terugkwam?'

Zijn kaak verstrakt. 'Omdat die gunst die ik Esguerra heb bewezen, lang heeft geduurd. Ik wilde je eerder komen halen, ptichka, geloof me.' Hij geeft me een starende blik. 'Heb je me gemist? Hoopte je dat ik zou komen?'

Ik slik en kijk weg als de liftdeuren opengaan, zodat ik niet hoef te antwoorden. Ik dacht dat ik met mijn tegenstrijdige gevoelens voor Peter in het reine was gekomen, dat ik me ermee had verzoend dat de moordenaar van mijn man mijn hart had weten te stelen, maar plotseling ben ik daar niet zo zeker meer van. Dit – Peter hier, in mijn gewone leven – is te onverwacht, te angstaanjagend echt. Ik kan de logistiek niet bevatten, het grote aantal complicaties dat komt kijken bij het proberen van een normale relatie – een húwelijk – met een voormalige moordenaar die mij ooit heeft gemarteld en ontvoerd. Als dit echt gebeurt, wat moet ik dan tegen mijn ouders zeggen die hem nog steeds als 'die crimineel' zien? Of Marsha, die niet alleen het officiële FBI-verhaal kent dat Peter afschildert als een monster, maar ook weet dat hij George heeft vermoord? En zal de FBI ons echt met rust laten? Hoe kunnen ze, als de man die met mij in de lift staat een van de gevaarlijkste mensen is die ze kennen?

Telkens als ik me ons samen voorstelde, was het elders, met mij als zijn nu gewillige gevangene. Ik was klaar om mijn lot als zijn gevangene te aanvaarden, om mijn kwelgeest als mijn lot te omhelzen, maar ik was hier niet klaar voor.

De ring is koud en zwaar aan mijn vinger als we uit de lift stappen en Peter me door de gang naar mijn appartement leidt. Hij is nog nooit in mijn gebouw geweest – althans, dat neem ik aan – en toch is er geen spoor van aarzeling in zijn bewegingen, geen gevoel dat hij verdwaald is of onzeker op welke manier dan ook. Hij is net zo zelfverzekerd in het lopen door een onbekende gang als hij is in alles wat hij doet, en ik kan het niet helpen dat ik hem daarom benijd.

Ikzelf voel me hopeloos verloren, als een stuurloos schip in een storm.

We zijn bij mijn deur, en ik zoek de sleutels van mijn appartement in mijn tas, me bewust van Peters blik op mij. Hij ziet er niet ongeduldig uit, maar ik voel het in hem, voel de hevige behoefte die hij in bedwang houdt. Mijn ademhaling wordt oppervlakkig, mijn handpalmen vochtig als ik eindelijk mijn hand sluit om het ongrijpbare voorwerp.

'Hier, laat mij maar.' Hij neemt de sleutels van me over, vindt feilloos de juiste en opent de deur bij de eerste poging.

We stappen binnen en hij sluit de deur achter ons terwijl ik het licht in de woonkamer aandoe. Ik hoor het klikken van het slot en draai me naar hem toe, met bonzend hart. 'Peter...'

Hij zit op me voordat ik nog een woord kan uitbrengen. Zijn grote handen omlijsten mijn gezicht als hij me tegen de bank drukt, zijn mond gulzig over de mijne als we op de zachte kussens vallen in een wirwar van ledematen en ongeremde behoeftes.

Alle twijfels die ik had zijn weggevaagd, verdronken door een golf van lust zo intens dat het voelt als vuur in mijn aderen. Het orgasme op de parkeerplaats heeft mijn lust alleen maar aangewakkerd, waardoor ik gevoelig en gezwollen ben, wanhopig hunker naar meer. Mijn tepels staan ondraaglijk strak en ik heb letterlijk pijn in mijn benen als hij mijn shirt uittrekt en mijn rits losmaakt, zijn handen ruw en dringend, met dezelfde honger die me al maanden kwelt.

Ik geef hem kus op kus, mijn handen rukken aan zijn shirt als hij de spijkerbroek van me af trekt, grommend van frustratie als hij blijft haken aan mijn ballerina's. Het lukt me om ze van mijn voeten te schoppen, samen met de gekreukte jeans, terwijl hij mijn beha losmaakt, en dan ben ik naakt, languit op de bank onder hem terwijl hij zijn rits openmaakt.

Er zijn geen mooie woorden, geen lieve liefkozingen – alleen het oergevoel van hem als hij meedogenloos in me dringt, zijn gezicht strak van wellust en zijn ogen glinsterend terwijl hij mijn polsen vastpakt en ze boven mijn hoofd vastklemt. Ik zuig mijn adem in bij de meedogenloze invasie, mijn innerlijke spieren trillen, worstelen om me aan te passen aan zijn onmogelijke dikte, aan de manier waarop mijn vlees zich uitstrekt om hem toe te laten. Mijn lichaam is dit deel op de een of andere manier vergeten, en het voelt alsof we onze eerste keer herbeleven, alleen de schaamte en het schuldgevoel zijn nu slechts zwakke schaduwen in mijn hoofd.

Ik heb dit nodig. Ik heb hém nodig. Ik kan het niet ontkennen.

Als hij in me komt, stopt hij, geeft me even de tijd om aan hem te wennen, en ik zie hem vechten voor controle, dat woeste deel van hem in toom houden zodat hij me geen pijn doet.

'Het is goed,' fluister ik, terwijl ik mijn bekkenspieren rond zijn dikke lengte samenknijp. 'Het is goed, Peter… Ik kan het aan.'

Ik wil het, zelfs.

Zijn pupillen worden groter en in de diepte van zijn metalen ogen zie ik het monster verschijnen. Met een lage, keelachtige grom dringt hij dieper in me, en ik schreeuw het uit, terwijl hij een woest ritme inzet.

Hij neemt me met geweld en beukt genadeloos op

me in, en mijn kreten worden luider terwijl pijn overgaat in genot, mijn geest bedekt met witte ruis en het onophoudelijke gezoem van mijn gedachten tot zwijgen brengt. Er is geen mentale ruimte voor schuld of zorgen, voor twijfels en vragen. Er is alleen dit, alleen wij, en terwijl de spanning in mij toeneemt, schreeuw ik zijn naam uit, me van niets anders bewust dan de kwelling en extase die me versplinteren.

Hij komt bijna op hetzelfde moment klaar, zijn krachtige nek kronkelt als hij zijn hoofd naar achteren buigt, zijn heupen tegen me aan. De druk brengt een golf van naschokken bij me teweeg en ik schreeuw het opnieuw uit, mijn innerlijke spieren knijpend en samentrekkend, elke harde centimeter in me voelend terwijl hij kreunt en me overspoelt met zijn zaad.

MISSCHIEN BEN IK DAARNA WEGGEZONKEN, OF HEB IK mijn ogen dichtgedaan, want voor ik het weet, word ik weer gedragen, deze keer naar mijn badkamer.

Ik knipper met mijn ogen en sla instinctief mijn armen om Peters nek als hij in het bad stapt en me op mijn voeten laat zakken.

'Gaat het?' mompelt hij, terwijl hij me vasthoudt en ik loslaat, en ik knik, nog steeds te overdonderd om te spreken.

'Goed.'

Hij stapt uit bad en trekt de kleren uit die hij nog aanhad. Gulzig verslind ik zijn naaktheid, neem de krachtige lijnen van zijn lange, brede lichaam in me op als hij bij me in bad stapt, het gordijn dichttrekt en de kraan opendraait. Elke gebeeldhouwde spier in zijn rug spant zich als hij beweegt, zijn kont strak en rond als hij vooroverbuigt om de temperatuur van het water te testen. Zijn ballen zwaaien zwaar tussen zijn benen, zijn grote pik is nog half hard, en warmte kruipt langs mijn nek als ik het glimmen van onze gecombineerde lichaamsvloeistoffen op zijn huid zie.

Weer geen condoom. Om de een of andere reden ben ik niet echt geschokt, of zelfs maar verrast. Als Peter echt van plan is om dit te doen – om zich hier met mij te vestigen, waar we een normaal leven kunnen leiden – dan zijn kinderen niet zo'n krankzinnige gedachte. Gezien het feit dat hij toegegeven heeft dat hij me zwanger wil maken, hoef ik in de toekomst geen condooms meer te verwachten. We zijn allebei safe, tenzij...

'Heb je het met iemand gedaan?' flap ik eruit, geschokt door de mogelijkheid die net in me opkwam. 'Toen je weg was, bedoel ik?'

Ik ben geschokt dat dit niet eerder bij me is opgekomen. Peter is een zeer seksuele man in de bloei van zijn leven, met het soort uiterlijk en dodelijke aantrekkingskracht dat slipjes zeker zal opvrolijken. Een voorbeeld: mijn buren, allebei vrouwen van midden tot achter in de twintig, giechelden als brugklassers. Er is geen reden om aan te nemen dat hij me de hele tijd trouw is gebleven. Negen maanden celibaat voor iemand als Peter is...

'Wat?' Hij draait zich naar me toe, donkere wenkbrauwen laag over zijn ogen getrokken. 'Meen je dat?'

Ik haal mijn schouders op en probeer nonchalant te klinken, alsof het idee alleen al dat hij een andere vrouw aanraakt me niet misselijk maakt. 'Negen maanden is een lange tijd, en het is niet alsof we...'

'Alsof we wat zijn?' Zijn stem is gevaarlijk zacht terwijl hij mijn armen vastpakt. 'Alsof we wat, Sara?'

Mijn mond wordt droog bij de blik in zijn metalen ogen. 'Je weet wel...' Ik slik. 'Een vaste relatie hebben.'

'Zeg je me nu dat je met iemand anders naar bed bent geweest?' Zijn vingers bijten in mijn huid terwijl een spiertje in zijn slaap begint te trillen. 'Laat een ander...'

'Nee!' Hoe kan hij dat zelfs maar denken? 'Natuurlijk heb ik dat niet gedaan! Trouwens, ik ben er zeker van dat je spionnen het je verteld zouden hebben. Je zei dat ze niet zo dichtbij konden komen, maar dát zouden ze niet gemist hebben.'

Zijn straffende greep op mijn armen wordt iets minder. 'Nee, dat zouden ze waarschijnlijk niet over het hoofd hebben kunnen zien,' beaamt hij na een moment nadenken. Hij laat me los en draait aan de knop die het water van de kraan naar de douchekop erboven leidt.

Ik knipper het water uit mijn ogen en kijk hoe hij de straal aanpast zodat die lager valt. Dan kijkt hij me weer aan en blokkeert het meeste water met zijn rug.

'Ik heb niets anders geneukt dan mijn vuist sinds ik

je heb afgezet,' zegt hij gelijkmatig. 'Sinds we elkaar ontmoet hebben, heb ik nog niet eens een andere vrouw in een menigte geschampt. Jij bent het voor mij, ptichka – alles wat ik wil, nu en voor altijd. De afgelopen negen maanden heb ik elke nacht in bed gelegen, me zo hard afgetrokken dat het pijn deed, en aan jou gedacht. Alleen aan jou. Jij bent elke natte droom van mij, elke fantasie en dagdroom. Ik wil je de hele tijd neuken, waar we ook zijn of wat we ook aan het doen zijn. Zelfs als we oceanen van elkaar verwijderd zijn, ben jij de enige die ik wil – de enige die ik ooit zal willen.'

Mijn keel verstrakt, waardoor er lucht in mijn longen blijft hangen. Ik geloof hem. Hoe zou ik dat niet kunnen? Hij heeft nooit tegen me gelogen, nooit geprobeerd zijn gevoelens te verbergen. Vanaf het begin wist ik hoe geobsedeerd hij van me was, en hoewel ik er bang van werd, is het nu een perverse geruststelling.

Zolang als we allebei leven.

Er klikt iets in me, als een licht dat aangaat, dat door de mist van shock en after-sekswaas heen snijdt. 'Peter...' Mijn stem trilt als ik zijn hand tussen mijn handpalmen neem. 'Heb je het voor mij gedaan?'

Hij houdt zijn hoofd scheef, grijze ogen verward. 'Wat, ptichka?'

'Deze gunst voor Esguerra zodat hij je van de opsporingslijst zou halen... dat wat je zo lang weghield.' Ik knijp in zijn hand en breng die naar mijn borst, waar een eigenaardige benauwdheid mijn bonzende hart vernauwt. 'Ben ik de reden? Heb je het gedaan zodat je hier bij mij kon zijn?'

Hij fronst en bedekt mijn handpalmen met zijn andere hand. 'Natuurlijk, ptichka. Is dit niet wat je wilde? Een leven waarin ik geen voortvluchtige ben, waarin we samen kunnen zijn zonder dat jij je gezin en je carrière verliest?'

Ik staar naar hem en begrijp eindelijk de omvang van wat hij heeft gedaan. Het is inderdaad wat ik wilde, waar ik naar verlangde in de diepste krochten van mijn hart. Het is mijn donkerste, meest beschamende fantasie – een echt leven met mijn kwelgeest – en hij heeft die werkelijkheid gemaakt.

Hij heeft het onmogelijke gedaan, aan God weet hoeveel touwtjes getrokken, en dat allemaal voor mij.

De stoom die de badkamer vult doet mijn ogen branden, en de bankschroef rond mijn hart knijpt strakker.

Peter houdt van me.

Houdt echt, echt van me.

Het is niet langer theoretisch, wat hij voor mij zou doen.

Het is echt. Hij heeft het gedaan.

'Is dit niet wat je wilde, Sara?' herhaalt hij, met een frons die dieper wordt, en ik knik als een marionet, nog steeds niet in staat om te spreken.

'Goed.' Hij maakt voorzichtig zijn hand los uit mijn greep en draait zich opzij, zodat ik onder de waterstraal sta. Hij pakt mijn shampoo, giet er wat van in zijn handpalm en begint mijn hoofdhuid te masseren, alsof dat is wat je doet na zo'n openbaring.

Alsof dat alles is wat er te zeggen valt.

En misschien is dat ook zo. Misschien moeten we dit gesprek hervatten als ik me niet zo overrompeld voel door zijn plotse terugkeer en alles wat daarbij komt kijken. Want ik weet nog steeds niet wat ik tegen hem moet zeggen, hoe ik moet uitleggen hoe ik me voel.

Hoe vertel ik hem dat ik dolblij ben dat hij er is, maar tegelijkertijd doodsbang?

Hij wast mijn haar grondig, zijn sterke vingers masseren mijn hoofdhuid en nek, en dan brengt hij conditioner aan en laat het zitten terwijl hij de rest van me wast. Zijn zeepachtige, eeltige handen glijden over mijn hele lichaam, strelen en liefkozen mijn huid met precies de juiste balans tussen tederheid en ruwheid.

Het voelt geweldig, als de meest exquise spabehandeling, en als hij eindelijk de zeep van me afspoelt, pak ik de douchegel en doe hetzelfde bij hem, genietend van het gevoel van zijn gladde huid als ik met mijn handen over zijn grote, gespierde lichaam ga.

Hij heeft altijd voor me gezorgd, me vertroeteld als een prinses, maar ik heb het nooit voor hem gedaan, realiseer ik me. De genegenheid van mijn kwelgeest beantwoorden voelde altijd als verraad aan George en al het andere wat ertoe deed, en terwijl ik mezelf in bed niet kon bedwingen, hield ik me op andere momenten afzijdig, accepteerde wat Peter deed maar beantwoordde het nooit.

Ik voel nog steeds een deel van dat schuldgevoel, die onrechtvaardigheid, maar het is niet langer de verstikkende druk die het ooit was. Naarmate de maanden verstreken en de schok van George' gewelddadige dood wegebde, was ik in staat er rationeler over na te denken, de gebeurtenissen vanuit een ander perspectief te analyseren.

George leefde niet echt toen Peter een kogel door zijn hoofd schoot. Hij had achttien maanden in coma gelegen, en gezien de schade aan zijn hersenen was er bijna geen kans dat hij er ooit uit zou komen. Op een gegeven moment had ik de ondraaglijke beslissing moeten nemen om hem van de beademing af te halen – iets waar ik niet aan had willen denken, vooral omdat ik ervan overtuigd was dat George' ongeluk gedeeltelijk mijn schuld was.

Op een bepaalde manier nam Peter die vreselijke verantwoordelijkheid van mij over – iets waar ik pas sinds kort bij stilsta.

Er is ook het feit dat George me verraden heeft. Het drinken dat ons huwelijk ruïneerde was al erg genoeg, maar al die tijd leidde hij ook een dubbelleven. Hij had een spionnencarrière waar ik niets van wist. Het heeft me al die tijd gekost om het volledig te verwerken, maar ik zie George' daden nu als het grove verraad dat ze waren, en de liefde die ik voor hem dacht te voelen lijkt nu een hersenschim.

Niet dat dit alles Peters acties rechtvaardigt, bij lange na niet. Hij is nog steeds de immorele moordenaar die meer mensen vermoord heeft dan ik me kan voorstellen, nog steeds de man die me ooit gemarteld, gestalkt en ontvoerd heeft. Maar nu is hij ook de man die van me houdt, die op de duidelijkst mogelijke manier heeft laten zien dat ik belangrijk voor hem ben.

Dat hij er alles voor overheeft, niet alleen om mij te krijgen, maar ook om mij gelukkig te maken.

Als ik klaar ben met zijn borst en buik, was ik zijn oksels en de bovenkant van zijn brede schouders, en masseer dan de dikke, zware spieren rond zijn nek met mijn zepige handen. Hij lijkt ervan te genieten en buigt zich als een grote kat naar me toe, dus ik kneed het gebied nog wat meer en ga dan op mijn hurken zitten om zijn benen te wassen. Zijn dijen zijn als staal, zonder enige speling in de krachtige spieren, zijn bilspieren zo rond en hard als die van een bodybuilder. Ik kan het niet helpen, knijp in die strakke bollen en kijk op, met mijn ogen knipperend naar de waterstraal, om te zien dat zijn ogen gesloten zijn en zijn hoofd achterover gekanteld in puur mannelijke gelukzaligheid.

Hij vindt het fijn wat ik doe. Hij vindt het erg fijn, te oordelen naar de snelle verharding van zijn pik.

Impulsief sluit ik mijn zeepvuist om die dikker wordende schacht en neem met mijn andere hand zijn ballen vast, en dan kijk ik weer omhoog door de waternevel. Hij staart nu op me neer, de verrukte blik vervangen door een blik van roofzuchtige honger.

'Blijf dat doen,' zegt hij hees, terwijl hij zijn hand in mijn haar laat glijden. 'En neem het in je mond.' Hij sluit zijn vuist om de natte lokken en leidt mijn gezicht naar zijn schaamstreek, de druk zacht maar onontkoombaar.

Ik sluit gehoorzaam mijn lippen rond zijn nu volledig stijve pik, proef water en de vage resten van zeep terwijl ik op mijn knieën naar voren schuif. Ondanks mijn eerdere orgasmes is er hitte diep in mijn binnenste, begin ik opnieuw te pulseren. Deze keer ben ik misschien begonnen, maar hij neemt het over, neemt de leiding zoals hij altijd doet. Onwillekeurig komt de herinnering aan de keer dat hij me strafte in me op, en mijn innerlijke spieren spannen samen op een golf van behoefte, de beelden in mijn hoofd zijn erotischer dan welke pornografische film ook.

Hij neukte mijn mond die keer. Hij bond mijn handen op mijn rug en nam me zonder genade, beheerste mijn adem, mijn leven. Het was wreed, volkomen verpletterend, en toch deed het me pijn met dezelfde kwellende opwinding, deed me verlangen naar meer van de duisternis.

Ik begrijp niet helemaal waarom zijn ruwheid me zo opwindt, waarom ik er zo van geniet om in zijn macht te zijn. Voordat ik Peter ontmoette, kwam er in mijn seksuele fantasieën zelden een element van kracht of dwang voor; rechttoe-rechtaan was mijn comfortzone, zelfs in mijn gedachten. Zou het trauma van onze eerste ontmoeting in mijn keuken me op de een of andere manier veranderd hebben? Misschien zijn er wat draadjes gekruist in de nasleep en is het geweld dat ik door zijn toedoen heb ervaren, in mijn gedachten gekoppeld aan genot?

Hoe dan ook, wat de reden ook is, ik brand als hij zijn pik dieper in mijn mond duwt, zo diep dat ik bijna kokhals. In een reflex zet ik me schrap tegen de stalen zuilen van zijn dijen, maar ik verzet me niet, zelfs niet wanneer hij zijn heupen begint te bewegen en met toenemende wreedheid in mijn mond begint te stoten. Ik staar gewoon naar hem omhoog, de waternevel weg knipperend, en als de pulserende pijn tussen mijn dijen ondraaglijk wordt, laat ik een hand daarheen glijden en wrijf over mijn clitoris, terwijl ik zijn stoten de bewegingen van mijn vingers laat volgen.

Hij merkt het en zijn harde gelaatstrekken verstrakken, de roofzuchtige blik wordt intenser. 'Ja, dat is het, ptichka.' Zijn stem is een laag, dik gerommel als hij diep in mijn keel duwt, mijn luchtweg afsluitend. 'Blijf dat doen. Laat me je zien klaarkomen.'

Met tranende ogen gehoorzaam ik en wrijf sneller over mijn clitoris terwijl ik zijn blik vasthoud. Mijn andere hand klemt zich vast aan zijn dij, mijn hartslag versnelt als mijn lichaam zich aanpast aan het gebrek aan lucht.

Ik krijg geen lucht meer.

Ik krijg geen lucht en er zit water op mijn gezicht.

Mijn hele lichaam verstijft, mijn ogen knijpen dicht en mijn spieren blokkeren als mijn gedachten terugflitsen naar de marteling in mijn keuken, toen hij me liet verdrinken in de gootsteen. De herinnering bezorgt me koude rillingen, maar blust het vuur in mijn binnenste niet. Op de een of andere manier intensiveert de terreur alles, verhoogt de spanning, en zelfs terwijl ik in paniek naar Peters dij klauw, werkt mijn andere hand verwoed aan mijn clitoris.

Ik kom zo hard klaar dat ik explosies van licht zie achter mijn strak gesloten oogleden. De krampen overspoelen mijn lichaam, maken me aan het gillen, en pas als ik tegen Peters benen aan zak, realiseer ik me dat mijn mond vrij is en dat ik ademhaal.

Verdwaasd kijk ik op en zie dat hij zijn pik afrukt, met een woeste grimas op zijn gezicht. Dan, met een harde kreun, komt hij klaar en spuit hij dikke stralen sperma over mijn gezicht en haar. Ik knipoog naar hem en veeg het met een trillende hand van mijn voorhoofd. Hij helpt me overeind, zijn greep is sterk, maar hij moet ook nog aan het bijkomen zijn van zijn orgasme.

Ik zeg niets en hij ook niet terwijl hij voor de tweede keer mijn haar wast. Pas als we uit de douche stappen en hij me aan het afdrogen is, zegt hij iets.

'Je hebt me nooit je antwoord gegeven, weet je.' Zijn toon is kalm, maar ik zie kleine stukjes duisternis in zijn koele, grijze blik als hij de handdoek om me heen slaat en dan opzij reikt om er een voor zichzelf te pakken.

Ik knipper met mijn ogen en grijp de randen van de handdoek vast. 'Was er een vraag?'

Ik weet waar hij het over heeft, natuurlijk – de ring is nog steeds zwaar aan mijn vinger – maar ik ben nog lang niet klaar voor die discussie. Ik had niet eens gedacht dat deze discussie zou plaatsvinden. Hij heeft me niet gevraagd om met hem te trouwen; hij heeft me verteld dat het gaat gebeuren. Dus het is niet zo dat er van mij verlangd werd dat...

'Niet doen, Sara.' Hij laat de handdoek vallen en komt dichterbij, duwt me tegen de wastafel. 'Speel geen spelletjes met me.' Zijn kaak beweegt als hij het gladde steen aan beide zijden van me vastpakt en vooroverbuigt. 'Ga je met me trouwen?'

Ik staar naar hem, bevroren, niet in staat om te spreken of te denken. Ik had niet verwacht dat hij een antwoord zou eisen. Dat hij überhaupt een antwoord zou willen. Vanaf het begin heeft hij alle beslissingen genomen in deze vreemde relatie van ons, en het is moeilijk te geloven dat hij me hierin een keuze geeft.

Dat hij me de optie geeft om niet met hem te trouwen.

'Wat als...' Ik slik en pak de handdoek steviger vast. 'Wat als ik dat niet wil?'

Zijn gezicht verstrakt. 'Is dat een nee?'

Ja. Nee. Ik weet het niet. Hoe kan ik antwoorden als mijn hersenen een brij zijn van zijn plotselinge terugkeer en alle orgasmes die hij uit mijn lichaam heeft gewrongen? Ik wil wegsluipen, onder mijn dekens kruipen en slapen zodat ik wakker kan worden met een magische helderheid, maar zelfs in deze mistige toestand weet ik dat dat nooit zal gebeuren. Er zal nooit een duidelijk ja of nee zijn als het op Peter aankomt, nooit een makkelijke beslissing die genomen kan worden. Wat wij samen hebben is de natte droom van een psychiater, en ik zou een week aan een stuk kunnen slapen zonder enig inzicht te krijgen in onze wederzijdse krankzinnigheid.

Ja of nee. Trouw ik met de moordenaar die me ooit martelde? Hij houdt van me, en ik ben er bijna zeker van dat ik van hem hou. Het 'bijna' is omdat een klein deel van mij nog steeds ineenkrimpt van angst, in de giftige modder van schuld, zelfverachting, en schaamte. Zelfs als ik hem uiteindelijk vergeef voor George' dood, kan ik nooit vergeten dat hij een moordenaar is – dat hij onder het mom van wraak enorm veel lijden en pijn heeft veroorzaakt.

Dat hij zelf meer geleden heeft dan ik kan bevatten.

Ik houd zijn blik vast, voel de temperatuur in de vochtige badkamer dalen, voel de groeiende duisternis in het harde metaal van zijn blik. 'Ja. Het is een ja.' De woorden komen uit eigen beweging van mijn lippen, alsof een demon me aan mijn tong heeft gerukt. Maar zodra ik het zeg, voelt het goed.

Het voelt alsof het voorbestemd was.

De gevaarlijke spanning verdwijnt van zijn gezicht, hoewel ik nog steeds de dreiging diep vanbinnen voel. 'Goed,' zegt hij zacht en hij duwt zich van de wastafel af. Hij draait zich om en loopt de badkamer uit. Ik zak onderuit over de wastafel en haal diep adem om het gekrioel in mijn maag te kalmeren.

Ik heb ja gezegd.

Ik heb ermee ingestemd om met mijn kwelgeest te trouwen.

O lieve god. Wat heb ik gedaan?

eter

Ik kijk hoe mijn mooie verloofde slaapt, afwisselend vol vreugde en donkere tevredenheid. Haar fijn gevormde gezicht is bijzonder lief en delicaat in haar rust, met één slanke hand in een halfopen vuist onder haar wang en haar pluche lippen lichtjes geopend.

Ik zou waarschijnlijk ook het bedlampje uit moeten doen en gaan slapen, maar dan zou ik dit missen. Een irrationeel deel van mij is bang dat als ik mijn ogen dichtdoe, het allemaal een droom zal blijken te zijn, een fantasie zoals die welke mij al die maanden in leven heeft gehouden.

Mijn Sara.

Eindelijk heb ik haar.

Ze is van mij, en binnenkort zal de hele wereld het weten.

Ze was helemaal uitgeput tegen de tijd dat ik haar eindelijk naar bed bracht, zo moe dat ze meteen in slaap viel. Ik hield haar ongeveer een uur vast, negeerde de drang van mijn lichaam en ging toen op haar laptop om de nodige regelingen te treffen.

Ze heeft ja gezegd. De blijdschap die ik voel bij de gedachte is bijna gewelddadig. Ik was bereid om hardere maatregelen te nemen om haar te overtuigen, maar dat hoefde niet.

Ze heeft ja gezegd.

Ze draagt nog steeds mijn ring aan haar linkerhand, de ring die momenteel in een deken is verstopt. Ik ben geneigd om de deken weg te trekken zodat ik er nog eens naar kan kijken, maar dat zou haar wakker kunnen maken, en ik wil dat ze goed slaapt.

Aanstaande zaterdag is tenslotte onze bruiloft.

De afgelopen maand, terwijl ik wachtte tot de bureaucraten hun papierwerk in orde hadden, had ik de tijd om alles te plannen en de nodige formaliteiten te regelen. Dus tenzij Sara een hekel heeft aan wat ik heb uitgekozen, zijn we helemaal klaar wat betreft de locatie, de jurk, de bloemen, de fotografen en bijna alles wat er nog meer komt kijken bij een kleine, besloten bruiloft. Er zijn nog een paar kleine beslissingen te nemen, zoals wie de ceremonie zal leiden, maar ik wil dat Sara, en hopelijk ook haar ouders, daarover meedenken.

Het helpt echt dat ze akkoord ging.

Ik haal diep adem, klim naast haar in bed en doe het licht uit. Dan vouw ik mijn lichaam van achteren om haar heen en houd haar stevig vast terwijl ze iets mompelt in haar slaap.

Mijn ptichka.

Ze is geen fantasie meer.

Dit is zo echt als het zijn kan, en als ik wakker word, zal ze er nog steeds zijn.

Dat kan verdomme maar beter zo zijn.

ara

Ik word wakker van de heerlijke geur van eieren en spek, gemengd met een soort gebakken iets. Pannenkoeken? Koekjes misschien?

Ben ik weer in slaap gevallen bij mijn ouders thuis?

Ik wrik mijn zware oogleden open, rol me op mijn rug en staar naar het plafond.

Het effen witte plafond van mijn appartement.

Onmiddellijk komen de herinneringen naar boven, en ik ga zitten met een hijg en gooi mijn deken van me af.

Was afgelopen nacht echt? Is Peter hier?

Een flits van iets helders trekt mijn aandacht, en ik kijk omlaag naar mijn linkerhand, waar een reusachtige diamant schittert in het nauwelijks aanwezige zonlicht dat door de neergelaten luxaflex sijpelt.

Holy shit. Het is echt.

Peter is hier.

Ik ben officieel verloofd met hem.

Ik doe een badjas aan en ren naar de keuken, waar ik niet alleen gebakken spek ruik, maar het gesis ervan ook hoor.

Maar wat ik zie verrast me pas echt.

Gekleed in een donkere spijkerbroek staat Peter boven het fornuis en draait vakkundig een omelet om. In een andere koekenpan liggen spekreepjes en op een bord bij de oven ligt een stapel pannenkoeken. De spieren in zijn brede rug rimpelen als hij beweegt, de spijkerbroek zit laag op zijn smalle heupen en ik moet letterlijk slikken als hij zich omdraait om me aan te kijken, en een stevige eightpack en een krachtig gebouwde borstkas met donker haar laat zien.

De paar kilo's die hij is kwijtgeraakt hebben niet alleen zijn ongelooflijke lichaamsbouw verfijnd, maar hebben hem ook nog harder, gevaarlijker gemaakt.

'Goedemorgen, ptichka.' Zijn diepe stem klinkt als het gespin van een tijger terwijl hij me bekijkt, met zijn blik van mijn blote tenen tot de top van mijn slaperige hoofd. De tatoeages op zijn linkerarm bewegen mee als hij de spatel op het aanrecht neerlegt en naar me toe loopt.

'O, eh… goedemorgen.' Ik trek me terug, want ik realiseer me dat ik ben binnengekomen zonder zelfs maar water op mijn gezicht te spatten. 'Ik ben zo terug.'

Ik loop naar de badkamer voor hij me kan tegenhouden. Vlug poets ik mijn tanden en spring dan onder de douche voor een snelle opfrisbeurt. Mijn hart bonst in mijn borstkas en mijn ademhaling is snel en oppervlakkig.

Peter is hier.

In mijn keuken, een uitgebreid ontbijt aan het klaarmaken.

Ik moet waarschijnlijk even kalmeren, maar ik wil niet dat al dat lekkere eten koud wordt.

Mijn verloofde heeft het tenslotte voor mij gemaakt.

Mijn maag draait zich om, mijn hartslag versnelt nog meer, en ik dwing mezelf diep adem te halen terwijl ik me afdroog en de badjas weer aantrek.

Dan haal ik mijn schouders op en ga ik terug naar de keuken.

47

Sara

'HOE LAAT MOET JE OP JE WERK ZIJN?' VRAAGT PETER, terwijl hij me een kunstig gerangschikt bord groenteomelet met spekreepjes en pannenkoeken voorzet.

Ik kijk op de klok aan de muur. 'Over ongeveer veertig minuten.' Ik heb geluk dat ik op tijd wakker werd, want ik heb vannacht de wekker helemaal uitgezet.

Ik ben waarschijnlijk aan het spacen, want ook al ben ik vanbuiten kalm, vanbinnen ben ik een hyperventilerende puinhoop.

Peter is hier.

Hij is hier, en we zijn verloofd.

'Ik loop met je mee naar je kantoor,' zegt hij, terwijl

hij tegenover me gaat zitten met zijn eigen bord. 'Tenzij je de auto neemt?'

Voorzichtig prik ik met mijn vork in een stukje pannenkoek. 'Ik was van plan om van daar rechtstreeks naar de kliniek te gaan, dus ja…'

Hij knippert niet met zijn ogen. 'Oké. Ik rijd met je mee en ga dan boodschappen doen. Je koelkast is bijna leeg. Tot hoe laat moet je in de kliniek zijn?' Hij begint zijn omelet met duidelijke honger te verorberen.

'Ik zou er tot tien uur zijn, maar als er een noodgeval is, kan het zijn dat ik langer blijf,' zeg ik, terwijl ik hem met argusogen gadesla. Gaat hij bezwaar maken? Proberen dit deel van mijn leven te controleren? George had begrip voor mijn lange werktijden, omdat hij zelf ook vaak laat werkte en veel moest reizen voor zijn werk, maar ik weet niet wat Peter ervan vindt. Hij heeft me vroeger niet tegengehouden om veel te werken, maar dat was anders.

Toen wachtte hij gewoon zijn tijd af voordat hij me zou claimen.

'Oké. Ik haal je daar op.' Hij staat op en loopt naar de toonbank, waar mijn handtas staat. Hij vist mijn telefoon eruit en begint erop te typen.

'Wat ben je aan het doen?' vraag ik verbaasd.

'Ik geef je mijn nummer.' Als hij klaar is met zijn taak, schuift hij mijn telefoon terug in mijn tas en gaat terug naar de tafel. 'Dan kun je me bellen als je bijna klaar bent in de kliniek. Ik wil niet dat je 's nachts alleen in dat gebied bent.'

'Laat je me niet meer schaduwen?'

'Jawel, maar zij houden afstand – en ik niet.' Hij snijdt in een stuk spek en kijkt dan op. 'Het is voor je veiligheid, ptichka.'

Zijn stem is zacht maar vastberaden, volstrekt onbuigzaam. Hij is niet van plan om compromissen te sluiten, en om de een of andere reden vind ik dat prima. In plaats van me terughoudend en gecontroleerd te voelen, vervult zijn ziekelijke behoefte om me te beschermen me met een soort bruisende warmte. Ik zal nooit vergeten hoe het voelde toen twee methheads me probeerden te beroven bij de kliniek, en hoe traumatisch het ook was toen Peter ze doodde, achteraf gezien ben ik dankbaar dat hij er was. Trouwens...

'Verwacht je problemen?' vraag ik als de gedachte in mijn hoofd opkomt. 'Ik bedoel, je moet nogal wat vijanden hebben, met je vroegere beroep en zo...'

Hij legt zijn vork neer en kijkt me aan. 'Het is altijd een mogelijkheid, ptichka, ik zal er niet om liegen. Daarom ga ik het beveiligingsteam niet van je af halen – en daarom heb ik een nieuwe identiteit gecreëerd voordat ik hierheen kwam. Ik wilde niet dat iemand in mijn vorige leven Peter Garin in de buitenwijken van Chicago in verband zou brengen met Peter Sokolov de moordenaar. Een deel van de deal die ik maakte met de autoriteiten is dat Peter Sokolov niet meer bestaat. Hij staat vermeld als overleden in FBI-, CIA- en Interpolgegevens, net als Yan en Ilya Ivanov en Anton Rezov. De amnestiedeal zelf is zeer geheim, slechts een paar hooggeplaatste personen in de FBI en CIA zijn op de hoogte van alle voorwaarden. De rest, zoals agent Ryson, werd verteld zich terug te trekken en hun mond te houden. Esguerra en Kent weten natuurlijk wie ik ben, en er is altijd een kans dat ik word gezien en geïdentificeerd door een voormalige klant of zo. Maar in tegenstelling tot mijn naam was mijn gezicht niet algemeen bekend, en de kans op een toevallige ontmoeting met iemand uit mijn vorige leven is klein, vooral in dit deel van de wereld.'

'O. Wauw.' Tot op dit moment, realiseerde ik me niet de volledige omvang van de onmogelijke deal die hij maakte. 'Hoe heb je ze zover gekregen dat ze met dit alles akkoord gingen? Ik bedoel, ik weet dat je zei dat die Esguerra invloed had, maar...' Ik val stil als Peters gezichtsuitdrukking merkbaar donkerder wordt.

'Je regering had zo haar eigen voorwaarden voor mij,' zegt hij. 'Maar dat is niets waar jij je zorgen over hoeft te maken, ptichka. Het volstaat te zeggen dat het Amerikaanse leger een van Esguerra's grootste klanten is, en ze willen die vriendschappelijke relatie in stand houden, zowel omdat ze de wapens willen die hij produceert als omdat ze die wapens uit andermans handen willen houden.'

'Door ze zelf op te kopen?'

Peter knikt en gaat verder met eten. 'Precies.'

Er zit een grimmig randje aan zijn uitdrukking, en hoe graag ik ook verder wil neuzen, ik weet dat ik me terug moet trekken. Terwijl ik toekijk hoe hij zijn eten opeet, heb ik het verontrustende gevoel dat een wild dier mijn krappe keuken is binnengedrongen, een roofdier dat in de jungle thuishoort. Ik heb hem natuurlijk al eerder in huiselijke kring gezien, maar deze keer voelt het anders, nu ik weet dat hij hier voorgoed is, dat deze grote, dodelijke man deel gaat uitmaken van mijn gewone leven... van mijn familie.

Mijn hoofd begint weer te tollen en ik duw mijn bijna lege bord weg. 'Peter... Hoe gaat dit in zijn werk?' Op zijn vragende blik verduidelijk ik: 'Wat ga ik mijn ouders vertellen? De FBI heeft ze waarschijnlijk op een gegeven moment jouw foto laten zien. Zelfs als ik je voorstel als Peter Garin, zullen ze vermoeden wie je werkelijk bent – vooral omdat ik bleef volhouden dat je terug zou komen als het misverstand met de FBI was opgelost.'

De grimmige blik verdwijnt van zijn gezicht, vervangen door duister genoegen. 'Nou, dat is gewoon perfect dan, hè?' Over de tafel heen bedekt hij mijn hand met zijn handpalm. 'Je vertelt ze gewoon dat het misverstand eindelijk is opgelost en dat ik een nieuwe achternaam heb gekregen.'

'Uh-huh. En hoe zit het met hun vrienden, die hebben een versie van datzelfde verhaal gehoord, en hoe zit het met míjn vrienden, die een heel andere versie te horen hebben gekregen – een waarin je niets meer bent dan mijn ontvoerder? Wat zullen ze allemaal denken als ik uit het niets opduik met dit' – ik til mijn linkerhand op en laat mijn ring zien – 'en een Russische verloofde voorstel die Peter heet en verdac veel lijkt op een foto die FBI-agenten misschien hebben rondgestuurd toen ik verdween?'

Hij knijpt in mijn hand. 'Maak je geen zorgen over hen, ptichka. Hun meningen doen er niet toe. Vertel ze gewoon dat ik iemand ben met wie je al een paar maanden stiekem uitgaat, en laat ze hun eigen conclusies trekken.'

'Welke conclusies? Dat ik gek ben in mijn hoofd? Of dat ik een fetisj heb voor Russische mannen die er net zo donker uitzien en toevallig Peter heten?'

Hij grijnst en staat op, pakt zijn bord en het mijne. 'Het maakt niet uit hoe je het aanpakt. Gewoon niets bevestigen. Laat ze maar denken dat ik in een soort getuigenbeschermingsprogramma zit en dat je er niet echt over mag praten.'

Dat is eigenlijk geen slecht idee. Marsha en alle anderen die Peters echte identiteit vermoeden zullen denken dat ik compleet gek ben, maar zolang ik hun vermoedens niet bevestig, zal er ruimte zijn voor twijfel. Immers, hoe gek is het dat de man die George vermoordde en mij ontvoerde volledige amnestie kreeg en nu op het punt staat met mij te trouwen? Mijn vrienden kunnen net zo goed denken dat ik een soort masochistische neigingen heb en besloten heb een man aan de haak te slaan die veel van de eigenschappen van mijn kwelgeest deelt.

Het is zeker een eenvoudigere verklaring.

'Dus we vertellen mijn ouders de waarheid en houden ons bij het Peter Garin-verhaal met alle anderen,' zeg ik, terwijl ik opsta om hem te helpen de tafel af te ruimen.

'Dat lijkt me het meest logisch,' zegt hij en hij werpt een blik op de klok. 'Je moet je aankleden en gaan, ptichka. Je wilt niet te laat komen.'

Juist. Voor mijn werk. Dat was ik bijna vergeten.

'Hier, laat me je helpen,' zeg ik. Ik loop naar hem toe om de restjes weg te zetten, maar hij wuift me weg.

'Ik regel het, maak je geen zorgen. Ga je maar klaarmaken voor je werk.' En na een snelle kus op mijn voorhoofd begint hij de vaatwasser in te laden.

eter

IK BRENG SARA NAAR HAAR KANTOOR EN LAAT DE AUTO BIJ HAAR, zodat ze na het werk naar de kliniek kan gaan zoals gepland. Het is maar tien minuten lopen van haar kantoor naar haar flatgebouw en de supermarkt ligt op de route, dus ik stop er even en sla de eerste dingen in voor het avondeten. Het is niet veel, alleen wat ik makkelijk in één hand kan dragen – ik wil mijn revolverhand altijd vrij hebben – en ik maak een mentale notitie dat we een tweede auto nodig zullen hebben, net als iedereen in de buitenwijken.

Dat is niet het enige wat we nodig hebben. De koelkast in Sara's piepkleine keuken is maar een meter hoog, en de keuken zelf is nauwelijks bruikbaar. Ik heb mijn vormende jaren doorgebracht in een ijskoude, afbrokkelende cel in Siberië, dus ik ben niet kieskeurig wat woonruimte betreft, maar ik zie geen reden om te blijven wonen in een appartement dat duidelijk ontworpen is voor één bewoner.

Vanavond, als Sara terugkomt, bespreken we de woonsituatie, en onze aanstaande bruiloft op zaterdag.

Natuurlijk weet ik waarom ik aan auto's, appartementen en huwelijksdetails denk. Denken aan de logistiek leidt me af van de drang om Sara te grijpen en haar op te sluiten in mijn slaapkamer, zodat ik haar de hele dag kan neuken. En dan ook nog de hele nacht. En de hele week lang.

Eigenlijk wil ik haar aan mijn bed vastketenen en haar daar altijd houden.

Ik weet niet wat ik verwachtte toen ik terugkwam, maar dit was het niet. Ik had niet verwacht dat het zo moeilijk voor me zou zijn om Sara haar gang te laten gaan, om terug te gaan naar de manier waarop we leefden voor Japan. Toen wilde ik haar ook altijd bij me hebben, maar haar voor haar werk laten vertrekken raakte me niet op deze manier, veroorzaakte niet die gekmakende behoefte om haar op te sluiten en de sleutel weg te gooien. Het kostte me de grootst mogelijke moeite om me vanochtend normaal te gedragen, om haar op het voorhoofd te kussen en haar op kantoor af te zetten als een goede aanstaande echtgenoot in plaats van een wilde die niets liever wil dan haar wegvoeren naar zijn grot.

Het is de enige variabele waar ik geen rekening mee heb gehouden in mijn planning.

Mijn groeiende obsessie voor Sara, het enige wat alles kan verpesten.

Ik hoop dat het een tijdelijke situatie is, dat ik me zo voel omdat we elkaar net negen maanden niet hebben gezien en ik haar zo erg gemist heb. Dat mettertijd, als de herinnering aan die helse maanden vervaagt, een paar uur niet bij haar zijn beter zal worden, makkelijker… minder gekmakend.

De andere mogelijkheid – dat ik er in Japan aan gewend ben geraakt Sara vierentwintig uur per dag bij me te hebben en dat ik misschien niet in staat ben me aan de oude routine aan te passen – is oneindig veel erger. De reden waarom ik dit allemaal gedaan heb is om Sara gelukkig te maken, om haar de mogelijkheid te geven haar carrière te behouden, haar relaties met haar familie en vrienden. Dat was onmogelijk toen ik nog voortvluchtig was, maar nu kan ik deel uitmaken van haar leven zonder het haar allemaal te ontnemen.

Ik kan haar alles geven, als ik maar mijn egoïstische behoefte kan overwinnen om haar voor mezelf te houden.

49

Sara

Het grootste deel van mijn werkdag schommel ik tussen opgewonden hartkloppingen en uitbarstingen van paniek.

Peter leeft nog.

Hij is terug en we zijn samen, zonder dat ik ontvoerd hoefde te worden.

Ondanks wat Peter zei over zijn deal, verwacht ik half en half dat de FBI komt opdagen en mij aanklaagt voor medeplichtigheid. Maar er komt niemand. Alles is normaal, of zo normaal als het maar zijn kan als je verloofd bent met een ex-moordenaar.

Ik ben er niet klaar voor om de vragen van mijn collega's te beantwoorden, dus heb ik mijn hand in mijn zak verstopt en de ring afgedaan zodra ik een moment van privacy had. Nu zit de enorme diamant in mijn handtas, waardoor ik gedwongen ben de tas overal mee naartoe te nemen.

Ik weet niet hoeveel die ring kostte, maar ik vermoed dat het ver in de zes cijfers was.

Heeft Peter hem gekocht of gestolen? Waarschijnlijk het eerste, hij is rijk genoeg om het zich te veroorloven, maar ik zal het vragen om er zeker van te zijn. Ik betwijfel of hij beledigd zal zijn; hij heeft al veel ergere dingen gedaan, dat is zeker.

Dat ik daar zelfs maar aan denk, me afvraag of mijn verloofde mijn verlovingsring gestolen kan hebben, zou ieder normaal mens aan het denken zetten. Maar ik behoor niet meer tot het 'normale' kamp. Vergeleken met de moord op mijn man is een diamantroof niet meer dan een vergrijp dat ik Peter gemakkelijk kan vergeven. In het algemeen, nu ik tijd heb gehad om te herstellen van de schok van zijn komst, is de sporadische paniek die me overvalt bij de gedachte met hem te trouwen minder hevig, bijna beheersbaar. Tegen de avond, als ik in de auto stap om naar de kliniek te rijden, begin ik zelfs te denken dat we dit weekend mijn ouders kunnen bezoeken en, afhankelijk van hun reactie, hun vertellen dat we binnenkort gaan trouwen.

Misschien deze winter al.

Mijn hart gaat weer tekeer en ik moet rustig ademhalen voor ik uit de auto stap. Nee, de winter is te vroeg; er is veel te veel te plannen in zo'n korte tijdspanne. Volgend jaar lente zou beter zijn... misschien zelfs in de zomer.

Een zomerhuwelijk is altijd goed.

Ja, dat is het, beslis ik, terwijl ik de kliniek binnenloop. Een verloving van een jaar zou perfect zijn. We zouden de kans hebben om aan elkaar te wennen, om samen een normaal leven te leiden. Ik heb geen idee of Peter wel in staat is om zo te leven, zonder de adrenaline en het gevaar van zijn missies. Hij heeft ooit toegegeven dat hij van moorden houdt, dat hij geniet van de macht en de controle die samengaan met de dood. Verslavend, noemde hij het, en ik wist toen dat hij het nooit zou opgeven.

Dat de duisternis een deel van hem is, een deel dat nooit gewist kan worden.

Behalve dat hij het opgaf voor mij. Hij heeft zijn baan opgezegd, zei hij. Ik heb nog geen kans gehad om hem daarover uit te horen, maar er is maar één manier om te interpreteren wat hij zei.

Hij gaat het rechte pad op.

Voor mij.

Zodat ik niet alles voor hem hoefde op te geven.

Mijn ogen prikken en ik kan alleen maar glimlachen en naar Lydia zwaaien als ik me naar de kamer haast waar de patiënt al op me zit te wachten. Het is een zestienjarig meisje, ze is hier met haar moeder voor haar eerste uitstrijkje, en ik dwing mezelf mijn emoties opzij te zetten en me te concentreren, om de patiënte de aandacht te geven die ze verdient.

Gelukkig laat het onderzoek niets ongewoons zien,

maar als de moeder de kamer verlaat, geeft het meisje toe dat ze sinds vorig jaar seksueel actief is. Ik geef haar stiekem een doosje condooms en als de moeder terugkomt, adviseer ik een spiraaltje om de pijnlijke menstruatie van de dochter te reguleren en haar te beschermen tegen ongeplande zwangerschap voor het geval ze in de toekomst toch seksueel actief wordt.

'Mijn dochter is geen slet,' snauwt de vrouw en ze sleurt het meisje weg, waardoor ik blij ben dat ik haar dochter tenminste die condooms heb gegeven.

Zulke ouders kunnen de ergste vijanden van hun kinderen zijn.

Mijn volgende patiënt is een zwangere vrouw van in de dertig. Ze heeft een geschiedenis van miskramen en geen ziektekostenverzekering. Na haar zie ik nog een tienermeisje – ze blijkt chlamydia te hebben – en dan is het tijd voor mijn laatste patiënt.

Eindelijk.

Voor het eerst in een eeuwigheid wil ik graag naar huis.

Ik pak mijn telefoon, zoek Peters nieuwe nummer op – Peter Garin, staat er in mijn contacten – en stuur hem een berichtje dat ik over twintig minuten klaar ben om te vertrekken, voor het geval hij me bij de kliniek wil ontmoeten. Ik weet niet hoe hij dat precies moet doen, aangezien ik degene ben met de auto, maar Peter kennende zal hij het wel redden.

Ik leg de telefoon weg, steek mijn hoofd uit de onderzoekskamer en zeg tegen Lydia dat ik klaar ben voor de volgende patiënt.

Ik maak een paar notities over het meisje met chlamydia als de deur opengaat en de laatste patiënte binnenkomt.

Ik kijk op en verstijf van schrik.

Ik herken dit meisje.

Het is Monica Jackson, de zeventienjarige die ik hielp nadat haar stiefvader haar verkrachtte.

Haar kleine, ronde gezicht is bedekt met paarsachtige blauwe plekken, en een hoek van haar gezwollen lippen is bedekt met bloed. 'Hallo, dokter Cobakis,' zegt ze bevend, en voor ik kan antwoorden, stort ze ineen van het huilen.

Het kost me een stevig kwartier om haar te kalmeren en te horen dat de stiefvader vorige week uit de gevangenis is gekomen. 'Hij had zeven jaar moeten zitten,' vertelt ze me met trillende stem. 'En het ging zo goed met ons. Met het geld dat je ons gaf, hebben we een nieuw huis gekocht, ik ben afgestudeerd en heb fulltime gewerkt, en Bobby – dat is mijn broertje – is naar school gegaan, een heel goede school, waar ze computers en zo hebben. En mam… het ging ook beter met haar, ze dronk alleen 's morgens nog een beetje. Ik dacht dat we eindelijk alles op de rit hadden, en toen kwam hij vrij door een technische fout en…'

Ze begint weer te huilen en ik wacht tot ze wat gekalmeerd is voor ik voorzichtig vraag: 'Heeft hij je dit aangedaan? Heeft hij je pijn gedaan?'

Ze knikt en veegt met een vuist de tranen van haar gezicht. 'Mam is gaan drinken zodra ze hoorde dat hij vrij was, en toen ik eergisteren thuiskwam was hij daar, bij haar thuis, samen aan het drinken zoals vroeger. Ik kreeg ruzie met hem, zei dat hij weg moest gaan, en toen...' Ze breekt af en haar schouders beginnen weer te trillen.

Het vergt al mijn training om de vereiste afstand tot een patiënt te bewaren in plaats van haar te omhelzen. 'Heb je dit bij de politie gemeld?' vraag ik voorzichtig als ze weer een beetje rustig is, en ze schudt haar hoofd en kijkt naar de vloer.

'Hij zei dat hij mam zou aanklagen voor de voogdij over Bobby als ik iets zou zeggen, en hij heeft nu connecties. Zo is hij eerder vrijgekomen. Een vriend van hem, een drugsdealer, heeft aan wat touwtjes getrokken.'

'Zelfs als hij een aanklacht indient, wil dat nog niet zeggen dat hij wint,' zeg ik, maar Monica schudt opnieuw onverbiddelijk haar hoofd.

'Hij zal misschien niet winnen, maar hij zal haar door het slijk halen,' zegt ze, terwijl ze opkijkt om mijn blik te ontmoeten. 'Ze heeft ook veroordelingen voor openbare dronkenschap en prostitutie, en de kinderbescherming zal zich er zeker mee gaan bemoeien. Ik ben nu achttien, dus ik zou ook de voogdij kunnen afdwingen, maar mijn baan betaalt het minimumloon en er is geen garantie dat ik win. En als ik dat niet doe, belandt Bobby in een pleeggezin.' In haar bruine ogen ontbrandt een felle beschermingsdrang. 'Dat kan ik niet laten gebeuren, dokter Cobakis. Ik heb dat meegemaakt, en ik kan dat niet hebben voor mijn broer. Hij heeft speciale behoeften; hij zal het systeem niet overleven. Ik kan dat risico niet nemen, geloof me.'

Mijn hart breekt opnieuw voor haar. Ik vind nog steeds dat ze naar de politie moet gaan, maar ik zie dat ik haar daar niet van kan overtuigen. En deze keer kan ik haar geen cheque geven om alles op te lossen.

Vijfduizend dollar helpt niks, en ik begrijp eindelijk hoe het is om iemand zo te haten dat je hem dood wenst.

Als een auto morgen haar klootzak van een stiefvader zou aanrijden, zou ik de eerste zijn om te juichen.

Ik slik mijn woede in en probeer de afstand te vinden die nodig is om mijn werk te doen. 'Oké, Monica, ik begrijp het. Klim op die tafel, alsjeblieft, en laten we ervoor zorgen dat je niet gewond bent geraakt vanbinnen.'

Ze doet het, veegt de resten van haar tranen weg, en ik onderzoek haar zorgvuldig. Hoewel de aanranding twee dagen geleden plaatsvond, zijn er nog steeds tekenen van vaginale kneuzingen en scheuren, dus ik haal een verkrachtingskit, voor het geval er DNA-bewijs achterblijft en ze later van gedachten verandert over het naar de politie gaan. Ik geef haar ook noodanticonceptie en controleer op SOA's nadat ze heeft toegegeven dat haar aanrander geen condoom heeft gebruikt.

'Kun je me ook zo'n koperen ding geven?' vraagt ze als ik klaar ben. 'Ik wil nog lang niet zwanger worden.'

'Natuurlijk.'

Ze is achttien, dus dat is makkelijk. Ik regel dat ze volgende week een spiraaltje krijgt, om haar tijd te geven om te genezen.

'Kun je ergens anders heen? Anders dan bij je moeder thuis?' vraag ik terwijl ze zich klaarmaakt om te vertrekken.

Ze kan beter niet naar huis gaan naar haar stiefvader.

'Ik logeer nu bij een vriend,' zegt ze tot mijn opluchting. 'Hij heeft een bank waar ik op kan slapen.'

'Hoe zit het met je broer?'

Haar smalle schouders zijn gespannen. 'Er is geen plaats voor Bobby bij mijn vriend thuis. Ik haal hem 's morgens op om hem naar school te brengen, en dan breng ik hem naar huis.'

'Naar je moeder die dronken is? Is je stiefvader er als je terugkomt met Bobby?'

Ze kijkt weg. 'Ik moet gaan, dokter Cobakis. Dank je voor alles.'

En voordat ik haar verder kan ondervragen, haast ze zich de kamer uit.

ara

IK DACHT DAT IK MIJN UITGELOPEN MASCARA GOED HAD BIJGEWERKT VOORDAT IK DE KLINIEK VERLIET, maar zodra ik naar buiten stap en Peters lange, breedgeschouderde gestalte zie, verdwijnt de glimlach op zijn harde gezicht.

'Wat is er?' vraagt hij scherp, terwijl hij naar voren stapt om mijn handen vast te pakken. 'Heeft iemand je pijn gedaan?'

Ik probeer te glimlachen. 'Nee, natuurlijk niet. Alles is in orde.'

Zijn ogen vernauwen zich gevaarlijk. 'Lieg niet. Je hebt gehuild.' Zijn blik valt op mijn blote linkerhand. 'Waar is je ring?'

'Ik... wilde het niet hoeven uitleggen.' Ondanks

mijn beste inspanningen is mijn stem te dik, en ik zie zijn uitdrukking nog donkerder worden.

'Heeft iemand iets gezegd?' vraagt hij, en ik schud mijn hoofd, trek mijn handen uit zijn greep en doe een halve stap achteruit.

'Nee, zo is het niet.' Ik kijk om me heen, maar de straat is donker en stil, verlaten op een SUV na die aan de overkant stationair draait. Zijn lift, misschien? Als ik opkijk, ontmoet ik Peters blik. 'Ik was gewoon overstuur door een patiënt, dat is alles.'

Zijn harde uitdrukking wordt iets minder. 'Ik begrijp het. Het spijt me, ptichka. Is er iemand gewond geraakt?'

Ik slik tegen een nieuwe stroom tranen. 'Het is een lang verhaal. Laten we gewoon naar huis gaan.' Ik begin me om te draaien in de richting van mijn geparkeerde auto, maar hij pakt mijn arm.

'Ik zal hem naar huis laten brengen, maak je geen zorgen,' zegt hij en leidt me naar de stationair draaiende auto – een zwarte Mercedes SUV met verdacht dikke getinte ramen.

De chauffeur doet zijn raampje omlaag als we naderen.

'Breng haar auto naar huis,' beveelt Peter, en een grote, hard uitziende man klimt uit het voertuig en overhandigt de sleutels aan Peter.

Ik knipper met mijn ogen als hij langsloopt zonder me ook maar een knikje te geven. 'Is dat...'

'Een van de beveiligingsexperts die ik naar je heb laten kijken? Ja.' Peter leidt me om de auto heen naar de passagierskant en opent de deur voor me, helpt me naar binnen te klimmen voordat hij terugloopt naar de bestuurdersplaats.

'Ik heb besloten dat Danny voortaan jouw chauffeur is, in plaats van dat we een andere auto nemen,' zegt hij terwijl hij de auto start en wegrijdt van de stoeprand. 'Ik zal je nog steeds meestal ophalen, maar als ik niet op tijd kan komen of je moet meteen weg, dan weet ik dat je veilig bent.'

Ik open mijn mond om de discussie aan te gaan, maar stop dan. Ik heb hier nu de energie niet voor, niet nu mijn hart gebroken is door Monica's tragische verhaal.

Niet als ik weet dat ze morgenochtend haar broer ophaalt en daarbij haar aanvaller confronteert.

'Wat is er gebeurd, ptichka?' Peters grote, warme handpalm streelt mijn dij, masseert de gespannen spier en trekt zich dan terug. 'Wat heeft je zo overstuur gemaakt?'

Ik aarzel een seconde, en capituleer dan. Wat maakt het uit dat Peter het hele verhaal weet? Dus vertel ik hem alles, van Monica's bezoek aan de kliniek voor mijn ontvoering tot wat er vandaag is gebeurd.

Peter luistert uitdrukkingsloos tot ik klaar ben. Dan vraagt hij zachtjes: 'Dus dit meisje is de reden dat je die nacht bent aangerand in die steeg?'

Ik ga rechtop zitten, geschrokken door een plotselinge angst. 'Het is niet haar schuld!' Het laatste wat ik nodig heb is dat mijn overbeschermende moordenaar Monica de schuld geeft van de methheads die me probeerden te beroven.

'Ik zeg niet dat het zo is.' Hij gaat van de snelweg af en stopt voor een rood licht. 'Ik wil gewoon zeker weten dat ik alle feiten heb.'

Mijn hart slaat een slag over. Dit gaat niet in de richting die ik verwachtte.

'Waarom?' vraag ik, starend naar zijn harde profiel. 'Waar heb je die informatie voor nodig?'

Hij kijkt me niet aan. 'Maak je geen zorgen, mijn liefste. Het komt goed met je patiënt, dat beloof ik.'

Mijn mond wordt droog. Zegt hij wat ik denk dat hij zegt? Ik heb hem Monica's naam niet verteld, maar het zou niet moeilijk zijn voor iemand met Peters gave om mensen te vinden die kunnen achterhalen wie ze is.

'Peter…'

Het licht springt op groen en hij geeft gas, nog steeds zonder me aan te kijken.

Mijn hartslag versnelt nog meer. 'Peter, zeg me alsjeblieft dat je niet van plan bent om…'

'Om wat?' Hij draait mijn straat in. 'Ik zei het je, je hoeft je geen zorgen te maken. Het komt wel goed met haar, dat meisje dat je geholpen hebt. Je hoeft je geen zorgen over haar te maken.'

Het komt wel goed met haar… maar hoe zit het met haar stiefvader?

Ik wil het vragen, maar ik kan mijn mond er niet toe brengen de woorden te vormen. Als ik het hardop zeg, wordt het echt, in plaats van een angstaanjagende mogelijkheid in mijn hoofd.

Het zal me verwijtbaar maken.

We rijden de parkeerplaats van mijn gebouw op, en ik stap uit de auto voordat Peter de kans heeft zich om te draaien en de deur voor me open te doen. Mijn hart klopt in een hoorbaar ritme en mijn handpalmen zweten, ook al zeg ik tegen mezelf dat ik de situatie waarschijnlijk verkeerd interpreteer.

Peter probeert me misschien gewoon te kalmeren, me te vertellen wat hij denkt dat me zal kalmeren.

Ik wil het geloven, en met elke andere man zóú ik het geloven. Als dit Joe Levinson was of een van mijn bandleden, zou ik die woorden opvatten als een lege geruststelling, een soort van 'rustig maar, alles komt goed'. Maar dit is Peter, en ik kan dat soort veronderstellingen niet maken.

Ik heb...

'Wanneer gaan we naar je ouders?' vraagt Peter, en ik kijk geschrokken op en zie hem naast me staan. Hij neemt mijn hand in zijn grote handpalm en leidt me naar het gebouw, terwijl hij zegt: 'We moeten de afspraken voor aanstaande zaterdag met hen bespreken.'

Ik staar verward naar hem op. Heb ik hem al verteld over mijn idee om dit weekend mijn ouders te bezoeken? Maar nee, ik bedacht dat net op mijn werk, en... 'Aanstaande zaterdag?'

Hij knikt en kijkt me glimlachend aan. 'Dan heb ik alles geboekt voor onze bruiloft. We moeten alleen nog een paar kleine details bespreken, en dan zijn we er helemaal klaar voor.'

Ik stop met lopen. 'Wat?'

Zei hij net onze bruiloft?

Hij laat mijn hand los en draait zich naar me toe. 'Als je ze vanavond belt, kunnen we misschien morgen met ze uit eten gaan. Op die manier hebben ze de kans om een paar vrienden uit te nodigen. En jij kunt alvast praten met je collega's en wie er nog meer bij moet zijn. We moeten het om veiligheidsredenen klein houden, maar er is plaats voor wel honderd mensen.'

Mijn tong komt los van mijn gehemelte. 'Wil je dat we deze zaterdag trouwen? Als in drie dagen vanaf nu?'

Hij houdt zijn hoofd schuin. 'Is dat een probleem? Ik wilde het eerder doen, maar ik dacht dat het weekend beter was dan doordeweeks om je vrienden mee te krijgen.'

Ik staar hem aan en voel me alsof ik door een goederentrein ben overreden. 'Volgend jáár zou beter zijn,' zeg ik uiteindelijk. 'Dit weekend is gewoon… Het is onmogelijk.'

'Waarom?' Hij pakt mijn hand weer en loopt verder, alsof we bespreken wat we gaan eten en niet onze bruiloft.

Een bruiloft die hij over drie dagen wil hebben.

'Omdat… omdat we dat niet kunnen.' Ik zoek naar manieren om hem te overtuigen. 'Hoe zit het met uitnodigingen? We hebben geen tijd om ze te versturen en…'

'Je kunt gewoon de mensen bellen die je wilt uitnodigen. Zo is het toch persoonlijker.'

'Hoe zit het met eten? En de fotografen? En de jurk?'

'Alles is geregeld. Ik heb een uitstekend cateringbedrijf en een zeer aanbevolen bloemist ingehuurd, en de fotograaf is voor zaterdag de hele dag geboekt, net als de videograaf. Voor de jurk komen ze morgen naar je kantoor om je maten te nemen, en jij kiest een ontwerp uit hun catalogus dat je mooi vindt. Ze beloofden me dat het niet langer dan een halfuur zou duren, dus je zou het tijdens je lunchpauze kunnen doen. De haar- en de make-upmensen komen zaterdagochtend vroeg naar ons appartement, en voor de muziek heb ik een band ingehuurd die momenteel op tournee is in Chicago – de C-Zone Boys, geloof ik dat ze heten. Ik geloof dat ik je hun liedjes heb horen zingen?'

Als mijn kaak niet vastzat, zou ik hem van de vloer oprapen. Hij heeft The C-Zone Boys ingehuurd voor onze geïmproviseerde bruiloft? Gewoon even de band waarvan de singles de afgelopen twee jaar de hitlijsten hebben aangevoerd?

'Waarom niet Rihanna of The Black-Eyed Peas?' vraag ik als ik weer kan praten, en hij werpt me een zijdelingse blik als we de lobby binnenkomen.

'Is dat wat je wilt? Ik kan kijken of we kunnen...

'Nee! Ik wilde...' Ik schud mijn hoofd, niet eens in staat om de woorden te vinden om het uit te leggen. 'Laat dat maar zitten. C-Zone is perfect. Wat is de locatie?'

'Het is de Silver Lake Country Club, in Orland

Park. Het weer zou perfect moeten zijn, dus we houden zowel de ceremonie als de receptie buiten, vlak bij het meer. Tenzij je het binnen wilt doen? Daar is het nog niet te laat voor.'

'Nee, dat is… De oever van het meer is goed.'

Hij begeleidt me naar de lift, en ik druk verdoofd op de knop voor mijn verdieping, met het gevoel dat die goederentrein me meesleurt met een snelheid die waanzin in de hand werkt. Hoe kan hij dit allemaal gedaan hebben? Wanneer? En waarom heeft hij mij niet geraadpleegd?

Is dit hoe ons leven samen altijd zal zijn?

Voor ik die netelige kwestie aansnijd, moet ik nog een laatste rationeel argument naar voren brengen.

'Wat als er niemand komt?' vraag ik als we uit de lift stappen. 'Het is al woensdag. De meeste mensen hebben weekendplannen, en…'

'Ze zullen ze veranderen.' Hij haalt een set sleutels uit zijn zak – een set die hij vandaag moet hebben laten maken, want ik heb de mijne in mijn tas. Hij opent de deur, laat me binnen en sluit hem achter ons.

Ik schop mijn sandalen uit. 'En als ze dat niet kunnen?'

'Dan missen ze het.' Hij trekt zijn eigen schoenen uit en draait zich naar me toe. 'Kan het je echt wat schelen, ptichka? Je ouders zullen er zijn, en jij en ik ook. Wie heb je nog meer nodig?'

Niemand, niet echt, maar dat is het punt niet.

'Peter…' Ik haal diep adem. 'Ik kan dit weekend niet met je trouwen. Het is gewoon te vroeg.'

Zijn blik verhardt zich. 'Te snel hoe? Ik zei het je, we hebben alle logistiek geregeld.'

'Het gaat niet om de logistiek!' Mijn stem klinkt steeds harder en ik haal nog eens adem in een poging me te beheersen. Ik probeer het wat kalmer aan te doen en zeg: 'Ik heb je al meer dan negen maanden niet gezien, en daarvoor hadden we niet echt een... normale relatie.'

'Nou en?' Zijn ogen vernauwen zich. 'Dat hebben we nu.'

'Jij sleept me het huwelijk in en neemt alle beslissingen over onze bruiloft. Dat is niet normaal, Peter. Bij lange na niet.' Ik ben trots op mijn kalmte tot nu toe. 'We hebben tijd nodig om elkaar in deze context te leren kennen, om te zien of we dit kunnen laten werken...' Ik stop, want ik zie de storm opkomen in het reflecterende zilver van zijn blik.

'Waarom zouden we het niet laten werken?' Zijn stem is gevaarlijk laag als hij naar me toe stapt. 'Dit is geen probeersel, geen afwachtende situatie. Denk je echt dat als we ruziemaken over de afwas, ik je laat gaan?'

Mijn hartslag versnelt weer. Natuurlijk zou hij dat niet doen. Niet na alles wat hij heeft gedaan om ons hier te krijgen. Toch moet hij beseffen dat dit weekend met me trouwen én me geen keuze laten, niet de manier is om met me om te gaan na een negen maanden lange afwezigheid, voorafgegaan door een gedwongen relatie met moord, marteling en ontvoering.

'Wat dacht je van een winterbruiloft?' zeg ik wanhopig. 'We zouden het rond de feestdagen in december kunnen doen, zodat het seizoen voor ons altijd extra feestelijk zal zijn. We zouden ook een huwelijksreis rond die tijd kunnen plannen. Ik kan dan een week of twee vrij nemen van mijn werk, en...'

'We kunnen de huwelijksreis doen wanneer we willen.' Hij strekt zijn handen naar me uit, laat ze onder mijn blouse glijden en laat warme handpalmen op mijn blote zij rusten. Zijn metalen ogen krijgen een verhitte glans als zijn duimen over de gevoelige huid onder mijn ribbenkast strijken, heen en weer. 'Als je volgende week geen vrij kunt of wilt nemen, hoeft dat niet. Ik vind het prima om te wachten tot de winter voor de huwelijksreis.'

'Waarom dan niet de bruiloft?' Ik houd zijn blik vast, probeer me op het onderwerp te concentreren in plaats van op de manier waarop het langzame, hypnotiserende strelen van die duimen mijn huid verwarmt en mijn binnenste doet trillen. 'Wat voor kwaad kan het als we dan ook trouwen?'

Zijn mond neemt een sensuele kromming aan en hij buigt zijn hoofd, inhaleert diep, alsof hij mijn geur inademt. 'Bedoel je een andere reden dan dat al mijn planning voor niets is geweest?' mompelt hij, terwijl zijn lippen langs de bovenkant van mijn oor strijken.

'J-ja.' Ik sluit mijn ogen als hij me dichter naar zich toe trekt, tegen de zijkant van mijn nek knuffelt terwijl mijn hoofd instinctief naar achteren valt, hem betere toegang verschaffend. Mijn ademhaling versnelt, een smeltend gevoel verzacht mijn botten als de harde rand van zijn opwinding tegen mijn buik drukt, waardoor ik me bewust word van een lege pijn diep vanbinnen.

'Nou...' Hij bijt lichtjes in mijn nek en verzacht dan de kleine prik door de gewonde plek te likken. 'Ten eerste wil ik jou als mijn vrouw, en ik wil het vandaag, niet morgen of over drie dagen.' Zijn naar munt ruikende adem is warm op mijn huid en er gaan elektrische tintelingen door mijn lichaam. 'Ik wil dat je mijn ring altijd en overal draagt, zodat iedereen weet dat je van mij bent.' Hij geeft nog een bijtende lik achter mijn oor, zijn stem wordt nog dieper terwijl hij mompelt: 'Het is niet rationeel, ptichka, maar ik heb dit nodig – ik heb je nodig. En ik kan niet wachten. Niet nadat ik zo lang van je gescheiden ben geweest.'

'En hoe zit het met...' Het wordt moeilijker om mijn gedachten te ordenen als hij doorgaat met die sensuele kleine beetjes in mijn nek en schouders. Met enorme moeite dwing ik mezelf om me te concentreren. 'Hoe zit het met kinderen? En waar gaan we wonen? En...' Ik hijg als hij mijn rits losmaakt en zijn hand in mijn doorweekte slipje laat glijden. 'Hoe zit het met' – ik begin te hijgen als zijn vingers mijn clit vinden en het beginnen te manipuleren met feilloze vaardigheid – 'je baan?'

'Ik zei toch, ik stop ermee.' Zijn ademhaling is net zo razend als de mijne als hij een lange vinger in me laat zinken, en dan de resulterende gladheid gebruikt om natte cirkels op mijn kloppende clitoris te schilderen. 'Het is voorbij.'

'Maar... o, god.' Mijn heupen wiebelen nu in een cirkel, achter de beweging van die plagende vinger aan. De druk bouwt zich zo snel op in mij dat ik geen enkele gedachte meer kan vormen. 'O god, Peter, ik ga...'

Met een gesmoorde kreet explodeer ik, elke spier in mijn lichaam verkrampt op een hevige golf van genot. Het orgasme is zo sterk dat mijn geest leeg wordt, overspoeld door puur lichamelijke sensaties. Ik ben me er vaag van bewust dat ik verplaatst word, dat mijn broek en ondergoed over mijn benen worden geduwd, en dan sta ik voorovergebogen over de bank en duwt hij zich in me, zijn grote pik dringt diep naar binnen in één harde haal.

De schok ervan schokt me tot op het bot, en mijn nog trillende spieren spannen zich, klemmen zich vast in een instinctieve poging om de invasie te stoppen. Maar daardoor voelt hij alleen maar dikker en massiever in me, en ik hijg weer terwijl hij mijn heupen vastpakt en begint te stoten, zijn bekken tegen mijn kont slaand bij elke genadeloze stoot.

'Peter...' Ik voel de golf weer samenkomen, dreigend me te overspoelen in withete gelukzaligheid. 'Peter, wacht...'

Hij mindert niet; integendeel, hij versnelt zijn straffende stoten. 'Kom met me mee,' beveelt hij hees. 'Ik wil voelen hoe je mijn pik melkt.'

Ik ben er al voordat hij uitgesproken is, en de golf bereikt een tsunami-achtige kracht. Het genot slaat op mijn zintuigen en vaagt de laatste restjes van mijn weerstand weg. Ik weet niet of ik gil of dat het het bloed is dat in mijn oren buldert, maar de rest van de geluiden vervagen.

Alles wat ik hoor, alles wat ik voel, alles wat nog bestaat is de extase en hij.

eter

MIJN PTICHKA IS STIL ALS IK HAAR NAAR DE BADKAMER breng en haar in het bubbelbad laat zakken dat ik heb klaargemaakt voordat ik wegging om haar op te halen. Het bad is te klein voor ons beiden, dus ik gebruik de wastafel om me af te wassen en ga dan op de rand van het bad zitten om te kijken hoe haar roze tepels kiekeboe spelen met de bubbels. Met haar hoofd rustend op de rand van het bad, haar ogen gesloten, en haar delicate gelaatstrekken roze van post-orgastische gloed, ziet ze er zo verleidelijk uit dat ik haar helemaal opnieuw wil.

Vanavond, beloof ik mezelf.

Zodra Sara klaar is met haar bad, gaan we eten, en dan is ze de hele nacht van mij.

Terwijl ze mijn blik op haar gericht voelt, opent ze haar ogen. 'Bedankt hiervoor,' mompelt ze, terwijl ze een sierlijke hand door de bubbels beweegt. 'Ik kan me niet herinneren wanneer ik dit voor het laatst gedaan heb.'

Ik vecht tegen de drang om die hand te grijpen, om haar tegen me aan te trekken zodat ik haar bubbelgladde lichaam tegen het mijne kan voelen schuren. 'Je gaat zaterdag met me trouwen,' zeg ik, mijn toon strenger dan de bedoeling was. 'Daar valt niet over te onderhandelen.'

Ze verstijft zichtbaar en gaat rechtop zitten. 'Peter, dat is niet...'

'Of het kan vanavond zijn. Ik ben er niet vies van om na het diner met je naar Vegas te vliegen.' Ik doe mijn best om mijn ogen af te houden van de zachte witte borsten die boven het water uitkomen.

Dit is te belangrijk om afgeleid te worden door mijn lust.

Alsof ze mijn gedachten aanvoelt, zakt Sara terug in het water en laat de bubbels die verleidelijke borsten aan het zicht onttrekken. 'Heb je een vliegtuig op stand-by staan?'

'Min of meer.' Ik laat mijn teamgenoten ons vliegtuig houden, maar ik kan een privéjet charteren voor over een paar uur.

Met genoeg geld is alles mogelijk.

'Peter...' Ze gaat weer rechtop zitten, dit keer bedekt ze haar borsten met een slanke arm. 'We moeten hierover praten – over alles, eigenlijk. Je bent gisteren pas teruggekomen, en ik weet nog steeds niet waar je geweest bent of wat je gedaan hebt. Waar zijn Anton en de tweeling? Zijn ze hier bij jou?'

'Nee.' Ik haal diep adem en onderdruk het instinct dat eist dat ik haar nu meteen naar Vegas meesleep. Sara heeft gelijk; er is veel wat we nog niet besproken hebben. 'Ze zijn in Europa, maar ze vliegen hierheen voor onze bruiloft,' leg ik uit en ik sta op.

Ze volgt mijn voorbeeld, en ik wikkel een handdoek om haar heen als ze uit het bad stapt. Ze ziet er zo onmogelijk klein uit, met haar hoofd gebogen en de dikke handdoek om haar slanke lichaam gewikkeld.

Het maakt me bewust van hoe weerloos ze is, hoe breekbaar.

Doet me denken aan hoe ik haar ooit wilde straffen… en hoe ik dat soms nog steeds doe.

'Laten we eten en praten,' zeg ik, de donkere impuls in toom houdend. 'Ik zal je alles vertellen.'

Maar dat verandert niets aan wat er nu gaat gebeuren.

Voor het einde van deze week zal Sara mijn vrouw zijn, linksom of rechtsom.

52

Sara

ONS DINER VANAVOND IS EEN MIX VAN DE RUSSISCHE EN AZIATISCHE KEUKEN, met sappige *pelmeni* – Russische vleesknoedels – geserveerd met zure room als voorgerecht en een groente roerbakschotel met in chili gemarineerde tofu als het hoofdgerecht.

De lunch is al een eeuwigheid geleden, en de vlaag van intense seks gecombineerd met het hete bad hebben mijn energievoorraad verder uitgeput. Ik ben zo uitgehongerd dat zodra Peter het eten op tafel zet, ik het verslind, vijf grote knoedels en twee porties van de pittige roerbakschotel, voordat ik van mijn bord opkijk.

'Honger?' vraagt Peter wrang terwijl ik opschep, en

ik besef dat ik zo gefocust was op het eten dat ik nauwelijks een woord heb gezegd.

'Dit is echt lekker,' zeg ik verontschuldigend, en hij grijnst, zijn metaalachtige ogen zo warm als ik ze ooit heb gezien.

'Geniet, ptichka. Ik zie je graag eten van het eten dat ik gemaakt heb.'

'Je bent een geweldige kok,' zeg ik hem oprecht, en zijn glimlach wordt nog breder.

'Ik ben blij dat je er zo over denkt, mijn liefste.'

'Wat als je een restaurant opent?' vraag ik impulsief. 'Je weet wel, zoals Yulia deed? Of een soort café?'

Hij lacht opnieuw en schudt zijn hoofd. 'Nee, ptichka. Dat is niets voor mij. Maar ik zal voor je koken wanneer je maar wilt.'

'Nee, maar serieus…. wat ga je hier doen?' Ik leg mijn vork neer en bestudeer hem aandachtig. 'Heb je ideeën over wat je zou willen doen op carrièregebied? Je zei dat je je baan hebt opgezegd. Ik neem aan dat dat betekent dat je niet langer een… eh…'

Om de een of andere reden blijft het woord in mijn keel hangen, en hij trekt zijn wenkbrauwen op en kijkt diep geamuseerd.

'Een moordenaar bent? Nee, ptichka. Ik ben klaar met dat deel van mijn leven.' Hij spiest een stukje paksoi met zijn vork. 'Ik ben een gezagsgetrouwe burger vanaf nu.'

'Echt waar?' Ik staar hem aan, zowel hoopvol als ongelovig. Ik dacht eerst dat hij op het rechte pad zou gaan, maar toen hadden we dat gesprek over Monica.

Betekent dat dat ik het verkeerd begrepen heb? Ik zou gezworen hebben dat er een impliciete belofte was om de stiefvader iets aan te doen, maar als Peter zegt dat hij een eerlijk leven wil leiden, dan waren dat misschien gewoon lege, sussende woorden, het soort dat een man zou zeggen om zijn vriendin te kalmeren.

De gedachte aan Monica verzuurt onmiddellijk mijn humeur en doodt wat er nog over is van mijn eetlust, en ik duw mijn bord weg als Peter grijnst en zegt: 'Echt waar. Dat is een van de voorwaarden van de deal: geen misdaden meer in de toekomst.'

'O. Goed.'

Zijn wenkbrauwen gaan weer omhoog. 'Je klinkt niet al te enthousiast.'

'Wat? Nee!' Ik duw het zware gevoel weg dat mijn borstkas bedekt bij de gedachte aan Monica en glimlach stralend. 'Ik ben extatisch dat je je leven hebt gebeterd. Hoe zou ik dat niet kunnen zijn?'

Ik meen het ook, ook al moet ik dat kleine beetje schuldgevoel over een permanente oplossing voor Monica's dilemma de kop indrukken.

Dat wilde ik niet echt.

Ik weiger het te geloven.

'Ik weet het niet, ptichka.' Peter houdt zijn hoofd scheef en kijkt me nadenkend aan. 'Is er iets waar je je zorgen over maakt?'

'Alles baart me zorgen,' zeg ik botweg. 'Hoe ga je dit soort leven aanpakken? Wat ga je met je tijd doen? Je zegt dat je aanstaande zaterdag met me wilt trouwen, maar wat dan? En hoe zit het met je wraak? Heb je die laatste…'

'Het is voorbij.' Zijn toon is vlijmscherp, zijn gezicht wordt abrupt donkerder. 'Er is niets te bespreken op dat front.'

Ik staar hem aan, en het eten verandert in een kei in mijn maag. 'Wat is er gebeurd?'

Hij staat op en pakt zijn halflege bord, dan het mijne. 'Niets.' Hij loopt naar de gootsteen, zet de borden zo hard neer dat ze rammelen, en gaat dan terug naar de tafel om meer te halen.

Ik sta ook op, mijn zenuwen zijn gespannen als ik hem met slecht gecontroleerd geweld door de keuken zie sluipen. 'Peter…' Ik verzamel moed en grijp zijn pols de volgende keer dat hij langs me loopt. 'Wat is er gebeurd?' herhaal ik zachtjes en ik kijk op om zijn stalen blik te zien.

De pezen in zijn dikke pols buigen, en ik weet dat het kinderspel voor hem zou zijn om mijn greep te breken. 'Niets,' antwoordt hij in plaats daarvan, en deze keer vang ik de ondertoon van bitter verdriet en woede op. 'Absoluut niets.'

Ik bevochtig mijn droge lippen. 'Wat betekent dat? Je hebt hem niet gevonden?'

Zijn mond draait, en hij maakt zich voorzichtig los uit mijn greep. 'Laten we erover ophouden, ptichka.'

Ik wil wel, maar ik kan het niet. Niet als we samen een leven willen opbouwen.

Ik trouw niet met een andere man wiens geheimen ons kunnen vernietigen.

'Alsjeblieft, Peter.' Ik neem zijn hand terug en knijp hem tussen mijn handpalmen. Ik hou zijn blik vast en zeg rustig: 'Vertel me gewoon de waarheid.'

Zijn vingers krullen in mijn greep en hij sluit zijn ogen, haalt diep adem. Als hij ze opent, is de bittere woede verdwenen, versluierd door een gebrek aan uitdrukking. 'Ik heb je gezegd: er is niets gebeurd,' zegt hij gelijkmatig. 'En er zal ook niets gebeuren. Henderson gaat terug naar zijn gewone leven, veilig en wel, want dat is een deel van de afspraak die ik gemaakt heb.' En terwijl ik hem verbijsterd aanstaar, zegt hij: 'Het is voorbij, Sara. Er valt niets meer te zeggen.'

Ik begin te spreken en stop, niet in staat om de juiste woorden te vinden. Welke woorden dan ook, eigenlijk. Mijn hart voelt alsof het in stukken uiteenvalt, mijn borstkas is zo gespannen dat ik geen adem kan halen.

Hij gaf een kans op om zijn familie volledig te wreken.

Voor mij.

Hij deed dit allemaal voor mij.

'Niet doen,' zegt hij streng, en ik besef dat ik een straaltje nattigheid op mijn gezicht kan voelen. Het waterige waas voor mijn gezichtsveld moeten tranen zijn.

'Het spijt me.' Ik laat zijn hand los en veeg met de achterkant van mijn hand over mijn wangen. 'Ik ben gewoon… Het is goed.'

Hij staart me aan, draait zich dan om en gaat verder met de keuken opruimen alsof er niets gebeurd is.

Alsof hij niet gewoon mijn hart uit mijn borst heeft gerukt.

Ik geef mezelf een paar minuten om te kalmeren, en dan loop ik naar mijn tas en pak mijn telefoon.

'Wat ben je aan het doen?' vraagt Peter terwijl ik het nummer van mijn ouders intoets, en ik hou mijn vinger tegen mijn lippen in een universeel gebaar om hem het zwijgen op te leggen.

'Hoi, mam,' zeg ik als ik het bekende hallo hoor. 'Hoe gaat het met je? Hoe voel je je?'

'Het gaat goed, schat.' Ze klinkt verbaasd. 'Wat is er aan de hand? Alles oké?'

Ik kijk op de klok en huiver als ik zie dat het al na tienen is. 'Ja, alles is in orde. Sorry dat ik zo laat bel, ik had een dienst in de kliniek en ben de tijd uit het oog verloren. Ik heb je toch niet wakker gemaakt?'

'Ik? O, nee. Ik was gewoon aan het lezen voor ik naar bed ga. Je vader slaapt al, hoor. Wil je met hem praten? Ik kan hem wakker maken als je…'

'Nee, nee, het is goed. Laat hem slapen.' Ik haal diep adem. 'Mam, wat gaan jij en pap morgenavond doen? Ben je vrij voor het avondeten?'

Vanuit mijn ooghoeken zie ik Peter stilstaan en dan verder gaan met het inruimen van de vaatwasser.

'Nou, we dachten naar de bingoavond te gaan, maar we hoeven niet,' zegt mam. 'Waarom, schat? Moet je morgen niet werken?'

'Ik heb een licht rooster,' zeg ik, en het is bijna waar.

Ik heb morgen geen dienst, en ik heb ook geen operaties. En mijn kliniekdienst wordt wel een andere dag. 'Willen jullie komen eten?'

Een moment van stilte, dan: 'Naar jouw huis?'

'Ja. Er is iemand die ik graag aan jullie wil voorstellen,' zeg ik als Peter zich omdraait om me aan te kijken.

Dit zal pas de tweede keer zijn dat mijn ouders mijn nieuwe appartement bezoeken. Ik ben nooit zo goed geweest in gastvrouwschap, dus meestal kom ik naar hun huis of gaan we uit lunchen of brunchen. Maar nu Peter er is, is het beter dat we bij mij thuis zijn.

Mijn ouders gedragen zich op deze manier beter.

'O.' Mama's stem vult zich met duidelijke opwinding. 'Ja, natuurlijk, schat, dat zouden we graag doen. Wil je dat we iets meebrengen, of bestellen we iets?'

'Wij regelen het, mam. Maak je nergens zorgen over,' zeg ik terwijl Peter me aan blijft staren. 'Ik zie je morgen om zes uur, oké?'

Ik hang op, en hij komt naar me toe, zijn bewegingen langzaam en vaag roofzuchtig, als de luie tred van een junglekat.

'Dat was mijn moeder,' zeg ik, terwijl ik instinctief een stapje terug doe. 'Ik heb ze hier uitgenodigd voor het eten morgen. Dat vind je toch niet erg? We kunnen iets bestellen, of...' Mijn woorden eindigen met een gilletje als Peter me oppakt en op het aanrecht legt, en dan mijn badjas uittrekt.

'Peter, wacht...' Ik lik mijn lippen als hij de badjas

over mijn armen duwt, zodat ik helemaal bloot ben. 'We moeten beslissen wat we gaan doen – ahh...' Ik kreun, mijn hoofd valt achterover als hij de gevoelige plek rond mijn sleutelbeen kust op hetzelfde moment dat zijn hand het pijnlijke hoekje tussen mijn benen binnendringt, twee ruwe vingers die zonder genade in me duwen. Ik ben nog niet nat en het doet pijn, maar mijn lichaam klampt zich vast aan een flits van warmte, aan een uitbarsting van hevige sensatie.

'Je gaat met me trouwen. Aanstaande zaterdag,' gromt hij, terwijl hij me met zijn vingers neukt, en ik kreun instemmend, mijn lichaam opnieuw ontvlammend.

Deze zaterdag, vanavond, morgen, het maakt niet meer uit. Ik ben klaar met vechten, klaar met me te verzetten.

Hij had al die tijd gelijk.

Ik ben van hem, en hij is van mij.

Dit moest zo zijn.

eter

ZE SLAAPT, UITGEPUT, ALS IK VOORZICHTIG UIT BED KLIM en de kleren pak die ik opgevouwen op een stoel heb laten liggen. Ik kleed me stilletjes aan, zorg dat ik haar niet wakker maak, en loop dan op kousenvoeten de slaapkamer uit.

Mijn laarzen staan bij de ingang, dus trek ik ze aan en controleer in mijn jaszak of mijn telefoon er is.

Ik heb hem nodig om te navigeren naar de huidige locatie van ene Mr. Samson 'Sonny' Pearson, Monica Jacksons stiefvader.

Danny staat al op me te wachten op de parkeerplaats, dus ik haal de e-mail van mijn hackers op en geef hem een adres een paar straten verwijderd van waar Pearson woont – toevallig in het appartement van zijn ex-vrouw.

Monica's moeder heeft er duidelijk geen moeite mee om de verkrachter van haar dochter bij haar te laten slapen.

Het is een risico om dit zelf te doen. Het zou slimmer zijn geweest iemand in te huren om over een paar maanden een discrete aanslag te plegen, als niemand Pearsons dood in verband kan brengen met het bezoek van zijn stiefdochter aan de non-profit vrouwenkliniek. Maar mijn ptichka huilde vandaag – huilde vanwege deze *ublyudok* – en dat kan ik niet laten gebeuren.

Hij gaat vanavond sterven, en zijn stiefdochter zal eindelijk vrij zijn.

'Zet me hier af,' zeg ik tegen Danny als we bij het adres zijn dat ik hem heb gegeven, een gebouw dat een paar straten van mijn echte bestemming ligt. De man is loyaal en wil best buiten de wet opereren, maar ik vertrouw hem niet zoals ik mijn eigen mensen vertrouw.

Het is beter als ik dit alleen doe, zonder getuigen.

Amira Pearsons appartement is op de tweede verdieping van een vervallen gebouw van vier verdiepingen. Er hangt een vage geur van pis en braaksel in de entree, en de verf op de trappen bladdert af, wat me doet denken aan gebouwen uit het Sovjettijdperk in Rusland. De deur van het appartement waar ik voor stop is echter van gewoon hout, en niet van twee lagen staal zoals gebruikelijk is in mijn door corruptie geteisterde thuisland.

Ik kan deze deur breken met een enkele trap als ik dat zou willen.

Ik druk mijn oor tegen het hout en luister. Ik hoor een zacht geroezemoes van stemmen, dus mijn informatie klopt. Sonny heeft een baan als losser van vrachtwagens van kruideniers om drie uur 's morgens en zal spoedig vertrekken voor zijn dienst.

Ik ga terug naar beneden en stap naar buiten om te wachten. Ik had kunnen inbreken terwijl de klootzak sliep, maar Monica's moeder en broer zijn in het appartement, dus is het beter om te wachten.

Het is beter als ik Sonny alleen pak en het laat lijken op een fout afgelopen overval.

Het duurt bijna een halfuur voor hij naar buiten komt, maar ik blijf scherp en alert, de adrenaline pompt gestaag door mijn aderen. Ik kan de donkere anticipatie die ik voel niet ontkennen, de bloeddorst die me voedt als kannen koffie.

Ik ben een roofdier, een monster, en ik weet het.

Nu zal Sonny Pearson het ook weten.

Ik blijf half verscholen in een steegje, en als hij voorbijkomt, grijp ik hem bij de voorkant van zijn shirt en trek hem naar binnen.

'Hé!' Hij probeert me te slaan maar verstijft zodra ik mijn mes op zijn keel druk.

'Niet bewegen,' fluister ik, terwijl ik naar voren leun. 'Zelfs niet ademen.'

De adamsappel in zijn dikke nek komt gevaarlijk

dicht bij mijn lemmet. 'W-wat wil je, man? Ik heb geen g-geld.'

'Dat weet ik.' Ik hoef hem niet te zien blozen om te weten dat mijn glimlach ijzingwekkend is. 'Dat is niet wat ik zoek.'

En daarmee haal ik mijn mes langs zijn keel. Zijn warme bloed doordrenkt mijn vingers en de stank van ontlastende ingewanden vult de lucht. Ik kijk hoe het leven uit zijn modderbruine ogen verdwijnt, en dan zeg ik zacht: 'Monica doet je de groeten.'

Ik laat zijn lichaam op de stoep vallen, veeg mijn hand en mijn mes af aan het schoonste deel van zijn shirt, haal zijn portemonnee uit zijn zak en stap het steegje uit, terug naar waar Danny wacht.

We zullen op de terugweg bij een motel moeten stoppen.

Ik heb een douche nodig voor ik naar huis ga.

54

Sara

IK BEN ER NOG STEEDS NIET KLAAR VOOR OM MIJN RING OPENLIJK OP KANTOOR TE DRAGEN, maar tijdens de lunch, als de stylisten – twee stijlvolle vrouwen van ongeveer mijn leeftijd – komen, leid ik hen door de ontvangsthal en negeer de nieuwsgierige blik van de receptioniste. We gaan naar een van de onderzoekskamers en ze meten me van top tot teen op – een proces dat met hun vaardige handen slechts enkele minuten duurt.

'Je bent erg slank, wat geweldig is,' zegt een lange, donkerharige vrouw die zich voorstelt als Suzie. 'We hebben een prachtige Monique Lhuillier die je met minimale aanpassingen zal passen. Pam, heb je een foto?'

Pam, een korte blondine met krullend haar, haalt haar telefoon tevoorschijn en toont me een slanke jurk in zeemeerminstijl die op een paspop hangt. Hij is bedekt met delicaat kant, strapless, heeft een vierkante halslijn en een rij parelknoopjes op de rug – eenvoudig maar zo perfect dat ik alleen maar kan staren en kwijlen.

'We hebben ook vele andere stijlen,' zegt Suzie, die mijn sprakeloosheid verkeerd interpreteert. 'Is er iets specifieks wat je zou...'

'Nee, dit is geweldig.' Ik scheur mijn blik los van het telefoonscherm. 'Hoeveel kost het?'

Suzie knippert en werpt een blik op Pam.

'Mr. Garin vertelde ons dat er geen vast budget is,' zegt Pam voorzichtig. 'Is dat niet zo?'

'O, eh... zeker. Ik vraag het alleen uit nieuwsgierigheid.' Financiën is een onderwerp dat ik nog niet met Peter besproken heb, dus ik doe mijn best om mijn ongemak te verbergen achter een stralende glimlach.

'O, ik begrijp het.' Pam straalt terug naar mij. 'Nou, wees ervan verzekerd dat je verloofde een zeer vrijgevige man is. Deze jurk is een one-of-a-kind runway-editie met handgemaakt kant, en de consumentenprijs is drieëndertigduizend ex btw. Maar we doen de aanpassingen er gratis bij.'

'Dat is... erg aardig van je.' Mijn stem klinkt verstikt, maar ik kan het niet helpen. Ik ben geen Assepoester – zelfs na de loonsverlaging bij mijn nieuwe baan zit mijn salaris nog stevig in de zes cijfers

– maar drieëndertigduizend is nog steeds een verbluffend bedrag voor een jurk die ik maar één keer zal dragen.

Ik dacht dat de jurk van twaalfhonderd dollar op mijn eerste huwelijk duur was.

'Je hebt ook schoenen en accessoires nodig,' zegt Suzie, terwijl ze een glimmende catalogus uit haar oversized handtas haalt. 'Wil je deze doorbladeren' – ze houdt de catalogus omhoog – 'of heb je liever dat we je iets aanraden?'

'Ik zou een aanbeveling op prijs stellen,' zeg ik, en ze vinden snel een paar witte Louboutin-pumps voor me met fijne bandjes rond de enkels, en een parelketting voor bij twee parel-en-diamantstuds voor in mijn oren.

'Je wilt natuurlijk een opgestoken kapsel,' zegt Pam terwijl ze door de catalogus bladert en naar een paar ingewikkelde kapsels van de modellen wijst. 'Het zal het allemaal echt samenbrengen.'

'Dank je. Dat zal ik zeker doen,' zeg ik terwijl ze inpakken en weggaan. Ze hebben woord gehouden en het hele proces heeft nog geen dertig minuten geduurd – een fractie van de tijd die ik nodig had om een jurk en accessoires te kopen voor mijn eerste huwelijk.

Misschien heeft het een voordeel dat Peter het zo doet, denk ik wrang terwijl ik naar buiten stap om snel te lunchen in het halfuur dat ik nog heb voor mijn volgende patiënt. Mijn eerste huwelijk was één grote productie, met George die iedereen uitnodigde die we kenden en geld uitgaf dat we niet echt hadden. Er waren tweehonderd mensen op de receptie en het duurde een jaar om het te plannen – en ik, overspoeld door coassistentschap in die tijd, haatte elke minuut van die planning.

Een kleine trouwerij waar ik alleen maar hoef te komen, is misschien wel wat voor mij.

'Wie waren die mensen?' vraagt de receptioniste van kantoor, Annabelle, als ik terugkom van de lunch, en ik haal even adem, beseffend dat ik toch een belangrijke taak op mijn bordje heb.

Ik moet mijn vrienden en collega's uitnodigen en daarbij hun verbaasde vragen verdragen.

'Ze waren hier om mijn maten te nemen voor een jurk,' zeg ik, want het is nu of nooit. Ik stop mijn linkerhand in mijn tas, doe stiekem mijn ring om en haal mijn hand tevoorschijn om de grote diamant aan Annabelle te laten zien. 'Zie je, ik ben verloofd, en de bruiloft is…'

Een opgewonden gil overstemt mijn woorden voordat ik 'aanstaande zaterdag' kan zeggen. Annabelle, een no-nonsense vrouw van achter in de vijftig die met evenveel aplomb omgaat met verzekeringsmaatschappijen als met moeilijke patiënten, springt zo kwiek als een tiener overeind en grijpt mijn hand om naar de ring te gapen, de hele tijd babbelend.

'O mijn god, kijk naar die steen! Wie is die geluksvogel? Hoe heb je hem ontmoet? Ik wist niet eens dat je verkering had!'

Als ze even op adem komt, vertel ik haar dat Peter

en ik al een tijdje een los-vaste relatie hebben, maar dat onze relatie niet serieus was vanwege zijn werk, waarvoor hij veel naar het buitenland moest reizen. Nu gaat hij echter iets anders doen, dus besloten we de volgende stap te zetten en ons te verloven.

'We plannen geen grote bruiloft,' zeg ik voordat ze met de volgende reeks vragen kan beginnen. 'In plaats daarvan houden we aanstaande zaterdag een kleine ceremonie, en ik zou het fijn vinden als jij en je man daarbij aanwezig kunnen zijn. Ik weet dat het kort dag is, maar…'

Ze gilt weer en omhelst me. 'O, dank je, schat – ik voel me zo vereerd! We zullen er zeker zijn. Heb je het Bill en Wendy al verteld?'

Ik grijns om haar opgewonden gezicht. 'Nee, ik sta op het punt dat te doen.'

'O, ga dat dan doen. Nu meteen. Ik kan niet wachten om de blik op Bills gezicht te zien als hij erachter komt dat ik gelijk had.' Op mijn opgetrokken wenkbrauwen legt ze uit: 'Ik heb om twintig dollar met hem gewed dat een mooi meisje als jij een vriend moet hebben.' En terwijl ik in lachen uitbarst, steekt ze haar hoofd uit naar de wachtkamer en zegt: 'Ik zie je patiënt nog niet, dus je hebt een paar minuten.'

'Dank je, Annabelle.' Ik lach terwijl ze met haar handen wegduwende bewegingen maakt. 'Ik ga, dat beloof ik.'

Ik haast me naar het kantoor van mijn baas voordat Annabelle me er fysiek heen kan sleuren, en klop op de deur.

'Wendy? Bill? Hebben jullie even?'

Wendy opent de deur een seconde later. 'Natuurlijk, lieverd. Waarmee kan ik je van dienst zijn?' Haar glimlach is even zacht als de witte haren die rond haar vriendelijke gezicht uitpuilen. Alles aan de vrouwelijke dokter Otterman is vriendelijk, van de zachte toon in haar stem tot de manier waarop ze haar patiënten regelmatig opbelt om te kijken hoe het met ze gaat.

Met haar werken is een waar genoegen, zelfs met haar knorrige man altijd aan haar zijde.

'Is Bill hier?' vraag ik, en zie hem dan achter haar zitten, een broodje eten dat bijna zo groot is als zijn snor.

Hij werpt me zijn gebruikelijke blik toe en legt de boterham neer. 'Wat is er?'

Als ik niet beter wist, zou ik denken dat hij me haat. Maar hij doet zo tegen iedereen, ook tegen patiënten, dus ik vat het niet persoonlijk op.

Volgens de verpleegsters is het zo dat hoe meer hij naar je glundert, hoe leuker hij je vindt.

'Nou…' Uit mijn ooghoek zie ik Annabelle naast me komen staan. Ze kan het duidelijk niet laten om de eerder genoemde blik op Bills gezicht van dichtbij te zien. 'Ik vroeg me af of jullie plannen hebben voor aanstaande zaterdag,' zeg ik, in de veronderstelling dat het het beste is om er geen groot punt van te maken. 'Ik ga trouwen in een kleine, rustige ceremonie, en…'

'Je gaat wát?' Bills grijze snor trilt en zijn blik valt op mijn linkerhand. 'Je bent verloofd?'

'Vanaf gisteren,' zeg ik, terwijl ik mijn hand optil om

de ring te laten zien. 'Ik weet dat het kort dag is, dus als je andere plannen hebt, is het helemaal…'

'O, nee, we zullen er zijn, lieverd. Gefeliciteerd.' Wendy straalt naar me en steekt haar hand uit om in mijn rechterhand te knijpen. 'Wie is de gelukkige heer?' Ze kijkt naar mijn linkerhand. 'Dat is een mooie ring die hij je gegeven heeft.'

Bills snor blijft maar bewegen. 'Heb je een vriend?' Zijn blik wordt groter terwijl hij opstaat. 'We wisten niet dat je een vriend had.'

Ik glimlach en herhaal mijn uitleg over een latrelatie en dat Peter vroeger veel heeft gereisd. 'Dus nu zijn we klaar om de volgende stap te zetten,' besluit ik en werp een blik op de klok aan de muur. 'O, kijk daar eens. Mijn patiënt is er nu waarschijnlijk,' zeg ik, en ik kijk hoe Annabelle zich met een big smile terug naar haar post haast.

'Sorry, ik moet rennen,' zeg ik tegen mijn bazen. 'Dus jullie zullen er zijn?'

'Met alles erop en eraan,' zegt Bill zuur.

Ik neem aan dat hij ook blij voor me is, en met een vrolijke zwaai naar Wendy haast ik me weg, blij dat dit deel van mijn taak, in ieder geval, zonder problemen is verlopen.

Nu moet ik het alleen nog aan de rest vertellen en het aan mijn ouders uitleggen.

Ik heb een afspraak in de tweede helft van de middag die wordt afgezegd, dus ik gebruik die tijd om de nodige telefoontjes te plegen.

Simon en Rory nemen niet op, dus laat ik een voicemail achter om me te bellen. Phil moet echter al klaar zijn met zijn werkdag op school, want hij neemt op bij het eerste belsignaal.

'Hé, daar ben je. We dachten dat je mysterieuze vriend je misschien had weggevoerd,' zegt hij, en ik lach, in de hoop dat hij de semi-hysterische toon in het geluid niet kan horen.

Phil maakt een grapje, maar Peter had me makkelijk kunnen laten verdwijnen.

Dat is wat ik dacht dat er ging gebeuren toen ik met hem de bar verliet.

'Nog steeds hier,' zeg ik als ik stop met lachen. 'Maar ik heb wel wat nieuws.'

'Het is niet waar.' Phil gapt spottend in de telefoon. 'Je bent zwanger.'

'Eh, nee…' Of tenminste: als ik het ben, weet ik het nog niet. Het is niet onmogelijk na twee dagen van onbeschermde seks, maar het is zeker te vroeg om te zeggen. 'Ik ga trouwen, dat wel.'

Er is een doodse stilte aan de telefoon. Dan: 'Wát?'

'Ja, het is een lang verhaal,' zeg ik en ik begin met dezelfde uitleg die ik mijn collega's gaf over mijn los-vaste relatie en Peters reizen.

'Maar waarom heb je ons niet over hem verteld?' Phil klinkt nog steeds verbijsterd. 'We dachten allemaal dat je niet uitging vanwege je man.'

'Het was soms een beetje ingewikkeld. En omdat ik niet zeker wist of het ergens heen ging...' Ik stop met praten, in de hoop dat Phil de gaten zelf invult. 'In ieder geval gaan we trouwen, en wel aankomende zaterdag, dus...'

'Wát?'

Ik grijns en zie zijn uitpuilende ogen voor me. 'Ja, ik weet het. We hebben besloten geen lange verloving te houden. Hoe dan ook, ik weet dat het erg kort dag is, dus als je andere plannen hebt deze zaterdag, begrijp ik dat volkomen. Maar als je kunt komen, zouden we je er graag bij hebben, en je mag natuurlijk een date meenemen.'

'Je gaat trouwen. Deze zaterdag.'

'Dat is wat ik net zei.' Ik pauzeer om hem een kans te geven meer te emotioneren, maar hij lijkt zijn tong verloren te hebben, dus ik ga door. 'Je hoeft het me niet meteen te vertellen, maar als je de kans krijgt, zou ik graag voor morgen weten of je erbij kunt zijn. Peter heeft een cateringbedrijf geboekt en zo, dus het wordt klein maar hopelijk leuk.'

'Waar...' Phil schraapt zijn keel. 'Waar zal de bruiloft zijn?'

'In de Silver Lake Country Club,' zeg ik. 'Ken je die?'

'Ja, natuurlijk. Mijn neef is daar een paar jaar geleden getrouwd. Prachtige plek.'

'O, goed.' Ik glimlach, hoewel hij het niet kan zien. 'Dus kun je me vertellen of je erbij zult zijn, of heb je tot morgen nodig?'

'Neem je me in de maling? Natuurlijk ben ik er. Heb je het Rory en Simon al verteld?'

'Ik heb hun voicemail ingesproken,' zeg ik en ik kijk op de klok. Ik kan maar beter opschieten als ik Marsha wil bellen voor mijn volgende patiënt. 'Heel erg bedankt, Phil, en sorry dat ik je hiermee overval,' zeg ik tegen hem. 'Zie je zaterdag.'

'Ja. Tot ziens,' zegt hij, nog steeds verbijsterd klinkend als ik ophang.

Marsha is de volgende op mijn lijst, en het is een gesprek waar ik bijna net zo tegen opzie als het komende etentje met mijn ouders. Terwijl ik haar nummer kies, hoop ik half dat ze niet opneemt, maar ze neemt op bij het eerste belsignaal.

'Hé, schat.'

Ik haal diep adem. 'Hé, Marsha. Hoe gaat het?'

'Eh, je kent het. Ik sta op het punt om mijn avonddienst te beginnen. Andy trok aan het kortste eind deze week, maar haar vriend had een woedeaanval omdat het vandaag hun trouwdag is, dus vroeg ze me om met haar te ruilen. Hoe gaat het met je? Wat ga je dit weekend doen? Tonya en ik zouden zaterdag naar een paar bars gaan. Wil je mee? Je hebt toch geen voorstelling, of wel?'

'Nee, maar eigenlijk, over deze zaterdag...' Ik pak de telefoon steviger vast. 'Ik heb nieuws.'

'O?'

'Er is een jongen waar ik al een tijdje mee omga. Een beetje aan en uit.'

'Echt waar?' Marsha's stem klinkt opgewekt. 'Wie? Toch niet die roodharige bodybuilder uit je band?'

'Rory? Nee, helemaal niet.'

'O, goed. Want Tonya vond hem echt leuk en dacht dat het misschien wederzijds was. Wie dan? Heb ik hem ontmoet?'

'Nee, dat heb je niet.' Ik haal nog eens diep adem. 'Het is wel heel serieus geworden tussen ons, hoor.'

'Echt?' Haar interesse is duidelijk aan het stijgen. 'Serieus hoe?'

Ik zet me schrap en ratel eruit: 'We gaan deze zaterdag trouwen.'

'Je gaat wát?'

Het hoge woord is eruit, dus ik herhaal zo kalm als ik kan: 'Ik ga trouwen. Aanstaande zaterdag. En als je kan, zou ik het leuk vinden als je erbij bent.'

'Dit is een grap, toch?'

Ik knijp mijn neusbrug dicht met mijn vrije hand. 'Nee. We hebben besloten geen grote formele ceremonie te houden, dus nodigen we maar een paar mensen uit. Het zal in de Silver Lake Country Club zijn. Je weet wel, in Orland Park?'

'Uh-huh. En ik ga naar *Dancing with the Stars*.'

'Marsha... Ik maak geen grapje.'

Er zijn een paar momenten van zware stilte. Dan: 'Ga je tróúwen?'

'Ja. Deze zaterdag.'

'Wat de fuck? Zijn jullie serieus? Wanneer hebben jullie elkaar ontmoet en hoe? Hoe heet hij? Hoe komt het dat je hem nooit tegen mij hebt genoemd?'

'Het is een lang verhaal. We hebben een tijdje gedatet, en toen…'

'Wat bedoel je met een tijdje? Hoelang is een tijdje? Weken? Maanden?'

Ik huiver inwendig. 'Eh, maanden. Absoluut maanden.' Technisch gezien is het in oktober twee jaar geleden dat Peter me waterboardde in mijn keuken, maar in termen van de tijd die we samen doorbrachten, is het waarschijnlijk zeven of acht maanden.

'Wow. Oké. Gewoon… wow.' Marsha valt even stil en vraagt dan op een vaag gekwetste toon: 'Waarom heb je niets gezegd? Je weet dat we allemaal dachten dat je vrijgezel was na… nou ja, je weet wel.'

'Ik weet het, het spijt me. Omdat het zo'n knipperlichtgebeuren was, dacht ik eerst niet dat het zo serieus was. Hij reisde veel voor zijn werk. Maar nu is hij daar klaar mee, dus hebben we besloten om de volgende stap te zetten.'

'En de volgende stap is trouwen? Wat is er gebeurd met gewoon daten en samenwonen? Sara, schat…' Haar stem neemt een bezorgde toon aan. 'Wat is er aan de hand? Is alles oké?'

Dit is het moeilijkste deel, want in tegenstelling tot Phil en mijn nieuwe collega's, kent Marsha mij al jaren. Ze weet dat ik altijd goed nadenk voor ik iets doe, en ze weet ook wat er gebeurd is met Peter.

Nou, de akelige delen ervan, tenminste.

'Alles is in orde.' Ik breng zoveel mogelijk vrolijkheid in mijn stem. 'We zijn gewoon blij dat we eindelijk samen kunnen zijn, en we zien geen reden om te wachten. Geen van ons wil een grote ceremonie, dus...'

'Oké, oké, wacht even. Achteruit met die truck. Je hebt me nog steeds zijn naam niet verteld of wat hij doet.'

Ik haal diep adem. Hier gaat-ie dan. 'Hij heet Peter Garin. Hij was beveiligingsconsultant, maar hij is net gestopt.'

'Peter Garin? Wacht eens even...' Marsha's stem wordt gespannen. 'Heette die Russische moordenaar die je ontvoerde niet Peter of zoiets?'

'Sokolov, en alsjeblieft, laten we het daar niet over hebben.' Vooral omdat ik niet meer tegen haar wil liegen dan nodig is. 'Hoe dan ook, zoals ik al zei, we hebben een kleine bruiloft deze zaterdag, en we zouden het leuk vinden als je erbij kon zijn. Maar ik weet dat je andere plannen hebt, dus als je niet kunt...'

'O, alsjeblieft, Sara. Ik zal er natuurlijk zijn. Die klotebars kunnen wachten. Maar ik ben nog steeds in de war. Heet je aanstaande ook Peter? En wat voor naam is Garin? Waar komt hij vandaan?'

Ik trommel met mijn vingers op het bureau. 'Hij is van... van overal. Maar hij is geboren in Oost-Europa.' Ik kan hier niet over liegen; Peters accent, hoe vaag ook, geeft duidelijk aan dat hij uit dat deel van de wereld komt.

Dat moet de reden zijn waarom hij een Russisch klinkende achternaam koos in plaats van iets als Smith of Johnson.

'Wat?' Marsha klinkt op het randje van flippen. 'Waar in Oost-Europa?'

Ik knijp mijn ogen dicht. 'Rusland.'

'Je neemt me in de maling, toch? Zeg dat je een grapje maakt.'

Ik open mijn ogen en werp een blik op de klok. Tot mijn opluchting is het bijna tijd voor mijn volgende patiënt.

'Luister, Marsha, ik moet rennen. Je zult Peter zaterdag ontmoeten en alles over hem te weten komen, dat beloof ik. Nu moet ik naar een patiënt.'

'Sara, wacht…'

'Ik mail je morgen alle details,' zeg ik en ik hang op. Dan zet ik mijn telefoon op stil voordat ze me terug kan bellen.

Vier uitnodigingen klaar, nog een hoop te gaan.

Ik kan dit wel aan.

Zo erg is het niet.

55

S ara

ZO ERG IS HET WEL, BESLUIT IK TEGEN DE TIJD DAT IK van mijn werk kom, nadat ik met Rory, Simon, Andy, Tonya en mijn collega's in de kliniek heb gesproken tijdens een andere toevallige afzegging. Na meer dan tien keer achter elkaar hetzelfde gesprek te hebben gevoerd, ben ik uitgeput, en het ergste komt vanavond nog.

Eten met mijn ouders.

'Ik regel het,' zei Peter tijdens het ontbijt toen ik aanbood om op weg van kantoor eten te gaan halen. 'Kom gewoon op tijd thuis en maak je nergens zorgen over.'

Danny staat bij de stoeprand als ik uit mijn gebouw kom, en ik rol met mijn ogen vanwege Peters overbezorgdheid als ik in de auto stap. Vanmorgen was het te mooi weer om de korte afstand naar mijn kantoor te rijden, dus Peter heeft me naar mijn werk gebracht. En nu heb ik ook nog een begeleider naar huis.

Als het zo doorgaat, vergeet ik nog hoe het is om alleen op straat te zijn.

Impulsief draai ik Peters nummer.

'Hoi, ptichka.' Zijn diepe stem streelt mijn oren. 'Ben je op weg naar huis?'

'Ik zit in de auto met Danny.' Ik werp een blik op de chauffeur, die goed zijn best doet om te doen alsof hij doof en stom is, terwijl hij de straat op rijdt. 'Maar dat wist je al, toch?'

'Danny heeft me een minuutje geleden een bericht gestuurd, ja. Hoe was je dag, liefje?'

'Goed. Ik heb zo'n beetje iedereen uitgenodigd die ik wilde uitnodigen, en Simon is de enige die er niet bij kan zijn. Hij heeft iets met zijn familie in South Carolina.'

'Heel mooi.' Ik hoor wat gerammel op de achtergrond, gevolgd door stromend water, en dan zegt Peter: 'Wacht even. Ik moet deze pasta even afgieten.'

'Ben je eten aan het maken?' vraag ik als hij een minuutje later de telefoon weer opneemt.

'Ja, Italiaans. Je ouders houden daarvan, toch?'

'Ze vinden het geweldig,' zeg ik glimlachend. 'Ik weet zeker dat ze erg onder de indruk zullen zijn.'

'Je bedoelt als ze eenmaal over de drang heen zijn

om de FBI te bellen? Ja, je hebt waarschijnlijk gelijk. Dit belooft behoorlijk appetijtelijk te worden.'

Ik barst in lachen uit, mijn bezorgdheid over het komende etentje verandert in pure duizeligheid. Dit gebeurt echt.

Peter en ik worden een normaal stel.

'Hoe was je dag?' vraag ik. 'Wat heb je vandaag gedaan?'

Wat doet een ex-moordenaar met zijn tijd?

'Ik heb een paar boodschappen gedaan en zo,' zegt Peter, en ik hoor de warme glimlach in zijn stem. 'Ik heb ook een paar huizen in de buurt bekeken waar we later een kijkje kunnen nemen. Ik heb het er gisteren nog niet met je over kunnen hebben, maar dit appartement is waarschijnlijk te klein voor ons – vooral deze keuken. En als ik me niet vergis, staan ze geen huisdieren toe, toch?'

'Klopt. Het is een van de grootste nadelen van dit gebouw,' zeg ik. Mijn hart bonst hard in mijn borstkas. Het gaat gebeuren, echt gebeuren. Een leven samen: huisje, boompje, beestje. Ik bedwing een aanval van duizeligheid en zeg: 'Ik heb het gekozen omdat het dicht bij mijn ouders en mijn werk is, maar ik zou het niet erg vinden om wat verder weg te gaan wonen nu mam is hersteld.'

'Dat dacht ik al,' zegt Peter. 'Twee van de huizen die ik heb bekeken zijn dichtbij, en één is ongeveer een kilometer verder van je kantoor. Natuurlijk is er nog altijd je oude huis...'

'Hebben ze het aan je teruggegeven?' Ik vraag het en

realiseer me meteen dat het een domme vraag is. Peter is niet langer een voortvluchtige, dus de regering heeft geen wettelijk recht om het eigendom dat ze in beslag namen toen ze erachter kwamen dat het van hem was, te houden.

'Ja, natuurlijk,' zegt Peter. 'Denk erover na en laat me weten wat je ermee wilt doen. Zelfs als we er niet naar terugverhuizen, kunnen we het houden voor het geval dat, of we kunnen het verkopen. Jij beslist.'

'O, echt? En ik dacht nog wel dat jij alle beslissingen nam,' plaag ik, maar besef dan dat ik maar gedeeltelijk een grapje maak. Peter is weer eens als een wervelwind mijn leven binnengekomen, heeft het op zijn kop gezet en mijn gemoedsrust verwoest. Zijn wilskracht, in combinatie met zijn meedogenloosheid, maakt het onmogelijk om te doen alsof ik mijn lot in eigen hand heb, of dat ik iets te zeggen heb over waar onze relatie heen gaat.

En toch... misschien heb ik dat wel. We zijn hier in plaats van ons te verstoppen in een afgelegen deel van de wereld, en ik sta op het punt zijn vrouw te worden, niet zijn gevangene. Zelfs als zijn methodes hardhandig zijn, heeft Peter op de duidelijkst mogelijke manier laten zien dat wat ik wil belangrijk voor hem is.

Dat mijn geluk er voor hem toe doet.

'Je bedoelt over de bruiloft?' vraagt Peter, die mijn plagerij op de koop toe neemt. 'Want we kunnen nog wel een paar dingen veranderen als er iets is wat je niet bevalt.'

'Zoals de datum?' vraag ik wrang. Op de stilte aan

de telefoon zeg ik: 'Laat maar. Ik heb iedereen al uitgenodigd. Het is allemaal goed.'

'Goed, daar ben ik blij om.' Er klinkt meer gerinkel op de achtergrond als Peter zegt: 'Ik zie je thuis over een paar minuten, ptichka. Ik hou van je.'

Ik hou ook van jou. De woorden liggen op het puntje van mijn tong, maar toch zeg ik voordat ik ophang: 'Tot gauw.' Ik weet zeker dat Peter weet hoe ik me voel – hij is er al vanaf het begin van overtuigd dat we bij elkaar horen – maar omdat ik de woorden nog nooit heb gezegd, voelt het verkeerd om ze er zomaar uit te flappen.

Maar ik hou wel van hem. Ik kan het eindelijk aan mezelf toegeven, ook al is er niets veranderd. Hij is nog steeds een moordenaar, nog steeds een monster dat elke verstandige vrouw zou vrezen en verafschuwen. Maar ik ben niet langer normaal, want ik hou van hem en ik ga met hem trouwen.

Uit vrije wil sta ik op het punt mijn leven te delen met een man die me ooit martelde en stalkte. Die me, technisch gezien, nog steeds stalkt – als me altijd laten volgen past in die definitie.

'We zijn er,' zegt Danny met een schorre stem, en ik kijk uit het raam, geschrokken als ik me realiseer dat we al bij mijn gebouw geparkeerd staan – en dat de chauffeur met zijn stalen gezicht echt tegen me heeft gesproken.

'Dank je,' zeg ik en ik pak mijn tas. Danny knikt terwijl ik uit de auto stap.

Wow. Vooruitgang.

Ik ben net erkend door mijn chauffeur-slash-bodyguard.

De duizeligheid die ik bijna had uitgebannen, komt terug als ik de auto van mijn ouders de parkeerplaats aan de andere kant op zie rijden.

Ze zijn vroeg.

Twintig minuten te vroeg.

Wanhopig bel ik Peter opnieuw.

'Ze zijn hier,' zeg ik ademloos als hij opneemt. 'Mijn ouders, ze zijn er al.'

'Dat is goed,' zegt hij onverstoorbaar. 'Het eten is bijna klaar. Ik zie je zo.'

'Oké, ja.' Ik hang op en stop mijn telefoon terug in de tas. Ik begin de ring van mijn vinger te schuiven om hem ook in de tas te doen, maar bedenk me.

Het heeft geen zin iets te verbergen als ze Peter zo ontmoeten.

Ik haal diep adem en ga naar de auto van mijn ouders. 'Hé, mam, pap.'

'O, hallo, schat.' Mam opent de deur en klimt met slechts minimale stijfheid naar buiten. 'Kom je net thuis van je werk? Sorry dat we wat vroeg zijn; je vader dacht dat het misschien druk op de weg zou zijn, dus we hebben het ruim genomen.'

'Het zou echt druk op de weg zijn, volgens de GPS,' corrigeert pa en hij komt om de auto heen om me een knuffel te geven.

Ik omhels hem terug en kus dan mam op de wang. 'Het is al goed. Het eten is bijna klaar.'

Mam grijnst. 'Is het geen afhaalmaaltijd?'

'Nee, ben bang van niet. De man die ik jullie wil laten ontmoeten, is aan het koken.' Ik kijk achterom en zie Danny in de zwarte auto zitten, ons zwijgend bewakend, en draai me dan weer om naar mijn ouders. 'Er is iets wat ik jullie moet vertellen,' zeg ik voorzichtig.

'Wat is er, schat?' Mam reikt uit om mijn linkerhand aan te raken, en haar vingers strijken tegen mijn ring. Meteen richt haar blik zich op de diamant, en haar ogen worden zo groot als een kwartje. 'Sara, is dat...'

'Daar wilde ik het net over hebben,' zeg ik als mijn vader verstijft en vol ongeloof naar mijn linkerringvinger staart. 'Ik heb heel goed nieuws.'

'Ben je verloofd?' Mam haalt haar blik weg van de glimmende steen om me aan te gapen. 'Hoe? Met wie? Je was niet eens...'

'Mam, pap.' Ik neem elk van hun handen in een van de mijne. 'Luister alsjeblieft naar me en probeer kalm te blijven.' Ze blijven bevroren, staren me hertachtig aan terwijl ik gestaag zeg: 'Peter, de man van wie ik hou, is terug. Hij is er eindelijk in geslaagd zijn misverstand met de autoriteiten op te lossen, en hij wordt niet langer gezocht voor verhoor. We kunnen eindelijk samen zijn, en ja, we hebben ons net verloofd.'

eter

Ik kijk weer uit het raam, waar Sara op de parkeerplaats met haar ouders staat te praten. Ze zijn al acht minuten bezig en ik wou dat ik Sara kon afluisteren, zodat ik kon horen wat ze zeggen.

Te oordelen naar de wilde gebaren van alle drie, lopen de emoties hoog op.

Misschien moet ik een afluisterapparaatje bij Sara plaatsen. Misschien zelfs een paar – een in haar telefoon, een in haar tas, en nog een paar in haar favoriete schoenen. Ik volg haar telefoon al, dus ik weet altijd waar ze is, maar dit zou me extra gemoedsrust geven.

De tafel is al gedekt, maar ik wacht nog even met het eten klaarzetten. Uiteindelijk laat de Sara-trackingapp op mijn telefoon me weten dat haar telefoon in het gebouw is en het appartement nadert, dus ik loop erheen om de deur voor haar en haar ouders te openen.

'Mam, pap, dit is Peter,' zegt ze als het oudere echtpaar achter haar binnenkomt en stopt, terwijl ze me wantrouwig aankijken. 'Zoals ik al zei, hij heeft gebroken met zijn oude connecties en heet nu Peter Garin. Peter, dit zijn mijn ouders, Lorna en Chuck Weisman.'

'Aangenaam kennis te maken,' zeg ik en ik steek mijn hand uit naar Sara's vader om die te schudden.

'Insgelijks.' Ondanks het beleefde antwoord is Chucks stem net zo hard als zijn greep, en zijn blauwe ogen staan scherp als hij naar me gluurt.

Daarna schud ik Lorna's hand, voorzichtig dat ik haar fragiele vingers niet fijnknijp.

'Je hebt heel wat uit te leggen, meneer Garin,' zegt ze zacht, terwijl ze naar me opkijkt, en ik glimlach, terwijl ik in de elegante lijnen van haar bejaarde gezicht schakeringen van Sara zie.

'Natuurlijk. Ik leg je graag alles uit.'

'Het eten is klaar, zullen we aan tafel gaan zitten?' stelt Sara voor terwijl ze naast me komt staan, en warmte vult mijn borst als haar slanke arm om mijn elleboog schuift in een waardig gebaar.

Mijn ptichka. Eindelijk heeft ze ons geaccepteerd als een stel.

'Natuurlijk. Wat er ook gekookt wordt, het ruikt lekker,' zegt Lorna, en ik glimlach weer naar haar, beseffend dat Sara's moeder in ieder geval bereid is om erin mee te gaan.

Als we in de keuken zijn, excuseert Sara zich om naar het toilet te gaan en ik zet de Caesarsalade en de antipastischotel op tafel.

'Sara zei dat je graag kookt,' zegt Lorna, die me door de keuken ziet lopen, en ik knik als ik tegenover haar ga zitten.

'Het is een hobby van me. Ik vind het heel rustgevend.'

'Hobby, hè?' Chucks blik wordt dieper. 'Wat is je beroep dan? We hebben nooit een duidelijk antwoord van Sara kunnen krijgen.'

'Ik heb een paar verschillende dingen gedaan, maar het meest recentelijk heb ik gewerkt als veiligheidsconsultant en had ik een bedrijf in die richting,' zeg ik en ik sta op. Terwijl ik de saladetang oppak, kijk ik naar Lorna. 'Salade?'

Ze knikt. 'Graag.'

Ik leun over de tafel en leg een flinke portie salade op haar bord, en kijk dan naar Chuck.

'Nee, dank je.' Hij spietst een gemarineerde artisjok met zijn vork en legt die van de antipastischaal op zijn bord, mij de hele tijd baldadig aankijkend.

'Wat voor zaken?' vraagt hij zodra ik weer ga zitten. 'Sara zei dat je een of andere aannemer was. Was dat het beveiligingsbedrijf? Wie waren je klanten, en wat heeft dit te maken met je recente problemen met de wet?'

Ik onderdruk de neiging om te glimlachen. De oude man houdt zich niet in.

'Mijn achtergrond is Spetsnaz – de Russische Speciale Strijdkrachten,' zeg ik, want dit kan ik wel onthullen. 'Nadat ik het leger had verlaten, heb ik over de hele wereld gereisd en advies gegeven aan een aantal organisaties en personen die redenen hadden om zich zorgen te maken over de veiligheid. Ik kan niet precies vertellen wat me in de problemen heeft gebracht, want dat is geheim, maar ik kan je verzekeren dat het nu allemaal opgelost is.'

'Hoe opgelost?' vraagt Lorna als Sara terugkeert naar de keuken, en ik glimlach als mijn ptichka naast me plaatsneemt en gretig naar de salade grijpt.

'Ik heb een deal gemaakt met de autoriteiten die voor beide partijen voordelig was,' zeg ik terwijl Sara begint te eten. Blijkbaar vindt ze het wel goed om mij de vragen van haar ouders te laten beantwoorden. 'Dus nu heb ik een nieuwe achternaam en een schone lei, en Sara en ik kunnen eindelijk trouwen.'

'Een schone lei waarvan?' vraagt Sara's vader, zijn neusvleugels knipperend. 'Ik hoorde dat er mensen vermoord waren.'

'Ik kan je niets meer vertellen dan wat je al weet, ben ik bang.' Ik leg wat salade op mijn eigen bord. 'Dat is een deel van de afspraak die ik gemaakt heb.'

Chucks gezicht wordt rood, en even ben ik ervan overtuigd dat hij me met zijn vork gaat steken. Maar hij moet beschaafder zijn dan ik, want het enige wat hij doorboort is een sappige groene olijf van de antipastischotel.

'Meneer Garin,' zegt Lorna, en ze legt haar vork neer. 'Ik hoop dat je...'

'Alstublieft, noem me Peter. We staan op het punt familie te worden.'

Haar zorgvuldig geschilderde mond verstrakt een beetje. 'Oké, Peter. Ik hoop dat je begrijpt dat we ons veel zorgen maken, zowel over je achtergrond als je connecties. Om nog maar te zwijgen over het feit dat Sara vijf maanden lang verdween nadat jullie twee...'

'Begonnen met daten?' stelt Sara hulpvaardig voor, en haar moeder fronst haar wenkbrauwen.

'Juist, begonnen met daten.' Lorna richt haar aandacht weer op mij, en ik herken de stalen ruggengraat in haar. Het is dezelfde die haar dochter bezit, dezelfde die mijn ptichka in staat heeft gesteld het soort trauma te verwerken dat een zwakker persoon zou hebben vernietigd.

'Luister naar me, Peter.' Sara's moeder leunt naar voren, en hoewel haar stem zacht blijft, is haar blik net zo scherp als die van haar man. 'Je mag dan je "misverstand" met de autoriteiten hebben opgelost, maar we zijn er niet van overtuigd dat je geen gevaar voor onze dochter bent. We weten niets over je, en wat we wel weten, is eerlijk gezegd, nogal verontrustend. Sara zegt dat jullie verliefd zijn en dat ze uit eigen beweging met je meegegaan is, maar daar twijfelen we sterk aan. Je bent niet het soort man dat onze Sara ooit zou...'

'Mam, alsjeblieft.' Sara duwt haar bord opzij. 'Ik heb je keer op keer verteld dat Peter niet is wat je...'

'Je ouders hebben gelijk, ptichka.' Ik omsluit haar hand met mijn handpalm en knijp er lichtjes in, dan draai ik me om om naar haar moeder te kijken. 'Mevrouw Weisman,' zeg ik, gebruikmakend van de formele aanspreekvorm om mijn respect te tonen. 'Ik begrijp jouw bedenkingen volkomen. Als ik jou was, zou ik net zo bezorgd zijn, want je hebt helemaal gelijk: jouw dochter en ik komen uit verschillende werelden.'

Lorna en Chuck staren me aan, duidelijk verbaasd, en ik gebruik het moment om voor te bereiden wat ik ga zeggen. Ik moet heel voorzichtig balanceren tussen hen het gevoel geven dat ze me kennen en hen de stuipen op het lijf jagen.

Ik besluit bij het begin te beginnen. 'Ik ben opgegroeid in een weeshuis in Rusland,' zeg ik. 'Ik heb geen idee wie mijn ouders waren, maar ik weet bijna zeker dat ze in niets op jullie twee leken. Hoogstwaarschijnlijk was mijn moeder een tienermoeder, maar dat is pure speculatie van mijn kant. Ik weet alleen dat ik op de stoep van het weeshuis ben achtergelaten toen ik misschien een paar dagen oud was.'

Sara bedekt onze handen met haar vrije hand en steunt me stilletjes als ik verder ga.

'Het was geen geweldige plaats om op te groeien, en als jongeling zat ik voortdurend in de problemen,' zeg ik terwijl de Weismans me blijven aanstaren. 'Toen ik zeventien was, werd ik echter gerekruteerd in een speciale terrorismebestrijdingseenheid van de Spetsnaz, waar ik mijn land een aantal jaren heb gediend.'

'Hij was daar echt goed in,' onderbreekt Sara. Ze klinkt zo trots als een verloofde. 'Toen hij eenentwintig was, was hij al hoofd van zijn team.'

Ik glimlach naar haar, de warmte in mijn borst wordt intenser, ook al weet ik dat ze alleen maar een showtje opvoert voor haar ouders. Sara weet wat ik gedaan heb als lid van die eenheid, en ik betwijfel of ze echt trots is op het aantal terroristen en radicale opstandelingen dat ik gevangen en gemarteld heb voor mijn land. Toch voelt het goed om haar goedkeuring te hebben, hoe vals die ook mag zijn.

'Dat is indrukwekkend,' zegt Lorna, en ik zie dat zij en Chuck me met iets minder vijandigheid bekijken.

'Dank je,' zeg ik en glimlach naar hen. 'Ik was goed, gedeeltelijk dankzij mijn verknipte jeugd.'

'Waarom ben je dan weggegaan?' vraagt Chuck, die weer een olijf pakt. 'Hoe ben je hier terechtgekomen?'

Mijn stemming wordt donkerder, de warmte in mij verdwijnt ondanks Sara's voortdurende zachte aanraking. Ik wist niet of ik dit zou bespreken – of ik mezelf ertoe kon brengen dat te bespreken – maar ik zie nu in dat ik wel moet; dat als ik dit belangrijke deel weglaat, de Weismans dat zullen merken en ik een kans zal verliezen om hun vertrouwen te winnen.

'Een paar jaar na mijn diensttijd bracht mijn werk me naar een klein bergdorpje in Dagestan, waar ik een jonge vrouw ontmoette,' zeg ik gelijkmatig, terwijl ik mijn hand terugtrek uit Sara's greep. 'Ze werd zwanger en we trouwden.'

Lorna's ogen worden groot. 'Heb je een kind?'

'Had,' zeg ik, en ondanks al mijn inspanningen komt het woord er hard, bijna bitter uit. 'Pasha, mijn zoon, en Tamila, mijn vrouw, zijn zeven jaar geleden vermoord. Daryevo, het dorp waar ze woonden, werd ten onrechte verondersteld onderdak te bieden aan terroristen, en tientallen onschuldigen werden gedood tijdens een aanval onder leiding van de NAVO.'

Sara's ouders staren me aan, hun gezichten bleek en hun ogen vol ongeloof.

'Ik begrijp het niet,' zegt Chuck na een lang, zwaar moment. 'Hoe kon zoiets gebeuren? En zou zo'n verschrikkelijke fout niet overal in het nieuws zijn geweest? Wat je zegt is...' Hij schudt zijn hoofd en pakt met een wankele hand een glas water.

'Het is moeilijk te geloven, ik weet het, pap,' zegt Sara. 'Maar ik kan je zeggen dat het waar is. Ik heb de foto's met mijn eigen ogen gezien. Het is gebeurd, en het was inderdaad verschrikkelijk.'

Lorna staart naar haar dochter en draait zich dan naar mij. 'Het spijt me zo, Peter.' Haar stem verzacht verder bij wat ze op mijn gezicht moet zien. 'Hoe oud was je zoon?'

'Hij zou volgende maand drie jaar zijn geworden.' Een golf van angst verstikt me en ik sta op, niet in staat om Sara's ouders aan te kijken. Ik loop naar het fornuis, pak de pan pasta en ga ermee terug naar de tafel, de tijd gebruikend om mezelf te bedaren.

'Ik hoop dat jullie van deze marinarasaus houden,' zeg ik op een rustiger toon, terwijl ik een flinke portie van de met saus overgoten linguini op Sara's bord leg en daarna hetzelfde doe voor haar ouders. 'Het is een beetje anders dan wat je in de winkel zou kopen.'

Sara's moeder wikkelt haar vork in de linguini en neemt een hap, en schenkt me dan een trillende glimlach. 'Het is erg lekker, Peter. Dank je.'

'Graag gedaan.'

Ik voel Sara's tere hand op mijn knie, lichtjes knijpend, en als ik haar aankijk, zie ik dat haar hazelnootkleurige ogen veel te helder zijn. Ze zegt niets, maar de ongrijpbare warmte keert terug, ontdooit het ijzige blok dat zich in mij vormde bij de herinneringen.

Sara's vader schraapt zijn keel. 'Dus, eh… hoe ben je hier terechtgekomen dan? Na… je weet wel.'

Ik haal even adem. Dit is waar ik voorzichtig moet zijn om niet te veel te onthullen.

'Er is een onderzoek geweest,' zeg ik, terwijl ik Chuck aankijk. 'Dat resulteerde in het officieel vrijspreken van de schuldigen en het hele incident werd afgedaan als "zulke dingen gebeuren nu eenmaal in dat deel van de wereld". Ik accepteerde die uitkomst niet, en omdat mijn superieuren medeplichtig waren aan de doofpot, heb ik mijn baan opgezegd. Ik reisde de wereld rond als veiligheidsadviseur en uiteindelijk belandde ik in Chicago, waar ik jouw dochter ontmoette.'

'Hoe ben je dan in de problemen gekomen met de

autoriteiten?' vraagt Lorna, maar ze kijkt me behoedzaam aan, met een vleugje sympathie. 'Heeft het iets te maken met wat er met je familie is gebeurd?'

'Ik ben bang dat ik je dat niet kan vertellen. Zoals ik al eerder zei, het is geheim.' Ik pauzeer, laat ze hun eigen conclusies trekken, en als er niet meteen meer vragen komen, kijk ik ze allebei in de ogen en zeg rustig: 'Lorna, Chuck – ik hoop dat ik jullie zo mag noemen?' Op Lorna's knikje ga ik verder. 'Ik kan niet tegen jullie liegen over het soort man dat ik ben. Ik ben niet opgegroeid in een leuke buurt, en ik heb niet geleerd voor dokter of advocaat. Ik ben een soldaat, en ik heb dingen gezien en gedaan die jullie je waarschijnlijk niet kunnen voorstellen. Maar ik hou wel van jullie dochter. Ik hou van haar met alles wat ik ben. Zij is de enige persoon in de wereld die belangrijk voor me is, en ik zou alles voor haar doen.' Ik draai me om naar Sara, neem haar hand in de mijne en zeg in alle eerlijkheid: 'Ik zou mijn leven geven om haar gelukkig te maken.'

Sara

IK HEB GEEN IDEE HOE IK DACHT DAT HET ETENTJE ZOU VERLOPEN, maar het laatste wat ik verwachtte was dat Peter zijn ziel bloot zou leggen tegenover mijn ouders, dat hij hen zou ontwapenen met oprechtheid in plaats van hun bezwaren de kop in te drukken met arrogantie en versluierde dreigementen.

Tijdens de rest van het diner is hij beleefd en respectvol en beantwoordt hij hun vragen zo gedetailleerd dat wanneer hij iets verdoezelt, het nog steeds als de waarheid klinkt.

Waar hebben we elkaar ontmoet? In een club in Chicago. Was hij al een voortvluchtige? Ja. Waarom hadden we een geheime afspraak? Vanwege zijn status als voortvluchtige, die hij me pas vertelde toen ik al met hem in het vliegtuig zat. Waarom ben ik vijf maanden niet thuisgekomen? Omdat de autoriteiten ontdekten waar hij was, en dat was de enige manier voor ons om samen te zijn. Wat is hij nu van plan te gaan doen? Nog aan het beslissen, maar hij heeft genoeg geld om samen van te leven. Hoe is hij aan zoveel geld gekomen? Door zijn adviesbureau, en ja, de details daarvan zijn ook geheim.

In het begin luister ik alleen, maar als ik zijn strategie beter begrijp, doe ik mee met mijn eigen antwoorden, waarbij ik zorgvuldig Peters voorbeeld volg. Tegen de tijd dat we aan het dessert toe zijn – verse frambozen en zelfgemaakte tiramisu – lijken mijn ouders misschien niet helemaal op hun gemak met onze relatie, maar in ieder geval lijken ze die wel te accepteren.

Het is zeker beter dan hun paniekerige reactie toen ik ze op de parkeerplaats vertelde over onze verloving. Ze stonden op het punt de FBI te bellen toen ik ze vertelde dat onze bruiloft aanstaande zaterdag is, en ik moest alles op alles zetten om ze ervan te overtuigen naar boven te gaan en Peter zelf te ontmoeten.

'Ik begrijp nog steeds niet waarom je zo'n haast hebt met het huwelijk,' zegt mam, nippend aan haar kamillethee, en ik verberg een glimlach om de berusting in haar toon. Het onderwerp is nu tenminste de snelheid van het huwelijk, niet hoe gevaarlijk Peter is of dat we überhaupt niet samen moeten zijn.

'Dat is mijn initiatief, vrees ik,' zegt Peter en hij schenkt mijn moeder een glimlach die zo charmant is dat het me verbaast dat ze niet ter plekke smelt. 'Ik heb je dochter zo gemist dat ik haar ten huwelijk heb gevraagd zodra we weer bij elkaar waren. Het leven is gewoon te kort, zie je; als je de ware vindt, moet je haar vasthouden, en ik weet dat Sara en ik de ware voor elkaar zijn. Trouwens' – hij kijkt me aan, zijn blik wordt warm – 'ik zou graag willen dat we snel een gezin stichten.'

Mijn vader stoot bijna zijn koffiekopje om. 'Wát?'

Peter geeft hem een servet. 'Ik zou graag kinderen willen,' zegt hij rustig terwijl mijn vader het gemorste water opveegt. 'Een meisje en een jongen, of wat het lot voor ons in petto heeft.'

Ik bloos als mama's blik meteen op mijn buik valt.

'Sara, schat, je bent toch niet…'

'Nee, natuurlijk niet.' Ik voel mijn gezicht nog roder worden als mam haar wenkbrauwen ongelovig optrekt. 'Het is te vroeg, Peter is net terug.'

'Maar je bent al aan het proberen?' vraagt mam, met een vrolijke grijns op haar gezicht, en tot mijn schrik besef ik dat ze blij is met deze ontwikkeling.

De oerdrang om kleinkinderen te krijgen moet zwaarder wegen dan haar resterende zorgen om Peter.

Pap daarentegen kijkt net zo ongemakkelijk als ik me voel. 'Lorna, alsjeblieft. Dit zijn onze zaken niet.'

'Zodra er een baby op komst is, zul je de eerste zijn die het weet,' belooft Peter mijn moeder, en ze schokt me opnieuw door samenzweerderig te knikken.

'Dank je.' Ze verlaagt haar stem en leunt naar mijn

voormalige ontvoerder toe. 'Ik dacht dat het nooit zou gebeuren.'

Mijn gezicht moet de kleur hebben van de frambozen in mijn kom, maar mijn vader lijkt geïntrigeerd. Ik denk dat het net bij hem opkwam dat dit alles – van de onverwachte terugkeer van mijn niet langer criminele minnaar tot onze haastige verloving – goed is voor iets waar hij al op zinspeelt sinds mijn huwelijk met George.

Net als mama wil hij kleinkinderen, maar gezien zijn hoge leeftijd heeft hij de hoop al opgegeven.

Ik ben nog steeds een beetje bang voor het idee, maar dit is niet het moment om die twijfels te uiten. Trouwens, ik weet nog hoe ik me voelde toen ik die verlate menstruatie kreeg, hoe de teleurstelling zo intens was dat het bijna op rouw leek. Misschien wil ik wél een kind met Peter, ook al schreeuwt het rationele deel van me dat we moeten afwachten hoe dit alles zich ontvouwt.

Of ik echt een normaal leven kan opbouwen met een meedogenloze moordenaar.

Terwijl we het toetje opeten, bespreekt Peter de details van de aanstaande bruiloft met mijn ouders, en vraagt hun aandachtig naar hun voorkeuren voor de ceremoniemeester en hoeveel mensen ze zelf willen uitnodigen. Ik luister beteuterd als ze met z'n drieën een plaatselijke rechter aanwijzen die mijn vader kent, en mijn ouders de wens uitspreken om de Levinsons uit te nodigen, samen met nog een paar van hun vrienden – iets waar Peter heel erg achter staat.

'Ik heb maar drie vrienden,' zegt hij, ongetwijfeld verwijzend naar zijn Russische teamgenoten, en dat lijkt mijn ouders wat meer te kalmeren – waarschijnlijk omdat het feit dat hij vrienden heeft hem in hun ogen nog menselijker maakt.

Als we klaar zijn, begint Peter de tafel af te ruimen terwijl mijn ouders zich klaarmaken om naar huis te gaan.

'Dank je. Het was heerlijk,' zegt mam tegen hem.

'Ja, bedankt,' zegt papa met tegenzin terwijl mijn verloofde naar hen lacht.

'Het was me een genoegen. We hopen jullie snel weer te zien,' zegt hij, en ik trek mijn schoenen aan om met mijn ouders naar hun auto te lopen.

'Nou, dat was niet wat ik verwachtte,' zegt mam als de liftdeuren dichtgaan. 'Hij is… interessant, die Peter van jou.'

Ik grijns naar haar. 'Je bedoelt aantrekkelijk en aardig? Ja, daar ben ik het mee eens.'

Pa snuift. 'Als die man aardig is, eet ik mijn voet op. Een ongetemde beer. Zonder twijfel.'

'Chuck!' Mam fronst haar wenkbrauwen naar hem.

'Zag je niet hoe hij naar haar keek?' zegt hij als de liftdeuren op de begane grond opengaan. 'Het verbaast me dat hij haar niet voor onze ogen op het hoofd sloeg en naar bed sleurde.'

'Pap, alsjeblieft.' De blos die net mijn gezicht verliet komt terug, tien keer erger. 'Dat is niet…'

'Nou, natuurlijk zag ik dat,' zegt mam, alsof ik er

niet ben. 'Maar dat is niet per se een slechte zaak, weet je.'

'Dat is het wel als je met zo'n man te maken hebt.' Pa kijkt over zijn schouder, alsof Peter misschien meeluistert – wat, zijn stalkerneigingen kennende, heel goed zou kunnen.

Voor zover ik weet zijn er al camera's in het gebouw en wie weet wat er op mij geplant is.

'Ik denk niet dat hij zo slecht is,' zegt mam terwijl we een paar buren in de lobby passeren. 'Ik bedoel, oké, hij is niet de gemiddelde Joe of Harry, maar…'

'Hij is gevaarlijk,' zegt papa botweg. 'Hou jezelf niet voor de gek. Dat hij een gezin wil, wil nog niet zeggen dat hij niet tot dingen in staat is waar je wit van wegtrekt. Wat hij ons vandaag verteld heeft is slechts het topje van de ijsberg, geloof me.'

'O, ik geloof je,' zegt mam bij de parkeerplaats. 'Maar ik denk dat hij echt van haar houdt, en als al die problemen met de FBI echt voorbij zijn…'

'Misschien willen jullie twee minuten wachten zodat jullie over mij kunnen praten als ik er niet bij ben?' stel ik voor, achter hen aan lopend. 'Anders kan ik terug naar boven gaan en…'

'Nee, nee, schat.' Mam stopt en draait zich om, en schenkt me een verontschuldigende blik. 'Sorry, we proberen het allemaal te verwerken, begrijp je.'

'Ik begrijp het, mam.' Ik glimlach en leun voorover om haar zachte wang te kussen. 'Ik maakte maar een grapje. Ik weet dat dit enige aanpassing zal vergen.'

'Sara, lieverd.' Papa raakt mijn schouder aan, en als ik hem aankijk, zegt hij zacht: 'Beloof ons één ding.'

'Wat is er?'

'Als hij je ooit pijn doet, of bang maakt, of iets anders doet waar je je zorgen over maakt, kom dan naar ons. Verberg het niet en probeer er niet alleen mee om te gaan, oké?' Papa's blik is harder dan ik hem ooit heb gezien. 'Ik weet dat je verliefd bent op deze man – ik zie het – maar vossen verliezen hun streken niet. Hij is gevaarlijk. Misschien niet voor jou, maar voor alle anderen. Ik zie het in zijn ogen.'

'Pap...'

'Nee, luister naar me, Sara. Zelfs als hij de gruwelen van zijn verleden niet in je leven brengt, wat ik betwijfel, zal hij niet zoals George zijn, die tevreden was met een ondersteunende rol. Hij is niet zo'n soort man, begrijp je dat?'

'Ja.' Ik begrijp het beter dan mijn vader zich kan voorstellen, want ik weet precies wat voor soort man Peter is. Met George, zelfs toen ik deel uitmaakte van een stel, was ik in staat om mijn eigen persoon te blijven, om dat kleine beetje mentale afstand te bewaren dat nodig was om mezelf te beschermen. Maar Peter is te dominant, te controlerend om dat toe te staan. Ik zal van hem zijn in elke zin van het woord, en mijn vader begrijpt dat intuïtief.

'Chuck.' Mama legt haar hand op papa's arm. 'Kom. We moeten gaan.'

'Beloof het me,' dringt hij aan, dus knik ik en glimlach.

'Ik beloof het, pap. Als er iets gebeurt, kom ik naar je toe.'

Papa knikt tevreden en we lopen samen naar hun auto. Terwijl ik ze gedag kus en omhels, zie ik Danny nog steeds in zijn donkere auto zitten, en ik glimlach terwijl ik naar het verlichte raam van mijn keuken kijk.

Ondanks al hun waarschuwingen en vermaningen hebben mijn ouders geen idee hoe gevaarlijk en controlerend mijn verloofde werkelijk is. Ik loog toen ik die belofte aan pap maakte. Ik kan op geen enkele manier bij hen komen met Peter-gerelateerde zorgen, want er is niets wat zij, of wie dan ook, kunnen doen.

Het monster waar ik van ben gaan houden is voorgoed in mijn leven, en ik moet uitzoeken hoe ik met hem kan leven.

Sara

VRIJDAG GA IK ZOALS GEWOONLIJK NAAR MIJN WERK, maar tussen de patiënten door stellen mijn collega's elke minuut vragen over mijn aanstaande huwelijk. Om te voorkomen dat ik net zo onwetend over de gebeurtenis klink als ik eigenlijk ben, vertel ik ze dat we willen dat de details een verrassing blijven en laat het daarbij.

Ze zullen morgen de bloemen, de taart en de jurk zien.

Mijn ouders blijven ook bellen, met vragen over allerlei kleinigheden waar ik niet op kan antwoorden. Ik geef ze Peters nummer, want hij is de officiële huwelijksplanner, maar mijn moeder belt nog steeds elk uur met een of andere vraag of bezorgdheid. Ik vermoed dat het komt doordat ze bang zijn dat ik weer zal verdwijnen, dus ik probeer geduldig te zijn, maar bij het vijfde telefoontje kan ik niet anders dan de telefoon opnemen en weer uitleggen dat ik geen idee heb of er stoelen of banken bij de ceremonie zullen zijn.

Het is ook een drukke dag op het werk, met een geplande keizersnede van een tweelingzwangerschap vanmiddag, wat betekent dat ik nauwelijks tijd heb om te lunchen voordat ik naar het ziekenhuis moet om de procedure uit te voeren. Om de zaken te bespoedigen, neem ik een broodje van een supermarkt en eet het in de auto op.

Een voordeel van een chauffeur is dat ik beide handen vrij heb om te eten.

De patiënt heeft al een ruggenprik gekregen tegen de tijd dat ik in de operatiekamer aankom, en nadat ik haar onderzocht heb, voer ik de ingreep meteen uit, omdat ze ontsluiting begint te krijgen en een van de tweelingen verkeerd ligt. De aanstaande moeder is de hele tijd ongerust – ze is begin veertig en is pas na haar zesde IVF-poging zwanger geworden – en als ik de twee kleine, maar kerngezonde jongens in haar armen leg, straalt haar gezicht zo van vreugde dat ik een paar tranen weg moet knipperen.

'Dank je, dokter Cobakis,' zegt ze vurig als de verpleegsters de baby's meenemen voor hun onderzoeken. 'Heel erg bedankt voor alles.'

'Het was me een genoegen, geloof me,' zeg ik terwijl ik haar verbanden nog een laatste keer controleer en wat aantekeningen maak in haar kaart. 'Wat pijn en bloedingen zijn te verwachten na de ingreep, maar als je koorts krijgt of erge pijn, bel me dan, oké?' Ik werp haar een strenge blik toe. 'Ik meen het. Op elk moment, dag of nacht.'

'Zal ik doen. Je bent zo aardig.' Haar betraande glimlach is uitgeput maar vol vreugde. 'Is het waar wat ik gehoord heb van de verpleegsters? Ga je dit weekend trouwen?'

Geruchten gaan snel.

Een zucht onderdrukkend zeg ik: 'Ja. Maar je kunt me nog steeds bellen als er iets is. Ik zal in de buurt zijn, oké?'

'O, dank je! En gefeliciteerd. Ik weet zeker dat je een mooie bruid zult zijn.' Ze straalt naar me en ik glimlach terug, genietend van de ongecompliceerde interactie.

In tegenstelling tot alle anderen in mijn leven, weet deze vrouw niet dat dit huwelijk uit de lucht komt vallen, of dat ik ga trouwen met een man die de meesten van mijn vrienden nog niet kennen.

'Rust wat uit en geniet van je zonen,' zeg ik tegen de nieuwe moeder, en dan ga ik terug naar kantoor om de dag af te sluiten.

Misschien heeft Peter gelijk om dit niet langer te rekken dan nodig.

Met een beetje geluk is de bruiloftsgekte maandag voorbij, en dan wordt alles weer normaal – of tenminste zo normaal als het kan zijn als je getrouwd bent met de man die je ooit ontvoerde.

eter

Ik geef Danny een vrije avond en haal Sara zelf op, want ik kan die paar minuten extra tot ze thuis is niet meer wachten om haar te zien. Ik ben blij dat ze vanavond geen vrijwilligerswerk in de kliniek doet en ook geen optreden heeft, want zelfs de uren die ze op haar werk doorbrengt zijn voor mij te veel tijd apart.

Ik heb haar bij me nodig. Altijd.

Ze komt uit het gebouw, haar hazelnootkleurige ogen speuren de straat af – ongetwijfeld op zoek naar Danny – als ik het autoportier open en uitstap.

Haar blik gaat onmiddellijk naar mij en een glimlach verlicht haar mooie gezicht als ze mijn kant op komt. Het is een warme zomerdag en ze draagt een mouwloze grijze jurk die haar ballerina-achtige gestalte omarmt. Haar glanzende kastanjebruine lokken stuiteren rond haar slanke schouders als ze loopt, en ik moet weer denken aan een Hollywoodsterretje uit de jaren vijftig, getransplanteerd naar de moderne tijd.

Mijn mooie ptichka.

Ik kan verdomme niet wachten tot ze mijn vrouw is.

'Hoi,' zegt ze ademloos. 'Heb je een nieuwe auto? Ik wist niet dat...'

Ik neem haar gezicht tussen mijn handpalmen en laat mijn mond over de hare glijden, haar diep zoenend. Ik kan het niet helpen. Ik hunker naar alles aan haar, van de zoetheid van haar geur tot de manier waarop haar slanke lichaam zich tegen het mijne kromt, haar handen die hulpeloos naar mijn biceps grijpen. Ik wil die zoetheid verslinden, opdrinken tot ik deze razende dorst gelest heb – hoewel ik weet dat hij niet te lessen is.

Ik zal naar haar verlangen tot mijn dood.

Als ik me bewust word van irritant gegiechel, kijk ik op en schenk de daders – een paar tienermeisjes een tiental meters verderop – een harde blik. Ze vluchten onmiddellijk weg, hun gezichten verblekend onder de zware laag make-up, en ik richt mijn aandacht weer op Sara, die met haar ogen naar me knippert, haar zachte lippen gezwollen en rozig van de kus.

'Hoi, ptichka.' Vechtend tegen de drang om die

lippen terug te winnen, laat ik mijn handen zakken naar haar schouders en knijp zachtjes. 'Hoe was je dag?'

'Goed.' Ze klinkt nog steeds een beetje buiten adem. 'En de jouwe?'

'Ook goed. Ik heb deze nieuwe auto voor ons gekocht.' Ik knik naar de zwarte Mercedes S-560 achter me. Op het eerste gezicht lijkt hij op elke andere luxe sedan. Bij nadere inspectie blijkt echter dat de ruiten van kogelvrij glas zijn en dat het metalen frame ongewoon sterk is.

Het kostte me een aardige duit, maar het is het waard. Ik verwacht niet dat iemand op ons gaat schieten, maar je weet nooit. Plus, deze auto is zo goed als onverwoestbaar in een crash – iets wat heel belangrijk is voor mij na wat er gebeurd is met Sara op Cyprus.

'Mooi,' zegt ze, terwijl zich tussen haar wenkbrauwen een kleine frons vormt. 'Hoe zit het met mijn oude Toyota?'

'Die heb ik verkocht.'

Ze stapt uit mijn greep, haar frons wordt dieper. 'Je hebt er niet aan gedacht om even met mij te overleggen?'

Ik ben geneigd haar naar me toe te trekken en haar opnieuw te kussen tot ze vergeet wat haar zo van streek heeft gemaakt. Maar we hebben genoeg show opgevoerd voor de voorbijgangers, dus vraag ik gewoon: 'Was je gehecht aan die auto, mijn liefste? Ik kan hem terugkrijgen als hij sentimentele waarde heeft.'

Dat lijkt haar ook niet te bevallen. 'Nee, ik geef niets om de auto. Het is gewoon...' Ze trekt haar schouders op en kijkt me in de ogen. 'Peter, ik wil dat je me betrekt bij beslissingen die mij aangaan, die ons beiden aangaan. Je hebt eens gezegd dat dit een gelijkwaardige relatie kan zijn als ik dat wil, en dat wil ik nu. Het is belangrijk voor me.'

Ik denk na over haar woorden en knik. 'Oké.'

Ze knippert met haar ogen. 'Oké?

'Ik zal het je voorleggen voordat ik iets anders met de auto doe,' zeg ik en ik open het passagiersportier. Ik grijp haar elleboog vast en help haar naar binnen, mijn spijkerbroek wordt ongemakkelijk strak als ik een glimp opvang van lichtblauw ondergoed als ze haar welgevormde benen naar binnen zwaait.

Misschien moeten we deze jurk bevorderen tot hoofdbestanddeel van haar werkgarderobe.

'Ik heb het niet alleen over de auto,' zegt ze als ik achter het stuur kruip. 'Het gaat over alles, zoals huwelijksregelingen en waar we gaan wonen en wat jij op je werk gaat doen. Ik wil dat we al die beslissingen samen nemen, zoals elk normaal getrouwd stel.'

'Ik begrijp het.' Ik check de spiegels en rij de straat op. 'Je wilt dat ik met je overleg zoals een echtgenoot dat hoort te doen. Ik begrijp het.'

'O ja?' Ze klinkt om een of andere reden verbaasd. 'Ik dacht dat... laat maar. Ik ben blij dat je het snapt.'

Ik glimlach en leg mijn rechterhand op haar slanke dij, genietend van de zijdezachtheid van haar blote huid. Als mijn ptichka wil dat ik met haar overleg over onbenulligheden als de auto of wat ik met mijn tijd ga doen, dan doe ik dat graag.

We kunnen alle beslissingen samen nemen, zolang ze één simpel feit begrijpt.

Ze is van mij, voor de rest van ons leven.

eter

Zaterdagochtend begint warm en helder, met het soort blauwe, wolkeloze lucht dat ik uit een huwelijkscatalogus zou bestellen als ik kon. Het weer was de enige oncontroleerbare variabele, maar het geluk wil dat het meewerkt, dus alles zou zonder problemen moeten verlopen.

Daar heb ik voor gezorgd.

Het organiseren van een bruiloft verschilt niet veel van het plannen van een aanslag, heb ik ontdekt. Je moet net zo methodisch zijn in de logistiek, en je voorbereiden op alle mogelijke hiccups. Natuurlijk staat er heel wat anders op het spel, maar het is goed om te zien dat sommige van mijn vaardigheden ook in het burgerleven kunnen worden toegepast.

Esguerra had het mis.

Ik ga dit laten werken.

Sara en ik zullen hier gelukkig zijn.

Haar afspraak voor haar en make-up is pas om tien uur en ik heb haar gisteravond uitgeput, dus laat ik haar slapen terwijl ik ontbijt maak. Dan ga ik terug naar de slaapkamer met een dampende kop koffie in mijn handen.

Of ze hoort me, of ze ruikt de koffie, want ze rolt zich op haar rug, met één slanke arm uitgestrekt over het matras en de andere hand in een vuist om een grote geeuw te bedekken. 'Is het ochtend?' mompelt ze zonder haar ogen te openen, en ik grijns terwijl ik op de rand van het bed ga zitten en het kopje koffie op het nachtkastje zet.

'Ja, mijn liefste.' Ik leun voorover en druk mijn neus in haar warme, geurige nek. 'Het is onze trouwdag.'

Haar haar ruikt zoet en een beetje fruitig, naar haar shampoo. Het doet me watertanden. Onwillekeurig glijdt mijn hand onder de deken, sluit zich rond een zachte, ronde borst, en mijn pik wordt harder, mijn ademhaling versnelt als haar harde tepel in mijn handpalm prikt.

Klote. Hier is geen tijd voor, om nog maar te zwijgen van het feit dat ze misschien nog pijn heeft van de drie keer vannacht.

Ik dwing mezelf rechtop te gaan zitten en mijn hand weg te halen. 'Je ontbijt is klaar,' zeg ik moeizaam en ik sta op, terwijl ik de ongemakkelijke bobbel in mijn jeans bijstel. Ik moet eerst afkoelen voordat ik haar hier en nu aanval, ontbijt en trouwafspraken of niet.

'Hmm.' Ze geeuwt weer en gaat rechtop zitten, een deken omhooghoudend om die verleidelijke borsten te bedekken. Terwijl ze de slaap uit haar ogen knippert, kijkt ze naar het kopje dat op het nachtkastje staat. 'Is dat koffie?'

'Reken maar. En er is ontbijt in de keuken: een groentequiche en frietjes. Je zult de brandstof nodig hebben om de dag door te komen.'

Ze grijnst naar me. 'Je bent geweldig.'

Mijn hart bonst en mijn pik trilt weer als ze naakt uit bed springt en zich naar de badkamer haast, blijkbaar verkwikt door de belofte van cafeïne en eten. Dit is wat ik wilde, waar ik al die tijd voor gevochten heb: Sara, zo speels en aanhankelijk met mij. We zullen nooit de duisternis van het verleden kunnen uitwissen, maar samen kunnen we aan een lichtere toekomst bouwen.

Een toekomst die om een of andere reden nog steeds angstaanjagend fragiel aanvoelt.

Ik schuif die gedachte weg zodra hij opkomt. Er is geen reden om aan te nemen dat dit soort ochtend tijdelijk is, dat het iets anders is dan het begin van ons nieuwe leven.

Vandaag is onze trouwdag, en ik ga ervoor zorgen dat het de beste ooit wordt.

Dat is het minste wat mijn ptichka verdient na alles wat ik gedaan heb.

Sara

DE INVASIE BEGINT NET ALS IK KLAAR BEN MET HET
ONTBIJT DAT PETER VOOR ME GEMAAKT HEEFT. Wat
aanvoelt als een leger stylisten, visagisten en kappers
overspoelt mijn kleine eenkamerflat en vult de
woonkamer met genoeg haarproducten, kledingzakken
en potten oogschaduw voor vijftien bruiden of
dragqueens. Pam en Suzie, de vrouwen die me een jurk
hebben aangemeten, zijn er, maar ook twee van hun
assistenten en minstens vier kappers en visagisten. Het
is moeilijk te zeggen hoeveel het er precies zijn, omdat
ze allemaal het appartement in- en uitlopen om de
immer groeiende hoeveelheid spullen te brengen.

Peter laat me in de steek en zegt dat hij de
beveiliging en andere logistiek in Silver Lake in de

gaten moet houden. Zijn eigen smoking wordt direct daarheen gebracht, dus ik krijg niet eens de kans hem erin te zien totdat Danny me er later deze middag heen brengt.

'Het is niet eerlijk dat jij alleen maar een mooi pak hoeft aan te trekken,' klaag ik pruilend, waarop hij grijnst en mijn lippen snel kust, waardoor mijn hartslag een sprongetje maakt.

'Gedraag je, of anders...' waarschuwt hij, zijn zilveren ogen glanzen van vermaak, en ik knijp in zijn zij als wraak, waardoor hij lacht en me weer kust.

'Eerst je haar,' kondigt een flamboyant geklede jongeman aan zodra Peter weg is, en ik laat me naar de bank leiden waar een reeks angstaanjagend uitziende stylingtools al klaarligt.

Mijn haar is nog nat van mijn ochtenddouche, dus het wordt eerst geföhnd, dan steil gestreken en gekruld. Het opsteken vereist blijkbaar perfect glad haar, wat ik van nature niet heb. Terwijl dat gebeurt, worden mijn nagels gepolijst, geknipt en in een zachtroze kleur gelakt, en dan is het tijd voor mijn make-up.

Mam verschijnt net als de laatste mascara op mijn wimpers is aangebracht. Ze is al tot in de puntjes opgemaakt en gekleed in een lange perzikkleurige jurk die haar nog smalle gestalte benadrukt.

'Wauw,' zegt ze als ik opsta van de bank, en ik grijns, terwijl ik naar haar toe loop om haar te omhelzen.

'Je ziet er geweldig uit, mam.' Ik trek me terug om

haar grondig in me op te nemen. 'Wat een prachtige jurk. Wanneer heb je die gekocht?'

'Je verloofde heeft hem gisteravond laten bezorgen. Het is Chanel. Dat is toch niet te geloven? Ik klaagde gisterochtend nog tegen je vader dat ik op zo korte termijn niets fatsoenlijks kon vinden, en dan bam, deze jurk arriveert en past perfect. Kun je je dat voorstellen? Je vader heeft ook een nieuwe smoking.' Ze klinkt net zo opgewonden als een tiener die naar het schoolbal gaat.

'Wow, ja. Dat is verbazingwekkend.' Peter heeft vast weer camera's en/of afluisterapparatuur bij mijn ouders geïnstalleerd... een inbreuk op hun privacy waar we het nog over moeten hebben. Maar voor nu ben ik dankbaar dat hij zo attent was om mijn ouders te betrekken in zijn waanzinnig grondige trouwplanning.

Mam houdt ervan zich mooi aan te kleden en zou het vreselijk vinden als ze een oudere jurk moest dragen of iets wat ze niet bijzonder genoeg vond.

'Hoe is het met papa?' vraag ik terwijl Pam en Suzie alle anderen het appartement uit jagen en me dwingen me tot op mijn ondergoed uit te kleden om de jurk te passen.

'Goed. Nog steeds dit alles aan het verwerken, maar...' Mam hijgt als ze de jurk ziet. 'Wauw, Sara. Die is prachtig!'

'Het is Monique Lhuillier,' vertelt Pam trots terwijl Suzie me helpt hem aan te trekken en de knoopjes op de rug vastmaakt. 'Handgemaakt kant.'

'Sara, dat is…' Mam knippert een paar keer en snottert dan hoorbaar. 'Lieverd, je ziet er zo mooi uit… als een soort sprookjesprinses.'

'Echt? Laat me eens kijken.' Ik wacht tot Suzie klaar is en loop dan naar de spiegel in de badkamer.

Een opvallende schoonheid staart me aan, haar groen gespikkelde ogen groot en mysterieus in haar smetteloze gezicht. Het litteken op mijn voorhoofd van mijn ongeluk – nu toch al bijna onzichtbaar – is helemaal weg, en mijn huid is zo glad en porievrij als glas. Een uurtje make-up en ik zie eruit alsof ik nauwelijks iets op heb – behalve dan dat elk kenmerk zo perfect lijkt alsof het gefotoshopt is.

Mijn haar zorgt voor die prinsessenlook. Hoog opgestoken op de kruin van mijn hoofd is het een kunstig arrangement van krullen en golven, elke lok zo glanzend en glad dat ik het nauwelijks herken als mijn eigen haar. Zelfs de kleur – donkerbruin met een vleugje rood – is rijker en helderder naast de diamanten haarspelden, hoewel het ook gewoon de extra glans kan zijn die al die producten hebben gegeven.

Pam had gelijk over het opsteken: dit kapsel is precies wat deze jurk nodig had. Het kant geeft de slanke zeemeerminjurk een etherische kwaliteit, maar alleen in combinatie met het ingewikkelde kapsel krijgt het die magische, sprookjesachtige uitstraling waar mijn moeder tranen van in haar ogen kreeg.

Terwijl ik naar mezelf in de spiegel staar, krijg ik een brok in mijn keel.

Ik ga trouwen.

Met Peter.

Vandaag.

De golf van paniek is even spontaan als irrationeel. Met ingehouden adem sluit ik de badkamerdeur en leun ertegen, het fragiele kantwerk vergetend. Mijn hart klopt als een bezetene in mijn borstkas, mijn adem gaat snel en oppervlakkig.

Ik ga trouwen. Met Peter.

Ik begrijp de bron van mijn paniek niet, maar dat maakt het niet minder intens. Ik voel ijskoud zweet op mijn voorhoofd en in mijn oksels, en het kost me de grootste moeite om rechtop te blijven staan in plaats van op de grond te zakken.

Peter en ik gaan tróúwen.

'Sara?' Mam klopt op de deur, ze klinkt bezorgd. 'Gaat het, schat?'

Hmm, gaat het? Ik zou oké moeten zijn. Ik zou zelfs in de wolken moeten zijn. Ik trouw met de man van wie ik hou, die alles heeft gedaan om me te laten zien dat hij van me houdt... om me gelukkig te maken, ondanks onze onzekere start.

Is dat het probleem? Is een deel van mij nog steeds niet in staat om voorbij te gaan aan wat Peter heeft gedaan?

Het vlekkeloze gezicht in de spiegel geeft geen antwoord, dus ik haal een paar keer diep adem en breng mijn stem tot bedaren. 'Het gaat wel, mam. Ik heb alleen een beetje last van mijn maag.'

'O, jij arme schat. Heb je maagzuurremmers in huis?'

'Nee, maar het gaat wel. Geef me een momentje.' Ik haal nog een paar keer diep adem en als mijn hart niet meer bonkt in mijn borst, maak ik een handdoek nat en wrijf onder mijn armen. Dan breng ik opnieuw deodorant aan en dep met een tissue op de bovenkant van mijn haarlijn, waarbij ik ervoor zorg dat ik mijn make-up niet uitsmeer.

Als de spiegel bevestigt dat er geen sporen meer zijn van mijn paniekaanval, tover ik een glimlach op mijn lippen en stap naar buiten, terwijl ik mam nogmaals verzeker dat ik in orde ben.

We gaan terug naar de woonkamer, die nu verbazingwekkend leeg is.

'Ze zijn allemaal vertrokken,' zegt mam, lachend om mijn verbaasde blik. 'Terwijl jij in de badkamer was.'

'O.' Ik kijk op de klok en zie tot mijn schrik dat het al twee uur 's middags is.

Geen wonder dat Peter er zeker van wilde zijn dat ik een stevig ontbijt at.

'De ceremonie begint om vier uur, maar Peter zei dat de fotograaf om drie uur komt voor familiefoto's,' zegt mam. 'Dus we moeten daarheen gaan. Je vader is al onderweg.'

'Juist, oké.' Ik bal mijn hand tot een vuist om de lichte trilling in mijn vingers te verbergen. Mijn keel zit nog steeds zo goed als dicht en de gedachte aan alles – de foto's, de ceremonie, iedereen die naar me staart en over me praat – is ondraaglijk, compleet overweldigend.

'Mam...' Ik druk mijn hand op mijn maag, die nu echt onrustig is. 'Weet je, ik denk dat ik inderdaad een middeltje nodig heb. Er is een apotheek een klein stukje verderop, dus ik zal gewoon...'

'Wat? Nee, doe niet zo gek.' Mam duwt me bijna in de richting van de bank. 'Je kunt nergens heen met deze kleren aan. Ga hier zitten, relax, en ik ben zo terug, oké?'

'Nee, mam, het gaat best. Ik zal gewoon de jurk uittrekken en...'

'Zit.' Mama's toon duldt geen tegenspraak. 'Ik mag dan oud zijn, maar ik kan nog een blokje lopen. Ik ben over een paar minuten terug, en jij gaat zitten en rusten, oké? Misschien moet je ook iets eten, je hebt misschien een lage bloedsuikerspiegel.'

Dat is eigenlijk een goed punt. Zodra mam weg is, ga ik naar de keuken en stop een paar restjes in de magnetron. Ik herinner me dit van mijn eerste huwelijk: te druk zijn om te eten en me flauw voelen. Deze keer is er veel minder om me zorgen over te maken, dankzij Peter die alles overziet, dus ik heb best een paar minuten om een hapje te eten.

De fotograaf kan wachten.

De deurbel gaat net als ik de pasta uit de magnetron haal.

'Hij is open, mam,' roep ik, terwijl ik een handdoek pak om me niet te branden aan het hete bord, en dan besef ik dat het veel te vroeg is voor haar om terug te zijn.

Is een van de visagisten iets vergeten?

Ik zet het bord pasta neer, loop de keuken uit en bevries op mijn plaats.

Agent Ryson is in mijn woonkamer en zijn blik dwaalt spottend over mijn witte jurk.

eter

'Je hebt het voor elkaar gekregen,' zegt Anton bewonderend terwijl ik mijn zwarte stropdas in de spiegel goed doe. 'Een burgerleven, amnestie, het meisje, en alles. Ik kan het verdomme niet geloven.'

'Geloof het maar.' Ik draai me om en grijns naar mijn voormalige teamgenoten. 'Hoe zie ik eruit?'

'Niet slecht.' Yan loopt om me heen en bestudeert me kritisch. 'Ik zou voor een witte das gegaan zijn, dat wel. Dat is formeler en past beter bij je huidskleur.'

Anton rolt met zijn ogen naar hem. 'Hou eens op met dat metroseksuele gedrag. Serieus, Ilya, wat heeft je moeder deze te eten gegeven?'

'Dezelfde onzin die ze mij gaf,' zegt Ilya en hij gaat voor de spiegel staan om zijn eigen das te doen. In tegenstelling tot zijn elegante tweelingbroer, die eruitziet alsof hij geboren is om een pak te dragen, lijkt Ilya op niets meer dan een misdadiger die zich verkleedt. Het jasje spant over zijn met steroïden verrijkte schouders en de tatoeages op zijn kaalgeschoren schedel glanzen dreigend in het felle daglicht.

Sara's vader zou een hartaanval kunnen krijgen door alleen maar naar hem te kijken en dat is nog zonder te weten over het arsenaal dat in zijn jas verborgen zit.

In al onze jassen.

Er is natuurlijk geen echte reden tot ongerustheid, maar ik voel me toch ongemakkelijk. Vroeger waren dit soort evenementen, vooral in de open lucht, vaak een kans voor ons. Bruiloften, verjaardagen, begrafenissen – we vonden ze allemaal prachtig omdat onze doelwitten, verwikkeld in alle opwinding, steevast een belangrijk veiligheidsaspect vergaten.

Het is een fout die ik niet van plan ben te maken en daarom heb ik, naast mijn gebruikelijke Sara-bewakingsteam, twintig extra lijfwachten ingehuurd en luchtbewaking met een dozijn drones besteld.

Niemand komt binnen een kilometer van de locatie zonder mijn medeweten.

'Zo, hoe bevalt het burgerleven tot nu toe?' vraagt Yan, die naast me komt staan als ik naar buiten ga om te kijken of de fotograaf er is. 'Is het alles waar je van gedroomd hebt?'

Zijn toon is spottend, zoals gewoonlijk, maar als ik

naar hem kijk, zie ik geen geamuseerdheid op zijn gezicht.

'Ja,' antwoord ik. 'Je zou het eens moeten proberen.'

Hij grinnikt, maar zonder humor. 'Nee, dank je. Ik geniet te veel van dit leven.'

Ik knik, niet in het minst verbaasd. In plaats van te profiteren van de amnestie die ik voor hem kreeg, heeft Yan de zaak overgenomen – dossiers, lege vennootschappen, teamrekeningen, alles – en heeft de contacten van het team gebruikt om nieuwe, steeds lucratievere opdrachten binnen te halen. De overname gebeurde de dag nadat ik naar Esguerra's kamp vertrok, wat betekent dat Yan het al een tijdje aan het plannen was.

Ik had gelijk om op mijn hoede te zijn.

Als ik niet was afgetreden, was een van ons waarschijnlijk dood geweest.

Zoals verwacht sloot Ilya zich aan bij zijn broer in de nieuwe onderneming, maar Anton is er nog niet uit.

'Ik ben al verdomd rijk, weet je,' vertelde hij me twee weken geleden aan de telefoon, toen Yan hem weer om een antwoord vroeg. 'Ik mis misschien de opwinding en zo, maar ik heb niet meer geld nodig – niet op de manier waarop Yan het nodig lijkt te hebben.' Hij pauzeerde even en vroeg toen voorzichtig: 'Je bent toch niet boos op hem, hè?'

'Nee,' zei ik tegen Anton, en ik meende het. Ik zei de jongens dat ze door konden gaan met de zaak als ze dat wilden, dus wat kon het mij schelen dat Yan al die tijd van plan was mijn plek over te nemen? Geen van ons is een engel, en diep vanbinnen heb ik altijd geweten dat Yan niet lang tevreden zou zijn met bevelen opvolgen.

Zelfs in Rusland waren daar aanwijzingen voor, een signaal dat ik negeerde toen ik de Ivanov-tweeling een plaats in mijn nieuwe team aanbood.

In de context van mijn oude wereld – onze wereld – was Yan Ivanov loyaal genoeg, en aangezien we de ultieme botsing hebben vermeden, is het zinvol om op goede voet te blijven.

Je weet nooit wanneer je een gunst nodig hebt.

'Dus wat ga je hier doen?' vraagt Yan als ik stop met stoelen tellen. 'Anders dan bruiloften plannen?'

'Ik heb een paar ideeën,' zeg ik, terwijl ik het tellen afmaak. We komen een stoel tekort, iets wat het zaalpersoneel meteen moet verhelpen. 'Voorlopig past het plannen van een bruiloft bij mij.'

'Je weet dat je jezelf voor de gek houdt, toch?' Yans toon ontbeert elke schijn van spot, en als ik me naar hem omdraai, zie ik een eigenaardige ernst in zijn koude groene ogen. 'Dit is niets voor jou, net zomin als het voor mij zou zijn.'

Hebben hij en Esguerra hetzelfde script gelezen? 'Wie probeer je te overtuigen?' vraag ik nieuwsgierig. 'Mij of jezelf?'

Hij houdt mijn blik vast en knikt dan, alsof hij iets ziet wat ik mis. 'Veel succes,' zegt hij zacht. 'Ik zal voor je duimen.'

En dan draait hij zich om en loopt hij terug, mij alleen latend om de fotograaf op te sporen.

S ara

MIJN HARTSLAG SLAAT EEN SLAG OVER EN GAAT DAN ALS
EEN RAZENDE TEKEER.

Dit kan niet waar zijn.

Ze kunnen Peter niet arresteren op de dag van onze
bruiloft.

'Agent Ryson.' Ik ben trots op de standvastigheid
van mijn stem. 'Wat doe je hier?'

Hij geeft me een mager glimlachje. 'O, maak je geen
zorgen, dokter Cobakis – of is het binnenkort dokter
Garin? Ik ben hier niet in een officiële hoedanigheid.'

Mijn hectische hartslag wordt iets rustiger.
'Waarom dan wel?'

'Om mijn felicitaties aan te bieden, natuurlijk.' Zijn

mond draait. 'Jij en je Russische minnaar hebben ons zeker voor de gek gehouden.'

Ik zwijg, want wat kan ik zeggen? Ik begrijp hoe dit eruit moet zien vanuit zijn perspectief – vanuit het perspectief van iedereen die het verhaal vanaf het begin heeft gevolgd, eigenlijk. Ik trouw met George' moordenaar, de man die me drogeerde, mijn leven binnendrong en me ontvoerde.

De man op wie Ryson ruim twee jaar heeft gejaagd.

'Vertel me één ding, dokter Cobakis,' gaat de agent bitter verder. 'Op welk moment hebben jij en Sokolov samengespannen om de echtgenoot met hersenschade uit de weg te ruimen? Was dat voor of tijdens de zogenaamde aanval op jou?'

Ik adem verschrikt in. Is dat wat hij echt denkt? 'Je vergist je. Ik heb nooit…'

'Nooit tegen ons gelogen? Nooit gedaan alsof je bescherming nodig had tegen de man met wie je gaat trouwen?' Zijn blik is snijdend. 'Ja, dat dacht ik al.'

Mijn nek brandt. 'Zo was het niet. Niet in het begin.'

'O, echt? Hoe was het dan? Heeft hij je gehersenspoeld in Japan? Heeft hij je een paar trucjes in de slaapkamer laten zien om al het bloed aan zijn handen te doen vergeten? Misschien gaf je niet om de alcoholist van wie je ging scheiden – ja, daar weten we alles van – maar je minnaar doodde ook Cobakis' bewakers. Goede mannen, eerlijke mannen. Hij schoot hun hersens eruit, of ben je dat vergeten?'

Ik slik de gal weg die in mijn keel opkomt. 'Natuurlijk niet.'

'Nee?' Ryson stapt naar me toe. 'Hoe zit het met de politieagenten in de helikopter die hij neerschoot toen ze je probeerden te redden van de vermeende ontvoering? Of hoe zit het met alle anderen die hij heeft vermoord en gemarteld in de naam van welke rechtvaardigheid dan ook die hij nastreeft? Wil je dat ik je een lijst geef van al zijn slachtoffers, zodat je die op de muur boven je huwelijksbed kunt prikken?'

Ik tril nu, mijn maag komt helemaal in opstand. De geur van de opgewarmde pasta, een minuut geleden nog zo verleidelijk, maakt me misselijk, en ik moet heel erg mijn best doen om Rysons blik vast te houden in plaats van op te krullen tot een kleine bal van schaamte op de vloer.

Het is waar, allemaal.

Peter is een monster, en omdat ik van hem hou, ben ik dat ook.

Op mijn gebrek aan reactie snuift de agent spottend. 'Niets te zeggen? Nou, laat me je een kleine waarschuwing geven.' Hij komt dichterbij tot ik geen andere keuze heb dan een stap achteruit te doen. Loom boven me zegt hij zacht: 'Ik weet niet wie er aan de touwtjes trok om jullie een schone lei te geven, maar als ik in de loop der jaren iets geleerd heb, is het wel dat psychopaten als Sokolov niet veranderen. Hij zal absoluut nog een misdaad begaan, en als hij dat doet, zal de deal die hij maakte met mijn meerderen nietig zijn. We zullen wachten en nu, dokter Cobakis, hebben we ook jou in het oog.'

Hij doet een stap achteruit en draait zich om, alsof hij weg wil gaan, maar dan stopt hij en zegt over zijn schouder: 'O, en nogmaals gefeliciteerd. Je bent een prachtige bruid. Ik hoop dat jullie twee samen heel gelukkig zullen worden.'

Dan loopt hij naar buiten, de deur achter zich dichtslaand, en ik haal het nog net naar de badkamer voor mijn maag in opstand komt en de inhoud in de toiletpot belandt.

Peter

Ze is te laat.

De ceremonie begint over drie kwartier en Sara is er nog steeds niet.

Ik werp de fotograaf een vernietigende blik toe terwijl hij op zijn horloge kijkt. Hij bloost, kijkt weg en begint aan zijn manchetknopen te friemelen, alsof hij daar de hele tijd mee bezig was.

Volgens de bodyguards die Sara's appartement in de gaten houden, en de zendertjes die ik bij haar heb geplaatst, is mijn bruid nog thuis bij haar moeder. Ik heb ze allebei verschillende keren gebeld, maar alleen Lorna nam een keer op. 'Sara heeft last van haar maag,' zei ze kortaf en ze hing op – en sindsdien heeft ze mijn telefoontjes naar de voicemail laten gaan.

Bezorgd en steeds geïrriteerder kijk ik naar de mensen die in kleine groepjes rond het paviljoen staan, champagne drinken en de kunstig gearrangeerde hapjes eten. Bijna iedereen is er al en lijkt het naar zijn zin te hebben, ondanks dat sommige gasten – vooral Sara's vrienden en voormalige collega's – naar me kijken alsof ik Osama Bin Laden ben. Yan kletst met Sara's nieuwe collega's terwijl Ilya gefascineerd lijkt door wat Sara's bandleden hem vertellen over hun optredens. Anton praat met Sara's vader over opgroeien in Rusland, en ik zie zelfs Joe Levinson, de advocaat die Sara leuk vindt, tequila achteroverslaan aan de bar en grimmig in mijn richting staren.

Hij heeft wel lef om hier te komen. Hij weet niet dat ik op de hoogte ben van zijn interesse in Sara, maar toch. Als hij haar ook maar verkeerd aankijkt, zal hij er spijt van krijgen.

Dat wil zeggen, ervan uitgaande dat ze ooit opduikt, anders kan er sowieso niemand naar haar kijken op welke manier dan ook.

Ik wacht nog vijf minuten, controleer mijn Sara-trackingapp elke dertig seconden, en dan bel ik Danny, die vandaag deel uitmaakt van Sara's bodyguardcrew.

'Ik wil dat je naar het appartement gaat,' zeg ik als hij opneemt. 'Geef je telefoon aan Sara en ga niet weg voordat ze me belt.'

'Komt voor elkaar.'

Hij hangt op, en vijf minuten later gaat mijn telefoon.

'Sara?'

'Peter, ik…' Ze slikt. 'Het spijt me zo. Ik heb gewoon wat meer tijd nodig.'

Ik maak me steeds meer zorgen. 'Wat is er? Is er iets gebeurd?'

'Nee, niets. Mijn maag is gewoon onrustig.'

'Moet ik een dokter regelen? Iets voor je halen?'

'Nee, het is alleen…' Ze stopt en zegt dan voorzichtig: 'Luister, Peter, ik weet dat dit slechte timing is, maar…'

'Heb je koudwatervrees?' Mijn stem is zacht, niets verradend van de woede die binnen in me oplaait. 'Is dat waar het om gaat?'

'Nee, helemaal niet. Ik heb gewoon wat meer tijd nodig. Jouw terugkomst, de bruiloft, het gaat allemaal heel snel. Ik zeg niet dat we het niet moeten doen, maar misschien is dit te snel, misschien kunnen we gewoon een tijdje samenwonen, kijken of dit wel…'

'Wel wat?' Het harde metaal van de telefoon snijdt in mijn handpalm. 'Wel werkt? Denk je echt dat het zo zal gaan?' Binnen in me brandt een withete woede, maar ik houd mijn toon zacht en mijn uitdrukking aangenaam terwijl ik achter een klein stukje bomen stap, weg van nieuwsgierige ogen en oren.

'Peter, alsjeblieft. Ik vraag alleen om een beetje uitstel. We kunnen de mensen de waarheid vertellen, dat ik me niet goed voel, en dan…'

'Laat me je vertellen hoe het zal gaan, ptichka,' zeg ik met een nog zachtere stem. 'Je kunt nu meteen met Danny meegaan en meteen hierheen komen zonder oponthoud, of ik kom je halen. Alleen komen we in dat geval niet terug. In feite zal er hier niets zijn om naar terug te komen, want ik ben van plan geen getuigen achter te laten van deze onfortuinlijke gebeurtenis.' Ik pauzeer en vraag dan zachtjes: 'Begrijp je wat ik zeg, mijn liefste?'

Er is een doodse stilte aan de telefoon. Dan zegt ze in een gebroken fluistering: 'Dat zou je niet doen.'

'Nee? Probeer het eens, zou ik zeggen.' Ik wacht een paar tellen en zeg dan: 'Je ouders vallen natuurlijk niet in de categorie getuigen. Ik weet hoeveel ze voor je betekenen, dus we nemen ze gewoon mee als we weggaan. Hoe klinkt dat? Ze zullen genieten van een exotisch uitje, denk je niet?'

Ze zwijgt zo lang dat ik bijna zeker ben dat ze me zal proberen te overbluffen. Behalve dat ik niet bluf. Ik geef geen reet om deze mensen, met uitzondering van Sara's ouders. Als ze me onder druk zet, voer ik mijn dreigement uit, zelfs als dat betekent dat ik de amnestie moet opgeven waar ik zo hard voor gevochten heb.

Zonder Sara doet al die onzin er niet toe.

Als ik haar niet kan krijgen, kan ik net zo goed de hele wereld platbranden.

'Je bent krankzinnig,' fluistert ze uiteindelijk, en ik glimlach duister als ik de capitulatie in haar stem hoor.

'Ja, dat ben ik, ptichka. Vergeet dat niet. Ik zie je hier binnenkort.'

En terwijl ik ophang, wandel ik terug om me onder de gasten te mengen.

Ik tril nog na als ik uit mijn slaapkamer kom, met Danny's telefoon in mijn ene hand en de zachte kant van mijn jurk gladstrijkend met de andere.

'Ik ben klaar om te gaan, mam,' zeg ik tegen haar als ze opstaat van de bank, duidelijk verbaasd om me te zien.

'Weet je het zeker? Lieverd, je ziet echt heel bleek.'

'Nee, ik ben in orde, mam.' Ik kan een kleine glimlach opbrengen. 'De maagzuurremmer begint eindelijk te werken.'

Mijn moeder kwam terug met het middel net toen ik uit de badkamer kwam nadat ik had overgegeven, dus ik nam meteen een tabletje in en zei tegen haar dat ik een paar minuten moest gaan liggen. Ik dacht dat ze die verklaring zou accepteren, maar als haar wenkbrauwen samengetrokken worden, weet ik dat ik mezelf voor de gek hield.

Mam kent me veel te goed.

'Sara, schat… je weet dat je er niet mee door hoeft te gaan, toch?' zegt ze. 'Als je twijfelt, mag je van gedachten veranderen. Iedereen zou het begrijpen. Je hoeft niet met hem te trouwen als je er niet klaar voor bent.'

Ze heeft het mis. Ik mag niet van gedachten veranderen, want dan overleven al onze vrienden deze dag niet. Ik heb geen idee of Peter echt zou doen wat hij impliceerde, maar ik kan dat risico niet nemen.

Niet met een man die in staat is tot zulke monsterlijke dingen.

Als het de bedoeling van de agent was om me lager te laten voelen dan een geplette kever, dan is hij daar wonderwel in geslaagd. Elk woord dat hij naar me toe gooide voelde als een kogel, omdat het allemaal waar was. De misdaden die Peter heeft gepleegd zijn vreselijk, onvergeeflijk, en ik weet het. Ik heb het al die tijd geweten, maar toch stond ik mezelf toe voor hem te vallen.

Ik accepteerde zijn kwaad, omarmde het tot het punt dat ik vrijwillig met hem wilde trouwen. Zelfs na Rysons bezoek was ik niet van plan Peter af te wijzen, hoewel hij het zo opvatte. Ik was nog steeds aan het bekomen van Rysons verbale afstraffing en mijn instinct was om om tijd te smeken.

Ik zou doorgegaan zijn met de bruiloft, alleen op een andere dag.

'Dat is het niet, mam,' zeg ik terwijl haar ogen over mijn gezicht glijden, op zoek naar een spoor van twijfel. 'Ik hou van Peter en ik wil met hem trouwen. Ik voelde me gewoon niet goed.'

Haar blik valt op de telefoon die ik vasthoud. 'Wat zei hij tegen je?'

Ik knipper naar haar. 'Wat?'

'Die grote chauffeur van je die binnenkwam, hij gaf je die telefoon. Ik neem aan om Peter te bellen, toch? En wat zei je verloofde?'

'Niets. Hij herinnerde me alleen aan de tijd. En nu we het er toch over hebben' – ik kijk naar het verlichte scherm van de telefoon – 'we moeten echt gaan.'

Mama kijkt nog even naar mijn gezicht en knikt dan. 'Oké, schat. Als dat is wat je wilt, laten we dan gaan. Er staat een bruiloft op het programma.'

Sara

IK MOET ONDERWEG IN SLAAP ZIJN GEVALLEN, WANT DE rit naar Silver Lake lijkt maar een paar seconden te duren. Knipperend tegen het licht kom ik uit de auto en ik word onthaald op het gejuich van enkele gasten. Mijn blik valt op een lange, donkere figuur die een tiental meters verderop staat.

Peter.

Mijn vijand.

Mijn stalker.

Mijn minnaar.

Mijn aanstaande echtgenoot.

Zijn ogen zijn grijs als teer, ze reflecteren niets, maar ik kan de vluchtige emoties in hem voelen, het opgerolde geweld gemaskeerd door die roofdierachtige stilte. Toch kan ik niet anders dan hem in me opnemen, mijn blik laten glijden over de krachtige lijnen van zijn lichaam. Ik heb hem nog nooit zo formeel gekleed gezien, maar het staat hem, de strakke smoking benadrukt de V-vorm van zijn torso en het kraakheldere witte overhemd laat zijn gebruinde huid stralen.

Hij is prachtig, zo opvallend als een filmster, en ondanks de voortdurende onrust in mij loopt er een prikkeling van warmte over mijn huid, de reactie even oeroud en oncontroleerbaar als de bijbehorende opwelling van angst.

Ik heb de anderen kunnen redden door toch te komen, maar ik zal boeten voor die vertraging.

Peter zal mijn moment van zwakte niet door de vingers zien.

Ik houd zijn blik vast als ik dichterbij kom en hij steekt zijn hand uit, zijn mond gekruld in een spottende halve glimlach. Ik leg mijn hand in zijn grote handpalm en voel de warmte ervan tot in mijn tenen – waarvan ik me nu pas realiseer dat ze net zo ijzig aanvoelen als mijn vingers.

'Hallo, ptichka,' mompelt hij en hij buigt zijn hoofd om een zachte kus op mijn lippen te plaatsen. Om ons heen hoor ik een paar 'awwws' – waarschijnlijk van mijn nieuwe collega's, die geen reden hebben om te vermoeden dat dit iets anders is dan een mooie liefde. Uit mijn ooghoeken zie ik Marsha naar ons staren, haar gezicht gespannen en bleek, en achter Peter staat Joe Levinson, die de uitdrukking draagt van iemand die een begrafenis bijwoont... waar de kist gevuld is met explosieven.

'Hoi,' antwoord ik zachtjes, terwijl ik mijn best doe om alle blikken om ons heen te negeren. 'Is de fotograaf er?'

'Ja, mijn liefste. Laten we gaan.'

Hij legt een bezitterige hand op mijn rug en leidt me naar een schilderachtig plekje aan het meer, waar een man met een camera foto's van Phil en Rory aan het maken is.

Mijn vader is er ook al en mijn moeder is onderweg, ze loopt zo snel als haar hoge hakken toelaten. Het verwarmt mijn hart haar zo sterk en gezond te zien; de herinnering aan haar in het ziekenhuis, ingezwachteld als een mummie, spookt nog steeds door mijn nachtmerries.

Als we halverwege het meer zijn en buiten het gehoorveld van de andere gasten, kijk ik op naar Peter en mompel: 'Het spijt me.'

Zijn kaak wordt strakker. 'We zullen dit later bespreken.'

Ik slik en kijk naar beneden, me concentrerend op het niet struikelen over de ongelijke grond met hoge hakken. Het is echt zo. Het spijt me. Nu ik weer in Peters nabijheid ben, voel ik de onvermijdelijkheid van dit alles, de aantrekkingskracht van de donkere draden die ons binden. Mijn eerdere twijfels lijken ongegrond en naïef, irrationeel op het krankzinnige af. Wat maakt het uit of onze bruiloft vandaag is, morgen, of over een jaar? Mijn kwelgeest zal dezelfde man zijn, dezelfde dodelijke moordenaar waar ik voor gevallen ben.

Vanaf het moment dat ik Peter ontmoette, wist ik dat ik niet kon ontsnappen, en wat er vandaag gebeurd is bevestigt dat.

Als we het meer naderen, zie ik Peters teamgenoten bij elkaar staan aan de waterkant, en ik zwaai naar ze. Ik ben blij te zien dat ze terugzwaaien. Het is vreemd, maar ik heb ze ook gemist.

Voor mij zijn ze als Peters broers.

Als we bij het meer aankomen, arrangeert de fotograaf – een mollige man met een baard die op een donkerharige kerstman lijkt – ons in allerlei poses, van elkaar verlangend in de ogen kijken tot samen op een bankje zitten tot Peter die me in zijn armen houdt. Hij maakt foto's van ons tweeën samen en dan weer van ieder van ons alleen; van ons tweeën met mijn ouders, en dan met al onze vrienden. De mogelijkheden zijn eindeloos, en nadat ik Peter aan iedereen heb voorgesteld, merk ik dat ik op de automatische piloot glimlach en poseer.

Zou Peter gedaan hebben wat hij dreigde?

Zou hij al die mensen hebben vermoord om mij te straffen omdat ik hem liet zitten?

Ik wil geloven dat het antwoord nee is, maar mijn instinct zegt van wel. Hij is ertoe in staat, en zijn obsessie voor mij heeft altijd een zweem van duisternis gehad, net als onze seks.

Peter houdt van me, koestert me, zou alles voor me doen.

Inclusief het plegen van een massamoord.

Het is een beangstigende gedachte, of tenminste, ik zou het beangstigend moeten vinden. En dat is ook zo… voor het grootste deel. Het is maar een klein deel van mij dat iets van die obsessie bedwelmend vindt, net zo opwindend als van een klif in een stormachtige zee springen.

'Klaar, mijn liefste?' Peters grote hand omklemt bezitterig mijn elleboog en ik kijk verdwaasd naar hem op.

'Voor de ceremonie,' verduidelijkt hij, en ik knik en laat me door hem naar de kiosk leiden.

Dit is het.

Getrouwd leven, daar gaan we.

67

MIJN PTICHKA IS BLEEK EN VERBAZEND MOOI ALS ZE naast me staat te luisteren naar de ambtenaar die zijn toespraak houdt. Hij heeft het over liefde en verbintenis, over elkaar steunen door dik en dun, en een donkere golf van voldoening rolt door me heen als hij de traditionele vraag aan Sara stelt en zij zachtjes antwoordt: 'Ja, dat wil ik.'

Dan wendt hij zich tot mij.

'Neem jij, Peter Garin, Sara Cobakis tot jouw wettige echtgenote, in voor- en tegenspoed, in ziekte en gezondheid, tot de dood jullie scheidt?

'Ja,' zeg ik duidelijk, ervoor zorgend dat mijn stem overkomt op ons kleine publiek.

'Je mag nu de bruid kussen,' zegt de ambtenaar, en ik sta tegenover Sara.

Ze kijkt naar me op met wijd opengesperde ogen en zachte lippen, en ik buig mijn hoofd terwijl ik mijn lippen zachtjes over die verleidelijke mond laat glijden. Het is heel belangrijk om nu voorzichtig te zijn. Het minste gebrek aan controle kan de woede ontketenen die in me suddert, en dat kan ik niet laten gebeuren.

Niet tot we alleen zijn.

Er wordt geklapt en gejoeld en dan begint een bekend deuntje van achter de kiosk te spelen.

De band die ik heb ingehuurd – die waar Sara zo enthousiast over was – is er, en heeft zich klaargemaakt om tijdens de ceremonie te spelen. Het heeft me een aardige duit gekost om ze hier voor een paar uur te krijgen, maar te oordelen naar de reactie van de gasten, is het dat waard geweest.

'Zullen we?' Ik bied Sara mijn arm aan terwijl de meeste jongere gasten zich naar de muziek haasten om hun idolen live te zien.

'Natuurlijk.' Haar slanke hand glijdt in de holte van mijn elleboog terwijl ze me een voorzichtige glimlach schenkt. 'Laten we gaan.'

We hebben geen dans voorbereid, maar op aandringen van Sara's nieuwe collega's neem ik haar in mijn armen en we deinen samen op een langzaam, romantisch liedje, dat ik herken als een klassieker en niet als een van de eigen nummers van de band. Opnieuw moet ik voorzichtig zijn, mijn aanraking licht en zacht houden, de gepaste afstand bewaren in plaats van Sara naar me toe te rukken en die elegante witte jurk van haar af te rukken om haar hier en nu te nemen, op dit zachte groene grasveld.

Gelukkig eindigt het langzame liedje voordat mijn zelfbeheersing begint af te brokkelen, en de band begint aan een van hun populairste nummers. Sara's bandleden en een paar andere gasten voegen zich lachend en klappend bij ons en we dansen uiteindelijk in een groep voordat Sara's vriendin, Marsha, haar meesleurt om met haar en twee van de andere verpleegsters te dansen.

Ik wacht tot het liedje afgelopen is en dan geef ik een teken aan het cateringpersoneel om de hapjes te brengen.

Omdat we maar met zo'n vijfentwintig mensen zijn, hebben we drie tafels: een kleine ronde voor mij en Sara, en twee grotere ovale voor de rest van de gasten. Ik heb geen tafelschikking gemaakt, dus Sara's ouders zitten bij hun vrienden en de meeste vrienden en collega's van Sara zitten aan de andere tafel.

Het eten is voortreffelijk, zoals het hoort van een chef met meerdere Michelin-sterren op zijn naam, en als we allemaal beginnen te eten, lijkt het merendeel van de gasten het naar zijn zin te hebben. Sara moet dat ook vinden, want ze zegt zachtjes: 'Bedankt dat je alles hebt georganiseerd. Dit is een van de mooiste bruiloften waar ik ooit ben geweest.'

Ik glimlach kalm naar haar, ook al wil ik haar alleen maar over de tafel buigen. 'Ik ben blij, mijn liefste. Ik wil dat je gelukkig bent.'

En dat zal ze ook zijn, als ze over haar twijfels over ons heen is. Daar zal ik voor zorgen. Ik zal alles doen wat nodig is om haar gelukkig te maken.

Het enige wat ik niet zal doen is haar vrijlaten.

Ik denk ook niet dat ze dat wil, niet diep vanbinnen, waar het er echt toe doet. Ik weet niet wat haar deze namiddag heeft doen schrikken, maar ik heb een vermoeden.

Zou ze achter de dood van Sonny Pearson zijn gekomen?

Ik snap niet hoe, want ze is de laatste dagen niet in de kliniek geweest, maar het is de enige logische verklaring. Hoe dan ook, ik ga het tot op de bodem uitzoeken.

Vanavond.

Zodra we alleen zijn.

Nadat we ons hebben volgegeten, snijden Sara en ik de taart aan – een prachtige creatie van zeven lagen met glazuur – en dan gaat iedereen weer dansen en foto's nemen. De korte uitleg die Sara heeft gegeven voor de ceremonie was duidelijk niet genoeg voor iedereen, en al snel ben ik omringd door mensen en krijg ik vragen van gasten wier moed even groot lijkt als hun alcoholgebruik.

'Hoe hebben jullie elkaar ook alweer ontmoet?' vraagt Marsha, terwijl ze op haar voeten staat te wiegen terwijl ze nog een glas champagne achteroverslaat. 'Sara zei dat jullie al een tijdje aan en uit aan het daten waren...?'

'Ja, precies,' zegt Joe Levinson, met zijn kaak strak

in een strijdlustige lijn. 'Wanneer en hoe hebben jullie elkaar ontmoet? Niemand van ons wist dat Sara een relatie had.'

Ik herinner mezelf eraan dat het mes aan mijn enkel niet bedoeld is om deze man de keel door te snijden. 'We hebben elkaar een paar maanden geleden ontmoet in een club in Chicago,' antwoord ik rustig en ik geef een heimelijk signaal aan Anton. 'Omdat ik veel reisde voor mijn werk, besloten we onze relatie low-key te houden totdat we zeker wisten dat het ergens heen ging.'

'En jij komt uit Rusland?' Andy, de roodharige verpleegster, bestudeert me met een verwarde frons. 'Als in, dezelfde plaats als...'

'Daar ben je!' Anton geeft me een klap op de rug. 'Ik was overal naar je op zoek. De jongens hebben je even nodig.'

'Neem me niet kwalijk,' zeg ik beleefd tegen de gasten en ik volg Anton naar de plek bij het meer waar mijn teamgenoten hebben rondgehangen met een dure fles wodka.

'Bedankt voor de redding,' zeg ik als we buiten het gehoor van Sara's vrienden zijn. 'Ik ben vandaag niet in de stemming om hun vragen te beantwoorden.'

'Uiteindelijk zul je wel moeten,' zegt Anton, en ik haal mijn schouders op, hoewel ik weet dat hij gelijk heeft.

Om met deze mensen om te gaan, moet ik ze een soort antwoord geven.

'Hoe voelt het om weer een getrouwde man te zijn?' vraagt Ilya terwijl hij wodka voor me inschenkt.

Ik sla het achterover in plaats van te antwoorden, en voel het bekende branderige gevoel in mijn keel. Ik drink niet veel – nooit gedaan – maar vandaag is het verleidelijk. Ik wil vergeten hoe het voelde toen ik Sara's aarzelende stem aan de telefoon hoorde, die me vertelde dat ze meer tijd nodig had.

'Schenk er nog een voor me in,' zeg ik terwijl ik het lege borrelglas voor me uit houd, en Ilya schenkt het vol.

Ik drink het weer in een teug leeg en geef het glas dan terug aan Ilya.

'Meer?' vraagt hij droogjes, maar ik schud mijn hoofd.

'Zo is het genoeg, bedankt.'

Dit zal moeten volstaan om de scherpe kantjes eraf te halen. Mijn zelfbeheersing is al wankel en ik ben niet van plan om Sara te kwetsen als ik haar eindelijk alleen heb.

Ik ben niet zó'n monster.

'Dus dit is het, hè?' Anton gebaart naar de mensen bij het paviljoen. 'Is dit wat je wilt?'

'Zij is wat ik wil.' Ik ga op het gras zitten en kijk hoe Sara van groep naar groep gaat, lachend en kletsend, een geweldige imitatie van een gelukkige bruid. 'Dit zit gewoon allemaal aan haar vast.'

'Misschien,' zegt Yan, terwijl hij naar de fles grijpt. Hij schroeft de dop eraf en neemt een slok rechtstreeks uit de fles. 'Of misschien ook niet.'

Ik geef hem een scherpe blik. 'Sinds wanneer weet jij alles over mijn vrouw?'

Hij haalt zijn schouders op en neemt nog een slok. 'Ze kan je nog verrassen. Denk je dat ze zo anders is dan wij? Allemaal zoetheid, goedheid en licht? Denk je dat al die mensen' – hij gebaart met de fles naar de gasten – 'alleen maar lief en licht zijn?'

Ik richt mijn blik weer op Sara in plaats van te antwoorden, en hij zucht. 'Het verbaast me dat uitgerekend jij dat niet ziet. Ze wil je, toch? Houdt van je, ook al weet ze wat voor soort man je bent?'

Ik geef daar ook geen antwoord op, en hij gaat verder. 'Waarom denk je dat ze zich tot je aangetrokken voelt? Omdat ze iets goeds in je ziet? Of omdat ze stiekem naar het slechte verlangt?'

Anton snuift. 'O, alsjeblieft. Niet die onzin weer. Elke keer als je wodka drinkt...'

'Ik gok op het laatste,' zegt Yan alsof Anton niets gezegd heeft. 'Ze lijkt meer op jou dan je denkt, en al die troep' – hij zwaait weer met de fles naar de bruiloftspoeha – 'is wat haar is aangeleerd te denken dat haar gelukkig maakt, niet wat ze echt wil.'

Ik sta op en veeg een paar grassprietjes van mijn broek. 'Er staat nog meer wodka op onze tafel,' zeg ik tegen Ilya, die jaloers toekijkt hoe zijn broer de fles leegdrinkt. 'Je kunt hem beter gaan halen als je het wilt. Voor ons is dit feestje bijna afgelopen.'

Hoe leuk het ook is om naar Yans dronken geklets te luisteren, ik zou veel liever met mijn vrouw naar bed gaan.

68

Sara

Ik heb het gevoel dat Peter en ik in een toneelstuk zitten; elk van ons speelt zijn rol. Hij is de hoffelijke bruidegom, gereserveerd maar uiterst beleefd, en ik ben de stralende bruid, bruisend en opgewonden. Tenminste, dat ben ik na drie glazen champagne; die helpen echt bij het bruisen en opgewonden zijn, wat weer helpt bij het vermijden van de vragen van mijn vrienden.

Ik kan altijd doorgaan naar een andere groep gasten, lachend en iedereen aanmoedigend om te dansen – iets wat ze graag doen, met deze band.

'Hoe voel je je, schat?' vraagt mam als ik even bij hun kringetje kom zitten. 'Nog last van je buik?'

'Nee, alles is goed, mam.' Ik schenk haar en papa mijn zonnigste glimlach. 'Hoe gaat het met jullie?'

Mama glimlacht en pakt papa's hand. 'Geniet ervan, net als iedereen. Je Peter heeft het geweldig gedaan.'

'Dank je, mam.' Ik straal naar hen beiden. De reactie van mijn ouders was mijn grootste zorg, en ik ben enorm opgelucht dat ze mijn relatie geaccepteerd lijken te hebben – althans naar buiten toe. Ik heb ze niet veel keus gegeven, natuurlijk, maar het is toch fijn om te weten dat ze Peter een kans willen geven.

'Daar ben je,' mompelt een bekende stem met accent terwijl hij een lange arm om mijn middel slaat.

Ik kijk op om de zilveren blik van mijn man te ontmoeten en grijns, even vergeten op mijn hoede te zijn. 'Hoi. Waar ben je geweest?'

'Daar, met de jongens,' zegt hij, terwijl hij naar de oever van het meer knikt, en ik moet lachen als ik zie hoe de drie Russen een fles wodka delen.

'Dus de stereotypen zijn waar?' vraagt pa, die mijn blik volgt, en Peter knikt glimlachend.

'Voor het grootste deel. Persoonlijk geef ik de voorkeur aan bier, maar soms heb je echt dat brandende gevoel in je keel nodig.' Hij kijkt naar me, zijn lippen nog steeds gebogen. 'Hoe voel je je, ptichka?'

Mijn ademhaling versnelt als ik de donkere ondertoon in die sensuele glimlach zie. 'O, ik voel me… Het gaat goed.'

'Mooi.' Hij kijkt me aan en strijkt teder met zijn knokkels over mijn kaak. 'Ik was bezorgd.'

Ik slik terwijl mijn hartslag een sprongetje maakt. De bruiloft is bijna afgelopen, ik kan het voelen.

'Ga anders het boeket maar gooien, dan nemen we daarna afscheid van de gasten,' stelt hij voor, alsof hij mijn gedachten leest. 'Het is een lange dag geweest en misschien voel je je nog steeds niet goed.'

'Ja, schat,' zegt mijn moeder, zich gelukkig niet bewust van wat er allemaal onderhuids speelt. 'Gaan jullie twee maar lekker naar huis. Het was een prachtig feest en ik weet zeker dat iedereen genoeg gegeten en gedronken heeft.'

Ik kijk naar de zon die ondergaat boven het meer. 'Maar…'

'Kom, mijn liefste.' Peters arm verstrakt waarschuwend rond mijn middel, al blijft zijn glimlach op zijn plaats. 'Laten we gaan.'

'Oké.' Ik kijk naar mijn ouders. 'Dag. We zien jullie snel weer.'

'Dag, lieverd.' Mam doet een stap naar me toe, en Peter laat me lang genoeg los om haar en daarna pap te omhelzen. 'Nogmaals gefeliciteerd.'

'Dank je.' Ik schenk ze nog een stralende glimlach, en Peter leidt me weg om het boeket te gooien en afscheid te nemen van alle andere gasten.

'Dus, gaan we verhuizen?' vraag ik als we uit de auto stappen naast mijn flatgebouw. Mijn stem is een beetje te zwak, maar alle vloeibare moed is er tijdens de rit af gegaan, waardoor mijn hart sneller gaat kloppen naarmate we dichter bij huis komen.

'Wil je dat?' Peter kijkt me aan, zijn blik versluierd als we het gebouw naderen. 'Zoals ik al zei, ik heb een paar leuke plekken gevonden, maar ik wilde de sprong niet wagen zonder jou te raadplegen.'

Zijn toon bevat geen spoortje van spot, maar ik voel het toch. Als vandaag iets heeft aangetoond, is het dat hij nog steeds alle macht heeft en alle regels bepaalt.

Ik besluit in te gaan op zijn voorwendsel. 'Ja, ik denk dat ik wel wil verhuizen. Dit huis is te klein voor ons tweeën en het is misschien fijn om niet zoveel buren te hebben.'

'Mee eens.' Zijn ogen worden helderder en zijn stem wordt dieper als hij mompelt: 'Ik wil je helemaal voor mezelf hebben.'

Blozend open ik mijn mond om te antwoorden, maar op dat moment buigt hij zich voorover en tilt me soepel op, mijn geschrokken zucht negerend.

'Traditie,' zegt hij met een duistere grijns en hij loopt de entree in, mij met zijn gebruikelijke gemak dragend.

We passeren mijn jonge buurvrouwen op weg naar de lift en ik verberg mijn gezicht in Peters nek als ze gillen en roepen: 'Gefeliciteerd!'

We moeten echt ergens heen waar minder mensen zijn.

'Je kunt me neerzetten,' zeg ik tegen Peter als we eenmaal in de lift staan, maar hij kijkt me alleen maar aan, zijn ogen worden donkerder.

'Waarom?' mompelt hij en hij slaat zijn armen strakker om me heen. 'Ik vind je zo leuk.'

Mijn hartslag stijgt weer als mijn eerdere nervositeit terugkomt en ik duw tegen Peters schouders. 'Nee, echt, zet me neer, alsjeblieft.'

'Waarom?' Zijn kaak verhardt, alle speelsheid verdwijnt uit zijn blik. 'Zodat je kunt vluchten? Ergens schuilen en liegen dat je je niet lekker voelt?'

'Ik voelde me echt niet lekker!' Ik kijk naar hem op, woede verdringt mijn angst. 'Vraag maar aan mijn moeder als je me niet gelooft. Ik moest overgeven en had maagzuurremmers nodig.'

Zijn donkere wenkbrauwen knijpen samen. 'Wat?'

'Ze heeft je dat al verteld. Aan de telefoon, ik hoorde het haar zeggen.' Ik duw weer tegen zijn schouders als de liftdeuren opengaan en hij uitstapt en me door de gang draagt. 'Mijn maag was van streek.'

Zijn frons wordt dieper als hij stopt voor de deur van mijn appartement. 'Ja, dat heeft ze gezegd, maar ik dacht...' Hij laat me voorzichtig op mijn voeten zakken en zoekt in zijn zak naar de sleutels.

'Dacht je dat het een excuus was? Nee, het is echt zo.' Maar mijn maag was niet de oorzaak. Ik bijt op de binnenkant van mijn wang en besluit dan ons huwelijksleven niet te beginnen met een leugen – zelfs niet met iets verzwijgen.

Ik wacht tot we in het appartement zijn en dan zeg ik op een rustigere toon: 'Peter... er is iets wat je moet weten. Agent Ryson kwam hier vandaag, vlak voordat ik wegging.'

Hij verandert in een standbeeld en draait zich dan om naar mij, met een ongelovige blik in zijn ogen. 'Wat?'

'Niet in een officiële hoedanigheid,' haast ik me hem gerust te stellen. 'Hij wilde alleen maar met me praten.'

Hij omklemt zijn zij met zijn grote handen. 'Waarom?'

'Ik denk... Ik denk dat hij gefrustreerd was. Over hoe alles gelopen is. Hij denkt dat ik tegen hem gelogen heb, en dat wij' – ik slik, mijn keel brandt – 'een samenzwering hadden om George te vermoorden. Dat ik van George af wilde omdat hij een hersenbeschadiging had en een alcoholist was van wie ik al van plan was te scheiden.'

Peter vloekt laag onder zijn adem. 'Die verdomde *ublyudok*. Ik had moeten...' Hij stopt en haalt rustig adem. Op zachtere toon vraagt hij: 'Heeft hij je van streek gemaakt, ptichka?' Hij zet een stap naar me toe en pakt zachtjes mijn kin vast, zodat ik naar hem opkijk. 'Is dat de reden waarom je ervandoor ging?'

Het lukt me om een klein knikje te geven. 'Het spijt me. Echt waar. Het ging al zo snel, en toen kwam hij ook nog en...' Ik knijp mijn ogen dicht en open ze dan weer. Bij het zien van zijn stormachtig grijze ogen zeg ik: 'Het spijt me. Ik dacht gewoon niet helder na.'

Peter gaat met zijn hand over mijn kaaklijn, de aanraking is zacht en teder. 'Wat heeft hij nog meer gezegd, mijn liefste?'

'Niets. Hij zei alleen... O, hij zei wel dat als je nog

iets crimineels doet, de deal van nul en generlei waarde is… en dat ze nu ook mij in het oog houden.'

Peters blik verhardt weer. 'Ik begrijp het.' Hij doet een stap achteruit, laat zijn hand vallen, en ik realiseer me dat hij boos is – bozer dan ik hem ooit heb gezien.

Plotseling bezorgd stap ik naar voren en ik pak zijn hand in de mijne. 'Je gaat hem toch niets aandoen, hè? Ik heb je dit verteld omdat ik geen leugens meer tussen ons wil, niet omdat ik wil dat je Ryson straft.'

Hij antwoordt niet, maar ik zie mijn antwoord in zijn gespannen kaak en de stijfheid van zijn handpalm in mijn greep.

'Peter, niet doen, alsjeblieft. Luister naar me…' Ik knijp in zijn hand. 'Hij is een FBI-agent, en hij wíl dat je een fout maakt. Het zou me niet verbazen als hij daarom hier is: om je uit de tent te lokken en ervoor te zorgen dat je de afspraak schendt. Speel zijn spel niet mee. Het is het niet waard.'

Peters gezichtsuitdrukking verandert niet. 'Ben je bezorgd om hem of om mij?'

Ik laat zijn hand los. 'Allebei, natuurlijk. Ik wil niet dat je hem pijn doet en ik wil zeker niet dat je door hem in de problemen komt.'

'Hmm.' Peter streelt weer zachtjes de zijkant van mijn gezicht. 'Ik vraag het me af.'

Ik bevochtig mijn lippen. 'Wat vraag je je af?'

'Zou je blij zijn als ik gewoon wegging en je met rust liet? Als ik in de problemen zou komen en voorgoed zou moeten vertrekken?'

Ik knipper met mijn ogen. 'Maar… dat zou je niet

doen. Je zou me toch meenemen? Als je weg zou moeten?'

Zijn blik wordt donkerder. 'Misschien. Is dat wat je zou willen, ptichka?'

Mijn borst verkrampt, mijn adem stokt. 'Peter, ik...'

'Je kunt het nog steeds niet opbrengen om het te zeggen, of wel?' Hij pakt mijn kin weer vast, zodat ik zijn blik ontmoet. Zijn stem heeft een vreemde toon. 'Je kunt niet toegeven dat dit wederzijds is, dat ik niet de enige ben die boos is.'

Ik slik en trek me terug, me losmakend uit zijn greep. 'Zo is het niet.'

'Nee?' Hij komt achter me aan, zo meedogenloos als een haai. 'Vertel me dan waarom je vandaag bijna wegliep. Vertel me wat het is aan Rysons bezoek dat je zo geraakt heeft.'

Ik blijf weglopen tot ik met mijn rug tegen de muur sta. 'Ik heb het je al verteld. Ik heb je alles verteld.'

'Niet alles.' Hij drukt zijn handpalmen tegen de muur aan weerszijden van me, me nog meer omsluitend. Zijn toon is zowel wreed als teder als hij mompelt: 'Niet helemaal alles, mijn liefste.'

Ik kijk naar hem op, mijn hartslag klopt in mijn slapen. Ik begrijp niet wat hij wil, wat het is dat hij van mij wil. 'Peter, alsjeblieft. Het spijt me van vandaag. Echt, echt waar. Ik was zo overstuur dat ik niet nadacht, maar dat is geen excuus. Ik had niet...' Ik schud mijn hoofd.

'Nee, dat had je echt niet moeten doen,' beaamt hij. Zijn ogen worden nog donkerder, en dan, zonder waarschuwing, haakt hij zijn hand in het lijfje van mijn jurk en rukt het naar beneden met een opzienbarende wreedheid, waarbij hij het handgemaakte kant scheurt en de parelknoopjes op de tegelvloer laat dwarrelen.

Hijgend grijp ik naar de bovenkant van de gescheurde jurk, maar Peter draait me om en drukt mijn gezicht tegen de muur. 'Dat had je echt, echt niet moeten doen,' gromt hij in mijn oor en hij rukt de jurk helemaal naar beneden, waardoor hij rond mijn knieën plooit.

Ik sta ineens in mijn witte strapless beha en mijn string – sexy kanten lingerie die ik droeg om bij de jurk te passen. Ook die blijven maar even aan, want Peter rukt ze van me af zodat ik helemaal naakt ben.

Hijgend druk ik mijn handpalmen tegen de muur, verwachtend dat hij mijn benen uit elkaar zal duwen en me zal neuken, maar in plaats daarvan glijdt zijn krachtige arm om mijn ribbenkast en tilt me uit de restanten van de jurk. Mijn schoenen, met hun dunne bandjes rond de enkels, blijven aan mijn voeten, zelfs terwijl hij mijn benen in de lucht gooit als hij me meedogenloos naar de slaapkamer draagt.

Hij gooit me met mijn gezicht naar beneden op het bed en ik probeer me om te draaien als hij een stap achteruit doet om zijn eigen kleren uit te trekken. Ik zie een flits van metaal en hoor een zware plof als hij zijn jas opzij gooit – *was hij gewapend op ons huwelijk?* – maar dan gaat mijn aandacht naar iets veel gevaarlijkers.

De uitdrukking op zijn gezicht.

Zijn ogen zijn vernauwd, zijn neusgaten wijd open terwijl hij zijn riem losmaakt, en in de schokkerigheid van zijn bewegingen zie ik de gewelddadige honger die er altijd is, de donkere, woeste behoefte die ook in mijn binnenste pulseert.

Hij gaat me vanavond pijn doen, ik voel het, en mijn binnenste krimpt ineen op een golf van angst en lust. Ik zou weg moeten rennen, moeten protesteren, maar mijn lichaam luistert niet naar die ratio, mijn benen duwen me van het bed af om voor hem op het tapijt te knielen, mijn handen gaan naar de rits van zijn smokingbroek.

'Ja, goed zo, kom hier,' mompelt hij. Zijn handen grijpen woest in mijn haar als ik de rits open en zijn broek naar beneden trek, waardoor zijn erectie vrijkomt. Hij is al helemaal opgewonden, zijn pik is lang en dik, zo hard dat de aderen langs de schacht tevoorschijn komen. Het is een wapen, die pik, maar ook een instrument van onvoorstelbaar genot, en het water loopt me in de mond terwijl ik ernaar staar, me herinnerend hoe hij me ermee overweldigde – en wat voor brandend verlangen dat teweegbracht.

Hij trekt mijn gezicht dichterbij en slaat zijn lul tegen mijn wang. Eenmaal, tweemaal, nog een keer. Ik open mijn mond bij de vierde klap en vang het topje op, zuig het naar binnen terwijl ik zijn blik ontmoet. De bekende muskusachtige smaak laat mijn hart nog meer overlopen, en met mijn linkerhand tussen mijn benen pak ik met de rechter zijn ballen.

Zijn gezicht verwringt van woest genot als ik hem

zachtjes knijp en hij duwt zich dieper in mijn mond, zijn vuisten verstrakken in mijn haar. 'Fuck...' kreunt hij, zijn stem laag en rauw. 'Blijf dat doen, gewoon zo.'

Ik gehoorzaam, laat hem mijn keel neuken terwijl ik zijn ballen masseer. Tegelijkertijd wrijf ik met mijn linkerhand over mijn clitoris. Mijn dijen trillen van toenemende spanning als ik het juiste ritme vind. Zijn pupillen worden groter, zijn heupen bewegen steeds sneller, en ik ben er bijna, zó dichtbij, als hij iets in het Russisch uitbraakt en me abrupt van zich af duwt.

Geschrokken val ik achterover op mijn handpalmen, en voor ik weer bij mijn positieven kan komen, grijpt hij me beet en gooit me weer op het bed.

'Zo makkelijk kom je er niet van af,' gromt hij, en ik adem onvast in als hij zijn riem om mijn polsen doet, hem aan het hoofdeinde vastmaakt, en dan langs mijn lichaam naar beneden gaat. Zijn sterke handen duwen mijn benen uit elkaar.

'Wat ben je aan het doen?' Mijn hartslag is zo snel dat ik nauwelijks kan praten. 'Peter, alsjeblieft, je hoeft niet...'

'Stil maar,' fluistert hij tegen mijn dij, en ik hijg als zijn tanden over mijn schaamlippen schrapen voordat hij zijn tong tussen mijn plooien duwt en feilloos mijn kloppende clitoris vindt.

De explosie komt bijna onmiddellijk. Het vuur giert door mijn aderen en ik krom, schreeuw en trek aan de riem terwijl het uitgestelde orgasme over me heen spoelt en mijn hele lichaam doet verkrampen. Maar mijn kwelgeest is nog niet klaar. Zijn tong wordt zachter, net genoeg om me te laten meegenieten van de naschokken, en dan stoot hij twee ruwe vingers in me, op zoek naar mijn G-spot. Ik schreeuw het uit terwijl zijn tong zijn duivelse werk hervat, en het duurt niet lang voor ik weer klaarkom.

Hij is echter nog niet klaar. Zijn getalenteerde mond glijdt langs mijn lichaam, geeft brandende kusjes op mijn buik en borsten, zuigt aan mijn tepels en het gevoelige deel van mijn nek. En al die tijd blijven zijn vingers in me terwijl zijn duim mijn clitoris bewerkt en me weer naar het randje brengt.

Zijn lippen ontmoeten de mijne net als ik begin te komen, en ik kreun bevredigd in zijn mond, proef mezelf op zijn tong als hij de kus verdiept. Mijn spieren voelen aan alsof ze vloeibaar zijn geworden in mijn huid, mijn polsen zijn rauw van het rukken aan de riem, en toch neukt hij me nog steeds met die twee ruwe vingers, helemaal tijdens mijn hoogtepunt en er voorbij.

Ik begeef me aan de rand van alweer een orgasme als hij zijn hoofd optilt en zijn vingers terugtrekt, om ze vervolgens lager te leggen en mijn vocht uit te smeren. Ik kronkel, want ik weet wat hij van plan is, maar hij is meedogenloos, en ik schreeuw het uit, mijn ogen dichtgeknepen als zijn middelvinger mijn achterste opening vindt. Met mijn vocht als glijmiddel duwt hij de vinger in me, langs de weerstand van samengeknepen spieren.

Hij heeft me al eerder zo genomen, maar het is meer dan negen maanden geleden, en zijn vinger voelt even enorm als zijn pik. De randen van zijn nagel schuren langs het tere weefsel. Mijn hartslag versnelt, mijn adem stokt in mijn keel als hij de binnendringende vinger langzaam terugtrekt, alleen om er meteen een andere bij te doen.

'Peter...'

'Sst.' Hij kust me opnieuw, en terwijl de twee vingers op mijn opening drukken en me in paniek doen verkrampen, vindt zijn duim mijn pijnlijke clitoris. Het orgasme dat bijna was weggeëbd schiet weer omhoog, de spanning stijgt met explosieve kracht, en terwijl ik klaarkom, hulpeloos kreunend, duwen de twee vingers helemaal naar binnen.

Ik span weer aan, maar het is te laat, en ik kan alleen maar trillerig ademhalen terwijl hij mijn nauwe doorgang oprekt, waardoor het prikt en brandt. De volheid is ondraaglijk, indringend, maar onder het ongemak ligt een belofte van meer, en mijn lichaam trekt samen in orgastische naschokken, op jacht naar die donkere sensatie.

'Ja, goed zo, ptichka,' fluistert hij tegen mijn lippen, en ik huiver als zijn duim mijn clitoris weer vindt. Ik kan niet nog een keer klaarkomen, dat is onmogelijk, maar mijn lichaam beseft niet dat het op is. De spanning verzamelt zich in mijn binnenste, windt het strakker op, en ik sta op het punt van een orgasme, trillend en hijgend, als de binnendringende vingers zich uit mijn kont terugtrekken.

Ik kreun gefrustreerd, trek aan de riem en buig mijn heupen, en hij lacht zachtjes, met een laag en donker geluid, als ik het matras links van me iets voel inzakken.

Geschrokken open ik mijn ogen, maar hij is al terug, een klein flesje in zijn hand. 'Maak je geen zorgen, ptichka. We brengen je er wel,' belooft hij streng, en ik schok als hij het flesje kantelt en de koele vloeistof over mijn gezwollen geslacht sprenkelt. Het druppelt lager, naar de spleet tussen mijn billen, en mijn hartslag versnelt weer als onze ogen elkaar ontmoeten.

In zijn blik zie ik honger en nog iets meer, een woordeloze maar woeste eis. Hij haakt zijn onderarmen onder mijn knieën, tilt mijn benen op zijn schouders en buigt voorover, mijn hamstrings strekkend terwijl hij zijn pik naar mijn kont leidt.

'Is dit wat je van me wilt?' Zijn ogen glinsteren als hij voorwaarts duwt. 'Is dit wat je nodig hebt?'

Hij dringt dieper naar binnen en ik kreun bij de stekende druk, zweet bevochtigt mijn ruggengraat als mijn sluitspier langzaam toegeeft. Met mijn benen over zijn schouders heb ik geen controle over de diepte van de penetratie, en hij glijdt helemaal naar binnen, vult me tot mijn maag omkeert en mijn ademhaling in verwoede, oppervlakkige stoten gaat.

'Ik weet niet...' Ik haal dieper adem, vecht tegen een golf van duizeligheid. 'Ik begrijp het niet.'

'Nee?' Een wrede glans verlicht zijn metalen blik als hij zich half terugtrekt, om dan weer terug te duwen. 'Of is het dat je het gewoon niet kunt zeggen?'

Het branderige gevoel is er nog steeds, de volheid

nog net zo extreem als daarvoor, maar als zijn duim op mijn clitoris landt, overstemt een prikkelende spanning de pijn. Zijn heupen bewegen langzaam, zijn massieve pik glijdt dieper met elke genadeloze slag en het orgasme begint zich op te bouwen, het genot anders dan voorheen, sterker en donkerder, even kwellend als voortreffelijk.

Het is te veel, te intens, en ik hoor mezelf smeken en smeken, kronkelen zoveel als de beperkende positie toelaat. Maar het wrede licht blijft in zijn ogen, zijn ritme blijft onveranderd, zelfs als er zweetdruppels op zijn voorhoofd verschijnen.

'Geef antwoord,' briest hij, terwijl hij vooroverbuigt om me bijna dubbel te vouwen, en ik gil terwijl de pijn de vonk doet overslaan, het vuur aanwakkert dat me verteert. De extase explodeert door mijn zenuwuiteinden, mijn zicht overstroomt met wit licht terwijl ik mijn ogen sluit. De tintelende rillingen razen over mijn ruggengraat, de bevrijding jaagt door mijn lichaam, laat elke spier trillen en op slot gaan.

Ik hoor hem boven me kreunen en voel een warm, kloppend gevoel diep vanbinnen. Hij komt ook, besef ik verdwaasd, en ik open mijn oogleden lang genoeg om hetzelfde gekwelde genot op zijn gezicht te zien.

Zwaar ademend zakt hij boven op me in elkaar en zo blijven we liggen, onze ademhaling synchroniserend terwijl we bijkomen. Mijn hamstrings voelen alsof ze kunnen scheuren en mijn kont brandt als zijn pik er geleidelijk zachter in wordt, maar ik wil niet bewegen.

Ik wil zo blijven, mijn lichaam voor altijd verbonden met het zijne.

'Ja,' zeg ik zachtjes terwijl hij langzaam zijn hoofd optilt en zich omhoogduwt om de druk op mijn benen wat te verlichten. Onze ogen ontmoeten elkaar en een donkere triomf ontbrandt in zijn blik terwijl ik vermoeid herhaal: 'Ja, inderdaad.'

Ik begrijp zijn vraag nu, en ik weet het angstaanjagende antwoord. Dit is wat ik van hem wil en het is zeker wat ik nodig heb. Pijn, straf, dwang - dat heb ik net zo hard van hem nodig als liefde en tederheid.

Ik heb het totaalpakket nodig, hoe verknipt dat ook mag zijn.

Hij bevrijdt mijn handen, trekt zich dan voorzichtig van me terug en maakt me schoon met een tissue. Ik sluit mijn ogen, te uitgeput om te bewegen, en zijn sterke armen glijden onder me door, tillen me van het bed.

Hij draagt me naar de douche en wast me daar, veegt de uitgelopen make-up weg en maakt alle ingewikkelde krullen en golven in mijn opgestoken kapsel los. Dan wikkelt hij me in een handdoek en brengt me naar de woonkamer, waar hij op de bank gaat zitten en me op zijn schoot houdt.

Ik leg mijn hoofd op zijn brede schouder en leg mijn handpalm op zijn hart, voel het gestage ritme in zijn gespierde borstkas terwijl hij zachtjes mijn nek masseert, zijn sterke vingers die knopen losmaken waarvan ik niet eens wist dat ze er zaten.

'Vertel het me dan.' Zijn stem is een zacht, diep gerommel onder mijn oor. 'Vertel me waarom je vandaag bijna de handdoek de ring gooide.'

'Omdat...' Omdat Ryson me herinnerde aan de realiteit, me lager liet voelen dan een slak, dat wil ik bijna zeggen, maar dan stop ik. Het is geen leugen, maar het is ook niet de volledige waarheid. Ik was al in paniek voor het bezoek van de agent, voor hij me dwong de lelijke feiten onder ogen te zien.

'Waarom?' vraagt Peter, terwijl hij de massage onderbreekt.

'Omdat...' Er vormt zich een brok in mijn keel terwijl ik mijn ogen dichtknijp, ze dan open en me terugtrek om zijn blik te ontmoeten. Het is tijd dat ik stop met doen alsof en de waarheid omarm. Ik haal even adem en zeg dan wankel: 'Omdat je gelijk had. In Japan, toen je zei dat het te laat voor me was, had je gelijk.' Het wordt moeilijker om de woorden eruit te persen, maar ik dwing mezelf om door te gaan. 'Het was toen te laat, en het is nu zeker te laat. Ik weet niet wanneer het gebeurde, maar ergens op ons grillige pad werd ik verliefd op je. Alleen ik...' Ik stop, mijn keel zit nu helemaal dicht.

Zijn grijze ogen worden zachter, zijn hand hervat de lichte massage. 'Alleen wat?'

'Alleen kan ik er niet tegen,' beken ik, de woorden als stenen in mijn stembanden. 'Ik moet...' Ik stop, niet in staat om het volledig uit te spreken, maar hij begrijpt het.

'Je hebt dit nodig.' Hij tilt zijn hand op om mijn

wang te strelen. 'Je hebt nodig dat het soms pijn doet, dat ik de controle overneem en je dwing. Je hebt het nodig dat ik de andere opties wegneem, zodat je bij me kunt zijn zoals je echt wilt.'

Ik knik schokkerig, even beschaamd als opgelucht. Het is verkeerd en laf van me, maar in de context van al het andere verkeerde is het het enige wat goed voelt. Onze relatie zal nooit zijn zoals die van andere mensen... omdat hij helemaal niet zou mogen bestaan. Martelaar en slachtoffer, moordenaar en de weduwe van zijn doelwit... we zijn net zo onmogelijk samen als roofdier en prooi, maar door Peter zijn we hier.

Zijn obsessie heeft ons gecreëerd.

Hij begrijpt het; ik zie het in het warme zilver van zijn blik. 'Dus vandaag, toen ik je belde vanaf de locatie,' mompelt hij, een vochtige haarlok achter mijn oor strijkend, 'had je dat nodig, nietwaar, ptichka? Je moest weten dat weglopen geen optie was... dat je met me moest trouwen of anders...'

Ik slik en vecht tegen de verleiding om weg te kijken. 'Ik denk het wel. Misschien...' Ik stop weer, niet in staat om de verwarrende mix van emoties die door me heen gingen onder woorden te breng. Zijn dreigement maakte me bang, zoals de bedoeling was, maar ik realiseer me nu dat ik ook opgelucht was.

Diep vanbinnen rekende ik erop dat hij het zou doen, om het ergste van mijn schaamte en schuldgevoel weg te nemen.

Zijn warme hand ligt rond mijn kaak, zijn duim strijkt sussend over mijn wang. 'Het is goed, ptichka.

Voel je niet slecht. Het is wat het is, en het is goed om het toe te geven.'

Ik staar in zijn ogen. 'Je vindt me toch geen... vreselijk mens?'

'Omdat je van me houdt, of omdat je het niet volledig kunt omarmen?'

'Eh... Allebei.'

Zijn glimlach is zowel sensueel als droevig. 'Nee, mijn liefste. Je bent een product van je opvoeding, zoals ik er een ben van de mijne. Je had ook gelijk, in de Zwitserse kliniek, toen je zei dat in een andere wereld, een ander leven, het allemaal anders zou zijn geweest. Als ik kon, zou ik het verleden uitwissen, de geschiedenis tussen ons herschrijven, maar in plaats daarvan zal ik je geven wat je nodig hebt – wat we allebei nodig hebben, als we eerlijk zijn.'

Ik houd zijn blik vast, mijn ogen branden. Hij begrijpt het, want hij is mijn donkere, angstaanjagende spiegel, zijn verlangens zowel tegengesteld als parallel aan de mijne. Hij houdt van me, dat heeft hij op de meest levendige manieren laten zien, maar een deel van hem wil me ook pijn doen, me straffen voor de pijn van het verleden.

Om me te overheersen, zodat ik hem niet kan verlaten.

Zodat hij mij niet verliest zoals hij Tamila en zijn zoon verloor.

'Ik hou echt van je,' zeg ik zacht. De woorden komen makkelijker, deze tweede keer. 'Ik hou van je,

Peter, met alles wat ik ben. En ik waardeer wat je voor me hebt gedaan… wat je hebt opgegeven.'

Hij verkoos mij boven zijn wraak.

Hij verkoos onze liefde boven zijn verlangen om met de dood af te rekenen.

Zijn glimlach wordt minder – de herinnering aan Henderson moet nog steeds pijn doen – maar dan leunt hij voorover en drukt een zachte kus op mijn lippen. 'Ik weet het, ptichka. Ik weet dat je van me houdt en hoe dan ook, we gaan dit laten werken. We moeten wel… want ik laat je niet weglopen.'

Ik leg mijn hoofd achterover op zijn schouder, sluit mijn ogen en voel het hart kloppen in die krachtige borstkas.

Hij heeft gelijk.

We gaan dit laten werken.

Onze liefde is misschien niet eenvoudig en simpel, maar de manier waarop hij begon maakt hem niet minder waard. Dit huwelijk zal niet makkelijk zijn, maar het is voor altijd.

Wat er ook gebeurt, we hebben elkaar.

Zolang als we allebei leven.

EPILOOG

H enderson

Ik staar naar mijn computerscherm, klik van de ene stralende foto naar de andere. Mijn keel brandt en mijn hand trilt van misselijkmakende woede.

Ze zien er prachtig uit, allebei jong en gezond, gekleed in de beste bruidskleding die met bloed besmeurde rijkdom kan kopen. Op een foto tilt hij haar tegen zijn borst; op een andere houden ze elkaars handen vast en kijken in elkaars ogen.

Ik klik opnieuw en proef de bitterheid van gal. Ze glimlachen naar elkaar op deze foto, naast haar familie en vrienden.

Weet een van deze mensen het?

Beseffen ze wat hij is?

Zij weet het. Daar twijfel ik niet aan. Ik zie het in haar ogen, aan haar mooie, leugenachtige glimlach.

Ze weet het, en ze houdt van hem.

Ze is met hem getrouwd terwijl ze weet wat voor monsterlijke dingen hij gedaan heeft.

Ik rol mijn hoofd van links naar rechts, vergeefs proberend de kwellende spanning los te laten. De steroïden helpen niet meer, en de pijn vreet aan me, houdt me 's nachts wakker en verergert mijn nachtmerries en slapeloosheid.

Drie jaar op de vlucht.

Drie jaar vrezen voor het leven van mijn kinderen.

Drie jaar weten dat iedereen die ik achterliet gedood of gemarteld kan worden... dat niemand om wie ik geef ooit echt veilig zal zijn.

Ik klik naar een browservenster en navigeer naar de Facebook-pagina van mijn dochter. Er staat niets meer op sinds drie jaar geleden, ook niets op de social media van mijn zoon. Ook zij hebben al die tijd in angst geleefd.

In angst voor het monster dat lacht naar zijn liefhebbende bruid.

Hij denkt dat hij gewonnen heeft.

Hij denkt dat het voorbij is.

Hij is ervan overtuigd dat ze zijn schrikbewind door de vingers zullen zien.

Ik draai me weg van de computer en open de map op mijn bureau. Ik probeer kalm te blijven terwijl ik de lijst met namen bekijk – mijn eigen lijst deze keer.

Julian Esguerra, het lievelingsmonster van de CIA.

Zijn trouwe partner Lucas Kent.

Yan en Ilya Ivanov.

Anton Rezov.

En natuurlijk Peter Sokolov zelf.

Ze denken dat ze het gemaakt hebben, dat ze onaantastbaar zijn.

Ze hebben het volkomen mis.

Het wordt tijd dat de wereld hen ziet voor de terroristen die ze zijn.

Hoe dan ook: ze zullen boeten.

VOORPROEFJES

Het verhaal van Peter en Sara gaat verder in *Mijn toekomst*. Als je wilt weten wanneer mijn volgende boek uitkomt, schrijf je dan in voor mijn nieuwe release-mailinglijst op www.annazaires.com/book-series/nederlands/.

Als je deze serie goed vindt, zijn de volgende boeken misschien ook wat voor jou:

- *De Verwrongen*-trilogie: het verhaal van Julian en Nora, waarin Peter verschijnt als bijpersonage en zijn lijst krijgt
- *De Gevangen*-trilogie: het verhaal van Lucas en Yulia
- *De Mia & Korum*-trilogie: duistere sciencefiction-romance
- *De Krinar-gevangene*: een standalone sciencefiction-romance

- *De Krinar-onthulling*: een heter dan hete samenwerking met Hettie Ivers, met hoofdrollen voor Amy & Vair én hun seksclubspelletjes
- *Weggevoerd: Een Krinar-Verhaal*: het verhaal van Arus en Delia, sci-fi romance

Hou je van hilarische romantische comedy?
Mijn man en ik schrijven samen vunzige, nerderige romcoms onder het pseudoniem Misha Bell. Onze debuutroman *Moeilijke code* gaat over Fanny, de wereldvreemde codespecialist die de taak in haar maag gesplitst krijgt om seksspeeltjes te testen, en haar mysterieuze Russische baas die zo grootmoedig is om haar te helpen.

En sla nu om voor een voorproefje van *Verwrongen, Gevangen* en *De Krinar-gevangene*.

FRAGMENT UIT VERWRONGEN

Ontvoerd. Meegenomen naar een privé-eiland.

Ik had nooit gedacht dat mij dit zou overkomen. Ik had me nooit kunnen voorstellen dat een toevallige ontmoeting aan de vooravond van mijn achttiende verjaardag mijn leven zo volkomen zou veranderen.

Nu behoor ik hem toe. Julian. Een man die even meedogenloos als knap is — een man wiens aanraking me in vuur en vlam zet. Een man wiens tederheid verwoestender is dan zijn wreedheid.

Mijn ontvoerder is een raadsel. Ik weet niet wie hij is of waarom hij me heeft ontvoerd. In hem bevindt zich duisternis—duisternis die me evenzeer aantrekt als beangstigt.

Ik ben Nora Leston. Dit is mijn verhaal.

Om negen uur 's avonds haalt Leah me op. Ze is gekleed op een avondje uit: een donkere, nauwsluitende spijkerbroek, een glinsterende, zwarte bandeautop en hooggehakte zwarte laarzen tot over de knie. Haar blonde haren zijn glad en steil. Ze vormen een waterval van highlights, die langs haar rug naar beneden stroomt.

Ik daarentegen draag nog steeds mijn gympen. Mijn nette schoenen zitten in de rugtas die ik straks in Leahs auto laat liggen. Een dikke trui verhult de sexy top die eronder zit. Ik heb geen make-up op en mijn lange bruine haren zijn bijeengebonden in een paardenstaart.

De reden dat ik zo wegga, is om verdenking te voorkomen. Ik zeg tegen mijn ouders dat ik met Leah naar een vriendin van ons ga. Mijn moeder zwaait ons uit en wenst ons veel plezier.

Nu ik ben bijna achttien ben, hoef ik niet meer op tijd thuis te zijn. Nou ja, waarschijnlijk wel, maar we hebben geen tijd afgesproken. Als ik maar thuis ben voor mijn ouders ongerust worden – of als ik laat weten waar ik ben – is het goed.

Zodra we in Leahs auto zitten, begin ik aan mijn transformatie. Mijn trui gaat uit. Daaronder draag ik een nauwsluitende top waarin, met hulp van een push-upbeha, mijn ietwat bescheiden voorgevel goed uitkomt. De behabandjes zijn decoratief, waardoor het niet erg is dat je ze ziet. Ik heb niet van die gave laarzen zoals Leah, maar ik heb wel mijn mooiste paar zwarte hakken mee kunnen smokkelen. Daarmee lijkt ik toch zo'n tien centimeter langer. Aangezien ik elke centimeter kan gebruiken, trek ik ze aan. Dan pak ik mijn make-uptasje en klap ik de zonneklep naar beneden om in het spiegeltje te kunnen kijken.

Even bestudeer ik mijn zo bekende trekken. Grote bruine ogen en scherp afgetekende zwarte wenkbrauwen domineren mijn kleine gezicht. Rob zei weleens dat ik er exotisch uitzie en ik begrijp wel wat hij bedoelde. Ik ben slechts voor een kwart Latijns-Amerikaans, maar mijn huid is altijd wat getint en ik heb ongewoon lange wimpers. Leah zegt vaak dat het nepwimpers zijn, maar ze zijn echt.

Ik ben tevreden met hoe ik eruitzie, al zou ik wel graag wat langer willen zijn. Het zijn mijn Mexicaanse genen. Mijn *abuela* was fijntjes gebouwd en dat ben ik ook, hoewel allebei mijn ouders van gemiddelde grootte zijn. Als Jake niet van lange meisjes had gehouden, had mijn lengte me niks uitgemaakt. Volgens mij ziet hij me letterlijk niet staan; ik bevind me onder zijn blikveld.

Met een zucht breng ik wat oogschaduw aan en smeer ik wat lipgloss op mijn lippen. Ik hoef me niet uit te leven met mijn make-up; eenvoudig werkt voor mij het beste.

Als Leah de radio harder zet, vullen de tonen van de nieuwste popnummers de auto. Met een grijns begin ik mee te zingen met Rihanna. Leah valt me bij en samen blèren we mee met 'S&M'.

Korte tijd later zijn we bij de club. Met een houding

alsof we dit al talloze keren gedaan hebben, lopen we naar binnen. Leah werpt de uitsmijter een brede glimlach toe. Daarna laten we hem even onze ID's zien. Zonder problemen mogen we doorlopen.

We zijn hier nog nooit eerder geweest. De club bevindt zich in een wat ouder, aftandser deel van Chicago. 'Hoe heb je deze club gevonden?' Ik moet tegen Leah schreeuwen om boven de muziek uit te komen.

'Ralph kende het hier,' schreeuwt ze terug.

Ik kan de neiging niet weerstaan met mijn ogen te rollen. Ralph is Leahs ex-vriendje. Ze gingen uit elkaar toen hij zich een beetje vreemd begon te gedragen, maar om de een of andere reden hebben ze wel contact gehouden. Volgens mij gebruikt hij drugs of zo. Ik heb geen idee en Leah wil er niets over kwijt vanwege een soort misplaatst gevoel van loyaliteit. Hij is in elk geval behoorlijk vreemd. Het feit dat hij ons deze plek heeft aangeraden vind ik dan ook niet echt geruststellend.

Maar ach, wat maakt het uit. De omgeving mag niet al te best zijn, maar de muziek is goed en het publiek is heel gemengd.

We zijn hier om te dansen, dus dat is precies wat we het volgende uur doen. Leah weet een paar jongens te overtuigen om shotjes voor ons te kopen, al nemen we allebei maar één drankje. Leah omdat ze nog moet rijden; ik omdat ik niet zo goed tegen alcohol kan. We zijn misschien wel jong, maar niet achterlijk.

Na de shotjes gaan we dansen. De jongens die de

drankjes voor ons gehaald hebben, dansen met ons, maar langzaamaan bewegen we ons van hen weg. Zo leuk zijn ze nou ook weer niet. Leah ziet een groep met leuke, wat oudere jongens en we besluiten hun kant op te gaan. Als ze met een van hen in gesprek raakt, kijk ik glimlachend toe hoe ze tot actie overgaat. Ze is echt goed in flirten.

Maar ik merk dat ik moet plassen, dus draai ik me om en ga op zoek naar het toilet.

Op de terugweg stop ik bij de bar voor een glas water. Van al dat dansen heb ik dorst gekregen. Ik drink het glas gretig leeg, waarna ik het op de bar zet en om me heen kijk, recht in een paar doordringende, blauwe ogen.

Hij zit aan de andere kant van de bar, zo'n drie meter verderop, en kijkt naar me.

Ik kijk terug. Ik kan er niets aan doen. Waarschijnlijk is hij de knapste man die ik ooit heb gezien.

Zijn haar is donker en krult lichtjes. Zijn gezicht is hard en mannelijk, volledig symmetrisch in ieder detail. Rechte, donkere wenkbrauwen boven opvallend lichtblauwe ogen. En zijn mond kan zo die van een engel zijn – een gevallen engel.

Ik krijg het warm als ik denk aan hoe die mond zou voelen op mijn huid, op mijn lippen. Als ik gevoelig zou zijn voor blozen, zou ik nu knalrood zijn.

Hij staat op en loopt op me af. Zijn blik houdt de mijne nog altijd vast. Hij loopt ontspannen. Rustig.

Volkomen zelfverzekerd. Waarom ook niet? Hij is waanzinnig knap en dat weet hij zelf ook.

Als hij dichterbij komt, besef ik dat hij lang is. Lang en goedgebouwd. Ik weet niet hoe oud hij is, maar mijn gok is dat hij qua leeftijd dichter bij de dertig dan bij de twintig zit. Een man, geen jongen meer. Als hij naast me komt staan, kost het me moeite om adem te halen.

'Hoe heet je?' vraagt hij zacht. Op de een of andere manier komt zijn stem boven de muziek uit. De diepe klank is zelfs in dit rumoer verstaanbaar.

'Nora,' zeg ik zachtjes. Als ik naar hem opkijk, zie ik dat hij weet welke betoverende uitwerking hij op me heeft.

Als hij glimlacht, wijken zijn lippen iets van elkaar en worden gelijkmatige, witte tanden zichtbaar. 'Nora. Dat bevalt me.'

Hij stelt zichzelf niet voor. Daarom verzamel ik mijn moed, en vraag: 'Hoe heet je?'

'Jij mag me Julian noemen.'

Ik staar naar zijn lippen terwijl hij praat. Nog nooit heeft de mond van een man me zo gefascineerd.

'Hoe oud ben je, Nora?' vraagt hij dan.

Ik knipper even met mijn ogen. 'Eenentwintig,' zeg ik dan snel.

Hij werpt me een duistere blik toe. 'Waag het niet tegen me te liegen.'

'Bijna achttien,' geef ik dan met tegenzin toe. Ik hoop maar dat hij dat niet tegen de barman vertelt, want dan vlieg ik eruit.

Hij knikt; blijkbaar heb ik bevestigd wat hij al

vermoedde. Dan legt hij een hand tegen mijn gezicht. Het is een zachte, lichte aanraking. Zijn duim glijdt over mijn onderlip alsof hij de textuur ervan wil doorgronden.

Ik ben zo in shock dat ik gewoon blijf staan. Nog nooit heeft iemand me zo zacht en tegelijkertijd zo bezitterig aangeraakt. Mijn lichaam voelt heet en koud tegelijk; een huivering van angst glijdt langs mijn ruggengraat.

Er is geen enkele aarzeling in die handeling te bespeuren. Hij vraagt niet om toestemming, hij wacht niet af of ik zijn aanraking wel toesta. Hij raakt me gewoonweg aan alsof hij daar het recht toe heeft. Alsof ik de zijne ben.

Met een beverige zucht stap ik achteruit. 'Ik moet gaan,' fluister ik.

Hij knikt opnieuw, een onleesbare uitdrukking op zijn beeldschone gezicht.

Ik weet dat hij me laat gaan en dat geeft me een bizar dankbaar gevoel. Het is alsof iets in mij weet dat hij zo verder had kunnen gaan, dat hij het spelletje niet volgens de regels speelt. Dat hij waarschijnlijk het gevaarlijkste wezen is dat ik ooit heb ontmoet.

Ik draai me om en wring me door de menigte. Mijn handen trillen en mijn hart klopt in mijn keel. Ik wil hier weg.

Zodra ik Leah heb gevonden, vraag ik haar me naar huis te brengen. Bij de deur van de club draai ik me nog een keer om.

Daar staat hij. Hij kijkt me na. In zijn blik ligt een

duistere belofte – een belofte die een huivering door me heen laat gaan.

Verwrongen is nu verkrijgbaar. Ga naar mijn website www.annazaires.com/book-series/nederlands/ voor meer informatie en om je in te schrijven voor mijn releasemailing.

Ze is bang voor hem vanaf het eerste moment dat ze hem ziet.

Yulia Tzakova is geen onbekende voor gevaarlijke mannen. Ze groeide op met hen. Ze heeft ze overleefd. Maar als ze Lucas Kent ontmoet, weet ze dat de harde ex-soldaat misschien wel de gevaarlijkste van allemaal is.

Eén nacht, dat is alles wat het zou moeten zijn. Een kans om een mislukte opdracht goed te maken en informatie te krijgen over de wapenleverancier van Kent. Wanneer zijn vliegtuig naar beneden gaat, zou het het einde moeten zijn.

In plaats daarvan is het nog maar het begin.

Hij wil haar vanaf het eerste moment dat hij haar ziet.

Lucas Kent heeft altijd graag langbenige blondines gehad en Yulia Tzakova is zo mooi als ze komen. De Russische tolk heeft misschien geprobeerd zijn baas te verleiden, maar ze belandt in Lucas 'bed - en hij is van plan haar daar weer te zien.

Dan gaat zijn vliegtuig naar beneden en leert hij de waarheid.

Ze heeft hem verraden.

Nu zal ze betalen.

~

Het eerste wat ik doe als ik thuiskom, is mijn baas bellen en doorgeven wat ik gehoord heb.

'Dus mijn vermoeden was juist,' zegt Obenko als ik uitgesproken ben. 'Ze gebruiken Esguerra om die kloterebellen in Donetsk te bewapenen.'

'Ja.' Ik schop mijn schoenen uit en loop naar de keuken om thee te zetten. 'Buschekov eiste een exclusieve deal, dus Esguerra staat volledig aan de kant van de Russen.'

Obenko laat een creatieve vloek horen die veelvuldig gebruikt maakt van de woorden verdomde, slet en moeder. Ik negeer het en giet water in de waterkoker, waarna ik hem aanzet.

'Goed,' zegt Obenko als hij wat gekalmeerd is. 'Je ziet hem vanavond nog, toch?'

Ik haal diep adem. Dit is het minder leuke gedeelte. 'Niet echt.'

'Niet echt?' Obenko's stem wordt gevaarlijk zacht. 'Wat bedoel je daar verdomme mee?'

'Ik heb hem een aanbod gedaan, maar hij was niet geïnteresseerd.' In dit soort situaties vertel je altijd beter de waarheid. 'Hij zei dat ze snel weer vertrekken en dat hij te moe was.'

Opnieuw begint Obenko te vloeken. Intussen open ik het pakje thee, laat een zakje in een mok vallen en schenk er kokend water overheen.

'Weet je zeker dat je hem niet zover krijgt?' vraagt hij als hij uitgevloekt is.

'Behoorlijk zeker, ja.' Ik blaas in de mok om mijn thee wat af te koelen. 'Hij had gewoon geen interesse.'

Obenko zwijgt even. 'Goed,' zegt hij dan. 'Je hebt het verkloot, maar daar hebben we het een andere keer wel over. Nu moeten we bedenken wat we gaan doen aan Esguerra en de wapens waarmee ons land overspoeld zal worden.'

'Hem elimineren?' stel ik voor. Mijn thee is nog iets te heet, maar ik neem toch een slokje om van de warmte in mijn keel te kunnen genieten. Het is een eenvoudig genoegen, maar zijn de beste dingen in het leven niet zo? De geur van bloesem in de lente, de zachte vacht van een kat, de sappige zoetheid van een rijpe aardbei - ik heb recent geleerd die dingen te koesteren, het leven zo goed als ik kan te omarmen.

'Makkelijker gezegd dan gedaan.' Obenko klinkt gefrustreerd. 'Hij wordt beter bewaakt dan Poetin.'

'Hm-hm.' Ik neem nog een slokje thee en sluit mijn ogen om de smaak beter tot me door te laten dringen. 'Je bedenkt wel iets.'

'Wanneer vertrekt hij, zei hij dat?'

'Nee. Hij zei alleen dat het binnenkort was.'

'Goed.' Ineens lijkt Obenko ongeduldig. 'Laat het me ogenblikkelijk weten als hij contact met je opneemt.'

En voor ik iets kan zeggen, heeft hij al opgehangen.

Aangezien ik nu toch een avondje vrij ben, besluit ik een bad te nemen. Mijn badkuip is klein en sjofel, net zoals de rest van mijn appartement, maar ik heb wel erger gezien in mijn leven. Ik besluit de lelijke badkamer op te fleuren met een paar geurkaarsen op de wastafel en wat badschuim in het water. Dan stap ik in het bad, een genietende zucht slakend als het warme water mijn lichaam omsluit.

Als ik kon kiezen, zou ik het altijd warm hebben. Wie zei dat het in de hel heet is, had het mis. In de hel is het koud.

Zo koud als de Russische winter.

Terwijl ik van mijn warme bad lig te genieten, gaat de deurbel. Meteen schiet mijn hartslag omhoog en vlamt de adrenaline door mijn aderen.

Ik verwacht geen bezoekers - dus zijn er problemen.

Ik spring uit de badkuip, sla een handdoek om me

heen en ren naar de leef- en slaapruimte van mijn studio. Mijn kleren liggen nog op het bed, maar ik heb geen tijd om ze aan te trekken. In plaats daarvan schiet ik in een ochtendjas en pak dan het pistool uit mijn nachtkastje.

Ik haal diep adem en loop naar de deur, het wapen voor me gericht.

'Ja?' roep ik. Op een paar meter van de deur blijf ik staan. Hoewel de deur van versterkt staal is gemaakt, is het sleutelgat dat niet. Daar kan doorheen geschoten worden.

'Lucas Kent hier.' De diepe, Engelssprekende stem laat me zo schrikken dat ik het wapen een paar centimeter laat zakken. Mijn polsslag schiet nog verder omhoog en om de een of andere reden beginnen mijn knieën te trillen.

Wat doet hij hier? Weet Esguerra iets? Heeft iemand me verraden? De vragen wellen in me op en maken me nog veel nerveuzer, tot ik bedenk wat ik moet doen.

'Wat wil je?' Ik probeer mijn stem niet te laten trillen. Als Kent me niet komt doden, is er maar één andere verklaring voor zijn aanwezigheid: Esguerra is van gedachten veranderd. In dat geval moet ik me gedragen als de onschuldige burger die ik moet voorstellen.

'Ik wil je spreken,' zegt Kent met een vleugje geamuseerdheid in zijn stem. 'Ga je de deur nog opendoen of moeten we door tien centimeter staal heen praten?'

O, nee. Dat klinkt niet alsof Esguerra hem gestuurd heeft om me op te halen.

Snel ga ik mijn opties na. Ik kan mezelf hier opsluiten en hopen dat hij niet binnenkomt, maar dan neemt hij me te pakken als ik naar buiten kom, wat uiteindelijk toch nodig is. Het is beter erop te gokken dat hij niet weet wie ik ben en mijn dekmantel van vanavond weer aan te wenden.

'Waarom wil je met me praten?' Ik probeer tijd te rekken. Het is een redelijke vraag. Iedere vrouw zou in zo'n situatie voorzichtig zijn, niet alleen vrouwen die iets te verbergen hebben. 'Wat wil je?'

'Jou.'

Dat ene woord, gevormd door zijn diepe, mannelijke stem, raakt me als een vuistslag. Mijn longen stoppen met werken en ik staar met een irrationele paniek naar de deur. Blijkbaar had ik gelijk toen ik me afvroeg of hij me aantrekkelijk vond, of hij steeds naar me keek als gevolg van een primaire, biologische reactie.

Ja, natuurlijk. Hij wil me.

Ik dwing mezelf diep in te ademen. Dit is een opluchting, toch? Er is geen enkele reden om in paniek te raken. Al sinds mijn vijftiende zitten mannen achter me aan en inmiddels heb ik daar goed mee leren omgaan. Ik gebruik hun lust in mijn voordeel. Dit is niet anders dan normaal.

Maar Kent is harder, gevaarlijker dan de meesten.

Nee. Ik leg dat kleine stemmetje het zwijgen op en

laat, nogmaals diep ademhalend, mijn wapen zakken. Vanuit mijn ooghoeken zie ik mezelf in de spiegel. Mijn blauwe ogen staan groot in een bleek gezicht. Een slordige knot houdt mijn haar bijeen, al vallen een paar losse lokken langs mijn hals. Gehuld in een zachte badjas, een pistool in mijn handen, lijk ik in de verste verte niet op de modebewuste jonge vrouw die Kents baas probeerde te verleiden.

Toch neem ik een besluit. 'Ogenblikje,' roep ik naar de deur. Ik kan Lucas Kent de toegang tot mijn studio ontzeggen - dat zou niet vreemd zijn, aangezien ik een vrouw alleen ben - maar het is slimmer om van de gelegenheid gebruik te maken om wat informatie te vergaren.

Ik kan er toch op zijn minst achter proberen te komen wanneer Esguerra vertrekt. Als ik dat aan Obenko doorgeef, maak ik mijn eerdere blunder deels weer goed.

Snel verberg ik het wapen in een kastje onder de spiegel in de hal en maak mijn haren los, zodat de dikke blonde strengen over mijn rug vallen. Mijn make-up had ik er al afgehaald, maar mijn huid is gaaf en mijn wimpers zijn donker, dus het kan er wel mee door. Eigenlijk lijk ik zo zelfs jonger en onschuldiger.

Een 'buurmeisje', zoals de uitdrukking heet.

Vol vertrouwen dat ik er redelijk fatsoenlijk uitzie, doe ik de deur van het slot. Het absurde bonzen van mijn hart negeer ik.

～

Gevangen is nu verkrijgbaar. Ga naar www.annazaires.com/book-series/nederlands om er meer over te weten te komen.

FRAGMENT UIT DE KRINAR-
GEVANGENE

Emily Ross had nooit verwacht dat ze haar dodelijke
val in de jungle van Costa Rica zou overleven, en ze
had absoluut niet verwacht dat ze zou ontwaken in een
vreemd futuristisch onderkomen, gevangengehouden
door de mooiste man die ze ooit had gezien. Een man
die meer dan een mens lijkt te zijn…

Zaron is op de aarde om de Krinar-invasie voor te
bereiden – én om de vreselijke tragedie te vergeten die
hem heeft verscheurd. Maar als hij het ernstig gewonde
lichaam van een mensenmeisje aantreft, verandert
alles. Voor het eerst in jaren voelt hij iets anders dan
woede en rouw, en dat komt allemaal door Emily. Als
hij haar laat gaan komt zijn missie in gevaar, maar als
hij haar laat blijven, zou hij opnieuw verwoest kunnen
worden.

~

Ik wil niet dood. Ik wil niet dood. Alsjeblieft, alsjeblieft, ik wil niet dood.

De woorden bleven door haar hoofd gaan. Een wanhopige smeekbede die nooit gehoord zou worden. Haar vingers gleden nog een centimeter verder weg op het ruwe hout; ze brak haar nagels in haar pogingen om de grip niet te verliezen.

Emily Ross hing aan een kapotte, oude brug. Tientallen meters beneden haar raasde het water over de rotsachtige rivierbodem. Het had veel geregend de afgelopen tijd, waardoor de bergrivier snel stroomde.

Die regen was een van de oorzaken van haar huidige penibele situatie. Als het hout van de brug droog was geweest, was ze misschien niet uitgegleden, waarbij ze haar enkel had verzwikt. En ze zou zeker niet tegen de reling gevallen zijn, die het door haar gewicht had begeven.

Alleen het feit dat ze zich op het laatste moment had weten vast te grijpen, had voorkomen dat Emily richting haar dood was gevallen. In haar val had haar rechterhand een kleine uitstulping aan de zijkant van de brug gepakt, en nu bungelde ze tientallen meters boven de harde rotsen in de lucht.

Ik wil niet dood. Ik wil niet dood. Alsjeblieft, alsjeblieft, alsjeblieft, ik wil niet dood.

Het was niet ecrlijk. Dit was niet de manier waarop het horde te gaan. Ze was op vakantie om weer tot zichzelf te komen. Hoe was het mogelijk dat ze uitgerekend nu zou doodgaan? Ze was nog niet eens begonnen met leven.

Beelden van de afgelopen twee jaar schoten voor Emily's geestesoog voorbij, vormgegeven als de PowerPoint-presentaties waaraan ze zoveel uren van haar leven had besteed. Alle avonden en weekends die ze op kantoor had doorgebracht, het was allemaal voor niets geweest. Ze was haar baan kwijtgeraakt in een ontslagronde en nu stond ze op het punt dood te gaan.

Nee, nee!

Emily's benen zwiepten heen en weer, haar nagels groeven zich dieper in het hout. Met haar andere arm reikte ze omhoog naar de brug. Dit zou haar niet overkomen. Ze zou het niet laten gebeuren. Ze had te hard gewerkt om zich door een lullige brug te laten verslaan.

Het ruwe hout sneed in haar vingers en er liep bloed langs haar armen naar beneden, maar ze negeerde de pijn. Haar enige kans op overleving was als ze de zijkant van de brug met haar andere hand kon vastgrijpen en zichzelf omhoog kon trekken. Er was hier niemand die haar kon redden als ze zichzelf niet redde.

De mogelijkheid dat ze moederziel alleen zou kunnen sterven in het regenwoud was niet bij Emily opgekomen toen ze aan deze reis begon. Ze was een ervaren wandelaar en kampeerder, en zelfs na de twee helse jaren die ze achter de rug had, was ze nog altijd goed in vorm. Ze had haar conditie onderhouden met hardlopen en teamsporten op highschool en de Universiteit. Costa Rica stond bekend als een veilige bestemming; er was weinig criminaliteit en men was er gewend aan toeristen. Ook was het hier niet al te duur – een belangrijke overweging gezien haar snel slinkende spaarsaldo.

Ze had deze reis al geboekt vóórdat alles bergafwaarts ging. Voordat de markt weer in een vrije val was geraakt, voordat er weer een ontslagronde volgde die duizenden medewerkers op Wall Street hun baan kostte. Voordat Emily op een doodgewone maandag naar haar werk ging, met kringen onder haar ogen omdat ze het hele weekend door had gebuffeld, en diezelfde dag met haar bezittingen in een kartonnen doos de deur weer uit liep.

Voordat haar vier jaar lange relatie was uitgegaan.

Het was haar eerste vakantie in twee jaar tijd. En ze ging hem niet overleven.

Nee, zo moet je niet denken. Dat gaat niet gebeuren.

Maar Emily wist dat ze tegen zichzelf loog. Ze voelde haar vingers nog verder wegglippen, haar rechterarm en -schouder branden van de inspanning die het kostte om haar lichaamsgewicht tegen te houden. Haar linkerhand was heel dicht bij de zijkant van de brug, maar of het nu een paar centimeter was of een paar kilometer, het deed er niet toe. Het was onmogelijk om genoeg grip te krijgen om zichzelf met één arm omhoog te hijsen.

Doe het nou, Emily! Niet nadenken, gewoon doen!

Ze verzamelde al haar kracht, zwiepte haar benen omhoog en gebruikte het momentum om haar lichaam een klein stukje omhoog te brengen. Met haar linkerhand greep ze een uitstekend deel van de brug vast, en... het fragiele stuk hout brak. Er kwam een kreet van doodsangst uit haar keel.

Emily's laatste gedachte voordat haar lichaam de rotsen raakte, was: *ik hoop dat ik in één klap dood ben.*

De geur van het oerwoud, rijk en indringend, drong Zarons neusgaten binnen. Hij ademde diep in en liet de vochtige lucht zijn longen vullen. Dit kleine stukje van de aarde was schoon, bijna net zo onbezoedeld als zijn thuisplaneet.

Dit was wat hij nu nodig had. Frisse lucht, ruimte, alleen zijn. De afgelopen zes maanden had hij geprobeerd weg te vluchten van zijn eigen malende gedachten en in het hier en nu te leven, maar het was hem niet gelukt. Zelfs bloed en seks hielpen niet meer. Tijdens de daad kon hij wel even zijn gedachten verzetten, maar naderhand kwam de pijn weer net zo hard terug.

Het was hem te veel geworden. Het vuil, de menigten, de stank van de mensheid. Als hij zich niet in een extatische schemerwereld bevond, was hij steevast diepongelukkig. Zijn zintuigen waren overprikkeld na zo lange tijd in mensensteden te hebben geleefd. Hier was het beter. Hier kon hij ademen zonder gif in zijn systeem te krijgen, kon hij leven ruiken in plaats van chemicaliën. Over een paar jaar zou alles anders zijn en dan zou hij het leven in een mensenstad wel weer een kans geven, maar nu niet.

Niet voordat ze hier volledig voet aan de grond hadden gekregen.

Dit was Zarons taak: hij was verantwoordelijk voor het stichten van nederzettingen. Hij had al tientallen jaren onderzoek gedaan naar de flora en fauna op aarde en toen de Raad zijn hulp vroeg bij de aankomende kolonisatie, had hij niet getwijfeld. Alles liever dan thuis zijn, waar alles hem herinnerde aan Larita.

Hier lagen geen herinneringen. Hoeveel overeenkomsten deze planeet ook had met Krina, het was hier vreemd en exotisch. Zeven miljard homo sapiens op aarde – een onbevattelijk aantal – en ze vermenigvuldigden zich op een krankzinnig tempo. Hun korte levensspanne en daaruit voortvloeiende gebrek aan langetermijnplanning hadden ertoe geleid dat ze de natuurlijke bronnen van de planeet in hoog tempo uitputten, zonder zich zorgen te maken over de toekomst. In sommige opzichten deden ze hem denken aan de *Schistocerca gregaria*, een sprinkhaansoort die hij een paar jaar geleden bestudeerd had.

Goed, mensen waren intelligenter dan insecten. Sommige individuen, zoals Einstein, hadden zelfs Krinar-achtige intelligentie. Dit verbaasde Zaron niet echt: hij had altijd vermoed dat dit de bedoeling was van het grote experiment van de Ouderen.

Terwijl hij door het oerwoud van Costa Rica liep, dacht hij na over zijn taak. Dit stukje van de planeet was veelbelovend. Het was niet moeilijk om zich voor te stellen dat hier eetbare planten van Krina zouden kunnen groeien. Hij had de bodem uitvoerig getest en hij had wel wat ideeën om hem nog beter geschikt te maken voor de gewassen van Krina.

Overal om hem heen was het bos overvloedig en intens groen. Het rook er naar bloeiende heliconia's en hij hoorde de ritselende bladeren en inheemse vogels. In de verte klonk de roep van een *Alouatta palliata*, een brulaap die hier voorkwam, en nog iets anders.

Zaron fronste en luisterde nog wat aandachtiger, maar het geluid bleef uit.

Nieuwsgierig liep hij in de richting waar het vandaan was gekomen. Zijn jagersinstinct stond op scherp. Heel even had het geluid hem doen denken aan de kreet van een vrouw.

Hij bewoog zich gemakkelijk door de dikke, dichte begroeiing van de jungle, en versnelde zijn pas nog wat om over een stroompje en een paar bosjes die in de weg stonden heen te springen. Hier, waar mensen hem niet konden zien, stond niets hem in de weg om zich te bewegen als een Krinar. Binnen een paar minuten was hij dichtbij genoeg om de geur op te pikken. Scherp en koperachtig. Hij watertandde en zijn pik roerde zich.

Het was bloed.

Mensenbloed.

Eenmaal op de plek waar het geluid en de geur vandaan kwamen stond Zaron abrupt stil en hij staarde naar wat hij voor zich zag.

Het was een bergrivier die snel stroomde omdat het recentelijk hevig had geregend. En op de grote, zwarte rotsen in het midden, onder een oude houten brug over de kloof, lag een lichaam.

Een lichaam van een mensenmeisje, in een onmogelijke houding.

De Krinar-gevangene is nu verkrijgbaar. Ga naar mijn website www.annazaires.com/book-series/nederlands/ voor meer informatie en om je aan te melden voor mijn nieuwsbrief.

OVER DE AUTEUR

Anna Zaires is verslaafd aan boeken sinds ze op vijfjarige leeftijd van haar grootmoeder leerde lezen. Haar eerste korte verhaal schreef ze niet lang daarna. Sindsdien leeft ze gedeeltelijk in een fantasiewereld waarin alleen haar eigen verbeelding de grenzen bepaalt. Momenteel woont Anna in Florida. Ze is gelukkig getrouwd met Dima Zales (een auteur van science fiction- en fantasyboeken). Al hun boeken komen door nauwe samenwerking tot stand.

Voor meer informatie, zie www.annazaires.com/book-series/nederlands.

www.ingramcontent.com/pod-product-compliance
Lightning Source LLC
Chambersburg PA
CBHW060609100726

47907CB00006B/1555